契诃夫文集

汝 龙 / 译

人民文学出版社

6

Антон Чехов

契诃夫像

目　次

一八八七年

新年的苦难 …………………………………… 3
香槟 …………………………………………… 10
严寒 …………………………………………… 17
乞丐 …………………………………………… 24
仇敌 …………………………………………… 31
善良的日耳曼人 ……………………………… 46
黑暗 …………………………………………… 51
波连卡 ………………………………………… 56
醉汉 …………………………………………… 63
疏忽 …………………………………………… 71
薇罗琪卡 ……………………………………… 76
大斋的前夜 …………………………………… 91
受气包 ………………………………………… 97
祸事 …………………………………………… 103
在家里 ………………………………………… 110
彩票 …………………………………………… 120
太早了! ……………………………………… 126
邂逅 …………………………………………… 133

1

伤寒 …………………………………… *148*

尘世忧患 ……………………………… *156*

在受难周 ……………………………… *161*

神秘 …………………………………… *167*

哥萨克 ………………………………… *173*

信 ……………………………………… *180*

蟒和兔 ………………………………… *193*

春日 …………………………………… *198*

批评家 ………………………………… *200*

出事 …………………………………… *207*

侦讯官 ………………………………… *214*

市民 …………………………………… *220*

沃洛嘉 ………………………………… *228*

幸福 …………………………………… *243*

阴雨天 ………………………………… *255*

剧本 …………………………………… *261*

像这样的,大有人在 ………………… *268*

急救 …………………………………… *276*

不痛快的事 …………………………… *283*

犯法 …………………………………… *291*

摘自脾气暴躁的人的札记 …………… *297*

风滚草 ………………………………… *308*

父亲 …………………………………… *325*

美妙的结局 …………………………… *335*

在车棚里 ……………………………… *341*

歹徒 …………………………………… *349*

日食之前 ……………………………… *354*

齐诺琪卡 ……………………………………………	*358*
医生 …………………………………………………	*365*
塞壬 …………………………………………………	*372*
芦笛 …………………………………………………	*379*
报仇者 ………………………………………………	*388*
邮件 …………………………………………………	*394*
婚礼 …………………………………………………	*401*
逃亡者 ………………………………………………	*409*

题解 ……………………………………………………… *418*

一八八七年

新年的苦难

最新酷刑速写

您穿上燕尾服,往脖子上挂一枚斯坦尼斯拉夫勋章(如果您有这东西),往手绢上洒点香水,把小胡子捻成螺旋状,这些动作您干得那么气愤,使劲那么猛,好像您不是打扮自己,而是打扮您的最凶恶的仇人似的。

"哼,见他的鬼!"您咬着牙嘟哝说,"不管平时也好,假日也好,总是不得消停!年纪一大把了,还得东奔西跑,跟条狗似的!就连邮差的生活都比这清静得多!"

您的身旁站着您的所谓生活伴侣薇罗琪卡,她不安地说:

"你真是胡思乱想:连拜年都不打算去了!我同意,拜年是蠢事,是偏见,这种事不该做,可是,如果你胆敢守在家里不去,那我就要起誓,我走,我走就是……永远不再回来!我都要急死了!我们只有一个舅舅,你……你都不肯去拜年,懒得去拜年?表妹连诺琪卡那么爱护我们,你这不知羞耻的人居然不愿意去对她表一表敬意?费多尔·尼古拉伊奇借钱给你用,哥哥彼嘉那么喜欢我们全家人,伊凡·安德烈伊奇给你谋过差事,可是你!……你一点心肝也没有!上帝啊,我多么凄惨!对,对,你蠢得不可救药!你不配有我这样温柔的妻子,只配娶个巫婆,让她随时折磨你!可不是!这个不害臊的人!我恨你!我看不起你!你马上就走!给你一张单子。……这上面写着的人家,你都得走一趟!你哪怕漏掉一处,也不准回家来!"

薇罗琪卡没打您,也没抓您的眼睛。然而您并不为这种宽宏大量感动,仍旧嘟嘟哝哝。……等到您打扮完毕,把皮大衣穿在身上,她就把您一直送到门外,在您身后说:

"暴君!磨人精!恶棍!"

您走出您的住宅(它坐落在祖鲍夫街的福佛契金的房子里),坐上一辆街头雪橇,用《达利拉》①中临死的索洛宁②的声调说:

"到红营的列福尔托沃去!"

现在莫斯科的街头雪橇上有盖膝的毯子了,不过您并不看重这种慷慨,反而觉得天气挺冷。……您太太的那套道理啦,昨天在大剧院化装舞会上的那番拥挤啦,酒后的醉意啦,恨不能躺下去睡一觉的愿望啦,节日盛宴后的胃气痛啦,这些东西成了一团乱麻,闹得您直恶心。……您非常想呕吐,那辆马车却磨磨蹭蹭地走着,仿佛马车夫快要死了。……

您妻子的舅舅谢敏·斯捷潘内奇住在列福尔托沃。他是个极好的人。他满心疼爱您和您的薇罗琪卡,准备死后把遗产留给你们,可是……叫他见鬼去,叫他的爱护和遗产一齐见鬼去吧!说来也是您倒霉,您到他家,正赶上他在推敲政治方面的奥妙。

"你听说巴滕贝格③怎么想吗,我亲爱的?"他迎着您说,"他真算得上男子汉,不是吗?不过,德国可真怪!"

---

① 《达利拉》是 O.费里埃的剧作,由 H.多尔戈鲁科夫和 H.胡杰科夫译成俄文。该剧写专横的美人埃莱奥诺拉断送了天才诗人和作曲家安德烈·罗斯维因的生命。
② 索洛宁(1857—1894),1884—1891 年是科尔什剧院的演员,曾饰演过《达利拉》一剧中的安德烈·罗斯维因一角。
③ 巴滕贝格(1857—1893),19—20 世纪德国伯爵世家成员,1879—1886 年任保加利亚摄政王。

谢敏·斯捷潘内奇对巴滕贝格入了迷。他跟一切俄国市民一样对保加利亚问题有他自己的看法,假如他掌着大权,他就会把这个问题解决得再好也没有。……

"不,我的朋友,这可不能怪穆特库尔克和斯塔姆博尔克①!"他说着,狡猾地眯眼睛,"这得怪英国,我的朋友!如果不是英国作怪,那就让我这该死的被诅咒三次!"

您听他讲了一刻钟,打算鞠躬告辞,可是他拉住您的袖子,要求您听完。他大喊大叫,激昂慷慨,把唾沫星子喷在您脸上,伸出手指头戳您的鼻子,引用报纸上的整篇社论,时而跳起来,时而坐下去。……您一面听,一面觉得每分钟都拖得很长。您生怕打瞌睡,只好瞪大眼睛。……您的脑子由于迷糊而发痒。……巴滕贝格啦,穆特库罗夫啦,斯塔姆博洛夫啦,英国啦,埃及啦,像些小魔鬼似的在您眼前蹦蹦跳跳。……

半个钟头过去了……一个钟头过去了。……呸!

"总算结束了!"过了一个半钟头,您坐上雪橇,叹口气说,"他把我折磨得筋疲力尽,这个坏蛋!车夫,到哈莫甫尼基去!哼,该死的,他那套政治差点没把人磨死!"

在哈莫甫尼基您跟费多尔·尼古拉伊奇上校见面了,去年您在他那儿借过六百卢布。……

"多谢多谢,我亲爱的,"他听到您那些贺年词,回答说,亲切地瞧着您的眼睛,"我也给您拜年。……我很高兴,很高兴啊。……我早就在等您了。……是啊,去年我们之间似乎有一点银钱来往。……我记不得是多少钱了。……不过这是小事,我只是随便说说……顺便提一提罢了。……您赶了不少路,要不要喝

---

① 指穆特库罗夫(1852—1891)和斯塔姆博洛夫(1854—1895),均为保加利亚的政治活动家。

点酒?"

您低下眼睛,结结巴巴声明说,目前您实在没有余钱,您苦苦请求他再宽限一个月,上校就把两只手一合,做出一脸的哭丧相。

"好朋友,您已经借去半年了!"他小声说,"要不是因为我有急用,难道会麻烦您吗?唉,亲爱的,老实说,您简直要坑害我了。……过了主显节①我得偿还一笔债,可是您……哎,我的慈悲的上帝啊!对不起,这简直是昧了良心。……"

上校把您教训很久。您涨红脸,出汗了,从他家里出来,坐上雪橇,对赶车的说:

"到下城火车站去,畜生!"

您到表妹连诺琪卡那儿,正碰上她心绪极不安定。她躺在淡蓝色客厅里一把躺椅上,闻一种莫名其妙的药水,说她害着偏头痛。

"啊,是您吗,米谢尔②?"她呻吟道,半睁开眼睛,对您伸过手来,"是您吗?在我身旁坐下吧。……"

她闭着眼睛躺了五分钟,然后张开眼,对着您的脸看很久,用临死的人的口气问道:

"米谢尔,您……幸福吗?"

随后她眼睛底下的小肉囊胀大,睫毛上现出泪水。……她起来,把手按住她那波浪般起伏的胸脯,说:

"米谢尔,难道……难道一切就这么完了?难道往事已经无可挽回地消失了!啊,不!"

您嘴里嘀咕了一句什么话,眼睛往四下里狼狈地张望,仿佛找救星似的,然而两只丰满的女人胳膊却已经像两条蛇那样缠住您

---

① 基督教节日,在1月19日。
② 谢尔盖的法国名字。

的脖子,您那件礼服的翻领上已经布满一层香粉了。您那身可怜的、原谅一切而又隐忍一切的礼服啊!

"米谢尔,难道那种甜蜜的时光就不能再来了?"表妹哀叫着,眼泪扑簌簌落在您的胸脯上,"表哥啊,您的誓言到哪儿去了?海誓山盟和永恒的爱情都到哪儿去了?"

可了不得!……再过一分钟,您就要绝望地扑到熊熊燃烧的壁炉上,一头扎进木炭里去了。不过总算您运气好,这时候传来脚步声,一个头戴大礼帽、脚穿尖头皮靴的拜年客人走进客厅。……您顿时像疯子似的站起来,吻一下表妹的手,暗自祝福那位救命恩人,赶紧跑到街上去了。

"车夫,到克烈斯托夫斯克关去!"

您妻子的哥哥彼嘉是反对拜年拜节的。因此遇上节日,总可以在他家里找到他。

"好啊!"他看见您,喊道。……"我看见的是谁啊!你来得可再凑巧也没有了!"

他吻您三次,请您喝白兰地,给您介绍两个姑娘,她们正坐在他房间里隔板后面嘻嘻地笑。他蹦蹦跳跳忙了一阵,然后做出严肃的脸容,把您拉到墙角边,小声说:

"有一件糟糕的事,我的朋友。……你要知道,过年以前我把钱都花光了,现在身边连一个小钱也没有。……这个局面可真讨厌。……我全指望你了。……要是你星期五以前不借给我二十五卢布,那等于不用刀子就把我杀了。……"

"说实话,彼嘉,我自己口袋里也空了!"您赌咒说。……

"算了吧,别来这一套!这太不讲交情了!"

"可是我向你担保……"

"算了,算了。……我十分了解你!你干脆说不肯借好了。……"

7

彼嘉生气了,开始责难您忘恩负义,威胁说要到薇罗琪卡那儿去揭您的底。……您就给了五卢布,可是这还不够。……您又给五卢布,后来他跟您约定,要您明天再送十五卢布去,他才把您放走。

"车夫,到卡路日斯基门去!"

您的教父,纺织厂主兼商绅嘉特洛夫住在卡路日斯基门附近。他见着您,就拥抱您,立时把您引到一张放凉菜的桌子那儿去。

"不行,不行,不行!"他嚷道,给您斟上一大杯花楸露酒,"不许推辞!要不然你就把我得罪了,我到死也不能原谅你!你不喝,我就不放你走!谢辽日卡①,把门锁上!"

您无可奈何,硬着头皮喝下去。您的教父乐极了。

"好,谢谢!"他说,"既然你是这么好的人,我们就再来喝一杯。……不行,不行……不行!你得罪我了!我不放你走!"

您只好又喝下一杯。

"谢谢你这个朋友!"教父赞叹道,"由于你没有忘掉我,还得喝一杯!"

诸如此类。……您在教父家里喝的酒所起的提神作用,真是非同小可,弄得您后来拜年的时候(那是在索科尔尼茨卡亚树林,库尔久科娃的房子里)错把女仆当成女主人,跟女仆不住地握手,又长久又热烈。……

将近傍晚,您才回到家里,筋疲力尽,无精打采,乏得不得了。迎接您的是……请原谅我用这个词儿……您那位生活伴侣。……

"怎么样,各家都去了吗?"她问,"你怎么不答话呀?啊?怎么?什么?闭嘴!你路上花了多少车钱?"

"五……五卢布零八十戈比。……"

---

① 谢尔盖的爱称。

"什么？你疯了！花这么多车钱？你是大财主还是怎么的？上帝啊，他把我们弄成叫花子了！"

随后来了一大套教训，怪您满嘴酒气，怪您讲不清楚连诺琪卡身上穿着什么样的衣服，骂您是害人精、恶棍、凶手。……最后您以为您总算可以躺下来休息一下了，不料您的妻子忽然尖起鼻子把您上下闻一阵，瞪起惊吓的眼睛，叫起来。

"听我说，"她说，"你不许骗我！除了拜年以外，你还到哪儿去过？"

"哪儿……哪儿都没有去过啊。……"

"撒谎，撒谎！你出门的时候身上带着紫罗兰香水的气味，现在你身上却换了白芷香水的气味！我这个不幸的人啊，我全明白了！请你对我说清楚！起来！人家在跟你说话，不准睡觉！她是谁？你到谁家里去过？"

您睁大眼睛，嗽着喉咙，傻乎乎地摇头。……

"你不说话?！你不回答?"您妻子继续问道，"不说吗？我……把我气死了！大……大夫！他把我折磨苦了！我要死了！"

现在，亲爱的男人，您穿上衣服，坐车去请医生吧。祝您新年快乐！

香　槟

无赖汉的故事

　　我这个故事开头的那年,我正在我国西南一条铁路线上的一个小火车站上当站长。至于我在小火车站上生活得是快乐还是乏味,您只要想一想周围二十俄里①以内没有一户人家,没有一个女人,没有一家像样的酒店就可以明白了。我当时正年轻力壮,血气方刚,办事任性,头脑糊涂。唯一的消遣只有观赏客车的车窗,喝那种由犹太人掺了麻醉剂的下等白酒。往往,车窗里闪过一个女人的头,我就呆呆地站住,跟一尊塑像似的,气也透不出来,凝神细看,直到那列火车变成一个几乎看不清的黑点才罢休。要不然我就尽量灌那种难于下咽的白酒,喝得头昏脑涨感觉不到一个个钟头和漫长的日子怎样过去。那儿的草原,在我这个生长在北方的人眼里,好比鞑靼人的荒芜的墓园。夏天,草原上一片庄严的宁静,螽斯单调地叫着,晶莹的月光叫人无处藏身,这些都使我心绪沮丧而忧伤。冬天呢,那片没有一丝污迹的白色草原,寒冷的远方,漫漫的长夜,豺狼的嗥叫,就像噩梦一样压在我心上。

　　这个小火车站上住着几个人:我和我的妻子,还有一个病弱而耳聋的电报员和三个看守。我的助手是个害痨病的年轻人,常到

---

① 1俄里等于1.06公里。

城里去治病，在那儿一住几个月，把他的职务同使用他薪金的权利一齐交给我了。我没有孩子，至于客人，那是用任何什么东西也没法引上我的家门的。我自己只能到沿线的同事家里去做客，而且就连这种做客，一个月也顶多只有一回。总之生活乏味极了。

我记得，我正跟我妻子一块儿过年。我们在桌旁坐着，懒洋洋地嚼东西，听耳聋的电报员在隔壁房间里按电报机而发出的单调响声。我已经喝过五杯掺麻醉剂的白酒，用拳头支住我沉甸甸的脑袋，想着我那种没法克制和摆脱不了的烦闷，可是我妻子坐在我旁边，眼睛紧盯着我的脸。她凝神瞧着我，只有世界上除了漂亮的丈夫以外什么也没有的女人才会这样瞧我。她痴心地爱我，像奴隶一样，不但爱我英俊的外貌或者灵魂，而且爱我的罪恶，爱我的怨恨和烦闷。就连我发酒疯，不知道该拿谁出气，便把她痛骂一阵，她也还是爱我这种残忍。

尽管烦闷折磨我，我们却带着不同寻常的欢喜心情准备过年，有点焦急地盼望午夜到来。事情是这样，我们家里收藏着两瓶香槟，是真正的货色，酒瓶上贴着"寡妇克利科"①的标签。这点宝藏还是秋天我到段长家里去参加洗礼宴，跟段长打了个赌而赢到手的。从前我在学校里上数学课，往往感到闷得慌，仿佛连空气都凝固了，不料有一只蝴蝶忽然从院子里飞进教室来，顽皮的男孩们就摇一下头，开始好奇地瞧着它飞，好像他们看见的不是蝴蝶，而是一个什么新颖奇特的东西似的，如今这两瓶普通香槟偶然落到我们这个枯燥乏味的小车站上来，也同样会给我们解闷。我们一句话也不说，时而瞧着钟，时而瞧着酒瓶。

等到时针指着十一点五十五分，我就动手慢慢地开瓶塞。不知道是因为我喝多了白酒而没有力气呢，还是因为酒瓶太湿，总

---

① 这是法国一家出售香槟酒的商号的名称。——俄文本编者注

之,我只记得瓶塞刚刚啪的一声飞上天花板,那个酒瓶却从我手里滑下来,掉到地板上了。泼出去的酒至多不过一杯,因为我总算赶紧抓住酒瓶,用手指头按住冒沫子的瓶口。

"好,恭贺新禧,祝你得到新的幸福!"我斟上两大杯酒说,"喝吧!"

我妻子接过酒杯,用惊慌的眼睛凝神看着我。她的脸变得苍白,现出恐惧的神情。

"你把酒瓶掉在地下了?"她问。

"是的,掉在地下了。怎么,这有什么关系?"

"这不吉利啊,"她说着,放下酒杯,脸色越发白了,"这可是个不吉利的兆头。这是说我们今年要遇上什么不好的事。"

"你也真婆婆妈妈的!"我叹道,"你是个有知识的女人,却像老保姆似的胡说起来。喝吧。"

"求上帝保佑我是胡说才好,不过……一定会出事的!瞧着吧!"

她甚至没让嘴唇沾一沾她的酒杯,就走到一旁去,沉思不语。我说了几句反驳迷信的老套头,喝下半瓶香槟,从这个墙角走到那个墙角,然后走出去了。

外面正是宁静的寒夜,现出一派冰冷而阴森的美。月亮和它旁边两朵松软的白云高挂在小车站的上空,一动也不动,像是粘在那儿了,仿佛在等什么东西似的。它们洒下淡淡的清辉,温柔地抚摸白色的大地,似乎生怕触犯它的羞涩。那种亮光照亮了一切:雪堆,铁路的路堤……四下里静悄悄的。

我沿着路堤走去。

"蠢女人!"我瞧着布满繁星的天空,暗自想着,"即使承认兆头有时候会应验,我们又会发生什么不吉利的事呢?过去经历过的和目前存在着的不幸已经很重,很难想象还会有什么更糟的情形了。鱼既然已经落网,下了油锅,加好作料,送到饭桌上,那么它还能遭到什么更大的灾难呢?"

一棵高高的杨树披着重霜,出现在淡蓝色的幽暗里,活像一个穿着白布尸衣的巨人。它严峻而沮丧地瞧着我,仿佛跟我一样了解自己的寂寞。我看了它很久。

"我的青春白白地断送了,如同没有用处的烟蒂一样。"我接着想,"我还是小孩子的时候,父母就去世了。我原在中学念书,后来被开除出来。我出生在贵族家庭,可是没有受到教育,没有教养,我的知识不会比哪个加油工人多。我没有安身的地方,没有亲戚,也没有朋友,更没有我喜爱的工作。我任什么本事也没有,在这年富力强的时候只好跑到这个小车站来做站长。我这一辈子除了失意和灾难以外什么也没经历过。那么还会发生什么不吉利的事呢?"

远处出现一个红色的亮光。一列火车迎着我开过来。沉睡的草原听着列车的隆隆声。我的思想那么沉痛,我觉得就连我的思想也好像在发出声音,那电线的嗡嗡声和列车的隆隆声仿佛就在表达我的思想。

"那么还会发生什么不吉利的事呢?我的妻子会死掉?"我问自己,"这也并不可怕。人是瞒不过自己良心的:我并不爱我的妻子!我还是个孩子的时候,就跟她结了婚。现在,我年轻力壮,她呢,却憔悴,衰老,愚蠢了,满脑子的世俗之见。她那种肉麻的爱情、干瘪的胸脯、凝滞的目光还谈得上什么美妙?我只是将就着跟她过下去罢了,可是并不爱她。那么会发生什么事呢?我的青春白白断送了,就像俗语所说的,连一小撮鼻烟也没换来。女人只在火车的车窗里露面,从我面前闪过去,像流星一样。爱情过去没有,现在也还是没有。我的勇气、胆量、热忱都白白糟蹋了。……一切都化为灰尘,我在这草原上的财富连一个小铜钱也不值。"

列车隆隆响着从我面前飞过去,车窗里红色的灯光漠不关心地照着我。我看见它在小车站的绿灯旁边停住,歇了一会儿又往前开去。我走了两俄里光景,又往回走。凄凉的思想没有离开我。尽管这在我是痛苦的,然而我记得我当时似乎还极力把我的思想弄得更凄凉,更阴暗。您知道,凡是思想浅薄而自命不凡的人往往在感到自己不幸的时候反而得到某种愉快,他们甚至在自己面前卖弄自己的痛苦呢。我的思想有许多是真实的,可也有许多是荒唐的,带着夸耀的意味,我那句问话"那么还会发生什么不吉利的事呢"就有一种孩子气的逞强意味。

"是啊,到底会发生什么事呢?"我在回家的路上问自己,"我觉得我什么事都经历过了。我害过病,损失过许多钱,每天受到上司的申斥,挨着饿,还有一条疯狼常跑到小车站的院子里来。还会出什么事呢?我受过侮辱,受过委屈……而且我自己有的时候也侮辱别人。也许只有没做过罪犯了,不过我觉得我是不会犯罪的,上法院我倒并不怕。"

两朵白云已经离开月亮,停在远处,看上去它们好像在悄悄说着什么不能让月亮知道的话。微风吹过草原,带着那列远去的火车重浊的隆隆声。

我的妻子在我们家门口迎接我。她的眼睛里含着快乐的笑意,整个脸上显出高兴的神情。

"我们家里出了新鲜事儿!"她小声说,"你赶快回到你的房间去,换上一身新衣服。我们家里来客人了!"

"什么客人?"

"舅母娜达里雅·彼得罗芙娜刚刚坐火车来了。"

"哪个娜达里雅·彼得罗芙娜?"

"就是我舅舅谢敏·费多雷奇的妻子。你不认识她。她是个十分善良的好女人。……"

大概我皱起了眉头,因为我妻子做出严肃的面容,很快地小声说:

"当然,她来得未免古怪,不过你,尼古拉,也别生气,待她厚道点。要知道她很凄惨。舅舅谢敏·费多雷奇实际上是个暴君,脾气凶恶,跟她很难相处。她说,她在我们这儿只住三天,接到她哥哥来信以后就走。"

我妻子另外还对我小声说了不少废话,唠叨很久,讲到她那专横的舅舅,讲到一般人,特别是年轻的妻子的弱点,讲到我们有责任给所有的人提供栖身的地方,哪怕他们是大罪人也一样,等等。我简直什么也没听明白,就穿上新衣服,去跟"舅母"相见了。

桌旁坐着个小女人,生着一对又大又黑的眼睛。这个新来的女人年轻、美丽、轻佻,发散着一种撩人的香气,我的桌子、灰色的墙壁、粗糙的长沙发……总之一切东西,直到最小的一粒灰尘为止,似乎都因为有这个人在场而显得年轻了,快活了。讲到我们的客人轻佻,我是凭她的微笑,凭她的香气,凭她看人的时候睫毛颤动的特别神态,凭她跟我妻子这个正派的女人讲话的口吻体会出来的。……我妻子用不着对我说,我就知道这女人是从丈夫那儿逃出来的,她丈夫又老又蛮横,她善良而快活。我看头一眼就全明白了,再者在欧洲也未必会有一个男人不善于一眼认出具有某种气质的女人吧。

"我不知道我有这么大的一个侄女婿呢!"舅母对我伸出手来,微微笑着说。

"我也不知道我有这么一个漂亮的舅母呢!"我说。

我们就又开晚饭。第二瓶香槟的软塞啪的一声飞起来,我那个舅母一口气喝下半杯,而且趁我妻子出去一会儿,不再拘礼,喝下满满一杯。我呢,由于喝了酒,也由于有这个女人在场,醉了。您记得那支抒情歌曲吗?

15

> 乌黑的眼睛,深情的眼睛,
> 炽热而美丽的眼睛啊,
> 我多么爱您,
> 又多么怕您!①

我不记得后来的事了。凡是想知道爱情是怎样开始的人,就请他去读长篇小说和冗长的中篇小说吧。我却不想多说,只想仍旧引用那首愚蠢的抒情歌曲的句子了:

> 看起来,我遇见您,
> 是在不吉利的时辰。……

一切都土崩瓦解,天翻地覆。我记得那时候起了一场可怕而疯狂的飓风,把我像一片羽毛似的卷进去了。这场飓风刮了很久,从地面上扫掉我的妻子、我的舅母、我的精力。您看得明白,它把我从那个草原的小火车站上抛到这条幽暗的街道上来了。

现在请您说一说:我还会发生什么不吉利的事呢?

---

① 这是一支根据乌克兰诗人格烈宾卡(1812—1848)的抒情诗《乌黑的眼睛,深情的眼睛》谱成的抒情歌曲。——俄文本编者注

严　寒

某省城准备在主显节那天为慈善性募捐举办一次"民众"游艺会。他们在市场和主教府之间选定河当中一块宽阔的地段，四周用粗缆、云杉、旗帜圈起来，装上种种设备，供滑冰、滑雪橇、滑雪坡用。这个盛会的规模要尽量大。发出去很多海报，上边写明的乐事可真不少，有溜冰啦，军乐队啦，每张彩票都不落空的摸彩会啦，大放光明的人造小太阳啦，等等。然而，由于天气酷寒，这些节目差点演不成。从主显节前一天起，严寒达到零下二十八度，而且有风。有人打算让游艺会延期，可是结果没有照办，这完全是因为社会人士对这个游艺会已经盼望很久，等得心焦，怎么也不肯答应推迟举行了。

"得了吧，现在是冬天，哪有不冷的道理！"太太们纷纷劝说主张游艺会延期的省长，"要是有人怕冷，他尽可以找个地方去取暖嘛！"

树木、马匹、胡子都由于严寒而变白，连空气也好像受不住寒冷，噼噼啪啪响起来。不过，尽管这样，水被除仪式结束以后，溜冰场上立刻有挨冻的警察出现，下午一点钟整，军乐队开始奏乐了。

下午三点多钟，游艺会正开得热闹，当地的上层人士聚集在河岸上为省长搭建的阁子里取暖。这儿有老省长和他的夫人，有主教，有法院的审判长，有中学校长，还有许多其他的人。太太们坐在圈椅上，男人们拥到宽阔的玻璃门前面，观看溜冰场。

17

"啊,圣徒呀,"主教惊奇地说,"他们用腿玩出多少花样!说真的,有的歌唱家用喉咙唱出的花腔都及不上这些调皮鬼用腿耍出的花样哩。……哎呀,他要摔死了!"

"这一个叫斯米尔诺夫……这一个叫格鲁兹杰夫。"校长说,叫出一个个在阁子前面滑过的中学生的名字。

"嘿,他居然还活着哩!"省长笑着说,"诸位先生,你们看,我们的市长来了。……他正往我们这边走来。哎呀,糟糕,他马上就要说个没完,把我们烦死了!"

一个矮小精瘦的老人穿着狐皮大衣,敞着怀,戴一顶大便帽,从对岸走到阁子这边来,一路上躲开那些滑冰的人。他是市长叶烈美耶夫,商人,财主,是省城的老居民。他冷得张开胳膊,缩起脖子,蹦蹦跳跳,这只套靴碰着那只套靴,分明要赶快避开寒风。他走到半路上忽然弯下腰,溜到一位太太背后,拉一下她的衣袖。等到她回过头来,他却已经跑掉,大概因为吓了她一下而觉得满意,发出响亮而苍老的笑声来了。

"这个老家伙可真活泼!"省长说,"奇怪,他何不索性溜一溜冰呢。"

市长快要走到阁子跟前,就迈着小碎步,抢开胳膊,紧跑几步,用他那双大套靴在冰上一滑,一直滑到了门口。

"叶果尔·伊凡内奇,您该买双冰鞋才对!"省长迎着他说。

"我自己也这么想!"他脱掉帽子,用喊叫般的、略带鼻音的男高音说道,"祝您健康,大人!大主教,神圣的主宰!其余所有的先生们,长命百岁!嘿,真是冷!嗯,这才称得上是严寒,求上帝保佑吧!要冻死人了!"

叶果尔·伊凡内奇眨着冻得发红的眼睛,在地板上顿着两只穿了套靴的脚,不住拍两只手,像挨冻的马车夫一样。

"这种该死的冷天气,比任什么狗都可恶!"他接着说,满脸笑容,"简直叫人活受罪!"

"这于健康有益处呢。"省长说,"严寒锻炼人的筋骨,使人生机勃勃。"

"虽然这于健康有益处,不过也还是完全免了的好。"市长说着,用手绢擦他那把楔形的胡子,"没有它,倒好些!我是这样理解的,大人,上帝打发它来,打发严寒来,是为了惩罚我们哟。我们夏天犯罪,冬天受罚。……对了!"

叶果尔·伊凡内奇很快地往四下里看一眼,把两只手一合。

"那种东西……那种能叫人暖和过来的东西,在哪儿啊?"他问,先是惊恐地看一眼省长,然后看一眼主教,"大人!神圣的主宰!也许,太太们也冻坏了!总得喝点那个才成!这样下去是不行的!"

大家摇着胳膊,纷纷说他们到溜冰场来不是为了暖和身子的,可是市长不理那些话,推开门,弯起手指头招呼人走过来。一个工人和一个消防队员跑到他跟前来了。

"听着,你们到萨瓦青那儿跑一趟,"他叽叽咕咕地说,"你们叫他赶快送来那个……怎么说好呢?到底是什么呢?那么就说,叫他送十杯来……十杯热红酒……要很烫的,或者糖酒什么的也成。……"

阁子里的人都笑起来。

"居然请我们喝这种东西!"

"没什么,我们喝一点……"市长支支吾吾地说,"那么就要十杯好了。……哦,另外还要点本尼狄克丁①什么的……再叫他们烫两瓶红葡萄酒。……哦,给太太们要点什么呢?好吧,叫他们送点蜜糖饼干和核桃来……还有糖果什么的。……那么去

---

① 一种法国蜜酒。

吧！快！"

市长沉默了一分钟，然后又开口骂这种严寒，拍着手，顿两只穿套靴的脚。

"不，叶果尔·伊凡内奇，"省长劝他道，"您别说造孽的话了，俄国的严寒自有它的好处。不久以前我读过一篇文章，说是俄罗斯民族有许多优良品质都是由广大辽阔的土地和这种天气，由残酷的生存斗争造成的。……这完全正确！"

"也许这话确实对，大人，不过，也还是完全没有它的好。当然，以前严寒赶走了法国人，而且各种吃食可以冰冻一下，孩子也可以溜冰……这都是实在的！对于饱暖的人来说，严寒纯粹是一件快活事，然而这在做工的人、穷人、朝圣的人和四处漂泊的人却是极大的祸患和灾难。那是苦事，苦事啊，神圣的主宰！在这种严寒的天气，贫穷就加倍痛苦，盗贼就更加狡猾，坏人就更加凶恶。这是明摆着的事！我现在七十岁了，如今我身上有皮大衣，家里有火炉，有各式各样的朗姆酒[①]和潘趣酒。现在我不在乎严寒的天气，根本不去理睬它，甚至全不在意。不过，从前是怎样的呢，纯洁的圣母啊！回想起来都觉得可怕！我年纪大，记性差，什么事情都忘掉了。仇人也好，自己的罪恶也好，各种倒霉的事情也好，全都忘了，然而严寒的天气却记得一清二楚！我母亲去世的时候，我还是个小淘气，就此成了无家可归的孤儿。……既没有亲戚，也没有熟人，衣服破破烂烂，饿着肚子，没有地方过夜，总之，'我们在这里本没有常存的城，乃是寻求那将来的城'[②]。那当儿，我找到个差使，白天领着一个瞎老太婆走遍全城，每天挣五戈比。……严寒的天气真是凶狠歹毒啊。我带着老太婆一走出门，就开始受苦。

[①] 一种用甘蔗汁发酵和蒸馏酿成的烈性酒。
[②] 引自《新约·希伯来书》，第13章，第14节。此节和第12、13节写到耶稣受苦、受凌辱的情况。

我的创世主啊！首先,我像害了热病似的打哆嗦,缩起脖子,蹦蹦跳跳,然后我的耳朵、手指头、脚就痛起来,痛得就跟有人拿钳子夹住似的。不过这还不算什么,这都是小事,没什么要紧。等到我周身冻僵,那才要命哟。我在严寒里走上三个钟头,神圣的主宰啊,我就变得不像人样儿了。我的腿抽筋,胸口发闷,肠胃缩紧,顶糟的是心痛得没法说。我那颗心一个劲儿地痛,闹得我支持不住,浑身难受,好像手里拉着的不是老太婆,倒是死亡似的。我浑身麻木,成了石头,好比一尊塑像,一面走一面觉得不是我在走,仿佛是别人在替我移动两条腿。等到我的灵魂结成冰,我就昏头昏脑,时而想丢下老太婆,不给她领路,时而又想从小贩的托盘里捞走一个热面包,时而又想找人打架。临了,我总算回到过夜的住处,躲开严寒,到了暖和的地方,可是那也不是什么值得高兴的事！我差不多总是睡不着觉,往往一直熬到半夜,哭哭啼啼,至于为什么哭,我自己也不知道。……"

"趁现在天还没有黑,应该到溜冰场上去走一走,"省长夫人说,她听得厌烦了,"谁跟我一块儿去？"

省长夫人走出去,阁子里的人跟着她一齐拥出去。留下来的只有省长、主教和市长。

"圣母啊！当年我给送到鲜鱼店里去做伙计,过的是什么日子啊！"叶果尔·伊凡内奇接着说,扬起胳膊,这样一来,他那件狐皮大衣就敞开怀了,"我往往天刚亮就上店里去……到八点多钟,我已经完全冻僵,脸色发青,手指头张开,没法扣纽扣,也没法数钱了。我站在冷处,浑身僵硬,心里暗想：'上帝啊,我要照这样一直站到天黑哟！'临到吃午饭,我的肠胃已经缩紧,心也痛了……就是这样！后来我自己做了老板,日子也没有轻松多少。严寒刺骨,可是商店像是捕鼠笼,四面八方都通风。我身上的皮大衣,不瞒您说,糟糕得很,跟鱼皮做的一样,透风。……我周身僵直,脑子发昏,我自己也就变得比严寒还要残忍了,我拧这个伙计的耳朵,差点把他的耳朵拧下来,我打那个伙计的后脑勺。我像个恶棍或者野兽似的盯住主顾,恨不得剥下他的皮。傍晚我回到家里,本来应该睡觉,可是心里不好受,就开口骂家里的人不该靠我养活,吵吵嚷嚷,大闹一通,就是来五个警察也拦不住。由于严寒,我变得凶恶,死命灌酒。"

叶果尔·伊凡内奇把两只手一拍,接着说:

"冬天我们把鱼运到莫斯科去,受了多少罪啊!圣母!"

他上气不接下气,叙述他把鱼运到莫斯科去的时候,他和他的伙计有过多么惨痛的经历。……

"嗯,是啊,"省长叹口气说,"人吃苦的能力真是惊人!您,叶果尔·伊凡内奇,把鱼运到莫斯科去,我呢,从前打过仗。我想起一件不平常的事。……"

省长就讲起上一次俄土战争时期,他所属的那个中队在一个严寒的晚上,迎着刺骨的大风,一动也不动地在雪地里站了十三个钟头。全中队生怕被敌人发觉,就不生火,不说话,不动弹,而且不准吸烟。……

回忆开始了。省长和市长活跃起来,兴致勃勃,互相打岔,追述他们的经历。主教讲起从前他在西伯利亚工作,怎样坐着狗拉的雪橇出门,有一回大冷天赶路,睡着了,从雪橇上摔下来,差点冻死,等到通古斯人回来找到他,他已经半死不活了。随后,仿佛商量好似的,这几个老人突然停住口,并排坐着,沉思起来了。

"唉!"市长小声说,"我原以为事情都已经忘掉,可是一看见那些运水的人,那些小学生,那些穿着单薄的囚衣的犯人,就什么都想起来了!就拿眼下正在奏乐的乐师来说吧。大概他们的心在痛,肠胃缩紧,嘴唇冻得粘在喇叭口上了。……他们一面奏乐一面暗想:'圣母啊,我们还得在冷地里再熬三个钟头哟!'"

几个老人开始沉思。他们想到人们身上那种比门第还要高贵,比官位、财富、知识还要高贵的东西,想到那种使得最穷的乞丐也可以跟上帝接近的东西,想到人的孤立无援,想到人的痛苦,想到人的忍耐力。……

这当儿空气已经变成蓝色。……两个由萨瓦青派来的茶房推开门,端着托盘,提着一个包严的大茶壶,走进阁子来。等到杯子里斟满茶,空气里弥漫着桂皮和干母丁香花芽的浓重气味,门又开了,一个年轻的、没有生出小胡子的巡官走进来,鼻子冻紫,浑身布满一层白霜。他走到省长跟前,把手举到帽檐那儿,说:

"夫人吩咐我报告您,说她老人家已经离开此地,回家去了。"

大家瞧见巡官伸到帽檐那儿的手指头已经冻僵,张开,瞧见他的鼻子通红,他的眼睛没有光彩,他那顶风帽在靠近嘴的地方挂着一层白霜,不知什么缘故,大家都感到巡官的心一定在痛,他的肠胃一定缩紧,他的灵魂一定麻木了。……

"您听我说,"省长犹豫不决地说,"喝一点热红酒吧!"

"没关系,没关系……喝吧!"市长摇着胳膊说,"不用拘礼!"

巡官就用两只手接过酒杯,走到一旁,规规矩矩,一口口地喝那杯酒,极力不发出一点声音。他一面喝,一面觉得很窘。几个老人默默地看着他,大家暗自觉得巡官的心不再痛了,他的灵魂也变得柔和了。省长叹一口气。

"现在大家该回家去了!"他说着,站起来。"再见!您听我说,"他对巡官说,"您去对那边的乐师们说一声,叫他们……不要再奏乐了,您再用我的名义要求巴威尔·谢敏诺维奇,叫他设法给他们喝一点……啤酒或者白酒。"

省长和主教跟市长告别,走出阁子去了。

叶果尔·伊凡内奇开始喝热红酒。巡官还没来得及喝完那杯酒,他已经对巡官讲了很多有趣的故事。他的嘴停不住。

乞 丐

"先生！请您发善心，照顾一下我这个不幸的、挨饿的人吧。我有三天没吃饭了……讲到住店，我又没有五个戈比付店钱……我向上帝赌咒，我说的是真话！我做过八年乡村教师，后来遭到地方自治局陷害，丢掉了工作。我受了诬告的害。现在我已经赋闲一年了。"

律师斯克沃尔佐夫瞧着这个请求的人，瞧着他那件破破烂烂的蓝灰色大衣，瞧着他那对混浊的醉眼，瞧着他脸上的红晕，觉得以前好像在什么地方见过这个人。

"现在有人在卡卢加省给我谋了个差事，"请求的人继续说，"可是我没有盘费到那边去。请您发慈悲，帮帮我吧！我不好意思央求您，可是……环境又逼着我不得不这样。"

斯克沃尔佐夫瞧着他那双套靴，其中一只是长筒的，一只是短筒的。他瞧啊瞧的，忽然想起来了。

"您听我说，前天我好像在花园街遇见过您，"他说，"不过那一次您没对我说您是乡村教师，却说是个被开除的大学生。您记得吗？"

"不……不，不可能！"请求的人慌张地支吾道，"我是乡村教师，如果您乐意的话，我可以拿证件给您看。"

"您别再说谎！那一次您说您是大学生，甚至把您被开除的原因也对我说了。您记得吗？"

斯克沃尔佐夫涨红脸，带着憎恶的神情从那个衣服破烂的人面前走开。

"这是下流，先生！"他生气地说，"这是骗人！我要把您交到警察局去，真见鬼！您贫穷，挨饿，然而这并没有给您权利可以厚着脸皮，不知羞耻地说谎！"

衣服破烂的人抓住门柄，像被捉住的贼那么惶恐，站在前厅往四处张望。

"我……我没说谎，先生……"他支吾道，"我可以拿出证件来给您看。"

"谁相信您的话？"斯克沃尔佐夫继续愤慨地说，"要知道，利用社会对乡村教师和大学生的同情，是十分卑鄙、下流、肮脏的！真可恶！"

斯克沃尔佐夫大发脾气，用极其无情的话责备请求的人。那衣服破烂的人的无耻谎言在他心里引起嫌弃和厌恶，侮辱了他斯克沃尔佐夫热爱和看重的东西，那种东西他自己身上就有，例如善良、敏感的心、对不幸者的怜悯等。这个"家伙"却一味说谎，骗取别人的同情，这就仿佛玷污了他出于纯洁的心而喜欢周济穷人的一片好意。衣服破烂的人先是辩白，起誓，可是后来停住口，害臊，低下头了。

"先生！"他把手放在胸口上说，"确实，我……说了谎！我不是乡村教师，也不是大学生。这都是捏造！我本来在俄罗斯合唱队里工作，后来酗酒，被开除了。可是我有什么办法呢？我用上帝的名义请您相信：不说谎不行啊！我一说真话，谁也不会给我钱。说了实话，我就会饿死，就会不能住小店而冻死！您的话是对的，我明白，可是……我有什么办法呢？"

"有什么办法？您问有什么办法吗？"斯克沃尔佐夫走得离他

近一点,叫道,"干活就是办法!您得干活!"

"干活。……这我自己也明白,可是到哪儿去找活干呢?"

"胡说!您年轻,健康,强壮,总会找到活干的,只要您有这种心意就行。可是,说真的,您懒惰,娇生惯养,爱喝酒!您身上如同酒馆里那样,冒出一股酒气!您满嘴谎话,浪荡成性,只会讨饭和撒谎!就算您哪天愿意屈尊干活,也必得给您找个白拿钱不做事的坐办公室、当俄罗斯合唱队队员或台球记分员之类的差事才成!至于体力劳动,您愿意干吗?要您做扫院人,做工厂的工人,您大概就不去!您这种人架子可大呢!"

"您怎能这么说呢,真是的……"请求的人苦笑着说,"我到哪儿去找体力劳动的工作呢?讲到做店员,我已经嫌迟了,因为要做生意就得从小当学徒。至于做扫院人,谁也不肯用我,因为对我是不能称呼'你'的。……工厂里也不会要我,当工人得有手艺,我却什么也不会。"

"胡说!您老是找托词!那么您愿意劈柴吗?"

"我不会推辞,可是眼下连真正的劈柴工人也闲着没活干哟。"

"哼,所有的寄生虫都说这种话。真要叫您干,您就推辞了。您愿意在我家里劈柴吗?"

"行,我劈就是。……"

"好,我们瞧着吧。……很好。……我们会看到的!"

斯克沃尔佐夫连忙张罗起来,而且不免幸灾乐祸地搓着手,把厨娘从厨房里叫来。

"喏,奥尔迦,"他对她说,"把这位先生领到板棚里去,让他在那儿劈柴。"

衣服破烂的人耸动着肩膀,仿佛大惑不解似的,犹豫不决地跟着厨娘走去。从他的步法可以看出他答应去劈柴并不是因为他挨着饿,想挣点钱糊口,而只是因为说出口的话不便收回,碍于面子和羞耻心,不得不去罢了。此外还可以看出,他喝过酒,显得十分衰弱,身体不健康,一点也没有干活的心思。

斯克沃尔佐夫赶紧走进饭厅。在那儿,隔着一扇面对院子的窗户,可以看见堆木柴的板棚里和院子里发生的一切事情。斯克沃尔佐夫在窗前站住,看见厨娘和衣服破烂的人从后门走到院子里,穿过泥泞的雪地,往板棚那边走去。奥尔迦气呼呼地打量她的同伴,把胳膊肘往两旁张开,撞开板棚的门,愤愤不平,弄得门砰的一响。

"大概我们妨碍这个女人喝咖啡了,"斯克沃尔佐夫暗想,"好凶的女人!"

随后他看见那个冒充教师和大学生的人在木墩上坐下,用拳头支着红脸,想心事。那个女人拿过一把斧子来,丢在他脚边,气愤地吐口唾沫,从她嘴唇的活动样子,看得出她在骂他。衣服破烂的人犹豫不决地拉过一块木头来,夹在两条腿中间,胆怯地用斧子劈下去。木头摇晃一下,倒了。衣服破烂的人把它拉过来,往冻僵的手上哈一口气,又很小心地用斧子劈下去,仿佛生怕砍到他的套靴上,或者砍断他的手指头似的。木头又倒了。

斯克沃尔佐夫的愤怒已经消散,他想到他硬逼这个娇生惯养的、喝醉酒的、也许还有病的人在冷地里干粗活,心里有点不好受,有点难为情。

"嗯,没什么,让他去干吧……"他想着,从饭厅里走到卧室去,"我这是为他好。"

过一个钟头,奥尔迦来了,报告说木柴已经劈好。

"喏,给他半个卢布,"斯克沃尔佐夫说,"如果他愿意,就让他每月一日来劈柴。……工作是总归有的。"

到下月一日,那个衣服破烂的人来了,虽然几乎站都站不稳,可是又挣到半个卢布。从这回起，他常常到院子里来，每回都有活儿给他做，例如把雪扫成堆，或者把板棚里收拾干净，或者打掉地毯和床垫上的尘土。每回他干完活都挣到二十以至四十个戈比，有一回还外加拿到一条旧裤子。

斯克沃尔佐夫搬家的时候，雇他来帮忙，收拾和搬运家具。这回那个衣服破烂的人没有喝酒，脸色阴沉，不大说话。他几乎没有碰那些家具，低着头跟在货车后面走，甚至也不努力装得起劲些，光是冷得缩起身子，每逢赶车的笑他懒，笑他弱，笑他那件老爷穿过的破大衣，他总是很窘。搬运完结后，斯克沃尔佐夫吩咐人把他找来。

"嗯，我看出我的话已经对您发生作用了，"他给他一个卢布，说，"这是给您的劳动报酬。我看得出您没有喝酒，您不是不想干活。您姓什么？"

"路希科夫。"

"路希科夫，我能给您介绍另一种工作，好一点的工作。您会抄写吗？"

"会，先生。"

"那么明天您拿着这封信去找我的同行，您可以在他那儿得到抄写的工作。要好好工作，不要灌酒，不要忘了我对您说过的话。再见！"

斯克沃尔佐夫想到自己把一个人扶上正路，觉得很满意，就亲热地拍拍路希科夫的肩膀，甚至分别的时候跟他握了握手。路希科夫收下信，走了，从此再也没到院子里来干活。

两年过去了。有一回斯克沃尔佐夫站在戏院的售票窗口，正在付钱，却看见身旁站着个身材矮小的人，穿一件羊羔皮衣领的大衣，戴一顶旧的海狗皮帽。这个矮小的人胆怯地向售票员要一张最高楼座的戏票，付了几枚五戈比铜币。

"路希科夫,是您吗?"斯克沃尔佐夫认出这个人就是他旧日的劈柴工人,问道,"怎么样?您在做什么工作?生活好吗?"

"还好。……如今我在一个公证人那儿工作,薪水是三十五卢布,先生。"

"哦,谢天谢地。好极了!我为您高兴。我碰见您,非常快活,非常快活!要知道,在某种程度上,您要算是我的教子呢。真的,是我把您扶上正路的。您记得我怎样痛骂您吗,啊?那时候您羞得差点钻到地底下去。好,谢谢您,我的朋友,您总算没有忘掉我的话。"

"我也要谢谢您,"路希科夫说,"要不是那一次我去找您,也许我直到如今还在说我自己是教师或者大学生。是啊,在您那儿我总算得救,跳出那个陷坑了。"

"我非常高兴,非常高兴。"

"谢谢您那些好心的话和您好心的行动。您那时候说的一番话很精彩。我既感激您,也感激您的厨娘,求上帝保佑这个善良高尚的女人。您那时候说的一番话很精彩,当然,我到死都会念着您的情,然而认真地说,救我的却是您的厨娘奥尔迦。"

"这是怎么回事?"

"是这样。当初我到您家去劈柴,她一开头总是说:'唉,你呀,醉鬼!你这个遭到上帝诅咒的人!你怎么还不死哟!'然后她就在我对面坐下,闷闷不乐,瞧着我的脸,哭着说:'你这个不幸的人啊!在这个世界上你一点快活也没有,而且到了那个世界,你这个醉鬼也还要下地狱,遭火烧!你这倒霉的人啊!'您知道,她照这样说了许多。讲到她为我发过多少脾气,流过多少泪,我都没法对您说了。不过顶要紧的是,她替我劈柴!要知道,先生,我在您家里连一根柴也没有劈过,全是她劈的!至于为什么她要救我,为什么我瞧着她,就改邪归正,戒掉酒,我也没法对您解释清楚了。

我只知道我听到她的话,看到她的高尚行动,我的灵魂就起了变化,她把我挽救过来了,这是我永世也忘不了的。不过现在该入场,他们就要摇铃了。"

路希科夫鞠躬告辞,动身到楼座去了。

仇　　敌

九月里一个黑暗的夜晚,九点多钟,在地方自治局医生基利洛夫家里,他的独生子,六岁的安德烈,害白喉症死了。医生的妻子在死去的孩子小床前面跪下,绝望刚刚抓紧她的心,忽然门厅里响起了门铃声。

由于家里有白喉病人,所有的仆人从那天早晨起就都已经从家里给打发出去了。基利洛夫没穿上衣,只穿着解开了扣子的坎肩,也没擦干泪痕斑斑的脸以及被石碳酸烫伤的手,就这样亲自走去开门了。门厅里光线阴暗,他只看得见走进门的那个人长得中等身材,围一条白围巾,现出一张大脸,脸色非常白,白得仿佛他一进门连门厅都亮了点似的。……

"大夫在家吗?"来人很快地问道。

"我在家,"基利洛夫回答说,"您有什么事?"

"哦,就是您?很高兴!"来人快活地说着,开始在黑暗中找医生的手,后来找到了,就用自己的两只手紧紧握住那只手,"我很……很高兴!我跟您见过面的!……我姓阿包京……今年夏天在格努切夫家里荣幸地见过您!正好碰上您在家,我很高兴。……请您看在上帝面上,不要推辞,马上跟我一块儿走。……我的妻子病得很重。……我坐着马车来的。"

从来人的声调和动作可以看出他心情十分激动。他仿佛让火灾或者疯狗吓坏了,几乎压不住急促的呼吸,讲话很快,语音发颤,所讲的话带着毫不做作的诚恳和孩子气的畏怯口吻。他如同一切惊恐和吓坏的人一样,讲着简短而不连贯的句子,说了许多完全不贴题的和多余的话。

"我生怕您不在家,"他接着说,"我坐车来找您,一路上心里痛苦极了。……请您看在上帝面上,穿好衣服,跟我一块儿走。……事情是这样的:巴普钦斯基来找我,他就是亚历山大·谢敏诺维奇,您认得的。……我们就谈起天来……后来坐下喝茶,忽然我妻子大叫一声,按住心口,倒在椅子的靠背上。我们把她扶上床,我……我就用阿莫尼亚水擦她的两鬓,把水洒在她脸上……她躺在那儿跟死人一样。……我生怕这是动脉瘤症。……我们走吧。……她父亲就是害动脉瘤症死的。……"

基利洛夫听着,一句话也没说,好像听不懂俄国话似的。

等到阿包京再一次讲到巴普钦斯基,讲到他妻子的父亲,又在黑暗中找他的手,医生才摇摇头,开口了,而且淡漠地拖长每个字的字音:

"对不起,我不能去。……五分钟以前,我的……儿子死了。……"

"真的吗?"阿包金小声说,倒退一步,"我的上帝啊,我来得多么不是时候!这真是个出奇不幸的日子……出奇啊!多么凑巧……好像是故意这么安排好了似的!"

阿包金抓住门拉手,低下头,沉思了。他分明在踌躇,不知道该怎么办才好:是告辞走掉呢,还是继续央求医生。

"您听我说,"他热烈地说道,抓住基利洛夫的衣袖,"我很了解您的处境。上帝看得见,我在这样的时候来麻烦您,实在觉得难为情,不过我有什么办法呢?您想想看,我能去找谁呢?要知道,此地除了您以外,就没有别的大夫了。看在上帝面上,去一趟吧!

我不是为我自己求您。……害病的不是我！"

接着是沉默。基利洛夫扭转身去用背对着阿包金，站了一会儿，慢慢走出门厅，来到客厅。凭他那种不稳定的、心不在焉的步态看来，凭他在客厅里把一盏没点亮的灯上的毛茸茸的灯罩扶正，又看一眼摊在桌上的一本厚书的专心神情看来，这时候他既没有什么主见，也没有什么愿望，脑子里根本没有什么想法，大概已经不记得他家门厅里站着一个外人了。客厅里的昏暗和寂静显然使他越发麻木。他从客厅走进他的书房，不必要地把右腿抬得过高，伸出手去摸索门框，同时他全身流露出茫然的神态，仿佛闯进别人的家里，或者生平第一次喝醉酒，眼前正在困惑地体验这种新的感觉似的。有一道宽阔的亮光越过书架，照到书房的一面墙上，书房有一道门通到卧房，这道光同石碳酸和酒精的浓重窒闷的气味就是从微微拉开的卧房门缝里漏过来的。……医生在桌子前面一把圈椅上坐下，呆呆地朝桌上一本被灯光照亮的书，瞧了一会儿，然后站起来，走进卧房去了。

这儿，在卧房里，是死一般的寂静。一切，就连顶小顶小的东西，都在雄辩地述说着不久以前才过去的那场风暴，述说着疲劳。如今一切都在休息。一支蜡烛立在一张方凳上，夹在密密层层的药瓶、药盒、药罐中间，一盏大灯放在五屉柜上，它们把整个房间照得明亮耀眼。靠近窗口的床上，躺着一个男孩，睁着眼睛，脸上现出惊讶的神情。他不动弹，然而他那对睁开的眼睛似乎在一刻不停地变黑，越来越深地陷进眼眶里去。他母亲跪在床前，两条胳膊放在他身上，脸埋在被子的皱褶里。她像那个男孩似的一动也不动，然而她那扭弯的身体和那两条胳膊显出多么生动的活力啊！她把全身扑到床上，用尽力气如饥似渴地贴紧它，仿佛好容易才给她那疲乏的身体找到安宁舒适的姿势，生怕变动它。被子啦，抹布啦，水盆啦，地板上的水渍啦，丢得到处都是的小画笔和调羹啦，装着石灰水的白瓶子啦,使人窒息的沉闷空气啦,这些都已经死亡,似乎沉浸在安宁里了。

医生在妻子身旁站住,两只手插在裤袋里,偏着头,定睛瞧着他的儿子。医生脸上现出冷漠的神情,只有凭他胡子上发亮的泪珠才看得出他刚刚哭泣过。

人们谈到死亡而想到的那种阴森吓人的恐怖,在这个卧房里却不存在。这儿普遍的麻木、母亲的姿势、医生脸上的冷漠神情,都含着一种吸引人和打动人心的东西,也就是包藏在人类哀愁中那种细致而不易捉摸的美。人们还不会很快就领会或者描写这种美,恐怕只有音乐才能把它表达出来。就连房间里这种阴郁的寂静也可以使人感到那种美。基利洛夫和他的妻子没开口说话,也没哭,似乎他们除了感到失去儿子的惨痛以外,还感到他们处境的凄凉:如同从前他们的青春在某个时期消失了一样,眼前他们养育儿女的权利也随着男孩的死亡永远消失了!医生四十四岁,头发已经花白,看上去像个老人,他那憔悴多病的妻子三十五岁了。安德烈不仅是他们的独生子,而且也是最后一个孩子了。

跟妻子相反,医生是那种一感到精神痛苦就想活动一下的人。他在妻子身旁站了五分钟光景,就走开,高高地抬起右腿,从卧房走进一个小房间,那儿有一半地方让一个又大又宽的长沙发占据了。然后他又从这儿走进厨房。他在火炉旁边和厨娘的床边徘徊一阵,然后弯下腰,穿过一道小门,到了门厅。

在这儿他又看见白围巾和白脸。

"总算来了!"阿包金吁一口气说,伸手抓住门拉手,"我们走吧,劳驾!"

医生愣一下,看着他,想起来了。……

"您听我说,我已经跟您说过,我不能去!"他说着,振作起来,"这多么奇怪!"

"大夫,我不是木头人,我很清楚您的处境……我同情您!"阿包金用恳求的声调说,把手放到围巾上,"不过要知道,我不是为自己求您。……我的妻子就要死了!要是您听到那声喊叫,见过她的脸,您就会明白我为什么这样固执!我的上帝,我本来当是您去穿衣服的!大夫,时间宝贵!走吧,我求求您!"

"我不能去!"基利洛夫一个字一个字地说,然后迈步走进客厅。

阿包金跟在他后面,抓住他的衣袖。

"您有伤心事,这我明白,不过要知道,我请您去也不是治牙痛,更不是去做法院鉴定人,而是去救一条人命!"他继续像乞丐那样恳求道,"人命比一切个人的悲痛都要紧!是啊,我请您拿出勇气,拿出英雄气概来!我用博爱的名义请求您!"

"博爱可是两头都能打人的棍子,"基利洛夫生气地说,"我也用博爱的名义请求您不要把我拉走。这多么奇怪,真是的!我站都站不稳,可是您却用博爱来吓唬我!我现在什么事也做不成……我说什么也不能去,再者我把妻子托付给谁呢?不行,不行。……"

基利洛夫摆着手,往后倒退。

"而且……而且您也不用求我!"他惊慌地继续说,"请您原谅我。……按照第十三卷法规的规定,我非去不可,您有权利抓住我的衣领硬拉我走。……请吧,您拉吧,可是……我不行。……我连话都说不动。……请您原谅。……"

"您,大夫,不该用这种口气跟我讲话!"阿包金又拉住医生的衣袖说,"什么十三卷不十三卷,去他的!我没有任何权力强制您去。您愿意去就去,不愿意去也随您,然而我不是对您的意志讲话,我是对您的感情讲话。一个年轻的女人就要死了!您说您的儿子刚死,那么除了您还有谁会了解我的恐慌呢?"

阿包金的声音激动得发颤。这种颤音和这种口气比他的话语动听得多。阿包金本心是诚恳的,可是值得注意的是,不管他说什么,他的话总显得做作,缺乏感情,华而不实,很不得体,对医生家里的空气也罢,对那个正在不知什么地方垂危的女人也罢,简直像是侮辱。他自己也感觉到这一点,生怕别人误解,因此极力给他的声调添上委婉和柔和,为的是即使不能用他的话语折服人,至少也让他诚恳的声调感动人。一般说来,话无论说得多么漂亮和深刻,也只能影响不关痛痒的人,却不见得总能满足幸福的或者不幸的人。就因为这个缘故,沉默才常常成为幸福或者不幸的最高表现。一对爱人倒是在沉默的时候才更加互相了解,在坟墓旁边发表的激昂慷慨的演说却只能感动外人,死者的寡妇和孩子听起来反而觉得冷酷和无聊。

基利洛夫站着,一言不发。阿包金又讲了一些话,说到医生的崇高使命,说到自我牺牲等等,于是基利洛夫郁闷地问道:

"远不远?"

"大概有十三四俄里的路。我的马好得很,大夫!老实跟您说,您来回一趟不出一个钟头。只要一个钟头就足够了!"

最后这句话对基利洛夫的影响,远比有关博爱或者医生使命之类的宏论有力量得多。他想一想,叹口气说:

"好,走吧!"

他很快地走到书房,步子也稳多了。过了一会儿,他穿一件长上衣走回来。阿包金欢欢喜喜,帮着他穿上大衣,在他四周踩着碎步忙来忙去,脚底擦着地面沙沙地响,随后跟他一块儿走出房外。

外面天色黑下来,可是比门厅里亮。在黑地里清楚地现出医生那高大伛偻的身子、又长又窄的胡子和钩鼻子。阿包金呢,除了他的白脸以外,现在还可以看清他的大头和他那顶小得刚够盖严头顶的大学生制帽。那条围巾只有前面一部分发白,后面那部分却被长头发盖住了。

"请您相信,您这种宽宏的气度我是领情的,"阿包金把医生扶上马车,喃喃地说,"我们很快就会到家。你,路卡,好朋友,把车尽量赶得快点!劳驾!"

车夫把车赶得很快。先是一排不美观的房屋沿着医院的院子伸展出去,到处都乌黑,只有院子深处一个窗子里射出明亮的光芒,射透篱墙。医院正房楼上的三个窗子也不像外面那么黑。随后马车就驶进浓重的黑暗里。这儿可以闻到带着菌子味的潮气,可以听见树叶的飒飒声。有些乌鸦给车轮的辘辘声惊醒,在树叶中间扑腾,发出仓皇悲凉的叫声,仿佛知道医生的儿子死了,阿包金的妻子病了似的。可是后来,眼前闪过孤零零的一棵棵树和一丛丛灌木,随后有一个池塘阴森地发亮,水面上睡着巨大的黑影,于是马车在一片坦荡的平原上奔驰。乌鸦的叫声落在后面很远的地方,已经变得含混,不久就完全消失了。

一路上基利洛夫和阿包金几乎没有说话。只有一次阿包金深深叹一口气,喃喃地说:

"这局面真叫人难受啊!人们爱自己的亲人再也没有比眼看就要失去他们的时候爱得更深了。"

等到马车慢慢地渡过那条河,基利洛夫突然打个哆嗦,仿佛让河水声吓坏了,身子扭动起来。

"听我说,请您放我回去,"他发愁地说,"我随后再到您家里去。我只是要请一个医士去陪陪我的妻子。她可是孤单单一个人啊!"

阿包金没说话。马车摇摇晃晃,撞着石头,驶上沙岸,往前赶去。基利洛夫在愁闷中焦急不安,瞧着周围。在淡淡的星光下,可以看见他们身后那条路和岸边那些隐没在黑暗里的柳树。右边是一片平原,跟天空那样平坦,无边无际。远处,大概在泥炭沼地里吧,零零星星点着些昏暗的灯火。左边伸展着一道高冈,跟大路平行,高冈上长着一些小灌木丛,枝叶繁茂。天空中挂着一个很大的月牙,一动也不动,颜色发红,微微蒙着一层雾,四周是些碎云,那些云好像从四面八方回过头来看它,守住它,防备它跑掉似的。

整个自然界含有绝望和痛苦的意味。大地好比一个堕落的女人,独自坐在黑房间里,极力不想往事,她觉得回忆春天和夏天太苦,如今只是冷漠地等待着不可避免的冬天。不管往哪边看,大自然处处都像个黑暗而冰冷的深渊,不论基利洛夫也好,阿包金也好,那个红色的月牙也好,都休想逃出去了。……

马车离目的地越近,阿包金就变得越是焦躁。他扭动身子,跳起来,从车夫肩上往前看。最后马车总算在一个门口停下,那儿雅致地挂着花条麻布门帘。阿包金看看楼上灯光明亮的窗子,同时医生可以听见他的呼吸声在颤抖。

"要是有个好歹,那……我就活不下去了。"他跟医生一块儿走进门厅说,激动得不住搓手。"不过这儿听不见闹哄哄的声音,可见至今还没出事。"他听一听四周的寂静,补充了一句。

在门厅,既听不见说话声,也听不见脚步声。整所房子虽然灯光明亮,却像是睡着了。医生和阿包金本来一直在黑暗里,现在才可以互相看清。医生高身量,背有点伛偻,衣服不整齐,面貌不好看。他那像黑人般的厚嘴唇、钩鼻子、冷淡无光的眼睛,现出一种不招人喜欢的生硬、阴沉、严峻的神情。他那没有梳理的头发,瘪下去的鬓角,稀疏得露出下巴的长胡子那种未老先衰的花白颜色,灰白的皮肤,漫不经心、笨头笨脑的举止,所有这些都显得那么冷漠,使人想到他历年的贫穷和厄运,对生活和对人的厌倦。看着他那干瘦的身材,谁也不会相信这个人能有妻子,他能为儿子痛哭。阿包金的相貌却是另一个样子。他是个丰满、结实的金发男子,脑袋很大,脸庞又大又温和,装束优雅,穿着最时新的衣服。他的风度、扣紧纽扣的上衣、长头发、面容都使人感到一种高贵的、狮子般的气概。他走路昂起头,挺起胸脯,说话用的是好听的男中音。他拿掉围巾或者抚平头发的姿态流露出细腻的、几乎可以说是女性的秀气。就连他一面脱衣服、一面朝楼上张望的时候那种苍白的脸色和孩子气的恐惧,也没有破坏他的风度,冲淡他周身洋溢着的饱足、健康、自信的神态。

"这儿看不见一个人,也听不见什么声音,"他说着,走上楼去,"也没有忙乱的样子。上帝保佑!"

他领着医生穿过门厅,走进一个大厅,那儿放着一架乌黑的钢琴,挂着一个蒙着白套子的枝形烛架。他们两个人从这儿走进一个十分舒适漂亮的小客厅,那儿弥漫着好看的、半明半暗的粉红色亮光。

"好,请您在这儿坐一会儿,大夫,"阿包金说,"我呢……马上就来。我去看一看,通知一下。"

基利洛夫就一个人留在这儿。尽管客厅豪华,半明半暗的灯光使人感到舒服,而且他到这个不相识的生人家里来未免有点离奇,可是这些分明都没有打动他的心。他坐在一把圈椅上,瞅着自己那双被石碳酸灼伤的手。他只随便看一眼鲜红的灯罩和提琴盒,斜起眼睛往钟声滴答的那边瞟一眼,发现一只制成标本的死狼,也像阿包金本人那样结实和饱足。

四下里静悄悄的。……在那些互相连接的房间里,远处不知什么地方,有人高声喊了一下"啊!",随后大概是一口立橱的玻璃门哐啷一响,过后一切又归于沉寂。基利洛夫等了五分钟光景,不再瞅自己的手,却抬起眼睛看门口,阿包金原是从那儿走出去的。

这当儿阿包金正好站在门口,然而已经不是刚才出去的那个阿包金了。他那饱足的神情和细腻的优雅不见了,他的脸、手、姿势被一种不知是恐怖还是生理上的剧烈痛苦引起的憎恶心情弄得变了样儿。他的鼻子、嘴唇、上髭,他的整个五官都在动,仿佛要跟他的脸分开,他那对眼睛倒似乎痛苦得笑了。……

阿包金迈着沉重的大步走到客厅正中,弯下身子,发出呻吟声,摇着拳头。

"她骗了我!"他叫道,使劲念那个"骗"字,"她骗了我!她走了!刚才她害病,打发我去找大夫,只是为了跟那个小丑巴普钦斯基私奔罢了!我的上帝啊!"

阿包金迈着沉重的步子走到医生跟前,把两个又白又软的拳头伸到他的脸跟前,摇晃着,继续叫道:

"她走了!!她骗了我!哼,她何必这样作假?我的上帝!我的上帝啊!何必玩这种肮脏的骗人花招,何必玩这种恶魔一样的、毒蛇一样的把戏?她走了!"

泪水从他的眼睛里涌出来。他猛地扭转身,在客厅里走来走去。现在他穿着短上衣,一条时髦的瘦裤子裹着他的两条腿,使腿显得很细,跟身体不相称,再加上他的大头和长头发,非常像一头狮子。医生淡漠的脸上闪着纳闷的神情。他站起来,瞅着阿包金。

"对不起,病人在哪儿?"他问。

"病人!病人!"阿包金嚷着,又哭又笑,仍旧摇拳头,"她不是病人,她是个该死的人!下流!卑鄙,连魔鬼都想不出比这再卑劣的勾当!她打发我出去无非是为了跟那个小丑,跟那个呆头呆脑的丑角,跟那个面首逃跑,逃跑!啊,上帝,巴不得她死了才好!我受不了!我受不了!"

医生挺直身子。他的眼睛眯着,充满泪水,他的窄胡子随着下巴一同向左右两边颤动。

"对不起,这是怎么回事?"他问,纳闷地往四下里张望,"我的孩子死了,我的妻子在伤心,而且孤零零地待在一所空房子里……我自己也站都站不稳,有三夜没合眼了……结果怎么样呢?

我给硬逼着到这儿来陪着表演这么一出庸俗的滑稽戏,当个跑龙套的!我……我不懂!"

阿包金松开一个拳头,把一张揉皱的信纸丢在地板上,用脚踩它,就跟踩一条他要弄死的虫子似的。

"以前我一直没看出来……一直没弄明白!"他咬紧牙关说,把一个拳头举到自己的脸跟前摇晃着,脸上现出仿佛有人踩了他的鸡眼那样的神情,"我没有留意到他天天都来,没有留意到他今天是坐着轿式马车来的!为什么他坐轿式马车?我却没理会!傻瓜呀!"

"我不……不懂!"医生嘟哝道,"这究竟是什么意思!是啊,这是挪揄人的尊严,嘲弄人的痛苦!真是岂有此理……这还是我生平头一回见到!"

医生现出一个刚开始明白自己受到奇耻大辱的人的惊呆神情,耸耸肩膀,摊开两只手,不知道该说什么、该做什么好,浑身无力地往圈椅上一坐。

"是啊,就算你不再爱我,你爱上别人了吧,那也由你,可是何必骗人,何必玩这种昧良心的卑鄙手段呢?"阿包金用含泪的声音说。"这是何苦?这图的是什么?我做了什么对不起你的事?您听我说,大夫,"他走到基利洛夫跟前,激昂地说,"您不由自主地做了我的不幸的见证,我也不打算把真情瞒住您。我对您赌咒:我爱这个女人,像奴隶那样百依百顺地爱她!我为她牺牲了一切:跟亲人吵翻,丢开工作和音乐,有些事情换了是我母亲或者姐妹做的,我都不会原谅,我却原谅了她。……我从没斜起眼睛看过她一次……从没做过什么对不起她的事!那么何必这样作假呢?我并不硬要她爱我,可是为什么设下这种可恶的骗局呢?你不爱我,那就直截了当,光明正大地对我说好了,特别因为你知道我对这种事的看法嘛。……"

阿包金眼睛里含着泪水,周身发抖,诚恳地把心里的话都对医生说了。他讲得激昂,两只手按住心口,一点也不犹豫地把他家庭的隐私和盘托出,甚至仿佛很高兴,因为总算把这种秘密统统从胸中挖出去了。要是让他照这样谈上一两个钟头,吐尽他的衷曲,他无疑地会好受一点。谁知道呢,假如医生肯听他讲下去,像朋友那样同情他,那么,也许就会出现常有的那种情形,他会把烦恼抛开,不再抗议,也不再去做不必要的糊涂事了。……可是事实不是这样。当阿包金讲话的时候,受了侮辱的医生却起了显著的变化。他脸上的淡漠和惊奇渐渐化为沉痛的委屈、愤慨、盛怒。他的五官变得越发凶狠、冷峻,不顺眼了。阿包金把一张年轻女人的照片举到他眼前,那女人容貌俏丽,然而神态冷漠,没有表情,像修道女一样,于是阿包金问医生说:瞧着这张脸,人能相信她会作假吗?可是医生突然跳起来,眼睛发亮,粗声粗气吐出每一个字,说道:

"为什么您给我讲这些?我不想听!不想听!"他叫道,用拳头砸一下桌子,"我不要听您那些庸俗的秘密,叫它们见鬼去吧!不准您对我讲这些庸俗勾当!莫非您以为我还没有受够侮辱?您以为我是个奴仆,就可以任人侮辱个够?是吗?"

阿包金从基利洛夫面前往后倒退,惊奇地定睛瞧着他。

"您为什么把我带到这儿来?"医生接着说,抖动着胡子,"如果您吃饱喝足了而要结婚,吃饱喝足了而要闹点花样,演这种悲欢离合的戏,那么叫我来夹在当中算是怎么回事?我跟你们的男女私情有什么相干?别烦我!您管自去过您那种高尚的剥削生活,卖弄那些人道主义思想,玩那些乐器,"这时候医生斜眼看了一下提琴盒,"您管自去拉低音提琴,吹长号,长得跟阉鸡那么肥,可是不准您嘲弄人的尊严!如果您不善于尊重人的尊严,至少也别去碰它!"

"对不起,您这些话是什么意思?"阿包金涨红脸问道。

"这意思是说,照这样拿人开玩笑是卑鄙下流！我是医生,您把医生和一般的工作者,把那些身上没有香水气味和卖淫气息的人,统统看成奴仆和低级趣味的人①。也罢,您要这样看也由您,可是谁也没有给您权力把一个正在受苦的人当成跑龙套的！"

"您怎么敢跟我这样说话？"阿包金小声问道,他的脸又跳动起来,这一回分明是出于愤怒。

"不,您既然知道我有伤心事,您怎么敢把我弄到这儿来听这些庸俗的事情？"医生叫道,又举起拳头砸一下桌子,"谁给您权力这样嘲弄别人的悲痛？"

"您发疯了！"阿包金嚷道,"这是多么不体谅人！我自己本来就深深地不幸,而……而……"

"不幸,"医生冷笑说,"请您不要提这两个字,它们跟您毫不相干。浪子借不到钱也说自己不幸。阉鸡肥得不好受也算是不幸。无聊的人！"

"先生,您太放肆了！"阿包金尖叫道,"说这样的话……照理要挨打！您明白吗？"

阿包金匆匆地把手伸进里面的口袋,从那儿取出钱夹来,抽出两张钞票,丢在桌子上。

"这是您的出诊费！"他说,鼻孔扇动着,"给您钱就是！"

"不准您给我钱！"医生说着,把钞票从桌上拂落到地板上,"侮辱不能用钱来赔偿！"

阿包金和医生面对面站着,在气愤中继续用不得当的话互相辱骂。恐怕他们有生以来,就连在梦魇中,也从没说过这么多不公平的、恶狠狠的荒唐话。这两个人身上强烈地表现出不幸的人的自私心理。不幸的人是自私、凶恶、不公平、狠毒的,他们比傻子还

---

① 原文为法语。

要不容易互相了解。不幸并不能把人们联合起来,反而把他们拆开了。甚至有这样的情形:人们怀着同样的痛苦,本来似乎应该联合起来,不料他们彼此干出的不公平和残忍的事,反而比那些较为满足的人之间所干的厉害得多。

"请您派车子送我回家!"医生气喘吁吁地喊道。

阿包金使劲摇一下铃。然而没有人应声跑来,他就又摇铃,生气地把铃丢在地板上。铃带着闷闷的响声落在地毯上,发出一声凄凉的哀叫,仿佛临死的呻吟。有个听差来了。

"你们都躲到哪儿去了,见你们的鬼?!"主人捏紧拳头,痛骂他,"刚才你在什么地方?去,叫他们给这位先生把四轮马车准备好,再吩咐他们把轿式马车套好马,我要用!等一等!"他看到听差回转身要走,又嚷道,"明天这所房子里不准留下一个奸细!你们统统给我滚出去!我要另外雇人!你们这些坏蛋!"

等候马车的那段时间,阿包金和医生一句话也没说。在阿包金身上,又恢复了原先那种饱足的神情和细腻的优雅。他在客厅里走来走去,优雅地摇着头,显然在盘算什么事。他的怒火还没有平息,不过他极力装得没注意他的仇敌。……医生呢,站在那儿,一只手扶着桌子边沿,瞧着阿包金,眼睛里带着深刻的、有点讥诮的、难看的轻蔑神情,像这样的神情是只有处在悲伤和困厄中的人看见面前立着饱足和优雅的人的时候才会有的。

过了一会儿,医生坐上四轮马车上路了,然而他的眼睛里仍旧现出轻蔑的神情。天色黑暗,比一个钟头以前黑多了。红色的月牙已经移到高冈后面,原先守护月牙的碎云如今像一块块黑斑似的躺在星星旁边。一辆挂着红灯的轿式马车沿着大路隆隆响地驶来,然后赶到医生马车的前头去了。这是阿包金坐上马车去诉说他的不平,去做糊涂事了。……

一路上,医生没想他的妻子,也没想他的安德烈,却在想阿包金和在他刚离开的那所房子里生活的人。他的思想不公平,残忍得不近人情。他暗自痛骂阿包金,痛骂他的妻子,痛骂巴普钦斯基,痛骂一切生活在半明半暗的粉红色亮光里而且发散着香水气味的人。一路上他痛恨他们,蔑视他们,弄得他的心都痛了。在他的心里,关于这些人就此形成了一种固定的看法。

光阴会消逝,基利洛夫的悲伤也会消散,可是这种不公平的、跟人类的心灵不相称的看法却不会消失,而要保留在医生的心里,一直到他去世的那天。

善良的日耳曼人

丰克公司炼钢厂工长伊凡·卡尔洛维奇·希威①由厂主派到特维尔城,在当地制造一种定购的产品。他为那种产品忙碌了四个月左右,一心想念他那年轻的妻子,到后来连胃口都差了,有两次甚至哭起来。他在返回莫斯科的路上,一直闭着眼睛,想象自己怎样回到家,厨娘玛丽雅怎样为他开门,他的妻子娜达霞怎样跑过来搂住他的脖子,叫起来。……

"她没料到我这时候回来。"他想,"那倒更好。她会喜出望外的,好极了。……"

他坐晚班火车回到莫斯科。趁搬运工人替他去取行李,他就抽空到小吃部喝了两瓶啤酒。……他喝过啤酒后,心肠变得很软,因此一辆街头马车把他从火车站送到普烈斯尼亚街的时候,他不住唠叨说:

"你啊,赶车的,是个好车夫。……我喜欢俄国人!……你是俄国人,我妻子是俄国人,我也是俄国人。……我父亲是日耳曼人,不过我是俄国人。……我恨不得跟德国打一仗才好。……"

他正沉湎在幻想里,厨娘玛丽雅来给他开门了。

"你也是俄国人,我也是俄国人……"他唠唠叨叨,把行李交

---

① "希威"是日耳曼人的姓。

46

给玛丽雅,"我们都是俄国人,都说俄国话。……娜达霞在哪儿?"

"她睡了。"

"好,别惊醒她。嘘……我自己去叫醒她。……我要吓她一跳。让她吃一惊。……嘘!"

带着睡意的玛丽雅接过行李,走到厨房去了。

伊凡·卡尔雷奇①笑吟吟地搓着手,眯着眼睛,踮起脚尖,走到卧室门口,小心推开房门,生怕那扇门发出吱呀的响声。……

卧室里漆黑而安静。……

"我马上就会吓她一跳,"伊凡·卡尔雷奇暗想,划亮一根火柴。……

然而,可怜的日耳曼人啊!正当他火柴上的硫黄燃起蓝色火苗的时候,他却看见这样一幅画面:靠墙的床上躺着一个女人,把被子蒙住头,睡着了,他只看得见两个光光的脚后跟,另一张床上却睡着一个身材魁梧的男人,脑袋很大,生着红头发和长唇髭。……

伊凡·卡尔雷奇不相信自己的眼睛了,他又划亮一根火柴。……他接连划亮五根,而那个难于叫人相信的、又可怕又可气的画面却不断出现。日耳曼人的两条腿发软,背上发凉,身子僵直了。啤酒的醉意突然离开他的头脑,他觉得他的心兜底翻了个身。他头一个想法和愿望,就是操起一把椅子,使足力气往那个红脑袋上砸过去,再抓住他不忠实的妻子那光光的脚后跟,把她往窗外一摔,让她撞碎里外两层窗框,哐啷一响,飞到外面,摔在马路上。

"哦,不,这还太便宜他们!"他想了一会儿,暗自决定,"我要先把他们羞辱一场,再把警察和亲友找来,然后我把他们都杀死。……"

---

① 伊凡·卡尔洛维奇的简称。

他穿上皮大衣,过一会儿走到了街上。在街上,他沉痛地哭起来。他一面哭一面想到人们的忘恩负义。那个露出光光的脚后跟的女人从前原是一个穷缝工,他给了她幸福,让她做了一个在丰克公司每年挣七百五十卢布的有学识的工长的妻子!她从前地位低下,穿着印花布衣服,像个女仆,多亏他,如今才戴上帽子和手套,连丰克公司的职员都对她称呼"您"了。……

他心里想:女人多么阴险狡猾啊!娜达霞装出她嫁给伊凡·卡尔雷奇是出于热烈的爱情,每个星期都给他写一封温柔的信,寄到特维尔去。……

"啊,这条蛇,"希威在街上走着,暗想,"唉,为什么我娶个俄国人呢?俄国人都是坏人!野蛮人,乡巴佬!我恨不得跟俄国打一仗才好,见他的鬼!"

过了一会儿,他又想:

"真奇怪,她宁可不要我而勾搭上一个红头发的流氓!是啊,要是她爱上丰克公司的一个职员,我倒也原谅她,可她却爱上个衣袋里连十戈比银币都没有的鬼家伙!唉,我真是个不幸的人啊!"

希威擦干眼睛,走进一家饭铺。

"给我拿纸和墨水来!"他对茶房说,"我要写信!"

他用发抖的手先给住在谢尔普霍夫的岳父和岳母写好一封信。他在信上对两个老人说,正直而有学识的工长不愿意跟淫荡的女人共同生活下去,又说只有父母是蠢猪,女儿才会是蠢猪,又说希威恨不得对所有的人都吐口痰才好。……他在信的结尾要求两个老人把女儿和她那红头发坏蛋一齐带走,他所以没有打死那个家伙,无非是因为不愿意弄脏手罢了。

然后他走出饭铺,把信放进信箱。他在全城逛荡,想着自己的伤心事,照这样一直走到第二天早晨四点钟。这个可怜的人消瘦而且憔悴了,最后得出结论:生活就是命运的恶毒嘲弄,对正派的日耳曼人来说,再生活下去未免愚蠢而不体面。他决定既不对他的妻子也不对那个红头发报复了。他所能做的最好的事,就是用宽宏大量来惩罚他的妻子。

"我去对她把话都说穿,"他在回家的路上暗想,"然后我就自杀了事,……让她跟她那个红头发的男人去过美满的日子好了,我不去碍他们的事。……"

他就幻想他怎样死掉,他妻子怎样受不住良心的谴责而难过。

"我偏要把我的财产留给她,对了!"他拉一下自己家的门铃,嘟哝道,"那个红头发的男人比我好,那就让他也一年挣七百五十卢布,看他办得到办不到!"

这回给他开门的还是厨娘玛丽雅,她看见他,不由得十分惊讶。

"你去叫娜达里雅①·彼得罗芙娜来,"他说,没有脱掉皮大衣,"我有话要跟她说。……"

过了一分钟,伊凡·卡尔雷奇面前站着个年轻的女人,只穿着衬里衣服,光着脚,现出吃惊的脸色。……受了欺骗的丈夫哭着,举起两只手,说:

"我全知道了!骗不了我!我亲眼看见那个长着两撇长胡子的红头发畜生了!"

"你疯了!"他的妻子叫道,"你干吗这么嚷?你会把房客吵醒的!"

"啊,红头发的骗子!"

"我叫你别嚷!你灌饱了酒,醉醺醺的,跑到这儿来嚷!快去睡觉!"

"我可不愿意跟那个红头发的人睡一张床!对不起!"

---

① 上文的娜达霞是娜达里雅的爱称。

"你真疯了!"他妻子生气地说,"要知道,我们家里有房客了!原来做我们卧室的那个房间,现在租给一个钳工和他妻子住了。"

"啊……啊?什么钳工?"

"就是那个红头发的钳工和他妻子啊。我让他们在这儿住下,每月收四卢布房钱。……别嚷,要不然就把他们吵醒了!"

德国人瞪大眼睛,对妻子看了很久,然后低下头,慢慢地吹一声口哨。……

"现在我才明白……"他说。

过了一会儿,日耳曼人恢复原来的心境。伊凡·卡尔雷奇觉得心情舒畅了。

"你是俄国人,"他嘟哝说,"厨娘也是俄国人,我也是俄国人。……大家都说俄国话。……那个钳工是个好钳工,我想拥抱他。……丰克公司也是个好公司。……俄国是一块好土地。……我恨不得跟德国打一仗才好。"

黑　　暗

　　一个年轻小伙子，生着淡黄的头发和突出的颧骨，身穿破皮袄，脚上一双又大又黑的毡靴，等到地方自治局医生看完门诊，从医院里走出来，回到住处去，他就胆怯地走到医生跟前。

　　"有一件事要麻烦你老人家。"他说。

　　"你有什么事？"

　　小伙子把手心放到鼻子上，从下往上地揉搓着，抬起眼睛看一阵天空，然后回答说：

　　"有一件事要麻烦你老人家。……我哥哥瓦斯卡，瓦尔瓦利诺村的铁匠，就在你这儿的囚犯病房里，老爷。……"

　　"是的，那又怎么样？"

　　"我呢，就是瓦斯卡的弟弟。……我爸爸生了我们哥儿俩，他瓦斯卡和我基利拉。除了我们，还有三个姐妹。瓦斯卡成了亲，有了个小娃娃。……家里人口多，可又没有干活的人。……打铁铺多半有两年没烧火了。我自己在布厂里干活，不会打铁，讲到我爸爸，他哪儿还能干活？漫说干活，就连吃东西都不灵便，汤匙都送不到嘴上去了。"

　　"你找我到底有什么事？"

　　"你行行好，把瓦斯卡放出来吧！"

　　医生吃惊地瞧着基利拉，一句话也没说，管自往前走去。小伙

51

子跑到他前面,扑通一声跪在他面前。

"大夫,好老爷!"他哀求说,眯着眼,又用手心揉鼻子,"求你像上帝那样发慈悲,把瓦斯卡放回家!让我们永生永世为你祷告上帝!老爷,放了他吧!一家人都要活活饿死了!我妈天天哭,瓦斯卡的婆娘也哭……真是要命!我都不愿意再瞧亮晃晃的阳光了!行行好,把他放了吧,好老爷!"

"你究竟是脑子笨呢,还是发了疯?"医生生气地瞧着他,问道,"我怎么能放他?要知道,他是囚犯!"

基利拉哭起来。

"放了他吧!"

"呸,你这怪人!我怎么有权放他?我是狱卒还是怎么的?人家把他带到医院里来,找我治病,我就给他治病,至于释放他,那就跟把你关进监狱一样,我一点权力也没有。傻瓜!"

"可是,他本来就是平白无故坐牢的啊!开审前,他就已经在牢里关了差不多一年,可是现在,请问,为什么还关着他呢?比方说,他杀了人,或者偷了马,那倒不去说他了,可现在是无缘无故,硬这么关着啊。"

"你说的都对,不过这跟我有什么相干呢?"

"他们把个庄稼汉关进监牢,可是自己也不知道为什么要把他关起来。老爷,他原本喝多了酒,糊里糊涂,连我爸爸都挨了他一个耳光,他还醉醺醺地撞在树枝上,把自己的脸也碰伤了。你知道,我们村里有两个小伙子,想要土耳其烟草,就来跟他说,要他夜里跟他们一块儿溜进亚美尼亚人的小铺去弄点烟草。他呢,这个傻瓜,醉醺醺地依了他们。你知道,他们扭开锁,溜进去,撒起酒疯来了。他们见着什么就翻什么,砸碎了玻璃,把面粉也弄撒了。一句话,他们都醉了。好,乡村警察立时跑来……一来二去就把他们押到法院侦讯官那儿。他们整整坐了一年的牢,直到上个星期,星期三那天,他们三个才在城里过堂。一个兵拿着枪立在他们后头……大家宣誓。瓦斯卡比别人罪过都小,可是那些老爷硬说他是领头的。那两个小伙子坐牢了,可是瓦斯卡得做三年苦工。这是为什么?审案子得凭良心啊!"

"不管怎么样,我跟这件事不相干。你去找那些当官的。"

"我已经到当官的那儿去过。我走进法院,想递个呈子上去,他们却连呈子也不收。我到区警察局局长那儿去过,也到侦讯官那儿去过,人人都说:'这不关我的事!'那么这事到底归谁管呢?不过在这儿医院里,数你最大,上头没有人了。老爷,你要怎么办就能怎么办。"

"你这傻子!"医生叹道,"只要陪审员判了他的罪,那就漫说省长,连大臣也没法办,更别说区警察局局长了。你这是白忙一场!"

"那么是谁判他有罪的?"

"那些陪审员先生啊。……"

"他们哪能算是先生?都是我们庄稼汉!有安德烈·古烈夫,有阿辽希卡·胡克。"

"哎,我懒得跟你讲下去了。……"

医生摆一摆手,很快地往自家门口走去。基利拉本想跟着他走,可是看见房门砰的一声关上,就站住了。他在医院的院子里一动不动地站了十来分钟,没戴上帽子,瞧着医生的住宅,然后深深叹一口气,慢慢搔一搔脑袋,往大门口走去。

"可是该去找谁才对呢?"他嘟哝着,走到大路上,"这个说这不关我的事,那个也说这不关我的事。那么这事到底归谁管呢?嗯,对了,你不塞给人家几个钱,那就什么事也办不成。大夫嘴里在说话,可老是瞧着我的手,看我会不会给他一张蓝票子。嗯,老兄,就连省长,我也能想法见到哩。"

他走一步挨一步,毫无必要地不住回头看,懒洋洋地顺着大路走去,显然在踌躇,不知道该到哪儿去才好。……天气不冷,雪在他脚下微微发出嘎吱嘎吱的声音。他前面,不出半俄里远,在一道高冈上,铺展着一个小小的县城,不久以前他哥哥就是在那儿受审的。右边是乌黑的监狱,红房顶,四角立着岗亭。左边是城郊的大树林,如今披着银霜。四下里静悄悄的,只有一个老头,身穿女人的短大衣,头戴大便帽,在前面走着,不住咳嗽,吆喝一头奶牛,他正把它赶到城里去。

"老大爷,你好!"基利拉追上老人,说。

"你好。……"

"你把牛赶到市上去卖吗?"

"不是的,随便走走……"老人懒洋洋地回答说。

"你是城里人?"

他们攀谈起来。基利拉讲起他为什么到医院去,跟医生谈了些什么话。

"大夫不管这些事,这是当然的。"他们两个人走进城的时候,老人对他说,"他虽然也是老爷,可是他学的是用各种方法治病,讲到给你出个真正的好主意或者比方说写个呈子什么的,他就办不到了。干这号事自有专管这号事的官儿。你到调解法官和区警察局局长那儿去过。他们也没法管你的事。"

"那该到哪儿去呢?"

"管你们庄稼人事情的头儿,是乡公所的常任委员,他派到这儿来就是专管这个的。你该去找他。西涅奥科夫老爷。"

"就是住在左洛托沃村的那个老爷吗?"

"嗯,对了,就是左洛托沃村的那个老爷。他是你们的头儿。讲到你们庄稼人的事,就连县警察局局长也没有权力驳回他的主张。"

"老大爷,路可是很远哪!……大概有十五俄里,也许还不止吧。"

"要办事的人就连一百俄里也得走。"

"这话倒不错。……那么要不要递给他一个呈子什么的?"

"你到了那儿就知道了。要是得递呈子,文书会很快给你写好的。常任委员手下有个文书。"

基利拉跟老大爷分手后,在广场上呆站了一会儿,想一想,就从城里往回走。他决定到左洛托沃村去一趟。

大约五天后,医生诊完病人,返回自家住宅去的时候,又在院子里看见基利拉。这回,小伙子不是一个人来的。他带着一个消瘦不堪、脸色十分苍白的老人。老人不住摇头,像钟摆一样,嘴唇也不住颤动。

"老爷,我又来麻烦你老人家了!"基利拉开口说,"这回我是跟我爸爸一块儿来的,你行行好,把瓦斯卡放了吧!常任委员连话都不肯跟我说。他光是说:'走开!'"

"老爷!"老人说,喉咙里嘶嘶地响,拧起颤抖的眉毛,"您发发慈悲吧!我们是穷人,我们没法报答您老人家,不过要是您老人家不嫌弃,基留希卡①或者瓦斯卡可以干活儿报答您。您管自让他们干活儿。"

"我们一定干活儿报答你!"基利拉说着,举起手来,仿佛要起誓似的,"放了他吧!一家人都要饿死了!他们哇哇地哭,老爷!"

小伙子很快地对他父亲使了个眼色,拉拉他的衣袖,他俩就像听到一声命令似的一齐在医生面前跪下。医生摆一下手,头也不回,很快地往自家门口走去。

---

① 基利拉的爱称。

波 连 卡

下午一点多钟。在游廊式的商场里,有一家名叫"巴黎新货"的服饰用品商店,生意正兴隆。人可以听见店员们的说话声合成的单调的嗡嗡声,如同教员叫所有的学生背诵功课的时候学校里往往会发出的那种嗡嗡声。无论是女顾客的笑声,还是玻璃大门的开关声,或者学徒的奔跑声,都不能破坏这种单调的嗡嗡声。

时装工场老板玛丽雅·安德烈耶芙娜的女儿波连卡,一个娇小纤瘦的金发姑娘,站在商店中央,正用眼睛找一个什么人。一个黑眉毛的学徒跑到她跟前,很庄重地瞧着她,问道:

"您想买点什么,小姐?"

"往常总是尼古拉·季莫费伊奇接待我的。"波连卡回答说。

这时候店员尼古拉·季莫费伊奇,一个黑发男子,头发拳曲,身材匀称,装束入时,领带上别着一枚大别针,已经在柜台上清理出一块地方,伸出脖子,笑吟吟地瞧着波连卡。

"彼拉盖雅·谢尔盖耶芙娜,您好!"他用好听的、健康的男中音叫道,"请过来吧!"

"啊,您好!"波连卡走到他跟前说,"您看,我又来找您了。给我拿点花边。"

"是做什么用的呢?"

"镶胸口,镶背部,一句话,镶一套衣服用。"

"马上就给您拿来。"

尼古拉·季莫费伊奇在波连卡面前放下几种花边。波连卡懒洋洋地挑选着,开始讲价钱。

"求上帝怜恤吧,一个卢布可一点也不算贵!"店员劝说着,现出迁就的笑容,"这是法国花边,纯丝的。……我们还有普通花边呢……那种花边四十五戈比一俄尺①,质地可就不一样了!求上帝怜恤吧!"

"我还要买一件玻璃珠花边的胸衣,安着花边结成的纽扣,"波连卡说着,低下头凑近花边,不知什么缘故叹了一口气,"您这儿可有配得上这种颜色的玻璃珠花边?"

"有,小姐。"

波连卡越发低下头去凑近柜台,小声问道:

"为什么您,尼古拉·季莫费伊奇,上星期四那么早就离开我们走了?"

"哼!……奇怪,您居然留意到了,"店员讥诮地说,"当时您对那位大学生先生那么入迷……奇怪,您怎么会留意到我走了!"

波连卡涨红脸,一声不响。店员激动得手指发抖,关上那些盒子,毫无必要地把它们一个个堆在一起。随后沉默了一会儿。

"我还要买些玻璃珠的花边。"波连卡说,惭愧地抬起眼睛来看着店员。

"您要哪一种?黑的和花的玻璃珠花边镶在网纱上,要算是顶时髦的装饰了。"

"什么价钱?"

"黑的是从八十戈比起,花的呢,两卢布五十戈比。我以后再也不到您那儿去了。"尼古拉·季莫费伊奇小声补充了一句。

---

① 旧俄长度单位,1俄尺等于0.71米。

"为什么?"

"为什么?很简单。您自己心里一定明白。我何苦自找烦恼呢?怪事!难道我瞧见那个大学生在您身旁献殷勤,我心里会觉得舒服?是啊,我什么都看见,都明白了。从去年秋天起,他就一直拼命追您,您差不多天天跟他一块儿出去散步。每逢他到您家里去做客,您总是迷迷糊糊地盯着他瞧,就跟瞧见一个天使似的。您爱上他了,在您眼睛里天下再也没有比他更好的人了,那么,好极了,还有什么可说的呢。……"

波连卡没说话,心慌意乱地伸出手指头在柜台上划来划去。

"我全看清楚了,"店员接着说,"我还有什么理由再到您那儿去呢?我也有自尊心。并不是人人都乐意做大车上的第五个轮子的。您还买点什么?"

"我妈吩咐我买许多东西,可是我都忘了。另外还要帽子上的羽毛。"

"您要哪一种?"

"要好一点和时新一点的。"

"眼下顶时新的是真正的鸟毛。颜色呢,不瞒您说,眼下顶时新的是淡紫色,或者'卡纳克'色,也就是深红中带点黄颜色。我们有许多花色随您挑选。这件事会闹到什么下场,我简直不明白。您爱上他,那么这件事怎么了结呢?"

在尼古拉·季莫费伊奇脸上,眼圈四周现出了红晕。他两只手揉搓着一根很软的、毛茸茸的丝绦,接着嘟哝说:

"您有心嫁给他,对不对?哼,讲到这个,您还是丢开妄想的好。大学生可是不准结婚的,再说,他来找您是要得到一个光明正大的结局吗?哪儿会!要知道,他们那班大学生,根本就不把我们当人看。……他们到商人和时装女工家里去只是要嘲笑他们的粗俗,喝一个醉罢了。他们在自己家里和正派人家里不好意思灌酒,而到了我们这种无知无识的普通人家里,他们就用不着不好意思,哪怕两脚朝天、双手按地走路也无所谓。对了!那么您要哪一种羽毛呢?如果他缠着您,跟您谈情说爱,那么他安的是什么心,这可是清清楚楚的。……将来他做了医生或者律师,就会回想以前的事说:'啊,当初我有过一个金发的姑娘!如今她在哪儿呢?'恐怕眼下他就在他们那伙大学生当中吹牛说,他已经勾搭上一个时装女工了。"

波连卡在一把椅子上坐下,瞧着那堆白盒子出神。

"不,我不要这些羽毛了!"她叹口气说,"让我妈自己来挑她要的花色吧,我会挑错的。您给我拿六俄尺的穗子,做大衣用,要四十戈比一俄尺的。为这件大衣,您还得给我拿些椰子色的纽扣,要带眼的……好把纽扣钉得结实点。……"

尼古拉·季莫费伊奇给她把穗子和纽扣都包好。她惭愧地瞧着他的脸,显然等他接着说下去,可是他沉下脸不开口,只顾收拾那些羽毛。

"我可别忘了给那件女睡衣配几个纽扣……"她沉默一会儿后说,用手绢擦她苍白的嘴唇。

"您要哪一种?"

"睡衣是给一个商人太太做的,所以要一种特别显眼的纽扣。……"

"是的,如果这是给商人太太配的,那就得选颜色花哨点的。您瞧这种纽扣。这是蓝色、红色、时新的金黄色合在一起的花纽扣。最显眼了。讲到比较文雅的太太小姐,那就要买我们这种只有边上发亮的暗黑色纽扣了。只是我不懂。难道您自己就想不明白?是啊,这种……散步会闹到什么下场?"

"我自己也不知道……"波连卡小声说着,低下头凑近那些纽扣,"尼古拉·季莫费伊奇,我自己也不知道我自己是怎么回事。"

有个留着络腮胡子、身体结实的店员在尼古拉·季莫费伊奇背后挤过去,把他挤得贴紧柜台。那个店员满脸放光,现出极其文雅的殷勤神情,叫道:

"太太,请您费神到这边来!针织的短上衣有三种:一种是没有花纹的,一种是带凸花的,一种是带玻璃珠的!您要哪一种?"

同时,从波连卡身旁走过一位体态丰满的太太,说话声低沉,几乎像男低音一样:

"不过,劳驾,我不要那种有接缝的,要整织的,而且要带商标。"

"您要装出您在看这些货物才行。"尼古拉·季莫费伊奇往波连卡那边凑过去,小声说着,勉强微笑,"您,求上帝保佑,脸色这么苍白,带着病容,您的模样大变了。他会丢开您的,彼拉盖雅·谢尔盖耶芙娜!不过,就算他有一天会跟您结婚,那也不会是出于爱情,而是因为穷得挨饿,贪图您的钱!他会拿您的陪嫁钱布置一个体面的家,然后觉得您配不上他,为您害臊。他会把您藏起来,不让您见客人,见他的同学,因为您没有受过教育。他会一个劲儿地叫您粗娘们儿。难道您会跟医生或者律师那班人应酬周旋?在他们心目中,您是个做时装的女工,无知无识的人!"

"尼古拉·季莫费伊奇!"有人在商店另一头喊道,"这位小姐要三俄尺带金银丝花纹的绦带。咱们有吗?"

尼古拉·季莫费伊奇把脸扭到那边去,做出笑脸,嚷道:

"有!有带花纹的绦带,有用缎子镶边的绸带子,有用波纹绸镶边的缎带子!……"

"顺便提一下,免得忘掉,奥丽雅托我给她买一件胸衣!"波连卡说。

"您的眼睛里有……眼泪哟!"尼古拉·季莫费伊奇惊慌地说。……"这是怎么了?我们快到胸衣部那边去,我用身体挡着

60

您,要不然就不像样了。"

店员就勉强做出笑容,故意装得随随便便,很快地把波连卡领到胸衣部,让她藏在一大堆盒子后面,不让外人看见。……

"您要买哪一号胸衣啊?"他大声问道,同时又小声说,"快擦干您的眼睛!"

"我……我要四十八公分的!不过,麻烦您,她要双层里子的……而且得配着真正的鲸须。……我想跟您谈一谈,尼古拉·季莫费伊奇。今天您到我家里来吧!"

"不过有什么可谈的呢?没有什么可谈的。"

"只有您……才爱我,除了您以外,我再也找不到可以谈一谈的人了。"

"这不是芦草,也不是骨头,而是真正的鲸须啊。……我们还要谈什么呢?没有什么可谈的了。……您今天一定还要跟他一块儿去散步吧?"

"我……我要去的。"

"好,那还谈什么呢?谈也没有用处。……您一定爱上他了吧?"

"是的。……"波连卡迟疑不定地小声说,眼睛里滚出大颗的泪珠。

"那还谈什么呢?"尼古拉·季莫费伊奇嘟哝道,烦躁地耸耸肩膀,脸色变白了,"根本就用不着再谈。……您擦干眼泪。我……我也不存什么指望了。……"

这时候有一个又高又瘦的店员走到这一大堆盒子跟前来,对她的女顾客说:

"您要不要这种有松紧的上等吊袜带,它不会阻碍血脉流通,这是经医学界承认的。……"

尼古拉·季莫费伊奇用身体挡住波连卡,极力遮盖她和他自

己的激动,勉强做出笑容,大声说:

"有两种花边,小姐! 棉质的和丝质的! 东方的、不列颠的、巴伦西亚的、合股线的、粗糙的,都是棉质的。至于纤巧的、做饰带用的、喀姆布来式的,就都是丝质的了。……看在上帝面上,您把眼泪擦干! 他们往这边来了!"

他看见她仍旧在流泪,就越发大声地接着说:

"有西班牙的、纤巧的、做饰带用的、康布雷的花边。……有细棉纱织的、棉线织的、丝线织的袜子。……"

醉　　汉

　　工厂主弗罗洛夫是个漂亮的黑发男子，长着一把圆胡子，眼睛带着丝绒般的柔和神情，他的律师阿尔美尔是个上了年纪的男人，大脑袋上长着又粗又硬的头发，这两个人正在城郊一家饭馆的大厅里喝酒。两个人是直接从舞会来到饭馆里的，因此穿着燕尾服，系着白领结。大厅里除了他们和站在门口的茶房以外，一个人也没有。弗罗洛夫下过命令，任何人也不准进来。

　　他们开头各自喝下一大杯白酒，然后开始吃牡蛎。

　　"好！"阿尔美尔说，"第一道菜改成牡蛎，老兄，是我兴出来的。一喝白酒，你就会觉着烧得慌，喉咙发紧，可是一吃下牡蛎，喉咙里就会生出那么一种惬意的感觉。不是这样吗？"

　　有个茶房，神态庄重，剃掉唇髭，留着花白的络腮胡子，这时候把一碟调味汁送到饭桌上来。

　　"你这是上的什么菜？"弗罗洛夫问。

　　"这是色拉酱，拌青鱼用的，先生。……"

　　"什么？难道是这样上菜的吗？"工厂老板叫道，眼睛没看调味汁碟，"难道这也算是调味汁？上菜都不会，笨蛋！"

　　弗罗洛夫丝绒般的眼睛发亮了。他把桌布的一角缠在手指头上，轻轻一拉，于是凉菜碟、烛台、酒瓶等，带着稀里哗啦的响声，一齐掉在地板上了。

茶房早已习惯酒馆里的灾难,这时候便跑到饭桌跟前,动手收拾碎片,像外科医生动手术那样严肃而冷静。

"你也真会对付他们,"阿尔美尔说着,笑起来,"不过……你离开桌子稍微远一点吧,要不然你就踩着鱼子酱了。"

"把工程师叫到这儿来!"弗罗洛夫叫道。

那个被称为工程师的人是个老迈衰弱、脸色郁闷的老人,以前确实做过工程师,生活很富裕。他把全部家财都挥霍掉了,临到生命快要结束,却进了饭馆,管理茶房和歌女,完成种种有关女性的委托。他听到召唤就来了,恭敬地歪着头。

"听我说,伙计,"弗罗洛夫对他说,"为什么这样乱七八糟的?你们这儿的茶房是怎样上菜的?难道你不知道我不喜欢这套吗?见鬼,往后我再也不来了!"

"求您大度包涵,阿历克塞·谢敏内奇!"工程师把手按住胸口说,"我一定立即想办法,哪怕您最小的愿望也会用最好最快的方式办妥。"

"好,行了,你去吧。……"

工程师鞠躬,往后倒退,一直保持着鞠躬的姿势,最后一次闪了一下他衬衫上和手指头上的假钻石,才退出门口。

放凉菜的桌子又摆好。阿尔美尔喝着红葡萄酒,津津有味地吃一种用鲜菌烧的禽肉,又叫了一份加调味汁的鳕鱼和一份尾巴塞在嘴里的鲟鱼。弗罗洛夫光喝白酒,吃面包。他用手心揉搓脸,皱起眉头,呼哧呼哧地喘气,显然心绪恶劣。他们两人没有说话。四下里静悄悄的。有两盏电灯配着不透明的罩子,灯光闪烁,咝咝地响,仿佛在生气似的。门外有些茨冈姑娘走过,轻声哼着歌。

"喝了酒也还是一点也不畅快。"弗罗洛夫说,"越是灌得多,反而越清醒。别人喝了酒兴高采烈,可是我反而一肚子怨气,一脑子讨厌的思想,睡不着觉。老兄,为什么除了喝酒和放荡以外,人们就没有想出别的快活事呢?这真叫人恶心!"

"那你就叫茨冈姑娘来吧。"

"滚她们的!"

过道上,有个茨冈老太婆把头伸进门口。

"阿历克塞·谢敏内奇,茨冈姑娘们要喝茶和白兰地。"老太婆说,"可以叫一点喝吗?"

"可以!"弗罗洛夫回答说,"你知道,她们要客人请她们喝酒,就可以在饭馆老板那儿拿到几个钱的外快。现在就连人家要酒喝,你也不能信以为真。人人都卑鄙下流,贪图享受。就拿这些茶房来说吧。论外貌,他们倒像教授,白发苍苍,每个月挣两百卢布,住在自己买下的房子里,把女儿送到中学去念书,可是你管自随心所欲地骂他们,摆架子,都没关系。那个工程师为挣到一卢布宁肯吞下一罐芥末酱,学公鸡啼。说句真心话,要是他们有一个恼了,那我倒情愿送给他一千卢布!"

"你怎么了?"阿尔美尔吃惊地瞧着他,问道,"这种忧郁心情是从哪儿来的?你涨红了脸,看上去活像一头野兽。……你怎么了?"

"糟得很。我脑子里有一件事在作怪。它像钉子那样钉死在那儿,无论如何也没法把它挖出去了。"

这时候有个身材圆滚滚、肥得冒油的小老头儿走进大厅里来,头顶完全光秃,毛发脱尽,穿一件窄小的上衣和一件淡紫色的坎肩,手里拿着六弦琴。他做出一副呆头呆脑的脸相,挺直身子,把手举到帽檐那儿,像兵士那样敬了一个礼。

"啊,寄生虫!"弗罗洛夫说,"我来介绍一下,这个人是靠学猪叫挣下一份家业的。到这儿来!"

工厂主往一个杯子里倒白酒、葡萄酒、白兰地,再撒上细盐和胡椒,然后搅动一下,把杯子递给寄生虫。老人喝干酒,雄赳赳地嗽了嗽喉咙。

"他已经喝惯劣酒,所以喝纯酒反而难受。"弗罗洛夫说,"好,寄生虫,坐下,唱一段。"

寄生虫就坐下,用胖手指头拨弄琴弦,唱起来:

尼特卡,尼特卡,
玛尔加里特卡,……

弗罗洛夫喝过香槟后,醉了。他伸出拳头捶着桌子说:

"是啊,有一件事在我脑子里作怪!它一会儿也不容我消停!"

"到底是什么事呢?"

"我不能说出来。这是秘密。像这样的隐私,我只能在祷告上帝的时候才能说出口。不过,要是你想知道,那也不妨照好朋友那样私下里谈一谈,只是你要注意,不能对外人讲,千万别张扬出去。……我对你说了,心里就会轻松点,可是你……看在上帝面上,听过就忘掉算了。"

弗罗洛夫低下头凑近阿尔美尔,往他耳边吹了一阵气。

"我憎恨我的妻子!"他终于说出来。

律师吃惊地瞧着他。

"是,是,就是我的妻子玛丽雅·米海洛芙娜。"弗罗洛夫唠叨着,涨红了脸,"我恨她,就是这么的。"

"是什么缘故呢?"

"我自己也不知道!我们结婚只有两年,你知道,我是因为爱她才结婚的,可是现在我却满心恨她,仿佛她是个讨厌的敌人,就跟这个,对不起,寄生虫一样。而且没有理由,任什么理由也没有!每逢她坐在我身旁吃东西,或者讲什么话,我的整个灵魂就沸腾起来,我几乎忍不住要对她发脾气。事情就是这样,也说不清是什么道理,讲到离开她,或者对她说实话,那可不行,因为那就会惹出一场乱子,可是跟她一块儿生活下去对我来说又比下地狱还要糟。我在家里待不住!所以我白天总是忙着办公事,跑饭馆,晚上就在卖淫窟里厮混。唉,这种憎恨该怎样解释呢?要知道,她并不是一个普普通通的女人,她是个美人,而且聪明、斯文。"

寄生虫顿着脚,唱起来:

> 我跟一个军官一块儿溜达,
> 对他说出了秘密的话。……

"老实说,我素来觉得玛丽雅·米海洛芙娜跟你完全不般配。"阿尔美尔沉默了一会儿,叹口气说。

"你是说她受过教育?听着。我自己也在商业学校里读到毕业,而且得过金质奖章。我还去过三次巴黎。当然,我没你聪明,可是我并不比我的妻子笨啊。不,老兄,问题不在于教育程度!你听听这件事怎样开的头。开头是这样:我忽然觉得,她嫁给我不是因为爱我,而是看中我的钱财。这个想法盘踞着我的脑海。我千方百计要丢开这个想法,可是这个该死的想法却偏偏赖着不走!再者,我的妻子越来越贪心。她本来很穷,如今掉在黄金的袋子里,就由着性儿挥霍。她简直昏了头,迷了心窍,每个月居然花掉两万。我呢,是个多疑的人。我不相信人,对什么人都猜疑,人家越是待我亲热,我的疑心就越大。我老是觉得,人家是为了钱才奉承我。我什么人也不相信!老兄,我是个难于相处的人,难处得很哟!"

弗罗洛夫一口气喝下一大杯葡萄酒,继续讲下去。

"不过,这都是胡闹。"他说,"这种事根本不该谈。荒唐。我醉后胡说八道,你呢,却用律师的眼光瞧着我,知道了人家的秘密而暗暗高兴呢。算了,算了……我们不谈这些。还是喝酒吧!你听我说,"他扭转身对茶房说,"穆斯达法在你们这儿吗?叫他到这儿来!"

过了一会儿,一个十二岁左右的矮小的鞑靼小孩,穿着礼服,戴着白手套,走进大厅里来。

"到这儿来!"弗罗洛夫对他说,"有一件事你来解释一下。想当初,你们鞑靼人征服我们,收我们的贡品,可是现在你们当茶房伺候俄国人,卖睡衣。这种转变该怎样解释才对?"

穆斯达法扬起眉毛,用尖细的嗓音唱歌般地说:

"命运无常!"

阿尔美尔瞧着他严肃的脸相,不由得哈哈大笑。

"好,给他一个卢布!"弗罗洛夫说,"他就靠说这句'命运无常'挣钱。饭馆养着他,就为了叫他说这句话。喝酒吧,穆斯达法!将来你会成为大混蛋!我是说,你们这班家伙,在阔人身旁混饭吃的寄生虫,多得不得了。你们这些和平的强盗和土匪有那么多,数都数不清!现在,要不要把茨冈歌女也叫来?啊?把茨冈歌女叫来!"

那些茨冈姑娘早已在过道上等得心焦,这时候就大呼小叫地冲进大厅来,发狂般的纵酒开始了。

"喝吧!"弗罗洛夫对她们叫道,"喝吧,法老的部落!唱歌!哎哟!"

> 到了冬令……哎哟哟!……
> 雪橇飞奔。……

茨冈姑娘唱歌,打呼哨,跳舞。……在那种有时候会征服富足、享乐、具有"奔放的性格"的人们的疯狂中,弗罗洛夫开始胡闹。他吩咐给茨冈姑娘开晚饭,拿香槟酒来,打碎电灯上不透明的罩子,把酒瓶扔到挂画和镜子上,然而他干这些事分明没有得到什么乐趣。他皱着眉头,气冲冲地嚷叫,藐视所有的人,眼神和举止中流露出憎恨。他叫工程师来一次独唱①,给低音歌手灌下一杯由葡萄酒、白酒、牛油合成的杂酒。……

六点钟,账单送到他面前来了。

"九百二十五卢布零四十戈比!"阿尔美尔说,耸起肩膀,"这是怎么回事?不,等一等,这得核对一下!"

"算了!"弗罗洛夫喃喃地说,拿出钱夹来,"得了……随他们敲竹杠好了。……我有钱就是要人敲竹杠。……没有寄生虫……可办不到啊。……你是我的律师……一年挣六千卢布,可是……可是为什么挣这么多?不过,对不起……我自己也不知道自己在说什么了。"

弗罗洛夫跟阿尔美尔一块儿回家,在路上唠叨说:

"回家在我是可怕的!对了。……我身边没有一个可以谈心里话的人。……所有的人都是强盗……吃里爬外。……是啊,为什么我对你说出了我的秘密?为……为什么呢?你说说看,为什么呢?"

他到了自家门口,摇摇晃晃,向阿尔美尔探过身去,吻他的嘴唇,这是遵循莫斯科的旧习惯:一遇机会总要不问情由亲一亲嘴。

"再见。……我是个难于相处、十分恶劣的人。"他说,"这是一种糟糕的、酗酒的、无耻的生活。你呢,是个受过教育而且有头脑的人,却光是嘻嘻地笑,陪着我一块儿喝酒,你……你们这些人一点也不肯帮我一把。……你如果是我的朋友,如果是正直的人,就一定会认真地对我说:'你是个下流的、很坏的人!你这个混蛋!'"

"得了,得了……"阿尔美尔支支吾吾地说,"你去睡吧!"

---

① 原文为意大利语。

"你们一点也不肯帮我一把。唯一的希望就是等到夏天,等我搬到别墅去住,有一天走出去,到旷野上,遇上一场暴风雨,雷声一响,当场把我劈死了事。……再……再见。……"

弗罗洛夫又跟阿尔美尔接吻,然后一面走,一面昏昏睡去,嘴里叽叽咕咕,由两个听差搀扶着上楼去了。

疏　　忽

彼得·彼得罗维奇·斯特利仁是上校夫人伊凡诺娃的外甥，也就是去年不知让谁偷去一双新套靴的那个人。一天晚上，他去赴洗礼宴，深夜两点钟才回到家里。为了避免惊醒家里人，他在穿堂小心地脱掉衣服，踮起脚尖，大气也不敢出，摸回卧室，没有点起灯火就准备睡了。

斯特利仁平时过着不喝酒的规矩生活，脸上总是带着劝人为善的神情。他只读宗教和修身一类的小册子，然而在这次洗礼宴上，他看到柳包芙·斯皮利多诺芙娜分娩顺利，一时高兴，竟然喝下四杯白酒，另外又喝下一大杯葡萄酒，那味道仿佛介乎酸醋和蓖麻油之间。不过，烈酒很像海水或者荣誉：越喝就越想喝。……现在，斯特利仁脱着衣服，心里却巴不得再喝点酒才好。

"达宪卡的柜子里好像有白酒，放在右边的角上。"他想，"要是我喝一杯，她也看不出来。"

斯特利仁略微踌躇一下，就压下害怕的心情，往柜子那边走去。他小心地打开柜门，把手伸到右边角落里，摸到酒瓶和杯子，斟上酒，把瓶子放回原处，然后在胸前画个十字，把酒喝下去。可是马上发生了一件类似奇迹的事。有一股可怕的力量，像炮弹一样，猛然把斯特利仁从柜子那儿抛到一口箱子上。他眼前金星直冒，呼吸急促，全身上下有一种感觉，仿佛掉在一个满是水蛭的泥沼里了。他觉得他吞下肚去的好像不是白酒,而是一块炸药,它炸开了他的身体、这所房子和整条巷子。……他的脑袋、胳膊、腿都炸得粉碎,飞到空中不知什么鬼地方去了。……

他在箱子上一动也不动,屏住呼吸,躺了三分钟光景,然后坐起来,问自己:

"我在哪儿啊?"

他清醒过来以后,清清楚楚感到的头一件事就是眼前有一股刺鼻的煤油气味。

"我的圣徒啊,原来我喝的不是白酒,而是煤油!"他害怕地想道,"圣徒啊!"

他一想到自己已经服毒,就觉得身上又是发冷,又是发热。他也确实服了毒,除去房间里的气味可以证明以外,他嘴里滚烫的感觉、眼前的金星、脑袋里打钟般的嗡嗡声、胃里的刺痛,也向他证明了这一点。他觉得死在临头,不愿意用空洞的希望欺骗自己,打算跟亲人告别,就往达宪卡的卧室走去(他的妻子已经去世,因此管家的不是女主人,而是他的大姨子,老处女达宪卡)。

"达宪卡!"他走进她的卧室,用要哭的声音说,"亲爱的达宪卡!"

黑暗中有个什么东西翻了个身,长吁一口气。

"达宪卡!"

"啊?什么?"一个女人的声音急速地说,"是您吗,彼得·彼得罗维奇?已经回来了?哦,怎么样?那女孩子起了个什么名字?谁做教母?"

"教母是娜达里雅·安德烈耶芙娜·韦里科斯威特斯卡雅,教父是巴威尔·伊凡内奇·别索尼曾。我……我,达宪卡,大概快要死了。新生下来的孩子起名叫奥里木皮阿达,为的是纪念他们的女恩人。我……我,达宪卡,喝了煤油。……"

"得了吧！难道他们给人喝煤油？"

"说老实话，我原想不问您一声就喝点白酒，于是……于是上帝来惩罚我了：我在黑暗中一不当心，把煤油喝下肚去了。……这可怎么办呢？"

达宪卡一听他没有得到她的许可就擅自打开柜子，她的精神可就来了。……她很快地点上蜡烛，跳下床来，只穿着衬衣，满脸雀斑，瘦得皮包骨，头上夹着卷发纸，光着脚，跑到柜子那儿去。

"是谁让您干这种事的？"她朝柜子里张望着，严厉地问，"难道白酒放在这儿是给您喝的？"

"我……我，达宪卡，喝下去的不是白酒，而是煤油啊……"斯特利仁喃喃地说，擦着冷汗。

"可是您为什么去动煤油？煤油关您什么事？是为您才把它放在那儿的吗？或者，您以为煤油是不用花钱白白得来的吗？啊？您可知道现在煤油是什么价钱？您知道吗？"

"亲爱的达宪卡！"斯特利仁哀叫道，"这牵涉到生死问题，您却谈钱！"

"他喝醉了不说，又把鼻子往柜子里拱！"达宪卡叫道，气冲冲地使劲关上柜门，"哼，坏蛋，磨人精！我这个苦命的、倒霉的人哟，黑夜白日都不让我消停！阴险的妖蛇，该死的暴君，但愿您到来世也照这样受苦才好！明天我就走！我是姑娘家，我不许您只穿着内衣站在我面前！我没穿戴整齐，不准您瞧着我！"

她讲了又讲。……斯特利仁知道，要是达宪卡生了气，那么，别人祈求也罢，发誓也罢，放炮也罢，她一概听不进去。于是他摆一摆手，穿上衣服，决定去找医生。然而医生只有在你不需要他的时候才容易找到。斯特利仁跑遍三条街，在切普哈尔扬茨医生的家门口拉了五次铃，在布尔狄兴医生的家门口拉了七次铃，然后跑到一家药房去，心想药剂师也许能帮他的忙。他在药房里等了许久,才有一个身材矮小、皮肤发黑、头发拳曲的药剂师向他走来,这个人带着睡意,穿着睡衣,生着一张那么严肃而且聪明的脸,简直叫人望而生畏。

"您有什么事?"他问,像他那样的口气是只有十分聪明庄重、信奉犹太教的药剂师才会有的。

"请您看在上帝分上……我求求您!"斯特利仁上气不接下气地说,"请您给一点什么药吧。……我刚才不当心喝下了煤油!我要死了!"

"请您不要激动,回答我对您提出的问题。您一兴奋,就会妨碍我理解您的话。您喝了煤油?真的吗?"

"真的,喝了煤油!您快救命吧,劳驾!"

药剂师严肃而冷漠地走到办公桌跟前,摊开一本书,专心看起来。他看完两页,先是耸起一个肩膀,然后耸起另一个肩膀,做出轻蔑的面容,想一想,走到旁边一个房间里去了。时钟敲了四下。一直到四点十分,药剂师才回来,手里拿着另一本书,又专心地看起来。

"哼!"他说,仿佛大惑不解似的,"您要是觉得不舒服,您就该去找医生,而不是到药房来。"

"不过医生那儿我已经去过!拉了铃,却没有人来开门。"

"哼!……在您的心目中,我们这些药剂师不是人,您甚至深夜四点钟来惊动我们,可是每条狗、每只猫都有休息的时候。……您什么也不顾,依您看来,我们不是人,我们的神经一定跟绳子那么结实。"

斯特利仁听完药剂师的话,叹口气,走回家去了。

"这样看来,我是必死无疑了!"他想。

他嘴里滚烫,有煤油气味,肚子里像刀割一样痛,耳朵里砰砰地响。他每分钟都觉得死到临头,心脏要停止跳动了。……

他回到家,匆匆写下一个字条:"请不要把我的死因归咎于任何人。"然后祷告上帝,躺下,盖上被子,蒙住头。他一直到天亮也没睡着,静等着死,随时幻想他的坟上长满绿油油的嫩草,鸟雀在上面叽叽地叫。……

可是到了早晨,他坐在床上,含笑对达宪卡说:

"凡是过正派的规矩生活的人,亲爱的大姨子,任什么毒物都不能损害他。就拿我来打比方吧,我本来已经走到死亡的边缘,眼看就要死了,痛苦不堪,现在却又没事了。只是嘴里发烫,嗓子里又痒又痛,至于全身,倒是蛮健康的,谢天谢地。……那么,究竟是什么缘故呢?就因为我过的是规矩生活。"

"不,这是因为煤油的质量差!"达宪卡说着,叹口气,想到家中的开支,呆呆地出神,"这是说店铺里给我的不是上等货,而是一个半戈比一俄磅①的货色。我真是个苦命的、倒霉的人哟,您这个坏蛋,害人精,只求您到下一个世界也这样受苦才好,该死的暴君。……"

她滔滔不绝地讲下去。……

---

① 旧俄重量单位,1俄磅等于409.5克。

薇罗琪卡

伊凡·阿历克塞耶维奇·奥格涅夫想起八月间那天傍晚他怎样当的一声推开那扇玻璃门,走到露台上。那时候他披一件薄斗篷,戴一顶宽边草帽,如今这顶草帽却已经跟他的长筒皮靴一块儿丢在床底下,蒙在灰尘里了。他一只手提着一大捆书和练习簿,另一只手拿着一根有节疤的粗手杖。

房主人库兹涅佐夫站在门里,举着灯给他照亮道路。他是个秃顶的老人,留着一把挺长的白胡子,穿一件雪白的凸纹布上衣。老人好心地微笑着,频频点头。

"再见,老先生!"奥格涅夫对他叫道。

库兹涅佐夫把灯放在小桌上,走到露台上来。两个又长又细的影子就走下台阶,往花坛那边移动,摇摇晃晃,脑袋贴在椴树的树干上。

"再见,再一次向您道谢,好朋友!"伊凡·阿历克塞伊奇①说,"谢谢您的盛情,谢谢您的照拂,谢谢您的爱护。……我一辈子也不会忘记您的款待。不光是您好,您女儿也好,而且您这儿的人都好,都快活,都殷勤。……这么一群性情宽厚的人,我都不知道该说什么好了!"

---

① 伊凡·阿历克塞耶维奇的简称。

奥格涅夫感情激动,又处在刚刚喝过露酒的影响下,就用教会中学学生那种唱歌般的声调讲起来。他深受感动,话语不足以表达他的感情,倒是他那对眨巴的眼睛和抽动的肩膀表达出来了。库兹涅佐夫也带点酒意,也动了感情,就向年轻人那边探过身子,跟他接吻。

"我已经跟你们处熟了,就跟猎狗似的!"奥格涅夫接着说,"我差不多每天都到您这儿来,有十几次在这儿过夜。我喝过的露酒那么多,现在想起来怪害怕的。最叫我感激的一件事,加甫利伊尔·彼得罗维奇,那就是您的合作和帮助。没有您,我就得为我的统计工作在此地忙到十月间去了。我要在我的序言里写上这样一笔:承蒙某县地方自治局执行处主席库兹涅佐夫的盛情合作,我认为我有责任向他谨致谢忱。统计学的前途光明灿烂呀!请您替我向薇拉·加甫利洛芙娜致意,请您代我转告那些医生、那两位侦讯官、您那位秘书,就说我永远也忘不了他们的帮助!现在,老先生,我们再来拥抱一下,最后一次接吻吧。"

浑身瘫软的奥格涅夫再一次跟老人接吻,然后走下台阶。走到最后一级台阶上,他回过头来问道:

"我们以后还会见面吗?"

"上帝才知道!"老人回答说,"多半不会了!"

"是的,这是实话!不论什么事情都不能把您拉到彼得堡去,我呢,日后也未必会再到这个县里来了。好,别了!"

"您还是把那些书留在我这儿的好!"库兹涅佐夫望着他的后影嚷道,"您何苦提着这么重的东西呢?明天我派人给您送去好了。"

然而奥格涅夫已经听不见。他正在很快地离开这所房子。他的心给酒弄得暖烘烘的,洋溢着快活、亲切、忧伤。……他一面走一面想:在生活里常有机会遇见好人,然而可惜,这种相遇除了回忆以外什么也不会留下。往往有这样的情形,天边飞过几只仙鹤,微风送来它们又悲凉又欢畅的叫声,然而过了一分钟,不管怎样眼巴巴地眺望蓝色的远方,却再也看不见一个黑点,听不见一点声音了,在生活里,人们以及他们的音容笑貌也正是这样一掠而过,沉没在我们的过去里,什么也留不下,只在我们的记忆里留下淡淡的痕迹罢了。伊凡·阿历克塞伊奇从今年春天起就在这个县里住下,几乎天天到殷勤的库兹涅佐夫家里来,已经跟这个老人,跟他的女儿,跟他的仆人处得很熟,把他们看作亲人一样,至于整个这所房子、舒适的露台、曲折的林荫道、厨房和浴室上面的树木的轮廓,他也完全摸熟,可是此刻他一走出那个边门,所有这一切就都变成回忆,对他来说永远失去它们的真实意义,再过上一两年,所有这些可爱的形象就会在他头脑里变得模糊,类似虚构和幻想出来的东西了。

"在生活里再也没有什么东西比人更宝贵的了!"深受感动的奥格涅夫想,沿着林荫道往边门走去,"再也没有了!"

花园里安静而温暖。空气中弥漫着木樨草、烟叶、天芥菜的香味,这些花草还没有在花坛里凋谢。在灌木和树干之间的空隙里飘浮着柔和的薄雾,让月光照得透明。那一团团近似幽灵的雾慢腾腾,然而可以看得清清楚楚地依次越过林荫道,飘走了,后来这景色久久地留在奥格涅夫的记忆里。月亮高挂在花园的上空,月亮下面一团团透明的薄雾往东方游去。整个世界似乎就是由黑色的阴影和浮动的白色阴影构成的。奥格涅夫大概是生平第一次看见八月间月夜的雾,觉得自己看见的不像是大自然,而像是舞台布景:有些不高明的制造烟火的技师伏在灌木丛后面,打算用白色烟火照亮花园,却把一团团白烟连同亮光一齐放到空中来了。

奥格涅夫走到花园边门那儿,看见一个黑影离开不高的篱栅,向他走来。

"薇拉·加甫利洛芙娜!"他快活地说,"您在这儿吗?我却到处找啊找的,想跟您告别。……再见,我要走了!"

"这么早吗?现在才十一点钟呢。"

"不,该走了!我有五俄里的路要走,还要收拾行李。明天还得早起。……"

奥格涅夫面前站着库兹涅佐夫的女儿薇拉,一个二十一岁的姑娘,经常神态忧郁,装束随随便便,很招人喜欢。凡是喜爱幻想,成天价躺着,随手抓到书就懒洋洋地读下去的姑娘,凡是感到烦闷和忧郁的姑娘,总是不注意打扮的。对那些天生风雅又有审美的本能的姑娘说来,这种漫不经心的装束反而使她们平添了一种特殊的魅力。至少,后来奥格涅夫每逢想起俊俏的薇罗琪卡①,总是不由得想起她穿一件肥大的短上衣,腰部有着很深的褶子,可又不贴紧身体,还想起她梳得很高的头发里溜出一绺鬈发,披散在她的额头上,还想起她每到傍晚总是带着一块编结的红色围巾,边上垂着许多毛茸茸的小圆球,软绵绵地披在她的肩膀上,像无风的天气里的一面旗帜,每到白天它就被揉成一团,丢在门厅里那些男人的帽子旁边,或者丢在饭厅里一口箱子上,随那只老猫毫不客气地趴在上面睡觉。她这块围巾和她上衣的那些褶子总是带着一种自由懒散、不爱出门、心平气和的气息。也许因为奥格涅夫喜欢薇拉,他才能在她每个小纽扣上,每条小皱褶中看出亲切、舒适、纯朴,看出优美和诗意,这些正是不诚恳的、丧失美感的、冷淡的女人所没有的。

薇罗琪卡身材好看,五官端正,头发美丽地拳曲着。奥格涅夫生平看见的女人很少,觉得她称得上是个美人。

"我要走了!"他说,在边门旁边跟她告别,"请您不要记住我

---

① 薇拉的爱称。

的坏处！谢谢您待我的种种好处！"

他仍旧用他跟老人谈话时候那种教会中学学生唱歌般的声调讲话，仍旧眨巴眼睛，耸动肩膀，他开始为薇拉的款待、亲切、殷勤向她道谢。

"我写给我母亲的每一封信上都谈到您。"他说，"如果大家都像您和您父亲一样，那么，这个世界上的生活就太快乐了。您家里的人都厚道！全是纯朴、亲切、诚恳的人。"

"您现在准备到哪儿去？"薇拉问。

"现在我要到奥廖尔去探望我的母亲，大约在她那儿住两个星期，然后就到彼得堡去工作。"

"以后呢？"

"这以后吗？我要工作一个冬天，到来年春天再到一个什么县里去搜集材料。好，祝您幸福，长命百岁……请您不要记住我的坏处。以后我们不会再相见了。"

奥格涅夫低下头，吻薇罗琪卡的手。随后在沉默的激动中，他把身上的斗篷理一理好，把那捆书提得舒服点，沉吟一阵，说道：

"这雾越来越大了！"

"是的。您有什么东西忘在我们家里吗？"

"有什么东西呢？好像没有什么东西了。……"

奥格涅夫默默不语地呆站了几秒钟，然后笨拙地转过身，往边门走去，终于走出了这个花园。

"等一等，我送您一程，送到我们的树林边上。"薇拉说着，在他身后跟上来。

他们顺大路走着。现在树木不再遮蔽辽阔的空间，人可以看见天空和远方了。整个大自然仿佛戴着一层面纱，藏在朦朦胧胧而又透明的烟雾里，它的美丽隔着这层烟雾鲜明地透露出来。那些更浓更白的雾不均匀地停在灌木丛和干草堆周围，或者一团团飘过大路,贴紧地面,仿佛极力避免遮蔽辽阔的空间似的。透过这些雾霭,可以看见整个这条大路通到树林那边,道路两旁是黑水沟,沟里长着些矮小的灌木,妨碍一团团白雾飘浮过去。离边门半俄里远,就是库兹涅佐夫家的一片黑压压的树林。

"为什么她跟着我走呢?这样一来,我就得把她送回去!"奥格涅夫暗想,然而他看了看薇拉,又亲切地微笑着,说:

"这么好的天气,我简直不想走了!这是一个真正富于浪漫气息的傍晚,有月亮,又安宁,样样齐备啊。您猜怎么着,薇拉·加甫利洛芙娜?我在这个世界上活了二十九年,可是还没谈过一次恋爱呢。我生平从来也没经历过风流韵事,什么幽会啦、林荫道上的叹息啦、接吻啦,我只是听人家说说罢了。这不正常!在城里,坐在公寓房间里,就留意不到这种缺陷,可是来到这儿,在新鲜的空气里,这个缺陷却强烈地感觉到了。……不知怎么,想起来心里就不好受!"

"可是您怎么会这样的呢?"

"我不知道。大概我有生以来一直没有闲工夫吧,也许只是没有机会遇见一个女人能够使我……大体说来我熟人很少,也不常出门。"

两个年轻人默默地走出三百步光景。奥格涅夫瞧着薇罗琪卡没戴帽子的头和围巾,春天和夏天的那些日子就接连在他心里再现,在那段时期,他远远地离开彼得堡他那灰色的公寓房间,一直享受着好人们的亲切款待,陶醉在大自然和他所喜爱的工作中,没有工夫注意朝霞怎样跟晚霞交替,各种迹象接连预告夏季结束:先是夜莺不再歌唱,再就是鹌鹑不再啼叫,过了不久长脚秧鸡也停止叫唤了。……时间不知不觉飞过去,可见生活是过得轻松愉快的。……他清楚地想起,他这个境况不富裕而且不习惯活动和交际的人,四月底本来闷闷不乐地来到这个县城,预料会在此地过得烦闷而寂寞,人们对于他认为目前在科学中占最重要地位的统计学会漠不关心。四月里一天早晨,他到达这个小小的县城后,就在旧教徒利亚布兴的客栈里住下,每天出二十戈比的房钱,租到一个明亮干净的房间,然而有个条件:屋里不准吸烟。他休息一阵,问明这个县里的地方自治局执行处主席是谁,然后立刻步行去找加甫利伊尔·彼得罗维奇。他得走四俄里的路,穿过茂盛的草场和幼林。百灵鸟在白云下面翻飞,像在颤抖,使得空中充满它们银铃样的啼声。白嘴鸦沉着威严地拍动翅膀,在绿油油的田野上空飞翔。

"上帝啊,"那时候奥格涅夫惊奇地暗想,"莫非这儿永远可以呼吸到这样的空气,还是只因为我来了,今天才有这种清香呢?"

他预料会受到敷衍了事的冷淡接待,因此怯生生地走进库兹涅佐夫家里,皱起眉头看人,拘谨地拉扯自己的胡子。老人先是皱起额头,不明白地方自治局执行处对这个年轻人和他的统计工作有什么用处,不过等到年轻人对他详细说明什么叫作统计资料,这种资料到哪儿去收集,加甫利伊尔·彼得罗维奇才活跃起来,现出笑容,带着孩子气的好奇心翻看他的笔记簿。⋯⋯当天傍晚伊凡·阿历克塞伊奇已经坐在库兹涅佐夫家里吃晚饭,喝下不少烈性的露酒,很快就有了醉意。他看着新相识们平静的脸色和懒散的动作,不由得周身感到一种舒服而困倦的慵懒,这种感觉是人想睡觉、伸懒腰、微笑的时候才会有的。那些新相识好心地瞧着他,问起他的父母是不是都在世,他一个月挣多少钱,是不是常去看戏。⋯⋯

奥格涅夫回想他怎样到乡间去旅行、野餐、钓鱼,大家怎样成群地到女修道院去访问女院长玛尔法,她怎样送给每个客人一个玻璃珠钱包。他还想起那些纯粹俄国式的、激烈而毫无结果的争论,论敌们唾星四溅,用拳头敲着桌子,互不了解,彼此打岔,自己

也没有留意到每句话都自相矛盾,不断更改话题,等到吵了两三个钟头后,大家才笑着说:

"鬼才知道我们在吵什么!从健康问题吵起,结果却吵到死亡问题上来了!"

"您还记得那一回我、您、那位大夫一块儿骑着马到谢斯托沃村去吗?"伊凡·阿历克塞伊奇对薇拉说,这时候他们快要走到树林了,"那一次我们还遇到一个疯疯癫癫的苦行教徒。我给他一枚五戈比铜钱,可是他在胸前画了三次十字,把铜钱扔到黑麦田里去了。上帝啊,我要带走那么多的印象,如果把那些印象合在一起,捏成一团,那肯定会成为黄澄澄的一锭金子呢!我不懂那些头脑聪明、十分敏感的人为什么挤在大城市里,却不到此地来。难道在涅瓦大街上,在那些又大又潮的房子里,倒比这儿更空旷,比这儿有更多的真理?真的,我觉得,我那个公寓里竟然从上到下住满画家、科学家、记者,这简直是偏见在作祟呢。"

离树林二十步远,有一座又小又窄的木台横架在大路上,台的四角立着小小的木墩。每天傍晚散步,库兹涅佐夫家里的人和他们的客人总是把这座木台当作歇脚的地方。在这儿,谁要是高兴的话,就可以喊一声而听到树林的回声,在这儿还可以看见大路伸进树林,变成漆黑的林中小路了。

"好,这儿是小木台!"奥格涅夫说,"现在您该往回走了。……"

薇拉站住,喘一口气。

"我们来坐一会儿,"她说着,在一个小木墩上坐下,"人们在临行告别的时候,照例都得坐下来。"

奥格涅夫就挨着她,在那捆书上坐下来,继续讲话。她走了不少路,有点气喘,眼睛没有看着伊凡·阿历克塞伊奇,却瞧着旁边一个什么地方,因此他看不见她的脸。

"万一十来年以后我们重逢,"他说,"那时候我们会是什么样子呢?您一定已经做了一个家庭的可敬的母亲,我呢,写了一本谁也不需要的、大部头的统计学著作,有四万本书那么厚哩。我们见了面,就回想过去的事。……眼下我们感觉到'现在','现在'抓住我们,使我们激动,然而将来我们相会的时候,我们就不会再记得我们最后一次在这座木台上见面是在哪一天,哪一个月,甚至哪一年也记不得了。您恐怕变了样儿。……您听我说,您会变样吗?"

薇拉打个哆嗦,回过脸来看他。

"什么?"她问。

"刚才我问您话来着。……"

"请您原谅,我没有听见您说的话。"

一直到这时候,奥格涅夫才看出薇拉起了变化。她脸色苍白,上气不接下气,她呼吸颤抖,这种颤抖传到了她手上、嘴唇上、脑袋上。这时候,从她头上滑到她额头上来的鬈发,已经不像往常那样是一绺,而是两绺了。……显然她避免正眼看他,极力掩饰她的激动,时而整一整她的衣领,仿佛衣领刺痛了她的脖子似的,时而把她的红围巾从这个肩膀上拉到那个肩膀上。……

"您大概觉得冷了,"奥格涅夫说,"在雾里坐着对身体不大好。我来送您回家去①吧。"

薇拉沉默不语。

"您怎么了?"伊凡·阿历克塞伊奇笑吟吟地说,"您闭着嘴,不回答我问的话。您是身体不舒服呢,还是怄气了?啊?"

薇拉用手掌捂紧她向奥格涅夫转过来的半边脸,可是马上又缩回手。

---

① 原文为德语。

"可怕的局面啊……"她小声说着,脸上现出剧烈的痛苦神情,"可怕!"

"什么事情可怕呢?"奥格涅夫问道,耸着肩膀,没有掩饰他的惊讶,"什么事情呢?"

薇拉仍旧呼吸急促,肩膀牵动,扭过脸去,背对着他,看了一会儿天空,说:

"我有话要跟您说,伊凡·阿历克塞伊奇。……"

"我听着呢。"

"您也许会觉得奇怪。……您会大吃一惊的,不过我也顾不得了。……"

奥格涅夫又耸动一下肩膀,准备好听她讲话。

"是这样的……"薇罗琪卡开口了,低下头,手指揪着她围巾上的小球,"您要知道,我打算跟您说的话……是这样的。……您会觉得奇怪,觉得……荒唐,可是我……我再也忍不住了。"

薇拉的话渐渐变成含糊的喃喃声,而且忽然被哭声打断。姑娘用围巾蒙上脸,把头垂得更低,伤心地哭起来。伊凡·阿历克塞伊奇心慌意乱地嗽了嗽喉咙,暗暗吃惊,不知道该说什么好,也不知道该怎么办,狼狈地往四周看一眼。他不习惯于看见眼泪,听着哭声,结果他自己的眼睛也发痒了。

"哎,别这样!"他慌张地嘟哝说,"薇拉·加甫利洛芙娜,请问,这都是怎么回事呢? 好姑娘,您……您病了吗? 或者有人欺负您? 您说出来,也许我那个……我能帮您的忙。……"

他极力安慰她,大起胆子,小心地移开她蒙着脸的两只手,不料她含着眼泪对他微笑着,说道:

"我……我爱您!"

这句简单而平常的话是用一般人那种普普通通的语言说出来的,然而这却使奥格涅夫十分狼狈,从薇拉面前扭过脸去,站起身来。他狼狈了一阵,接着又感到害怕了。

由告别和露酒在他心头引起的忧郁、热烈和感伤的心情,突然烟消云散,紧跟着产生了一种强烈的不愉快的尴尬感觉。他的心似乎在他身子里翻了个身。他斜起眼睛看着薇拉。现在她,自从对他吐露她的爱情以后,就失去了给女人平添魅力的那种高不可攀的风度,依他看来她显得比先前矮小,平庸,黯淡多了。

"这是怎么回事?"他战战兢兢地暗自想道,"可是我到底……爱不爱她呢?问题就在这儿!"

她呢,既然终于把最重要、最难于启齿的话说出了口,反倒呼吸得轻松自在了。她也站起来,直直地看着伊凡·阿历克塞伊奇的脸,很快而又热烈地讲起来,止也止不住。

如同一个猝然受惊的人事后想不起在那吓坏他的大祸发生以后紧接着出现过一些什么声音一样,奥格涅夫也想不起薇拉说了些什么话,用了些什么字眼。他只记得她的话的大意、她本人的神态、她的话在他心里引起的感觉。他记得她的语声激动得好像透不出气来,有点嘶哑,她的音调异常好听,而且热情。她又哭又笑,睫毛上闪着泪花,对他说:从她和他相识的头一天起,他那种新奇脱俗的风度、他的才智、他那对善良而聪明的眼睛、他的工作和生活目标,就打动她的心,从此她就热烈、疯狂、深深地爱上他了。今年夏天每逢她从花园回来,走进正房,看见门厅里放着他的斗篷或者远远地听见他的说话声,她心里就洋溢着一种凉爽的快意和幸福的预感。他哪怕说一句毫无意义的笑话,也会引得她扬声大笑,她在他笔记簿上每个数目字里都看出不同寻常的聪明而伟大的意义,他那根有节疤的手杖在她心目中显得比树木还要美丽。

树林也好,一团团雾也好,大路两旁的黑沟也好,好像都安静下来,听她讲话,可是奥格涅夫的心里却生出一种不妙的、奇怪的感觉。……薇拉倾吐着她的爱情,变得美丽迷人,她讲得又流畅又热情,然而他并没有像他所希望的那样感到愉快,感到生活的乐趣,却只对薇拉生出怜悯的心情,想到有个好人为他受苦便觉得痛苦和抱歉。这究竟是由于他读书过多,理智特别发达呢,还是因为他已经习惯于一种常常妨碍人们生活的、难于克制的客观态度,那就只有上帝知道了,总之,薇拉的痴迷和痛苦依他看来反而显得腻人,不严肃,但是同时,他的感情却在他心里愤愤不平,小声对他说:他目前所见到和听到的一切,从自然观点和个人幸福的观点看来,比任何统计学、书本、真理都严肃。……他恼恨自己,责怪自己,可又不明白他究竟错在哪儿。

使得他越发困窘的是,他简直不知道该说什么好,然而他又非说话不可。照直地说"我不爱您",他说不出口,至于说"对了,我爱您",他也办不到,因为不管他怎样搜索,他也不能在他心里找到一丝这样的感情。……

他没有开口,可是这当儿她却在说:只要能够看见他,只要能够跟着他,哪怕此刻就到他要去的地方去,只要能够做他的妻子和助手,在她就是无上的幸福了,又说他如果撇下她走掉,那她就会苦闷得死掉。……

"我在这儿待不下去!"她绞着手说,"这所房子也好,这个树林也好,这种空气也好,都惹得我讨厌。我受不了这种永远不变的安宁和没有目标的生活,受不了我们那些平庸无才的人,他们彼此十分相像,就跟水滴一样。他们亲热,和善,那是因为他们都吃得很饱,没有受苦,也没有斗争。……我倒巴不得住到那些又大又潮的房子里去,跟人们一起受苦,受工作和贫困的煎熬。"

这些话奥格涅夫听着也觉得甜腻,不严肃。等到薇拉讲完,他仍旧不知道该说什么好,可是再沉默下去不行了,于是他喃喃地说:

"我,薇拉·加甫利洛芙娜,很感激您,可是我觉得我无论如何也配不上……您那方面的……感情。其次,我是个诚实的人,因此不得不说明……幸福是建立在对等的关系上的,那就是说双方……同样相爱……"

可是奥格涅夫立刻为他这些含糊的话害臊,就沉默了。他觉得这时候他的脸色一定愚蠢、惭愧、呆板,觉得他的面容紧张而不自然。……薇拉大概从他脸上识破了真情,因为她忽然神态严肃,脸色苍白,低下了头。

"请您原谅我,"奥格涅夫受不住这种沉默,又喃喃地说,"我非常尊敬您,所以我……很难过!"

薇拉猛地扭转身,很快地走回庄园去。奥格涅夫跟在她后面。

"不,不必了!"薇拉对他摆一摆手说,"您不用跟来,我一个人能回去。……"

"不,总……不能不送您啊。……"

不管奥格涅夫说什么,他老觉得他没有一句话不是死板可憎的。他越往前走,他那种负疚的感觉就越是在他心里滋长。他生气,握紧拳头,骂自己冷漠,不会跟女人周旋。他极力挑动自己的感情,就瞧着薇拉美丽的身材,瞧着她的辫子,瞧着她那双小脚在布满灰尘的大路上留下的足迹,回想她的话语和眼泪,可是这一切只能感动他,却不能使他神魂飘荡。

"唉,人总不能强迫自己去爱一个人啊!"他暗自分辩道,同时他又暗想,"那么哪会儿我才能不用强迫自己而爱上一个人呢?我已经将近三十岁了!我从没遇见过比薇拉更好的女人,以后也绝不会遇到。……啊,这种该死的未老先衰!刚三十岁就老了!"

薇拉在他前面越走越快,低下头,始终没有扭过脸来看他一眼。他觉得她好像伤心得瘦多了,肩膀也窄多了。……

"我想得出来现在她心里是什么滋味!"他瞧着她的后背,心里暗想,"她一定害羞极了,痛苦极了,恨不得一死了之!上帝啊,这里面有那么多的生命、诗情、意义,连石头都会受感动呢,可是我呢……我又愚蠢又荒谬!"

薇拉走到边门那儿,匆匆看他一眼,就低下头,系好围巾,沿着林荫路很快地走去。

这时候只剩下伊凡·阿历克塞伊奇一个人了。他慢腾腾地走回树林,屡次停住脚,回过头去往边门那边看,周身上下现出一种仿佛不能相信自己的神情。他用眼睛在大路上寻找薇罗琪卡的脚印,不相信他很喜欢的这个姑娘刚才对他倾吐过她的爱情,也不相信他那么笨拙粗鲁地"拒绝"了她!他这才生平第一次凭切身经验相信人的行动是很少由自己的心意决定的,而且亲身体会到一个正派诚恳的人,违背本心惹得亲近的人受到残酷的、不应得的痛苦后,会处在什么样的局面里。

他的良心感到痛苦。等到薇拉消失,他才开始感到他失去了一种很宝贵、很亲近、从此再也找不回来的东西。他觉得他的一部分青春随着薇拉一齐从他身边溜走,觉得他白白放过的那种机会再也回不来了。

他走到小木台那儿,站住,沉思。他一心想找到他这种古怪的冷漠的原因。他明白,这个原因不在外部,而在他的内心。他坦白地对自己承认:这不是聪明人常常夸耀的那种理智的冷静,也不是自私自利的蠢人的那种冷淡,而纯粹是他心灵的软弱,没有能力深刻地领会美,再加上他所受的教育、纷扰的谋生斗争、单身的公寓生活等,已经促使他过早地衰老了。

他从小木台上慢腾腾地往树林走去,仿佛不愿意走掉似的。树林里一片漆黑,然而东一块西一块地闪着明晃晃的月光,他来到这个他除了自己的思想外什么也感觉不到的地方,不由得热切地巴望着能追回那已经失掉的东西了。

伊凡·阿历克塞伊奇记得他重又走回去。他用回忆鼓舞自己,强制自己想象薇拉的模样,很快地往花园里走去。大路上和花园里,白雾已经消散,晶莹的月亮在天空俯视下界,仿佛刚刚洗过脸似的,只有东方还是雾气蒙蒙,天色阴暗。……奥格涅夫至今还记得他谨慎的脚步声、那些黑暗的窗口、木樨草和天芥菜的浓重气味。他熟识的卡罗①好意地摇着尾巴,走到他跟前来,闻他的手。……四下里只有这一个活的生物看见他绕着房子走了两圈,在薇拉那乌黑的窗口站了一会儿,然后摆一摆手,深深叹口气,走出花园去了。

过了一个钟头,他走到城里,筋疲力尽,灰心丧气,把他的身子和发热的脸倚在客栈的大门上,敲门。城里不知什么地方,有一条狗半睡半醒地吠叫,教堂附近有人打响一块铁板②,仿佛在回答他的叩门声似的。……

"半夜三更的,老在外面逛荡……"客栈老板,那个旧教徒,穿一件像是女人衣服的长衬衫,走来给他开门,嘴里嘟哝着,"与其在外面逛荡,还不如祷告上帝的好。"

伊凡·阿历克塞伊奇走进自己的房间,往床上一坐,对着灯光呆看了很久很久,然后摇一下头,着手收拾行李。……

---

① 狗的名字。
② 指守夜人打更。

大斋①的前夜

"巴威尔·瓦西里伊奇!"彼拉盖雅·伊凡诺芙娜叫醒她的丈夫,"巴威尔·瓦西里伊奇!你去帮斯捷巴温一温功课吧,他坐在那儿对着书本哭呢!他又有什么地方弄不懂了!"

巴威尔·瓦西里伊奇坐起来,一面打哈欠,一面在嘴上画十字,柔声说:

"我就去,宝贝儿!"

一只本来睡在他身旁的猫,也立起来,伸直尾巴,拱起背脊,眯细眼睛。四下里静悄悄的。……可以听见老鼠在壁纸里边跑来跑去。巴威尔·瓦西里伊奇穿上皮靴和睡衣,半睡半醒,没精打采,皱起眉头,从卧房走进饭厅。他一走进去,另一只在窗台上嗅一碟鱼冻的猫就跳下地,藏到柜子后面去了。

"谁叫你嗅这碟菜!"他生气地说,拿一张报纸把鱼冻盖上,"你干这种事只配叫作猪,不配叫作猫。……"

饭厅里有一道门通到儿童室。儿童室里,一张布满污斑和深深的刀痕的桌子旁边,坐着中学二年级学生斯捷巴,脸上带着耍脾气的神情,眼睛泪汪汪的。他把膝盖差不多一直顶到下巴上,两只手搂住膝头,身子摇摇晃晃,活像一个中国的不倒翁。他生气地瞧

---

① 指基督教复活节前的四十天斋期。

着一本算术习题集。

"你在温课吗?"巴威尔·瓦西里伊奇问道,挨着桌子坐下,连连打着哈欠,"对了,我的孩子。……玩也玩了,睡也睡了,薄饼也吃过了,明天可就要吃斋、忏悔、干活儿了。每段时间都有每段时间的界限。你的眼睛怎么泪汪汪的?背书背不下去了?大概吃完薄饼就容不下学问了吧?就是这么回事。"

"你干吗拿孩子开心啊?"彼拉盖雅在另一个房间里叫道,"你与其拿他开心,还不如指点指点他的好!要不然他明天就又要得一分,愁死我了!"

"你什么地方不懂?"巴威尔·瓦西里伊奇问斯捷巴说。

"喏……分数除法!"男孩气冲冲地回答说,"分数除分数。……"

"哼……怪孩子!这算得了什么?这不用费什么脑筋。把规则记住就行了。……要用分数除分数,就得用第二个分数的分母乘第一个分数的分子,那就是商数的分子。……好,然后头一个分数的分母……"

"这个不用您说我也知道!"斯捷巴打断他的话,用手指弹掉桌子上一个核桃壳,"您给我做一个例题看!"

"例题?好,拿铅笔来。听着。比方说,我们要拿五分之二来除八分之七。好。这儿的问题,我的孩子,就在于要把这两个分数除一下。……茶炊烧好了吗?"

"我不知道。"

"已经到喝茶的时候。……七点多了。……好,现在你听着。我们来这么推论吧。比方我们不是用五分之二而是用二来除八分之七,那就是只用分子除。我们来除一下。这得出什么数呢?"

"十六分之七。"

"对。挺棒嘛。好,那么问题,我的孩子,就在于我们……那么,如果我们用二除,那就……慢着,我自己也乱了。我记得我们那个中学校里,算术教师是西吉兹孟德·乌尔巴内奇,是个波兰人。这位老师往往每堂课都讲乱。他开头论证一条定理,随后就讲乱,脸涨得发紫,在教室里跑来跑去,仿佛有人用锥子刺他的脊梁骨似的,然后擤上五回鼻子,哭起来了。不过我们,你知道,倒是宽宏大量的,假装没有看出来。我们问:'您怎么了,西吉兹孟德·乌尔巴内奇?您牙痛吗?'你想想看,这班学生活像一伙强盗,一伙天不怕地不怕的家伙,可是,他们其实倒是宽宏大量的呢!在我们那年月,像你这么矮小的学生可没有,都是些大高个子,愣小子,一个比一个高。比方说,我们学校三年级有个姓玛玛兴的。上帝啊,好一个大个子!你要知道,这个大汉足有一俄丈①高,走起路来地板都颤摇,一拳打在你背上,准叫你一命呜呼!不但我们怕他,就连教师们也怕他。于是这个玛玛兴就常常……"

门外传来彼拉盖雅·伊凡诺芙娜的脚步声,巴威尔·瓦西里伊奇往房门那边挤一挤眼,小声说:

"你母亲来了。我们做功课吧。好,那么,我的孩子。"他提高嗓门说,"这个分数得乘一下那个分数。好,为此就得把第一个分数的分子……"

"来喝茶!"彼拉盖雅·伊凡诺芙娜叫道。

巴威尔·瓦西里伊奇和他的儿子就丢下算术,走去喝茶。饭厅里已经坐着彼拉盖雅·伊凡诺芙娜,跟她一块儿坐着的是一个从不讲话的姑姑,另外还有一个耳聋的姑姑和老太婆玛尔科芙娜,她是个接生婆,斯捷巴就是由她接下来的。茶炊嘶嘶地响,冒出热气,在天花板上印下波浪般的大阴影。两只猫从穿堂走进来,翘起尾巴,带着睡意,露出忧郁的样子。……

---

① 1俄丈等于2.134米。

"玛尔科芙娜,你喝茶加上果酱吧,"彼拉盖雅·伊凡诺芙娜对接生婆说,"明天就是大斋,今天吃个够吧!"

玛尔科芙娜舀起满满一匙子果酱,犹犹豫豫,仿佛那是炸药似的,送到嘴边,斜起眼睛看一下巴威尔·瓦西里伊奇,吃下去。她的脸上立刻泛起一种甜蜜蜜的笑容,简直有果酱那么甜。

"这果酱实在太好了,"她说,"怕是您,亲爱的彼拉盖雅·伊凡诺芙娜,亲手做的吧?"

"是我亲手做的。除了我还有谁来做呢?什么东西都是我亲手做的。斯捷巴,我给你倒的茶太淡吧?嘿,敢情你已经喝完了!拿过来,我的小天使,我再给你倒一杯。"

"那个玛玛兴啊,我的孩子。"巴威尔·瓦西里伊奇转过身对斯捷巴接着说,"受不了我们的法语教师。他嚷道:'我是贵族,我可不容许法国人来管教我!我们在一八一二年打败过法国人!'嗯,当然,他们把他打了一顿……打得好厉害哟!他呢,有时候一看见他们要打他,就跳出窗子,溜之乎也!事后他一连五六天不到学校里来。他母亲就来找校长,用基督和上帝的名义央告他:'校长先生,请您费心把我的米希卡找回来,狠狠地把这个混蛋揍一顿吧!'校长却对她说:'得了吧,太太,我们学校里五个看门人加在一起,都对付不了他一个!'"

"上帝啊,居然生下这样的强盗!"彼拉盖雅·伊凡诺芙娜小声说,带着恐怖的神情瞧着她的丈夫,"那个做母亲的太可怜了!"

随后是沉默。斯捷巴大声打哈欠,仔细打量茶壶上那个他已经看过一千次的中国人。两个姑姑和玛尔科芙娜小心地端着茶碟喝茶。空气中充满寂静和由火炉造成的闷热。……在大家的脸上和动作中,表现了人在肚子装饱以后还得吃东西的时候所常有的那种懒散和厌烦。茶炊、茶碗、桌布,都收拾走了,可是一家人仍旧围着桌子坐着。……彼拉盖雅·伊凡诺芙娜几次跳起来,脸上带着惊恐的神情跑到厨房去,对厨娘交代几句关于晚饭的话。两个姑姑照原先的姿势坐在那儿不动,把两条胳膊交叉在胸前,呆滞的眼睛瞧着灯,睡意蒙眬。玛尔科芙娜每分钟打一次嗝,而且问道:

"为什么我老是打嗝?我觉得好像也没吃什么东西……也没喝什么呀。……呃!"

巴威尔·瓦西里伊奇和斯捷巴并排坐着,头挨着头,弯下身子凑在桌子上,看一本一八七八年的《田地》①。

"《米兰维克托·伊曼纽尔三世②游廊前的列奥纳多·达·芬奇纪念像》。你瞧。……样子很像凯旋门。……这儿有一个骑士同一个女人。……那儿远处有些小人。……"

"这个小人像我们的同学尼斯库宾。"斯捷巴说。

"翻过去吧。……《普通苍蝇的喙部在显微镜下之所见》。原来喙部是这个样子啊!嘿,这苍蝇!孩子,要是把臭虫放在显微镜底下照一照,那会是什么样儿!那才难看呢!"

客厅里有一只旧钟,仿佛着了凉似的,带着嘶哑的声音咳嗽了十声,而不是敲了十下。厨娘安娜走进饭厅来,扑通一声在主人面前跪下!

"请您看在基督分上宽恕我,巴威尔·瓦西里伊奇!"她说着,站起来,满脸通红。

"你也看在基督分上宽恕我。"巴威尔·瓦西里伊奇冷淡地回答说。

安娜照这样依次走到这个家庭的其他成员面前,扑通跪下,请求宽恕。她只放过玛尔科芙娜一个,老太婆不是上流社会的人,因此厨娘认为不值得对她下跪。

---

① 1890—1918年在彼得堡出版的一种迎合小资产阶级口味的刊物。这篇小说写于1887年,因此那是一本九年前的旧杂志。
② 维克托·伊曼纽尔三世(1820—1878),意大利最后一代国王。

在沉寂和安静中又过了半个钟头。……《田地》已经丢在一张长沙发上了。巴威尔·瓦西里伊奇竖起一个手指头,背诵他小时候念过的一篇拉丁语诗。斯捷巴瞧着他父亲那戴着订婚戒指的手指头,听着那些不懂的字眼,打起盹儿来,他用拳头揉眼睛,可是眼皮闭得更紧了。

"我要去睡了……"他说着,伸个懒腰,打个哈欠。

"什么!睡觉?"彼拉盖雅·伊凡诺芙娜问,"那么这最后一顿荤食怎么办呢?"

"我不想吃了。

"你疯了?"他妈妈惊恐地说,"怎么能不吃最后一顿荤食呢?要知道,整个斋期你都吃不到荤食!"

巴威尔·瓦西里伊奇也惊恐起来。

"是啊,是啊,孩子,"他说,"你母亲要有七个星期不给你荤食吃呢。这可不行,最后一顿荤食总是得吃的。"

"哎呀,我困了!"斯捷巴耍脾气说。

"既是这样,那就赶快摆桌子开饭!"巴威尔·瓦西里伊奇不安地叫道,"安娜,你为什么坐在那儿不动,傻娘们儿?快去摆桌子开饭呀!"

彼拉盖雅·伊凡诺芙娜举起两只手来一拍,脸上带着慌张的神情跑进厨房去,仿佛家里起了火似的。

"赶快!赶快!"满屋子响起这样的说话声,"斯捷巴困了!安娜!哎呀,我的上帝,怎么回事?快点呀!"

过了五分钟,饭桌摆好了。两只猫又翘起尾巴,拱起背脊,伸着懒腰,在饭厅里会合了。……一家人开始吃晚饭。谁都不想吃,人人的肚子都装得满满的,然而还是得吃。

受 气 包

基斯土诺夫尽管闹了一夜很厉害的痛风病,弄得神经快要受不住了,可是第二天早晨仍旧动身去上班,按时接见到银行里来办交涉的人和银行顾客。他的模样憔悴疲乏,说话声音很小,上气不接下气,好像快要死了。

"您有什么事?"他对一个来办交涉的女人说,她穿一件非常旧的大衣,从背后看去很像一只大蜣螂。

"请您听我说,老爷,"女人开口了,讲得很快,"我丈夫是八等文官舒金,一连病了五个月。他正躺在家里养病,可是人家却无缘无故把他辞退了,老爷。我去领他的薪水,可是不瞒您说,他的薪水给扣掉了二十四卢布三十六戈比!我就问:这是什么缘故?人家说:'他从互助金里借用过这笔钱,由别的文官给他做的保。'这是怎么回事啊?难道他不经过我的同意就会在外头借钱?不会有这种事的,老爷。那么,他们怎能这么干?我是个穷女人,全靠房钱吃饭。……我是个弱女子,受气包。……我受了气只能忍着,从来也听不到人家一句好话。……"

这个来办交涉的女人开始眨巴眼睛,把手伸到大衣里拿手绢。基斯土诺夫从她手里接过呈子,看了一遍。

"对不起,这是怎么回事?"他耸耸肩膀说,"我一点也不明白。太太,您显然走错了地方。您的请求实际上跟我们完全没有关系。

请您费神到您丈夫工作过的那个机关里去申诉吧。"

"哎呀,老天爷,我已经去过五个地方,那些地方连我的呈子都不肯接!"舒金太太说,"我简直没有主意了,不过谢天谢地,求上帝保佑我的女婿包利斯·玛特威伊奇平安吧,多亏他指点我来找您。他说:'妈,您去找基斯土诺夫先生,他是个有势力的人,什么事都能给您办到。'……您帮帮我的忙吧,老爷!"

"舒金太太,我们一点也帮不上您的忙。……您得明白:您的丈夫,据我判断,是在军医署工作,可是我们这儿纯粹是私营商业机关,我们这儿是银行。您怎么会不明白这一点呢!"

基斯土诺夫又耸耸肩膀,带着浮肿的脸转过身去同一个穿军服的先生周旋。

"老爷啊,"舒金太太用悲惨的唱歌声调说,"我有医生的文件,证明我丈夫在害病!这就是,您费心看一看吧!"

"很好,我相信您,"基斯土诺夫没好气地说,"不过,我再说一遍,这事跟我们不相干。这真奇怪,甚至滑稽!难道您的丈夫就不知道您该到哪儿去申诉?"

"老爷,他什么也不懂。他一个劲儿唠叨那一套:'这不关你的事!走开!'总共就说了这么两句。……那么这事到底归谁管呢?要知道,事情都得我操心!得我操心啊!"

基斯土诺夫又转过身来对着舒金太太,开始对她解释军医署和私人银行之间的区别。太太专心听他讲话,点头表示同意,然后说:

"是,是,是。……我明白,老爷。既然这样,老爷,请您吩咐他们至少给我十五卢布好了!我同意只拿一部分钱就算了!"

"哎!"基斯土诺夫叹道,把头往后一仰,"跟您什么道理也讲不通!不过您要明白,到我们这儿提出这类要求就如同,比方说,到药房或者金银检验局提出离婚的申请一样古怪。人家没有付足您钱,可这跟我们有什么相干呢?"

"老爷,叫我永久为您祷告上帝,可怜可怜我这个无依无靠的老婆子吧。"舒金太太说着,哭起来,"我是个弱女子,受气包……我苦得要命。……又得跟房客打官司,又得管我丈夫的事,又得管家务,另外还得斋戒祈祷,女婿又丢了差事。……表面上看来,我也吃也喝,其实我站都站不稳。……我通宵睡不着觉哟。"

基斯土诺夫觉得心跳起来。他现出痛苦的脸色,把手按住胸口,又开始对舒金太太解释,可是声音哑了。……

"不,对不起,我不能跟您说话了,"他说着,挥一下手,"我的脑袋都晕了。您既打搅了我们,您自己也白白糟蹋了时间。哎!……阿历克塞·尼古拉伊奇,"他对一个职员说,"劳驾,您对舒金太太解释一下!"

基斯土诺夫依次接见了所有来办交涉的人以后,就往自己的办公室走去,在那儿签署了十来份文件,可是这当儿阿历克塞·尼古拉伊奇还在跟舒金太太办交涉。基斯土诺夫坐在自己的办公室里,很久都听见那两个说话声:一个是阿历克塞·尼古拉伊奇单调而隐忍的男低音,一个是舒金太太尖厉的含泪声调。……

"我是个受气包,弱女子,我又是个有病的女人。"舒金太太说,"从外表看,也许我挺结实,可要是仔细检查一下,我身上就没有一根筋脉是健康的。我站都站不稳,胃口也很差。……今天我喝咖啡的时候,觉得一点味道也没有。……"

阿历克塞·尼古拉伊奇就对她解释各个机关各不相同,解释呈递文件的复杂手续。他很快就累坏了,由会计把他接替下来。

"这个娘们儿讨厌得出奇!"基斯土诺夫生气地想,烦躁地绞着手指头,屡次走到水瓶那边去,"她简直是个白痴,木头!她把我折磨够了不算,还要折磨他们,混蛋!哎呀……我心跳得厉害!"

过了半个钟头,他按铃。阿历克塞·尼古拉伊奇来了。

"事情怎么样了?"基斯土诺夫疲惫无力地问道。

"我们跟她怎么也说不通,彼得·亚历山德雷奇!简直要命。我们说东,她却说西。……"

"我……她的声音我再也听不下去了。……我浑身不舒服……我受不了。……"

"把看门人叫来,彼得·亚历山德雷奇,让他把她带走。"

"使不得,使不得!"基斯土诺夫惊恐地说,"她会大哭大叫,我们这所房子里有许多住户,天知道人家会把我们想成什么样的人。……您,我的好人,还是设法给她解释清楚的好。"

过了一分钟,又传来阿历克塞·尼古拉伊奇低抑的说话声。一刻钟过去了,会计强有力的男高音接替了他的男低音。

"这个女人混账透顶!"基斯土诺夫生气地想,烦躁地耸动肩膀,"愚蠢得不可救药,见她的鬼。我的痛风病好像又发作了。……偏头痛又闹起来了。……"

在隔壁房间里,阿历克塞·尼古拉伊奇筋疲力尽,最后用手指头敲敲桌子,然后敲敲自己的额头。

"一句话,您两个肩膀上长着的不是脑袋,"他说,"而是这个。……"

"哼,别来这一套,别来这一套……"老太婆说,生气了,"你回去对你老婆这样敲桌子吧。……混小子!别让你那只手太放肆。"

阿历克塞·尼古拉伊奇气呼呼、恶狠狠地瞧着她,仿佛要把她吞下肚去。他压低喉咙,闷声闷气地说:

"出去!"

"什么?"舒金太太突然尖叫起来,"您怎么敢这样?我是个弱女子。我受不了!我丈夫是个堂堂的八等文官!这小子可真混!

我要去找律师德米特利·卡尔雷奇,管保叫你吃不了兜着走!我跟三个房客打过官司,我要叫你为那些无礼的话在我面前跪个够!我要去找你们的将军!老爷啊!大人啊!"

"滚出去,祸害!"阿历克塞·尼古拉伊奇声音沙哑地说。

基斯土诺夫推开房门,对办公室里看了一眼。

"什么事啊?"他用要哭的声音说。

舒金太太脸红得跟大虾一样,站在房间中央,眼珠乱转,手指头在空中指指点点。银行的职员们站在两旁,也涨红脸,显然疲乏得很,彼此茫然失措地望着。

"老爷!"舒金太太跑到基斯土诺夫跟前说,"喏,这个人,这个家伙……喏,这个人……"她指着阿历克塞·尼古拉伊奇说,"他拿手指头敲敲他的脑门子,又敲敲桌子。……您刚才吩咐他解决我的事,可是他耍笑我!我是个弱女子,受气包。……可我丈夫是八等文官,我自己也是少校的女儿!"

"好,太太,"基斯土诺夫呻吟道,"我来办……我来采取措施。……您走吧……以后再说!……"

"可是我什么时候能拿到钱呢,老爷?我今天就要钱用!"

基斯土诺夫举起发抖的手摩挲额头,叹口气,又开口解释说:

"太太,我已经跟您说过了。……这儿是银行,私人机关,商业机关。……您要我们怎么办呢?您总得明白道理,您在妨害我们办公啊。"

舒金太太听他讲完,叹了口气。

"当然,当然……"她同意说,"不过请您,老爷,务必做做好事,让我永世为您祷告上帝,求您做我的亲爹,保护我。……要是医生证明文件还嫌不够,那我可以要警察分局开个证明给您。……请您吩咐他们给我钱!"

基斯土诺夫眼睛开始冒金星。他吐一口气,把肺里的空气全部吐出来,疲惫不堪地在一把椅子上坐下。

"您要多少钱?"他用衰弱的声音问道。

"二十四卢布三十六戈比。"

基斯土诺夫从衣袋里取出钱夹,从中拿出一张二十五卢布的钞票,把它递给舒金太太。

"拿去……您走吧!"

舒金太太把钞票用一块小手绢包起来,收好,然后脸上现出一种甜蜜、殷勤,甚至带点卖弄风情的笑容,要求说:

"老爷,能不能让我的丈夫恢复原职啊?"

"我要走了……我发病了……"基斯土诺夫用疲乏的声调说,"我的心跳得厉害。"

他走以后,阿历克塞·尼古拉伊奇打发尼基达去买桂樱叶滴剂①,所有的职员各自喝下二十滴药水,才坐下工作。舒金太太呢,后来还在门厅坐了两个钟头光景,跟看门人谈话,等着基斯土诺夫回来。

第二天她又来了。

---

① 一种镇静剂。

祸　　事

"是谁在那儿走路啊？"

没有人答话。看守人并没有看见什么，只是在风声和树叶声中，清楚地听见他前面林荫道上有人走路。三月的夜晚多云有雾，笼罩着大地，看守人觉得大地、天空、他自己以及他的思想，统统融合成一个巨大而漆黑的东西。他只能摸索着走路了。

"是谁在走路？"看守人又说一遍，他仿佛听见低语声和压抑的笑声，"是谁呀？"

"是我，老兄……"一个苍老的声音回答说。

"可你是谁？"

"我是……过路的。"

"什么过路的？"看守人生气地叫道，想用叫声遮盖他的恐惧，"必是魔鬼把你弄到这儿来的！半夜三更，你这怪物，跑到墓园里来闲逛！"

"难道这儿是墓园吗？"

"不是墓园是什么？当然是墓园！你没看见吗？"

"哎呀呀。……圣母啊！"传来了苍老的叹息声，"我什么也看不见，老兄，什么也看不见。……你看，天这么黑，黑极了。伸手不见五指啊。真是黑，老兄！哎呀呀。……"

"可你是干什么的？"

103

"我是朝圣的,老兄,朝圣参拜的。"

"这些魔鬼,这些夜游神。……什么朝圣的!都是些醉鬼……"看守人听见过路人的声调和叹息,放了心,嘟哝说,"跟你们在一起就免不了犯罪!白天老是喝酒,到晚上又由魔鬼支使着到处乱跑。不过,我好像听见你不是一个人,似乎有两三个人呢。"

"只有我一个,老兄,只有我一个。总共就只有我一个。……哎哟哟,我们的罪孽。……"

看守人撞在那个人身上,站住了。

"可你怎么会跑到这儿来的?"他问。

"我迷了路,好人。我原是到米特利耶甫斯基磨坊去的,可是迷路了。"

"哎呀呀!难道这是到米特利耶甫斯基磨坊去的路吗?你这只呆鸟!要到米特利耶甫斯基磨坊去,得靠左边远处的路走,从城里出来一直顺大道走。你醉醺醺地多走了三俄里冤枉路。大概在城里喝多了吧?"

"我确实犯了这个罪,老兄,确实的。……这是实情,我也不打算遮盖我的罪。现在我该怎么走呢?"

"顺着这条林荫道照直往前走,一直走到尽头,然后立刻往左拐,再走,穿过整个墓园,直到门口为止。那儿有一道边门。……你开了门,求上帝保佑,走你的路吧。注意,可别掉在沟里。出了墓园你一直顺着旷野走,走啊走的就到大道上了。"

"求上帝赐给你健康,老兄。拯救我们吧,圣母,怜恤我们吧。要不你就送我一程,好心的人!你行行好,把我送到边门那儿吧!"

"哼,我才没有那个闲工夫呢!你自己走!"

"你行行好,叫我为你祷告上帝吧。我什么也看不见,伸手不见五指,一点办法也没有,老兄。……天真黑,黑极了!送送我吧,好先生!"

"好说,我还有工夫来送你!要是每个人都要我照料,我才忙不过来呢。"

"看在基督分上,送送我吧。我不光是看不见路,而且一个人在墓园里走动也害怕。太可怕了,老兄,太可怕了,我不敢走,太可怕了,好心的人。"

"你简直缠住我不放。"看守人叹口气说,"好,我们走吧!"

看守人就和过路人一块儿走。他们并排走着,肩擦肩,不说话。潮湿的冷风照直抽打他们的脸,肉眼看不见的树木发出飒飒声,而且噼噼啪啪地响,往他们身上洒下大颗的雨点。林荫道上差不多完全铺满了水洼。

"有一件事我想不通,"看守人沉默很久以后说,"你是怎么到这儿来的?要知道,大门已经上了锁。你是翻墙过来的还是怎么的?如果是翻墙过来的,那么你这么个老头子,干这种事,可是再糟也没有了!"

"我不知道,老兄,我不知道。我怎么进来的,我自己也不知道。这是中了魔啊。上帝在惩罚我。真的,这是中了魔,鬼迷了我的心窍。那么你,老兄,这样看来,是这儿的看守人吧?"

"我是这儿的看守人。"

"整个墓园里就只有你一个人?"

风的势头那么猛,刮得两个人一时间只好停住脚。看守人等到风小下去,才回答说:

"我们一共有三个,可是一个害着热病躺在床上,另一个在睡觉。我和他轮班守夜。"

"哦,哦,老兄,原来是这样。这风啊,好大的风!恐怕死人都听得见!它呜呜地叫,好比一头凶猛的野兽!哎呀呀。……"

"你从哪儿来?"

"从很远的地方来,老兄。我是沃洛格达城的人,离这儿很远。我走遍一个个圣地,为好心的人祷告。拯救我们,怜悯我们吧,上帝。"

看守人站了一会儿,想点上烟斗。他在过路人背后蹲下去,一连划了几根火柴。头一根火柴的亮光闪一下就灭了,一时间照亮了右边一小块林荫道、一个上面雕着天使的白色墓碑和一个黑十字架。第二根的火光明亮地燃起来,让风吹灭了,它像一道电光那样爬到左边,然而黑暗里只现出栅栏的一角。第三根火柴才照亮左右两边的白色墓碑、黑十字架、儿童墓地四周的栅栏。

"死人睡了,亲爱的人们睡了!"过路人喃喃地说,大声叹息,"富人睡了,穷人也睡了。聪明人睡了,愚人也睡了。好心的人睡了,凶恶的人也睡了。现在他们统统一个样儿了。他们要一直睡到号声①响起来。祝他们升到天堂,永久安息。"

"现在我们在走路,可是将来有个时候,我们自己也会躺在这儿。"看守人说。

"是啊,是啊。大家统统都会睡在这儿的。没有一个人会不死。哎呀,哎呀。我们做的事凶恶,我们的思想狡猾!罪孽啊,罪孽!我的灵魂该受诅咒,它贪得无厌,我的肚子贪吃贪喝!我触怒了上帝,不论在这个世界还是在那个世界,我都不会得救。我钻进了罪孽的大海,就跟蚯蚓钻进泥土一样。"

"是啊,你也要死的。"

"说的就是,我也要死的。"

"大概朝圣的人死起来比我们这种人死得轻松多了……"看守人说。

---

① 指基督教神话中最后审判日的号声。

"朝圣的人各不相同。有的是真正朝圣的,侍奉上帝,叫自己的灵魂不受诱惑,不过也有些朝圣的,三更半夜到墓园里来乱跑,给魔鬼凑趣……对了!有些朝圣的,要是高兴的话,就会拿起斧子,照你的脑袋砍下去,叫你呜呼哀哉。"

"你怎么说这种话?"

"我是随便说说的。……喏,现在大概走到边门了。这就是那道门。你开门吧,亲爱的!"

看守人摸索着把门打开,拉住朝圣者的衣袖,把他领出边门,说:

"这儿是墓园的尽头。现在你就顺着野地往前走,一直往前,临了就会走到大路上。不过这附近有一条划定地界的沟,你可别掉下去。……等你到了大路上,就往右走,那就可以一直走到磨坊了。……"

"哎呀呀……"朝圣的沉默了一会儿,叹道,"我现在又这么想,我不必到米特利耶甫斯基磨坊去了。我何必到那儿去呢?先生,我还是跟你一块儿在这儿待一会儿吧。……"

"为什么你要跟我一块儿待着呢?"

"没什么……跟你在一块儿快活得多。……"

"嘿,你居然找着个快活的伴儿!你啊,朝圣的,我看你倒挺喜欢开玩笑呢。……"

"当然我喜欢!"过路人说,发出沙哑的声音,咯咯地笑,"唉,你啊,我亲爱的,我的亲人!恐怕以后很久你都会记住这个朝圣的呢!"

"为什么我会记住你?"

"是啊,我巧妙地蒙哄了你。……难道我是朝圣的?我根本不是什么朝圣的。"

"那你是什么人?"

"死人。……我刚从坟里钻出来。……你记得在谢肉节①吊死的那个钳工古巴烈夫吗？我就是古巴烈夫。……"

"你真会瞎说！"

看守人不信，可是他周身感到一种沉重而且阴森的恐怖，就连忙走开，赶快摸索边门。

"站住，你上哪儿去？"过路人说，抓住他的胳膊，"喂喂喂……瞧你这个人！你丢下我，叫我去找谁啊？"

"放开我！"看守人叫道，极力要挣脱胳膊。

"站住！我叫你站住，你就站住。……休想挣脱我的手，你这条癞皮狗！你要是还想活着，就照我吩咐，乖乖地站在那儿别说话。……我只是不想杀人流血罢了，要不然你这混蛋早就咽气了。……站住！"

看守人的膝盖弯下去了。他害怕得闭上眼睛，全身发抖，让身子贴着围墙。他想喊叫，可是他知道他的叫声传不到活人的耳朵里。……过路人站在他身旁，抓住他的胳膊。……在沉默中大约过了三分钟。

"一个看守人害热病，另一个睡觉，这一个却来送朝圣的。"过路人唠叨说，"好一班看守人，居然还拿薪水！不行啊，朋友，贼永远比看守人机灵！站住，站住，不许动。……"

在沉默中过了五分钟，十分钟。突然一阵风带来一声呼哨。

"好，现在你走吧，"过路人说，放开他的胳膊，"去向上帝祷告吧：总算你还活着！"

过路人也打一声呼哨，从边门旁边跑掉了。随后传来他跳过那条沟的声音。看守人虽然害怕得周身发抖，却预感到必是出了什么祸事，就犹豫不定地推开边门，闭上眼睛跑回去。在宽阔的林

---

① 基督教节日，在大斋节前的一个星期。

荫道转弯的地方,他听见一个人急促的脚步声,这人压低喉咙问他:

"是你吗,季莫费依?米特卡在哪儿?"

他一口气跑完这条林荫道,发现黑暗里闪着一点小小的朦胧的亮光。他离那个亮光越近,就越是害怕,越是强烈地预感到必是出了什么祸事。

"亮光似乎在教堂里。"他想,"亮光是从哪儿来的呢?拯救我,怜恤我吧,圣母!它果然在教堂里!"

看守人在打碎的窗子前面呆站了一会儿,带着害怕的心情瞧着祭坛。……那几个贼忘记吹灭一支小蜡烛了,正好有风吹进窗口,烛火闪摇着,把昏暗而发红的光点洒在东一件西一件的圣衣上,洒在被推倒的小橱上,洒在供桌和祭坛附近的许多脚印上。……

再过了一会儿,怒号的风就把一连串急促而没有节奏的报警钟声传遍整个墓园。……

在 家 里

"格利果烈夫家派人来,说是要取一本什么书,可是我对他说您不在家。邮差送来报纸和两封信。顺便说一句,叶甫根尼·彼得罗维奇,我想请您注意一下谢辽查。今天和前天我发现他吸烟来着。我开口劝他,他照例把手指头塞住耳朵眼,大声唱歌,盖过我的声音。"

叶甫根尼·彼得罗维奇·贝科甫斯基,地方法院的检察官,刚开完庭回来,正在自己的书房里脱手套,瞧着向他报告的家庭女教师,笑起来。

"谢辽查吸烟……"他说着,耸耸肩膀,"我想得出这个小胖子叼着纸烟的那副样子!不过他几岁了?……"

"七岁。您好像觉得这不要紧,可是在他这年纪,吸烟是一种有害的坏习惯,坏习惯是应当从一开头起就根除的。"

"这完全正确。那么他是在哪儿拿到烟的?"

"在您桌子的抽屉里。"

"是吗?既是这样,请您打发他来见我。"

女家庭教师走后,贝科甫斯基在书桌前面一把圈椅上坐下,闭上眼睛,开始思索。不知什么缘故,在他的幻想中,他的谢辽查吸一根一俄尺长的大纸烟,喷云吐雾,这张漫画使得他不住微笑。同时,家庭女教师严肃而忧虑的面容在他心里勾起他对那个早已过去而且大半已经淡忘的时代的回忆。在那个时代,儿童在学校和儿童室里吸烟总会惹得教师和父母生出一种古怪的、不大能理解的恐怖心情。那真称得上是恐怖。他们死命打孩子,把他们从学校里开除出去,他们的生活就此毁了,其实那些教师和父亲没有一个人知道吸烟的害处和罪恶究竟是什么。就连很聪明的人也会毫不踌躇地跟他们所不了解的恶习作斗争。叶甫根尼·彼得罗维奇想起他的中学校长,那是个很有学识而且心地厚道的老人,他碰见一个学生吸烟,竟吓得面无人色,立刻召开教师紧急会议,议决把罪人开除出校。大概社会生活的规律就是这样:所谓恶事越是不为人所理解,就越是受到猛烈和粗暴的打击。

检察官想起两三个被开除的学生以及他们后来的生活,他不能不认为惩罚的坏处常常比罪行本身带来的坏处大得多。有生命的有机体具有一种本领,善于对任何环境气氛都很快地适应,习惯,泰然处之,要不然人就一定会随时感到他的合理的活动往往具有多么不合理的内容,觉得就连在教育、法律、文学之类责任重大和后果可怕的活动中也难得有什么可以理解的真理和信心了。……

这一类只有在疲乏而休息着的头脑里才会产生的轻松而飘忽的思想,开始在叶甫根尼·彼得罗维奇的脑子里漫游。谁也不知道它们是打哪儿来的,也不知是什么缘故来的,它们在头脑里停留不久,似乎只在浮面上掠过,并没有钻到深处去。凡是必须一连许多钟头,以至许多天,顺着一条思路刻板地思索的人,都会觉得这种私下里自由自在的遐想是一种享受,一种愉快的安慰。

那是傍晚八点多钟。上头,天花板上边,二楼上,有人从这个墙角走到那个墙角,再高点,三楼上,有四只手在练钢琴。凭烦躁的脚步声来判断,那个人在想什么苦恼的心事,或者在牙痛。单调的练琴声给傍晚的寂静添上一点睡意,使人生出懒洋洋的幻想。

在相隔两个房间的儿童室里,家庭女教师和谢辽查正在谈话。

"爸爸来了!"男孩唱起来,"爸爸来了!爸!爸!爸!"

"爸爸叫您去,快走!"①女家庭教师喊道,像一只受惊的鸟那样尖叫,"我对您说话哪!"

"不过我该跟他说些什么呢?"叶甫根尼·彼得罗维奇暗想。

可是他还没来得及想出什么话来,他儿子谢辽查,一个七岁的男孩,就已经走进书房来了。像这样的孩子是只有凭服装才看得出性别的:他弱不禁风,脸色苍白,身子单薄。……他浑身娇气,好比温室里的花草。他的动作、鬈发、眼神、丝绒短上衣,处处都显得异常娇嫩、柔和。

"你好,爸爸!"他柔声说着,爬上爸爸的膝头,在他脖子上很快地吻一下,"是你叫我吗?"

"对不起,对不起,谢尔盖②·叶甫根内奇。"检察官回答说,把他从膝头上抱下来,"在接吻以前我们先得谈一谈,认真地谈一谈。……我生你的气,再也不喜欢你了。你得明白,孩子,我不喜欢你,你不是我的儿子。……对了。"

谢辽查定睛瞧着他的父亲,然后把眼光移到书桌上,耸了耸肩膀。

"我做错了什么事呢?"他纳闷地问道,眨着眼睛,"今天我一次也没有到你的书房里来过,什么东西也没有碰过呀。"

"刚才娜达里雅·谢敏诺芙娜对我说你吸烟来着。……是真的吗?你吸过烟吗?"

"对,我吸过一次。……是真的!……"

"你看,你还说谎。"检察官说,皱起眉头,借此遮盖他的微笑,

---

① 原文为法语。
② 上文谢辽查是谢尔盖的爱称。

"娜达里雅·谢敏诺芙娜看见你吸过两次烟。可见你有三件坏事让人抓住了:吸烟,在书桌抽屉里拿别人的烟,说谎。三个错处!"

"啊,对了!"谢辽查说,想起来了,他的眼睛含着笑意,"这话不错,这话不错!我是吸过两次烟,今天一次,以前一次。"

"你瞧,可见不是一次,而是两次。……我对你非常非常不满意!以前你是个好孩子,可是现在学坏,变成坏孩子了。"

叶甫根尼·彼得罗维奇理一理谢辽查的领子,暗想:"我还应该跟他说什么呢?"

"是的,这不好,"他接着说,"我没料到你会做出这种事来。第一,既然不是你的烟,你就没有权利拿。每个人只有权利动用自己的财物,如果拿别人的,那……他就不是好人!"("我跟他说得不对头!"叶甫根尼·彼得罗维奇暗想。)"比方说,娜达里雅·谢敏诺芙娜有一口箱子,装着她自己的衣服。那是她的箱子,我们呢,也就是说你和我,都不可以碰它,因为那口箱子不是我们的。不是这样吗?你有些木马,有些画片。……我不是就不拿吗?也许我心里也想拿,可是……那不是我的而是你的!"

"你要拿管自拿!"谢辽查说,扬起眉毛,"你,爸爸,千万别客气,拿吧!你书桌上那只淡黄色的狗原是我的,可是你瞧,我就不在乎。……就让它摆在那儿好了!"

"你没听懂我的意思,"贝科甫斯基说,"你把那只狗送给我了,它现在就是我的,我想拿它怎么样就可以怎么样。可是要知道,我并没把烟送给你啊!那烟是我的!"("我跟他解释得不对头!"检察官暗想,"不对头!完全不对头!")"要是我想吸别人的烟,首先就得征求别人的同意。……"

贝科甫斯基模仿孩子的语言,懒洋洋地把一句句话串联起来,开始对儿子解释什么叫作财产。谢辽查瞧着他的胸口,注意地听着(他喜欢傍晚跟他父亲谈话),然后他把胳膊肘靠在书桌的边上，眯起近视的眼睛看那些纸张和墨水瓶。他的眼光在书桌上移动，最后停在一个胶水瓶上。

"爸爸，胶水是什么做的？"他忽然问道，把胶水瓶拿到眼睛跟前来。

贝科甫斯基从他手里拿过瓶子，放回原处，继续说：

"第二，你吸烟。……这很不好！虽然我吸烟，可是不能因此就说，你也可以吸烟。我吸烟，我知道做这种事不乖，我骂自己，为这件事不喜欢自己。……"（"我成了狡猾的教师！"检察官暗想。）"烟对人的身体有很大的害处，凡是吸烟的人都寿命不长，死得早。像你这样的孩子，吸烟更是特别有害。你肺弱，你还没有长结实，身体弱的人吸了烟，会得肺痨和别的病。喏，伊格纳契叔叔就是害肺痨病死的。要是他不吸烟，也许会活到今天呢。"

谢辽查沉思地瞧着那盏灯，用手指头碰一碰灯罩，叹一口气。

"伊格纳契叔叔提琴拉得可真好！"他说，"现在他的提琴在格利果烈夫家里！"

谢辽查又把胳膊肘靠在书桌的边上，沉思不语。他那白白的脸上现出一种神情，仿佛他在听什么声音，或者循着自己的思路想下去似的。他那对一眨也不眨的大眼睛露出悲哀和类似恐怖的神情。这时候他大概想到了死亡，不久以前死亡夺去了他的母亲和伊格纳契叔叔。死亡把母亲们和叔叔们带到另一个世界去，却把他们的孩子和提琴留在这个世界上了。那些死人住在天上靠近星星的一个什么地方，在那儿俯视这个世界。他们受得了这种离别吗？

"我该对他说些什么好呢？"叶甫根尼·彼得罗维奇想，"他不听我讲话。他分明认为他的过错和我的理由都不重要。该怎样叫他领悟呢？"

检察官站起来，在书房里走来走去。

"以前,在我那个时代,这些问题解决得简单极了。"他想,"凡是小孩子抽烟被抓住,总是挨一顿打了事。那些意志薄弱的和胆小的,果然戒了烟,那些比较大胆和机灵的呢,挨过打以后,就把烟藏在靴筒里,到板棚里去吸。等到他们在板棚里吸烟又给抓住,又挨一顿痛打,他们就出外到河边去吸……如此这般直到孩子长大为止。我母亲为了要我不吸烟,就给我钱和糖。可是如今这些方法都变得没有价值,不道德了。现代的教师们,立足于理论,极力教导孩子们,要他们不是出于恐惧,出于想出风头或者贪图奖赏而保持良好的习惯,却要他们自觉地养成。"

他走来走去,暗自思忖,谢辽查却已经踩着椅子,侧身爬上桌子,动手画起来。为了不让他弄脏公文纸,碰翻墨水,书桌上特为他放着一叠裁好的四开纸和一管蓝色铅笔。

"今天厨娘切白菜,划破了手指头。"他说,动着眉毛,画一所小房子,"她哇哇地叫,把我们大家吓一跳,都跑到厨房里去了。她真笨!娜达里雅·谢敏诺芙娜叫她把手指头浸在凉水里,她呢,却放进嘴里吮个不停。……她怎么能把脏手指头放进嘴里去!爸爸,这可真不像样子!"

后来他讲起吃午饭的时候,有个背着手摇风琴的男子带着一个小姑娘走进院子来,小姑娘和着琴声唱歌和跳舞。

"他有他自己的一套想法!"检察官想,"他脑子里自有他的小世界,什么事情重要,什么事情不重要,他有他自己的看法。为了抓住他的注意力,抓住他的思想感情,光模仿他的语言是不够的,必须学会也照他的方式思索才成。要是我真的舍不得我的烟,要是我生气,哭起来,他倒会完全了解我。……母亲之所以在教育子女方面不能由外人代替,就是因为她能够跟孩子同感觉,同哭,同笑。……单靠理论和教训是无济于事的。那么我还应该跟他说些什么呢?说些什么呢?"

叶甫根尼·彼得罗维奇觉得奇怪而可笑,因为他这样一个富有经验的法学家,这半辈子一直对犯人进行种种遏制、警告、惩罚,现在却茫然失措,不知道该对这个男孩说什么好了。

"听着,你对我保证:以后再也不吸烟了。"他说。

"我—保—证!"谢辽查唱起来,使劲按那管铅笔,低下头凑着画稿,"我—保—证! 保! 证!"

"可是他知道什么叫保证吗?"贝科甫斯基问自己,"不行,我是个糟糕的导师! 如果这时候有个教师或者我们法学界的同行往我脑子里看一眼,他就会说我是个废物,也许还会认为我自作聪明,于事无补。……不过,真的,解决这些可恶的问题,在学校里和法庭上比在家里简单多了。在家里要应付的,是自己满心疼爱的人,爱却是要求很严的,这就把问题弄复杂了。如果这个男孩不是我的儿子,而是我的学生或者被告,我就不会这么胆怯,我的思想也不会乱了!……"

叶甫根尼·彼得罗维奇靠着桌子坐下,把谢辽查的一张画稿拿到自己面前。画稿上画着一所房子,房顶弯弯曲曲,烟囱里冒烟,像是一道闪电,锯齿般地从烟囱一直伸展到纸边。房子旁边站着一个兵,眼睛画成两个逗点,刺刀像是数目字4。

"人不能比房子高。"检察官说,"你看:你这个房顶跟兵的肩膀一般高了。"

谢辽查爬到他的膝盖上,扭动很久,想坐得舒服点。

"不,爸爸!"他瞧着自己的画稿说,"要是把兵画小,就看不见他的眼睛了。"

要不要跟他争论呢? 检察官凭他对儿子的日常观察,相信孩子跟野蛮人一样有自己的艺术见解和要求,那是很别致的,大人往往不能理解。在大人的专心观察下,谢辽查可能显得不正常。谢辽查认为把人画得比房子高,用铅笔在表现物件以外还表现他自己的感觉,都是容许的,合理的。因此他把乐队的声音画成模模糊糊的圆形斑点,把吹口哨声画成螺旋形的线。……在他的观念里,声音跟形状和颜色紧密相连,因此他给字母涂色,每次一定把Л涂成黄色,把 M 涂成红色,把 A 涂成黑色,等等。

谢辽查丢下画稿,又扭动一阵,找出舒服的姿势,然后玩弄父亲的胡子。起初他仔细地摩挲胡子,后来把它分开,着手把它梳理成络腮胡子的样儿。

"现在你像伊凡·斯捷潘诺维奇了,"他嘟哝说,"可是马上又会像……我们的看门人。爸爸,为什么看门人都站在门口?是不准贼进来吗?"

检察官感到他儿子的气息吹到他脸上,他儿子的头发不断拂着他的脸,他的心就感到温暖而柔和,柔和得好像不光是他的手,就连他整个的心,也贴在谢辽查的丝绒上衣上了。他凝神瞧着男孩又大又黑的眼睛,觉得他母亲、他妻子、他以前爱过的一切人,都好像从这对大眸子里瞧着他似的。

"现在看你还怎么动手打他……"他想,"怎么想得出惩罚他!不,我们哪儿配教育孩子。从前的人单纯,不大动脑子,所以解决问题就大胆。我们却思考得过多,我们满脑子的道理。……人的智力越是发达,人越是想得多,越是细致,人就越是犹豫不决,疑虑重重,不敢采取行动了。真的,如果往深里想一下,人得有多么大的勇气和信心才敢于教导别人,审判别人,写出大部头的书来啊。……"

时钟敲了十下。

"好,孩子,该去睡了。"检察官说,"再会,走吧。"

"不,爸爸,"谢辽查皱起眉头说,"我还要坐一会儿。你给我讲点什么!讲个故事吧。"

"好吧,不过讲完故事,你马上就去睡觉。"

叶甫根尼·彼得罗维奇养成习惯,每到闲暇的傍晚,总要给谢辽查讲故事。如同大多数做实际工作的人一样,他一首诗也记不得,也想不起一个神话,因此他每次都得临时编造。他一开头,照例从老套头讲起:"在一个王国,在一个国家",随后他就讲些幼稚的荒唐事,开头讲的时候根本不知道故事的中部和结尾会是怎样。场面啦、人物啦、事情啦,都是信口编出来的,情节和含意仿佛自动形成,跟讲故事的人不相干似的。谢辽查很喜欢这种临时编出来的故事,检察官注意到情节越是平淡,不复杂,对孩子的影响反而越强烈。

"你听着!"他开口了,抬起眼睛看着天花板,"有一个王国,有一个国家,住着一个很老很老的皇帝,留着挺长的白胡子,而且……而且他的唇髭也是又白又长。嗯,他住在水晶宫里,那个宫在太阳底下闪光发亮,好比一大块洁净的冰。不过,孩子,那个宫坐落在大果园里。果园呢,你知道,长着橙子啦……佛手柑啦,樱桃啦……开着郁金香,玫瑰,铃兰,有许多五颜六色的鸟歌唱。……对了。……树上挂着小玻璃铃铛,一起风就丁零丁零地响起来,可好听了。玻璃的声音比金属柔和清脆。……那么,另外还有什么呢?园子里有喷泉。……你记得你在索尼雅姑姑的别墅里见过一个喷泉吗?是啊,皇帝果园里的喷泉就是那个样子,只是大得多,喷出来的水柱有最高的杨树的树顶那么高。"

叶甫根尼·彼得罗维奇沉吟一下,接着说:

"老皇帝只有一个儿子,他是皇位继承人。他还是个孩子,跟你这么小。那是个好孩子。他从来也不耍小性子,很早就上床睡觉,桌子上的东西一样也不动,总之……总之他是个乖孩子。他只有一个缺点,那就是他吸烟。……"

谢辽查紧张地听着,眼睛也不眨,盯住他父亲的眼睛。检察官接着说下去,暗想:"往下该说些什么呢?"他把这个故事拖得长而又长,真所谓废话连篇,临了是这样结束的:

"皇太子因为吸烟而得了肺痨病,活到二十岁就死了。年老多病的老人就此孤孤单单,没有人来帮助他。没有人来管理这个国家,保护这个宫殿。敌人来了。他们杀死老人,毁坏宫殿,如今果园里已经没有樱桃,没有鸟儿,没有小铃铛了。……就是这样的,孩子。……"

连叶甫根尼·彼得罗维奇自己都觉得这样的结尾可笑,幼稚,然而整个故事却给谢辽查留下了强烈的印象。他的眼睛又蒙上悲哀以及类似恐怖的神情。他呆呆地瞧了一会儿窗口,打了个寒战,用压低的声音说:

"我以后再也不吸烟了。……"

等到他道过晚安,走去睡觉,他父亲就慢腾腾地从这个墙角走到那个墙角,微微笑着。

"人们会说,在这里起作用的是美和艺术形式,"他思忖道,"就算是这样吧,可是这并不能使人感到安慰。反正这不是正当的办法。……为什么道德和真理就不应该按它们本来的面目提出来,却要掺和别的东西,一定要像药丸那样加上糖衣,涂上金光呢?这不正常……这是伪造,欺骗……耍花招。……"

他想起那些非发表"演说"不可的陪审员们以及仅仅从民谣和历史小说里吸收历史知识的一般人,他想起他自己,他自己也不是从布道词和法律里,而是从寓言、小说、诗歌里汲取生活观念的。……

"药品必须甜,真理必须美。……人类从亚当的时代起就养成了这种癖好。……不过……也许这很自然,本来就应该如此吧。……在自然界,有很多合理的欺骗和幻象呢。……"

他动手工作,可是那些懒洋洋的、隐秘的思想很久还在他头脑里漫游。天花板的上面,已经听不见练琴的声音,可是二楼的住客,仍旧在房间里从这一头走到那一头。……

彩　　票

伊凡·德米特利奇是个家道小康的男子，每年靠一千二百卢布的收入养活自己和一家人，对自己的命运很满意。有一天，他吃过晚饭，在长沙发上坐下，开始看报。

"今天我忘记看报了。"他妻子正收拾饭桌，说道，"你看看中彩的单子登出来没有。"

"哦，登出来了。"伊凡·德米特利奇回答说，"不过，莫非你那张彩票没有抵押出去？"

"没有，我星期二还去取过利息呢。"

"什么号码？"

"九千四百九十九组，二十六号。"

"哦。……我来查一查……九四九九，二六。"

伊凡·德米特利奇素来不相信有中彩的运气，换了在别的时候无论如何也不会去看中彩的单子，然而现在闲得没事做，况且报纸就在眼前，他就伸出一根手指头顺着一组组号码划下去。仿佛要嘲弄他缺乏信心似的，从上面下来，刚划到第二行，九四九九这个数字就立刻醒目地扑进他的眼帘！他没看一下号数，也没再核对一下，就很快地把报纸放在膝头上，好像有人把凉水泼在他肚子上似的，觉得胸口底下有一股愉快的凉意，痒酥酥，战兢兢，却又舒服得很！

"玛霞,有九千四百九十九!"他闷声闷气地说。

他妻子瞧着他惊讶而害怕的脸色,明白他不是在说笑话。

"九千四百九十九吗?"她问,脸白了,把叠好的桌布放在桌子上。

"是啊,是啊。……真有!"

"那么彩票的号数呢?"

"啊,对了!还有彩票的号数。不过,等一等……等一等!是啊,你看怎么样?反正我们的组号总算是对了!反正,你明白……"

伊凡·德米特利奇瞧着妻子,脸上露出一种欢畅的傻笑,就跟小孩子看见了什么发亮的东西似的。他妻子也微笑了。她也跟他一样愉快,因为他只说出组号,却不急于知道那张走运的彩票的号数。抱着交运的希望,借此使自己心痒,挑逗自己,那是多么甜蜜而又吓人啊!

"我们的组号有了,"伊凡·德米特利奇经过长久的沉默后说,"可见我们大有中彩的可能。这还仅仅是可能,不过毕竟算是有了可能啊!"

"好,现在你看一看号数吧。"

"慢着。反正有的是工夫容我们失望呢。号码是在上边第二行,可见彩金是七万五。这不能算是钱!简直就是力量,资本!说不定我一看那张单子,果然有二十六号!啊?你听着,我们真要是中了彩,那会怎么样呢?"

夫妇两人笑起来,默默地互相看了很久。交运的可能性,弄得他们迷迷糊糊,他们甚至想不出,也说不出他俩要七万五做什么用,买什么东西,到哪儿去。他们光想着数目字九四九九和七万五,在想象里描画这两个数目字,至于很有可能来临的幸福究竟是怎么回事,不知怎的,他们却没有去想。

伊凡·德米特利奇手里拿着报纸,从这个墙角到那个墙角,来回走了好几次,直到他从最初的印象里清醒过来,才动脑子稍稍幻想一下。

"假定我们中了彩,那会怎么样呢?"他说,"要知道,这就要过新的生活,简直是天翻地覆啊!彩票是你的,如果这是我的,那么当然,我先就要花两万五,买下一份类似庄园的不动产,再拿一万供当前的开销:买新家具啦……旅行啦,还债啦,等等。余下的四万就放在银行里生利息。……"

"对,买个庄园倒挺好。"他妻子说,坐下来,把两只手放在膝头上。

"在图拉省或者奥廖尔省一个什么地方买下一座庄园。……第一,这样就不再需要另买消夏别墅;第二,它总归会有收入。"

在他的幻想里,涌现出许多画面,一个比一个可爱,一个比一个饶有诗意。在所有这些画面里,他看见自己吃得饱饱的,心平气和,身体健康,觉得温暖,甚至很热!比方说,他喝饱了凉得像冰一样的杂拌汤,在小河旁边或者花园里椴树下发烫的沙土上仰面朝天躺下来。……天很热。……他的小儿子和女儿在他身旁爬来爬去,挖掘沙土,或者在草丛里捉瓢虫。他舒舒服服地打盹儿,什么也不想,全身感到,今天也好,明天也好,后天也好,他都用不着上班办公。他躺得腻烦了,就到刈草场上去,或者到树林里去采蘑菇,再不然就去看乡下人撒网打鱼。等到太阳西下,他就拿着被单和肥皂慢腾腾地走到浴室,在那儿不慌不忙地脱掉衣服,用手心久久地摩挲他那赤裸的胸脯,跳进河里。在水里,在混浊的肥皂水附近,有些小鱼游来游去,绿色的水草摇摇摆摆。洗完澡后,就喝加鲜奶油的茶,吃奶油面包。……到了傍晚呢,不妨出外散步,或者跟邻居们打文特①。

---

① 一种纸牌戏。

"对了，买个庄园倒不错。"他妻子说，她也在幻想，从她的脸色可以看出，她给自己的想法迷住了。

伊凡·德米特利奇接着想象多雨的秋天、秋天阴冷的傍晚、初秋的晴和天气。在那种季节，他索性到花园、菜园、河边去多散散步，畅快地挨一挨冻，然后喝一大杯白酒，吃一个腌黄蘑菇或者一根用莳萝油泡的黄瓜，再喝上一杯白酒。孩子们从菜园里跑出来，带来有新鲜泥土气息的胡萝卜和大萝卜。……然后他就在长沙发上躺下，从容不迫地翻看画报，随后拿画报盖上脸，解开坎肩上的纽扣，打个盹儿。……

过了晴和的初秋就来了阴雨连绵的时令。昼夜连连下雨，光秃的树木呜呜地哭泣，风潮湿而阴冷。狗啦，马啦，鸡啦，都水淋淋的，垂头丧气，心惊胆战。这时候没有地方可以散步了，也无法走出屋外，只好成天价从这个墙角走到那个墙角，愁苦地瞧着阴暗的窗子。气闷啊！

伊凡·德米特利奇站住，瞧着他的妻子。

"我，你知道，玛霞，想出国去旅行。"他说。

他开始考虑，深秋时节出国旅行一趟倒也不错，例如到法国南方，到意大利……到印度去！

"我也得出国去旅行。"他妻子说，"好，你看一看号数吧！"

"慢着！等一等。……"

他在房间里走来走去，继续思索。他不由得暗想：要是他妻子真的出国旅行，那会怎么样呢？旅行要想愉快，就该单身一个人，或者带上几个性格轻佻、无忧无虑、及时行乐的女人才对，千万不能带这种一路上所想所说总离不开自己的孩子，不住地唉声叹气，哪怕花一个小钱也会害怕和发抖的女人。伊凡·德米特利奇想象他的妻子坐在火车里，带着许多包裹、筐子、小包。她总是为了什么事叹气，抱怨说她一上路就头痛起来，抱怨她的钱已经花掉许多。她不止一次跑到火车站去买开水,买夹肉面包,买汽水。……她不肯到车站的餐室进餐,因为那儿太贵。……

"反正我每花一个小钱,她都会舍不得。"他瞧着妻子,暗想,"彩票是她的,不是我的! 再说,她何必出国呢? 她哪有兴致游逛? 她会守在旅馆里,不准我离开她一步的。……我知道!"

他这才生平第一次注意到他妻子老了,丑了,浑身都是厨房里的气味,他自己却还年轻,健康,朝气蓬勃,哪怕再结一次婚也没有什么不可以的。

"当然,这都是胡思乱想,"他想,"不过……她何必出国呢? 她哪会懂得出国的妙处? 可是,她一定会咬住牙非去不可。……我想得出来。……其实,那不勒斯①也好,克林②也好,在她都一样。她一心要碍我的事罢了。我只好处处听她的。我想得出,她一拿到钱就会照老娘们那样藏起来,加上六道锁。……她一定会藏得让我看不见。她会周济她的亲戚,可是一个小钱也舍不得给我。"

伊凡·德米特利奇就想起她的亲戚。她那些兄弟姊妹和叔叔婶婶,一听她中了彩,准会赶紧跑来,像叫花子那样苦苦哀求她,做出一脸的谄笑,假充正经。这些讨厌而寒酸的家伙! 如果给了他们钱,他们就会多要。要是不给呢,他们又会破口大骂,背后说坏话,咒你遭到种种灾难。

伊凡·德米特利奇想起他自己的亲戚和他们的脸,从前他见了倒觉得无所谓,现在却觉得又讨厌又可憎。

"都是些混账!"他想。

他觉得他妻子的面容也讨厌而可憎。他心里对她生出满腔的

---

① 意大利一个美丽的城市。
② 俄国中部一个普通的城市。

怨毒。他幸灾乐祸地暗想：

"钱的用法,她一点也不懂,所以她才吝啬。要是她中了彩,她就会只给我一百卢布,把余下的统统锁在箱子里完事。"

他已经不是带着微笑,而是带着憎恨瞧他妻子了。她也在瞧他,也是带着憎恨,带着气愤。她有她自己的灿烂的幻想,有她自己的计划,有她自己的考虑。她清楚地知道她丈夫在幻想什么。她知道谁会头一个伸出爪子来夺她的彩金。

"拿别人的钱幻想着干这干那,怪不错的呢!"她的眼光仿佛在说,"不行,这笔钱不准你碰!"

她丈夫明白她的眼光。憎恨在他的胸中翻腾不已。他要气一气他的妻子,就故意跟她捣乱,很快地看一眼报纸第四版,得意地叫道：

"九千四百九十九组,四十六号！不是二十六号!"

两个人的希望和憎恨顿时消散。伊凡·德米特利奇和他妻子立刻觉得他们的房间黑了,小了,矮了,觉得他们刚吃过的晚饭不受用,觉得胸口底下发胀,觉得傍晚漫长而乏味了。……

"鬼才知道是怎么回事,"伊凡·德米特利奇说,发起脾气来,"不论走到哪儿,脚底下总是踩着纸片、面包渣、果子壳。这些房间从来也不打扫干净！逼得人只好一走了事,见鬼。我现在就走,碰上白杨树索性上吊算了。"

太 早 了！

沙尔诺沃村响起钟声，招人去做礼拜。太阳已经在天边吻着大地，满脸涨得通红，不久就要藏起来了。谢敏的小酒店新近改称饭馆，这个名称跟那糟糕的小木房、脱了草的房顶、一对昏暗不明的小窗子全不相称。如今这个饭馆里坐着两个打猎的农民。其中一个名叫菲里蒙·斯留恩卡，是个六十岁上下的老人，原先是扎瓦林伯爵的家奴，干钳工手艺活，有一个时期在制钉厂里做工，由于酗酒和懒惰而被开除，现在靠他的老妻乞讨过活。他精瘦虚弱，胡子脱得疏疏落落，说起话来带着打呼哨的声音，每说一个字，右脸就抽搐一下，右肩也跟着牵动一下。另一个农民伊格纳特·利亚包夫却身体结实，肩膀很宽。他从来也不做什么事，老是沉默着，如今坐在墙角一大串小面包圈底下。房门朝里敞开，那门就在他身上投下浓重的阴影，因此斯留恩卡和酒店老板谢敏只看得见他带补丁的膝头、又长又粗的鼻子、从他密密层层而没有梳好的乱发里披散到额头上的一大绺头发。谢敏是个矮小有病的人，生着青筋暴起的长脖子和苍白的脸，站在柜台里边，带着悲哀的神情瞧着那串小面包圈，温顺地咳嗽着。

"要是你有头脑的话，现在就仔细想想看，"斯留恩卡对谢敏说，他的脸不住抽动，"那个东西放在你那儿，一点用场也派不上，对你什么好处也没有，我们却用得着。猎人缺了枪就跟诵经士没有嗓子一样。你那脑子应当明白,可你呢,我看,就是不明白,足见你这个人没有真正的头脑。……拿给我!"

"你那管枪可是押在我这儿换了钱的!"谢敏用女人般尖细的嗓音说,深深地叹了口气,没有让眼睛离开那串小面包圈,"你先把你借去的那一个卢布还给我,再把枪拿走。"

"我一个卢布也没有,谢敏·米特利奇,我当着上帝的面对你说:你还给我那管枪,我今天就跟伊格纳希卡①去打猎,明天再把枪送回来。我说假话就叫上帝惩罚我,我一准送回来。要是我不送回来,就叫我不管在这个世界还是那个世界,都得不到幸福。"

"谢敏·米特利奇,你就拿给他吧!"伊格纳特·利亚包夫用男低音说,从他的声调可以听出他热切地希望他的要求得到满足。

"可是你们要枪干什么?"谢敏说着,叹口气,悲哀地摇头,"现在怎么能打猎呢?外头还是冬天,除了乌鸦和寒鸦以外,没什么可打的。"

"哪是什么冬天?难道这还算是冬天?"斯留恩卡说道,伸出手指头剔除烟斗里的烟灰,"时令当然还早,可是山鹬什么时候来,那可说不准。山鹬这种鸟儿,你得守着它才成。一个不巧,你在家里坐着等,它却已经飞过去,你就此错过,那可就只好等到秋天再说了。……真有这样的事!山鹬比不得白嘴鸦。……去年复活节的前一个星期它就飞来了,前年却一直到复活节后过了一个星期,它才飞来。是啊,你做做好事吧,谢敏·米特利奇,把枪拿给我们!让我们永世为你祷告上帝吧。说来倒霉,伊格纳希卡也把枪换酒喝了。唉,喝酒的时候倒不觉得怎么样,可是眼下……唉,这东西,这该死的白酒,当初就不该沾!真的,这是恶魔的血!拿给我们吧,谢敏·米特利奇!"

---

① 伊格纳特的爱称。

"不给!"谢敏说,两只黄手一齐按住胸口,仿佛做祷告似的,"做事得凭良心,菲里蒙努希卡①。……押出去的东西不能白白拿回来,得先付钱才成。……再说,你想想看,打鸟干什么?图什么?眼下是大斋节,打了鸟也没法吃啊。"

斯留恩卡跟利亚包夫难为情地面面相觑,叹口气,说:

"我们不过是要在树林里打那些飞过的山鹬罢了。"

"有什么好处呢?这都是胡闹。……按你那种体质,你也不该干这种胡闹的事。……伊格纳希卡呢,倒也怪不得他,他是个头脑糊涂的人,上帝没有给他头脑,可是你,谢天谢地,到底是个老头儿,快要死了。如今你该去做彻夜祈祷才对。"

谢敏提到年老,显然刺痛了斯留恩卡的心。他喀喀地嗽喉咙,皱起额头,足足沉默了一分钟。

"你听我说,谢敏·米特利奇!"他激昂地说,站起来,不光是右脸抽搐,整个脸都在抽搐了,"我说真话,就跟当着上帝的面一样……我说了假话就叫上帝打雷劈死我,过了复活节,斯捷潘·库兹米奇就会给我做轮轴的钱,到那时候我就还你钱,不是一个卢布,而是两个!我说谎就叫上帝惩罚我!我这是在神像面前对你说这话,只求你把枪拿给我!"

"你拿给他吧!"利亚包夫用哀号的男低音说,可以听见他的呼吸多么急促,可以感到他有许多话要说,然而找不到合适的字眼,"拿给他吧!"

"不行,哥儿们,你们不必再求我。"谢敏说,叹口气,悲哀地摇头,"你们别引我犯罪。那管枪我不能给你们。不给钱就把押出去的东西收回,根本就没有这种道理。再说,找这种乐子有什么意思?你们走吧,求上帝保佑你们!"

---

① 菲里蒙的爱称。

斯留恩卡用袖子擦擦冒汗的脸,开始热烈地赌咒和央求。他在胸前画十字,对神像伸出胳膊,要他去世的父母来给他做证,可是谢敏仍旧温顺地瞧着那串小面包圈叹气。最后,一直没有动作的伊格纳希卡·利亚包夫猛地站起来,扑通一声跪在酒店老板面前,可是这也无济于事!

"叫你抱着我那管枪咽了气才好,恶魔!"斯留恩卡说,他的脸和肩膀一齐抽动,"叫你咽了气才好,你这瘟神,强盗的灵魂!"

他嘴里骂骂咧咧,摇着拳头,跟利亚包夫一块儿走出小酒店,在大道当中站住。

"他不给,该死的家伙!"他用要哭的声音说,愤愤不平地瞧着利亚包夫的脸。

"他不给!"利亚包夫用男低音说。

顶远的小木房的小窗子、酒店上面的椋鸟巢、杨树的树梢、教堂的十字架,全都闪着明亮的金光。这时候只能看见半边太阳了,太阳正回到过夜的地方去,眯着眼睛,射出一片红光,仿佛在快活地大笑似的。斯留恩卡和利亚包夫看见太阳右边,离村子两俄里远,现出一片黑压压的树林,明朗的天空有些碎云不知往哪儿奔跑。他们感到今天傍晚一定晴朗,没有风。

"眼下正是时候啊,"斯留恩卡说,脸颊抽搐,"要是能去打一两个钟头的山鹬就好了。那个该死的,他不肯给枪,叫他咽了气才好。……"

"要是趁日落打飞过的山鹬,眼下正是时候……"利亚包夫结结巴巴地说,仿佛费了不小的劲。

他们站了一会儿,两人都没说话,然后走出村外,瞧着那一带黑树林。树林上面,整个天空布满活动的黑点,那是白嘴鸦飞回去过夜。深棕色的耕地上,这儿那儿点缀着一块块白雪,让阳光微微染上一层金黄色。

"去年这时候,我在席甫吉村打山鹬来着,"斯留恩卡沉默很久以后说,"我打着三只哩。"

跟着又是沉默。两个人站住,对树林眺望很久,后来懒洋洋地走动,顺着村外泥泞的大路往前走。

"山鹬多半还没有飞来呢,"斯留恩卡说,"不过也许已经飞过来了。"

"柯斯特卡说还没有来。"

"也许没来。……谁知道呢!这一年跟那一年,情形往往不同。可是,好烂的泥地啊!"

"不过,还是应该去一趟。"

"可不是,应该去!为什么不去看看呢?尽可以去嘛。咱们不妨到树林里看一看。要是有,就去对柯斯特卡说一声,再不然咱们自己也许能弄到枪,明天再来。真是倒霉呀,求上帝饶恕,必是魔鬼指引我把枪送到酒店去的!我难过得没法对你说了,伊格纳沙①!"

两个猎人照这样谈着,走到树林跟前。太阳已经下山了,留下一长条火光般赤红的晚霞,有些地方给云切断。云的颜色叫人捉摸不定:边缘是红色,然而云本身时而是灰白色,时而是淡紫色,对面又是浅灰色。树林里,在云杉茂密的枝丫当中,在低矮的桦树林底下,已经是一片幽暗,只有边上那些面向太阳的枝条和枝条上面的肥芽、发亮的树皮,才在空中清楚地显出来。四下里有融化的雪水和腐烂的树叶的气味。这儿安安静静,没有一样东西动一动。远处传来白嘴鸦渐渐停息的叫声。

"现在要是能在席甫吉村打山鹬就好了。"斯留恩卡小声说,战战兢兢地瞅着利亚包夫,"那儿,日落时候可以打着好多山

---

① 伊格纳特的爱称。

鹬哩。"

利亚包夫也战战兢兢地瞧着斯留恩卡,眼睛都不眨一下,嘻开了嘴。

"这正是好时令哟,"斯留恩卡用颤抖的嗓音小声说,"上帝送来多么好的春天啊。……大概山鹬已经来了。……怎么会不来呢。……如今白天挺暖和了。……早晨有好些仙鹤飞来,多得数不清!"

斯留恩卡和利亚包夫小心地踩着融化的雪,脚陷在淤泥里,沿着树林边沿走了两百步左右,停住脚。他们脸上现出惊恐的神情,好像期待着一种非同寻常的而且可怕的东西。他们站在那儿不动,像是生了根,沉默着,他们的手渐渐做出一种姿势,好像两人都拿着枪,而且扳起了枪机。

一个大阴影从左边爬过来,罩住大地。昏暗的暮色来了。如果往右边看,从灌木丛和树干中间望出去,就可以看见一块块紫红色的晚霞。四下里安静而潮湿。……

"听不见啊。"斯留恩卡小声说,冷得缩起脖子,冻红的鼻子吸溜鼻涕。

不过,他给自己的低语声吓坏,不知朝什么人伸出一个指头,睁大眼睛,闭紧嘴唇。这时候响起轻微的碎裂声。两个猎人意味深长地互相看一眼,他们的眼光告诉对方说这声音没有什么道理,只是一根干枝子或者一块树皮碎裂了而已。黄昏的阴影越来越浓重,红色的晚霞渐渐暗淡,潮湿变得叫人难受了。两个猎人伫立很久,可是他们什么也没听见,什么也没看见。他们随时等着空中会响起一种尖细的哨音,传来一种急叫声,像孩子干哑的咳嗽声那样,然后再响起翅膀的扇动声。

"不,什么也没听见!"斯留恩卡大声说,放下胳膊,开始眨巴眼睛,"大概它们还没来。"

"太早了!"

"说的就是,太早了。……"

两个猎人看不见彼此的脸了。天色很快地黑下来。

"大约还得等五天才成。"斯留恩卡说着,跟利亚包夫一块儿从灌木丛中走出来,"太早了!"

两个人走回家去,一路上再也没有讲话。

邂 逅

> 为什么他生着亮晶晶的眼睛,小小的耳朵,几乎滚圆的脑袋,就跟顶顶凶残的猛兽一样?
>
> 马克西莫夫[1]

叶甫烈木·杰尼索夫愁闷地在空旷的土地上往四下里看。他口渴得难受,四肢酸痛。他的马也让炎阳晒着,筋疲力尽,很久没有吃东西,悲哀地垂下头。道路沿着高冈上一道不陡的斜坡滑下来,钻进一大片针叶林。远处的树顶跟蓝天连成一片,一眼望去,只能看见鸟儿懒散的飞翔以及空气的颤抖,这在十分炎热的夏日是常有的现象。树林像梯子那样一层高过一层,越远越高,仿佛这个可怕的绿色怪物没有尽头似的。

叶甫烈木从库尔斯克省他家乡的那个村子里赶着大车出来,为一个焚毁的教堂募集款项,以便重修。大车上放着喀山圣母的神像,经过雨淋日晒,已经有点褪色和斑驳了。神像前面放着一个白铁的大捐款箱,箱子四边往里凹进去,箱子盖上开着一个大口,大得足能塞进一块不小的黑麦蜜糖饼干。大车后面钉着一块白牌子,上面写着印刷体的大字,说某年某月某日玛里诺甫齐村内"出于上帝意旨,忽降大火,教堂焚毁",经村社大会议决,并经有关当

---

[1] 马克西莫夫(1831—1901),俄国作家,民族志学家。

局批准,兹特派遣"热心赞助人士"四出募集款项,以便重修教堂云云。大车旁边的横木上挂着一口二十俄斤重的钟。

叶甫烈木怎么也弄不清自己来到什么地方了。大路前面那片广大的树林没有任何迹象向他表明附近有什么人家。他呆站了一会儿,整一整皮马套,开始小心地赶着车子下坡。大车颠动一下,钟就发出响声,一时间打破了炎热的白昼那种死气沉沉的寂静。

在树林里等着叶甫烈木的是稠密闷人的空气,充满针叶、青苔、腐烂的树叶的气味。在这儿可以听见缠扰不休的蚊子的尖细哀叫声和这个行人低沉的脚步声。阳光从树叶之间射下来,滑过树干,滑过下面的枝子,落在密密层层铺着松针的黑色土地上,成为一小圈一小圈的光点。树干旁边,这儿那儿点缀着羊齿和可怜的岩悬钩子,此外就什么也没有了。

叶甫烈木在大车旁边走动,赶着那匹马,叫它快点走。偶尔,车轮轧过一条像蛇那样横穿大路的树根,那口钟就发出悲怆的叮当声,仿佛它也想休息了。

"你好,大叔!"叶甫烈木忽然听见一个尖厉的喊叫声,"路上平安!"

原来路旁躺着个长腿的农民,头枕在一个蚁冢上,年纪三十岁上下,穿一件印花布衬衫和一条并非农民样式的瘦裤子,裤腿塞在褪色的短靴筒里。他脑袋旁边放着一顶文官制帽,完全褪了色,只有凭帽章留下的那块圆斑才能猜出这顶帽子本来是什么颜色。农民躺在那儿很不安静,在叶甫烈木瞧着他的那段时间,他不是扬起胳膊就是踢起腿,仿佛蚊子不住叮他,或者身上痒得忍不住似的。不过,他的服装也好,他的动作也好,都不及他的脸那么古怪。叶甫烈木一辈子也没见过这样的脸。他面色苍白,头发稀疏,下巴翘起来,脑门上披着额发,那张脸的侧影活像一弯新月。他的鼻子和耳朵小得出奇,眼睛一眨也不眨,呆呆地看着一个地方不动,像是傻子或者受惊的人。给这张古怪的脸添上最后一笔的是,他整个脑袋似乎从两边往里挤扁,因而后脑壳往后突出,成了整齐的半圆形。

"教友,"叶甫烈木对他说,"这儿离村子还远吗?"

"不,不远。离玛洛耶村只有五俄里左右了。"

"我口渴极了!"

"怎么会不口渴!"古怪的农民说,冷冷一笑,"热得不得了!大概热到五十度了,或者还不止。……你叫什么名字?"

"叶甫烈木,小伙子。……"

"哦,我叫库兹玛。……你也许听到过媒婆爱说的那句话:我那库兹玛要成家,随便哪个姑娘都愿意嫁。"

库兹玛伸出一条腿,踩在车轮上,把嘴唇凑过去吻了吻神像。

"你要走远路吗?"他问。

"要走远路,教友! 我已经到过库尔斯克,连莫斯科都去过,如今到下诺夫戈罗德去赶市集。"

"你在募款修教堂?"

"修教堂,小伙子。……为喀山圣母修教堂。……教堂烧掉了!"

"怎么会烧掉的?"

叶甫烈木懒洋洋地转动舌头,讲起在伊里亚节①前,他们玛里诺甫齐村的教堂遭到雷击,起了火。事有凑巧,农民们和教士们正好在田野里。

"留在村里的小伙子看见冒烟,想敲警钟,可是大概先知伊里亚发了脾气,教堂的门锁着,整个钟楼统统被浓烟围住,所以没法打警钟。……等我们从田里回来,我的上帝,啊,教堂已经烧成一

---

① 东正教节日,在8月2日。

片火海,谁也不敢走到它跟前去了!"

库兹玛跟他并排走着,听他讲话。他没有喝酒,然而他走路却像是喝醉了酒,胳膊摇晃着,时而在大车旁边走,时而抢到大车前面去。……

"嗯,你怎么样?你是拿工钱还是怎么的?"他问。

"我拿什么工钱!我出来是为了拯救自己的灵魂,由村社派来的。……"

"这样说,你是白出来一趟?"

"可谁会给我钱呢?我不是自己高兴才出来的,是村社派我出来的,不过话说回来,村社要替我收粮食,种黑麦,缴田赋。……所以也不能算是白跑!"

"那你自己靠什么生活呢?"

"讨饭。"

"你这匹骟马是村社的?"

"是村社的。……"

"那么,大叔。……你有烟吗?"

"我不抽烟,小伙子。"

"要是你的马死了,那你怎么办?你怎么赶路呢?"

"它怎么会死呢?死不了。……"

"那么要是有……强盗来打劫你呢?"

饶舌的库兹玛还问了许多:如果叶甫烈木死了,这钱和马怎么办呢?万一捐款箱装满了,那人家还把钱往哪儿放呢?万一捐款箱的底掉下来,那怎么办呢?等等。叶甫烈木来不及答话,只有喘气的份儿,他惊奇地瞧着他的旅伴。

"你这个东西可是个大肚子汉!"库兹玛用拳头碰了碰那只捐款箱,唠叨说,"嘿,重得很!大概银卢布有不少吧,啊?说不定这里头全是银卢布?喂,你一路上募了很多钱吗?"

"我没数过,我不知道。人家放进去的既有铜板,也有银卢布,一共有多少,我就不知道了。"

"也有人往里放钞票吗?"

"那些上流人,地主和商人,才给钞票。"

"哦?捐款箱里也有钞票?"

"不,钞票怎么能放在捐款箱里?钞票是软的,容易扯坏。……我把它揣在怀里了。"

"那你募到很多钞票吗?"

"募到二十六卢布。"

"二十六卢布的钞票!"库兹玛说,耸耸肩膀,"我们卡恰勃罗沃村修过一所教堂,随你去问谁,光是打图样就花了三千,好家伙!你那点钱买钉子都不够哟。这年月,二十六卢布简直不值一提!……如今啊,老兄,花一个半卢布买一俄磅茶叶,还嫌喝不上口呢。……比方说,你瞧,我抽这种烟。……这种烟我抽着还合适,因为我是庄稼汉,普通人,要是换了军官或者大学生……"

库兹玛突然把两只手一拍,微笑着,继续说:

"当初在拘留所里有个铁路上的日耳曼人跟我们关在一起,他呀,大叔,抽十个戈比一支的雪茄烟!啊?十个戈比一支呀!照这样,大叔,一个月就得抽掉一百卢布!"

库兹玛给这种愉快的回忆弄得气也透不出来,咳了一声,他那对发呆的眼睛开始眨巴了。

"莫非你在拘留所待过?"叶甫烈木问。

"待过,"库兹玛回答说,眼睛瞧着天空,"昨天才把我放出来。关了整整一个月。"

黄昏来临,太阳落下去,可是溽暑没有减退。叶甫烈木筋疲力尽,几乎没有听库兹玛在说什么。不过后来,他们终于碰见一个农民,他说离玛洛耶村只有一俄里路了。过了一会儿,大车驶出树林,前面出现一大块草地。仿佛有谁施了魔法似的,两个行人面前展开一幅活泼的画面,充满亮光和声音。大车照直闯进一群牛羊和腿上套着绳索的马当中去了。这群牲口后面是绿油油的草地、黑麦、大麦以及白花花的荞麦花,再远一点就可以看见玛洛耶村和一座黑乎乎的、仿佛压扁了的教堂。村子后面,远处,又是层层叠叠的树林,这时候看上去黑压压的一片。

"到玛洛耶村了!"库兹玛说,"这儿的庄稼汉生活得挺好,可都是些强盗。"

叶甫烈木脱掉帽子,敲响那口钟。本来站在村头一口井旁边的两个农民立刻离开那口井,走过来,吻一下神像。然后开始了照例的盘问:你到哪儿去?从哪儿来?

"好,亲人,给上帝的仆人一点水喝吧!"库兹玛唠叨说,拍一下这个人的肩膀,又拍一下那个人的肩膀,"快点!"

"我算是你的什么亲人?怎么会是亲人呢?"

"哈哈哈!你们的神甫跟我们的神甫是叔伯神甫!你的老婆揪着我爷爷的头发,从红村往外拉!"

大车穿过全村,库兹玛一路上不知疲倦地唠叨着,不论碰见什么人都要嘻嘻哈哈闹一阵。他摘掉这个人的帽子,用拳头顶一下那个人的肚子,揪一下另一个人的胡子。他见了女人就叫心肝、宝贝儿、小母亲,见了男人总是按他们各自的特点叫他们红毛鬼、栗色马、大鼻子、独眼龙等等。这些玩笑总是引起极其活泼而真诚的笑声。库兹玛很快交了许多朋友。到处可以听见招呼声:"喂,库兹玛轮轴!""你好,吊死鬼!""你是什么时候从监狱里出来的?"

"喂,你们给上帝的仆人一点钱吧!"库兹玛唠唠叨叨,挥动胳膊,"快点!麻利点!"

他神气活现,大声喊叫,倒好像他把那个上帝的仆人置于他的保护下,或者他成了上帝的仆人的向导似的。

叶甫烈木给人领到阿芙多契雅老奶奶的小木房里去过夜,朝圣者和过路人照例在她那儿歇脚。叶甫烈木不慌不忙地卸下马,牵着它到井边去饮水,在那儿跟农民们闲谈了半个钟头,然后走回来休息。库兹玛正在小木房里等他。

"啊,来了!"那个古怪的农民高兴地说,"你到饭铺里去喝茶吗?"

"喝茶……那倒不错,"叶甫烈木说,搔搔头皮,"那倒不错,可是没有钱啊,小伙子。莫非你请客?"

"请客。……可是哪儿来的钱呢?"

库兹玛站了一会儿,大失所望,沉思着坐下。叶甫烈木笨拙地转动身子,叹气,搔痒,把神像和捐款箱放在屋里的神像下面,脱掉衣服和鞋,坐了一会儿,然后站起来,把捐款箱又搬到一条长凳上,再坐下,开始吃东西。他嚼得很慢,就跟奶牛咀嚼反刍的食物一样,大声喝水。

"我们穷啊!"库兹玛叹道,"现在该喝点酒……喝点茶才好。……"

黄昏微弱的亮光从临街的两扇小窗子里射进来。巨大的阴影已经落在村子上,那些小木房的颜色发黑了。教堂笼罩在昏暗当中,显得横里放宽,陷进地里去了。……淡淡的红光,大概是晚霞的反照,在教堂的十字架上温存地眨眼。叶甫烈木吃完东西,呆呆地坐了很久,合起双手放在膝头上,眼睛看着窗外。他在想什么呢?人在傍晚的寂静中,看见面前只有昏暗的窗子,看见窗外的大自然正悄悄地消失,听见远处陌生的狗发出粗哑的吠声,听见生人的手风琴奏出微弱的尖叫声,是很难不思念故乡的老家的。凡是在外漂泊的人,凡是出于需要,出于不得已,出于奇想而离乡背井的人,都知道外地乡村里那种寂静的傍晚是多么漫长,多么恼人。

后来,叶甫烈木在自己的神像面前站了很久,做祷告。他在长

凳上躺下,叹一口气,仿佛不情愿开口似的说道:

"你这个人不像样子。……究竟你是什么路数,上帝才知道。……"

"怎么?"

"是这样。……你不像一个真正的人。……你龇着牙笑,胡说八道,而且,你又刚从拘留所里出来。……"

"那有什么了不得的!有的时候,就连上流的老爷也关进拘留所。……大叔,坐拘留所算不了什么,那是小事一桩,哪怕关一年也无所谓,不过要是坐了大牢,那就糟了。说老实话,我大约坐过三次大牢,而且没有一个星期不在乡公所里挨一次打。……大家都恨我,那些该死的家伙。……村社打算把我流放到西伯利亚去。他们已经做出这样的决定了。"

"这可怎么好!"

"我怕什么?在西伯利亚,人也照样活着。"

"你爹娘都在吗?"

"去他们的!他们都还活着,没有咽气。……"

"可是谁来孝敬你爹娘呢?"

"随他们去。……我心里明白,他们是我头一号对头和灾星。是谁挑唆村社跟我为难的?就是他们和斯捷潘叔叔。另外没有别人了。"

"你懂得什么,傻瓜。……你们的村社用不着你叔叔斯捷潘说什么就能知道你是哪号人。可是,这儿的庄稼汉为什么管你叫吊死鬼呢?"

"我小时候,我们村里的庄稼汉差点把我打死。他们用绳子套着我的脖子,把我吊在一棵树上,这些该死的家伙,可是幸好有些叶尔莫林诺村的农民路过,才把我救下来。……"

"真是害群之马啊!……"叶甫烈木说着,叹口气。

他把脸转过去对着墙,很快就打起盹来。

午夜他醒过来去照看他的马,库兹玛不在屋里。在敞开的门口,站着一条白色的奶牛,从门外探头往里看,用犄角撞门框。狗睡了。……空中静寂而安宁。远处,在夜影的那一边,有一只长脚秧鸡在夜晚的寂静里叫唤,一只猫头鹰拖长声音在哀鸣。

天亮,他第二次醒来,却看见库兹玛坐在桌旁一条长凳上,想什么心事。他苍白的脸上现出醺醉而安乐的笑容,久久不散。他那扁平的脑袋里有些畅快的思想在漫游,使得他兴奋。他老是吐气,好像刚爬过山,累得直喘似的。

"啊,上帝的仆人!"他发现叶甫烈木醒来,笑着说,"要吃白面包吗?"

"你上哪儿去了?"叶甫烈木问。

"嘻嘻!"库兹玛笑了,"嘻嘻!"

他带着一直不变的古怪笑容发出十来回"嘻嘻"的笑声,最后大笑起来,身子都摇晃了。

"我喝……喝茶去了,"他笑着说,"我喝……喝酒去了!"

他啰啰唆唆讲得很长,说起他怎样在饭铺里跟外来的赶大车的喝茶,喝白酒。他一面讲,一面从口袋里取出一盒火柴、一包四分之一俄斤的烟草、一些面包圈。……

"这是瑞典火柴,你看!哒的一声!"他说着,一连划亮好几根火柴,点上一支纸烟,"瑞典火柴,道地的!你瞧!"

叶甫烈木打哈欠,搔痒,可是忽然间,仿佛有个什么东西把他咬痛了似的,他跳起来,很快地撩起衬衫,摸他赤裸的胸膛,然后,他在长凳旁边脚步很重地走动,像是一头熊。他拿起自己的破烂衣物,一件件翻来覆去地看,又瞧一眼长凳底下,再次摸他的胸膛。

"钱不见了!"他说。

叶甫烈木站了一会儿,一动也不动,呆呆地瞧着长凳,然后又动手找。

"圣母啊,钱不见了!你听见没有?"他转过身来对库兹玛说,"钱不见了!"

库兹玛专心看火柴盒上的画,没有说话。

"钱上哪儿去了?"叶甫烈木问道,往他那边跨出一步。

"什么钱?"库兹玛爱理不理,随随便便应付这么一句,眼睛没有离开火柴盒。

"就是那些钱!……就是我揣在怀里的钱!……"

"你干吗死乞白赖地问我?丢了钱,自己找嘛!"

"可是我上哪儿去找?钱到哪儿去了?"

库兹玛看着叶甫烈木通红的脸,他自己的脸也涨红了。

"什么钱?"他叫道,跳起来。

"就是那笔钱!二十六卢布!"

"是我拿了还是怎么的?他赖在我身上了,混蛋!"

"什么混蛋!你说,钱在哪儿?"

"我拿了你的钱?我拿了?你说,是我拿的吗?该死的,我要给你一顿教训,叫你认不出你的爹娘来!"

"要不是你拿的,为什么你扭过脸去?可见就是你拿的!再说,你哪来的钱在饭铺里喝一夜的酒,又买烟草?你是个蠢材,太不像样!难道你欺侮的是我吗?你欺侮的是上帝!"

"我……我拿了?我什么时候拿的?"库兹玛提高喉咙尖声叫道,抡起胳膊,一拳打在叶甫烈木的脸上,"叫你受受!你还要找打吗?我可不管你是什么上帝的仆人!"

叶甫烈木光是摇一下头,什么话也没说,动手穿靴子。

"好一个坏蛋!"库兹玛接着嚷道,越发激昂了,"自己买酒喝了,却推在别人身上,老狗!我要去告状!你诬赖我,这得叫你坐够大牢!"

"你既没有拿,就别说了。"叶甫烈木平静地说。

"喏,你搜好了!"

"既然你没有拿,那我何必……何必搜呢?你没有拿,那挺好。……用不着嚷,你的喊叫总压不倒上帝的声音。……"

叶甫烈木穿好靴子,走出小木房。等到他回来,库兹玛仍旧涨红脸,坐在窗边,用发抖的手点上一支纸烟。

"老鬼,"他嘟哝着,"过路的人里,像你们这样的多着呢,专门蒙哄人。你找错人了,老兄。你要欺瞒我可办不到。这种事我可知道得一清二楚。你去叫村长来!"

"找他干什么?"

"打官司啊!我们到乡公所去,叫他们管自审问好了!"

"我们用不着打官司。这又不是我的钱,这是上帝的。……该让上帝审问。"

叶甫烈木祷告一阵,就拿着捐款箱和神像,走出小木房去了。

过了一个钟头,大车已经驶进树林。玛洛耶村以及它那压扁的教堂、草地、黑麦田,已经落在后面,沉没在淡淡的晨雾里了。太阳升上来,可是还没有爬到树林上边,只是把浮云那朝着东方的边缘染上了一层金黄色。

库兹玛远远地跟在大车后面。他那样子看上去就像是受了可怕的冤屈。他很想说话,可是却一声不响,等着叶甫烈木开口。

"我不愿意跟你纠缠,要不然你就只有哼哼的份儿了。"他仿佛自言自语似的说,"我要叫你知道知道诬赖人会落到什么下场,秃头鬼。……"

在沉默中又过了半个钟头。上帝的仆人一面走路一面祷告上帝,很快地在胸前画十字,深深地叹口气,爬上车去取面包。

"我们就要到捷里别耶沃村了,"库兹玛开口说,"我们的调解法官就住在那儿。你去告状吧!"

"你净说废话。干吗要找调解法官呢？难道那是他的钱？那是上帝的钱。你得在上帝面前答话。"

"你老是上帝啊上帝的！跟乌鸦似的叫个不停。事情是这样：如果是我偷的，就让他们审问我，如果不是我偷的，那就让他们判你诬告罪。"

"我才没有工夫去打官司呢！"

"那么你不心疼钱？"

"我有什么心疼的？钱又不是我的，那是上帝的。……"

叶甫烈木不情愿地、平静地说着，他的脸色冷淡、漠然，仿佛真的不心疼钱，或者忘了他的损失似的。他对损失和犯罪漠不关心，这分明使得库兹玛慌张而激动。这在他是无法理解的。

要是用狡猾的手段和武力对付欺侮，要是由欺侮引起一场争斗，结果让欺侮者落到受侮辱的地位，这就显得自然了。如果叶甫烈木按一般人那样办事，也就是生气，打架，告状，如果调解法官判库兹玛坐牢，或者宣告"罪证不足"，库兹玛倒会安心了，现在呢，他却跟在大车后面，脸上现出若有所失的神情。

"我没拿你的钱！"他说。

"没拿就好。"

"等我们到了捷里别耶沃村，我就去把村长叫来。让他……把事情弄清楚。……"

"用不着他来管。这又不是他的钱。你呢，小伙子，躲开这儿。你走你的路！别惹人讨厌！"

库兹玛斜起眼睛看了他很久，不明白他是什么意思，打算猜出他在想什么，他心里隐藏着什么可怕的想法，最后库兹玛决定换个方式跟他说话。

"唉，你这只雌孔雀啊，简直没法跟你开玩笑，你一下子就生气了。……得了，得了……把你的钱拿回去吧！我是闹着玩的。"

库兹玛从衣袋里拿出几张一卢布钞票,递给叶甫烈木。叶甫烈木并不惊讶,也不高兴,仿佛早就料到会有这一着似的,收下那些钱,一句话也没说,把钞票塞在衣袋里。

"我本来打算跟你闹着玩。"库兹玛接着说,尖起眼睛瞧着叶甫烈木漠然的脸色,"我有心叫你吃一惊。我是这么想的:我先吓你一跳,到早晨再把钱还给你。……总共是二十六卢布的钞票,这儿还你十卢布,再不然就是九卢布。……其余的都让那些赶大车的拿走了。……你可别生气,大叔。……不是我喝掉的,是那些赶大车的喝掉的。……我敢对上帝起誓,这是真话!"

"我生什么气呢?钱是上帝的。……你得罪的不是我,是圣母。……"

"我至多也不过喝了一卢布的酒。"

"这跟我什么相干?哪怕你都拿去喝掉也不关我的事。……你喝掉一卢布也好,喝掉一戈比也好,对上帝来说都一样。反正你得负责。"

"可是你别生气,大叔。真的,别生气。千万!"

叶甫烈木没有说话。库兹玛的脸皱起来,现出小孩子那样的哭相。

"看在基督分上,饶恕我!"他说,用恳求的神情瞧着叶甫烈木的后脑壳,"你,大叔,别生气。……我这是闹着玩的。"

"哎,你别缠不清!"叶甫烈木生气地说,"我对你说:这不是我的钱!你去求上帝饶恕你,这不关我的事!"

库兹玛看一看天空,看一看神像,看一看树木,仿佛在找上帝。恐怖使他的脸变了样。在树林的寂静、神像的庄严彩色、叶甫烈木那种不平常的而且跟一般人不同的冷漠神情的影响下,他感到自己孤单、狼狈,只能听凭可怕的和震怒的上帝发落了。他跑到叶甫烈木前头,凝神看他的眼睛,仿佛想叫自己相信并不孤单似的。

"看在基督分上,饶恕我!"他说,开始周身发抖,"大叔,饶恕我!"

"躲开我!"

库兹玛又很快地看一眼天空、树木、载着神像的大车,在叶甫烈木面前跪下。在恐怖中,他喃喃地讲话,前言不搭后语,用额头碰地,抱住老人的腿,像孩子一样大声哭起来。

"老爷爷,亲人!大叔!上帝的仆人!"

叶甫烈木起初困惑地往后倒退,推开他的手,可是后来他自己也战战兢兢地瞧着天空。他感到害怕,而且怜悯这个贼了。

"等一等,小伙子,你听我说!"他开始劝说库兹玛,"听着我对你说的话,傻瓜!唉,他哭得跟娘们儿一样!听着,你既是要上帝饶恕你,那就回到你村子里去,立刻去找神甫。……听见没有?"

叶甫烈木开始向库兹玛解释该怎样做才能赎罪:他得向神甫认罪,受宗教上的惩罚,然后把偷去换酒喝了的钱筹齐,送到玛里诺甫齐村去,而且日后做人要安分,诚实,戒酒,像个基督徒的样子。库兹玛听完他的话,渐渐定下心来,似乎完全忘记自己的苦恼,又拿叶甫烈木开玩笑,絮絮叨叨了。……他一刻也不停嘴,又讲起那些生活得很快活的人,讲起拘留所和日耳曼人,讲起监狱,一句话,把昨天讲过的话统统重复一遍。他又是笑,又是拍手,做出吓得倒退的样子,倒好像他讲的是新鲜事似的。他说得头头是道,跟饱经世故的人一样,还在话里添上许多俏皮话和谚语,然而听他讲话是费力的,因为他常把一件事翻来覆去地说,屡次停住嘴回想突然断了线的思想,同时皱起额头,抢着胳膊,身子团团转。他吹了多少牛,说了多少谎啊!

中午,大车在捷里别耶沃村停下来,库兹玛走进一家小酒店去了。叶甫烈木休息了两个钟头光景,库兹玛始终没有走出那家酒店。人们可以听见他在酒店里骂人、夸耀、用拳头捶柜台,喝醉的农民们就讪笑他。叶甫烈木走出捷里别耶沃村的时候,酒店里正开始打架,库兹玛用响亮的嗓音恐吓人,叫嚷说要去找乡村警察来。

伤　　寒

一列从彼得堡开往莫斯科的邮车里,年轻的中尉克里莫夫坐在吸烟乘客的车厢里。他对面坐着一个上了年纪的男人,胡子刮光,论相貌很像商船的船长,多半是个家道殷实的芬兰人或者瑞典人,一路上吸着烟斗,讲话反反复复,老是那一套:

"啊,您是军官!我弟弟也是军官,不过他是海军军官。……他是海军军官,在喀琅施塔得服役。您到莫斯科去做什么?"

"我到那儿去服役。"

"啊!您成家了吗?"

"没有,我跟我姑姑和妹妹住在一起。"

"我弟弟也是军官,海军军官,不过他成了家,有妻子,还有三个孩子。啊!"

这个芬兰人不知为什么那样惊讶,而且一说"啊"字就露出欢畅的和傻呵呵的笑容,不住吧唧他那臭烘烘的烟斗。克里莫夫身体不舒服,觉得回答他问的话费力,就满心憎恨他。他恨不得从那个人手里夺过噝噝响的烟斗来,扔到座位底下去,把那个芬兰人赶到别的车厢里去才好。

"这班芬兰人和……希腊人,都讨厌得很。"他想,"全是些根本多余的、谁也不需要的、讨厌的人。他们不过是在地球上白占地方罢了。他们有什么用处呢?"

他一想到芬兰人和希腊人,全身就生出一种类似恶心的感觉。为了对比,他有心想一想法国人和意大利人,可是他一回想这两个民族,却不知什么缘故,只想起背着手摇风琴的流浪乐师、裸体女人、挂在姑姑家里五斗橱上面的外国石印画。

总之,军官觉得自己反常了。虽然他占据着整个长靠椅,可是不知怎的,他觉得长靠椅上容不下他的胳膊和腿。他嘴里又干又黏,脑袋里弥漫着沉重的雾,他的思想似乎不但在他脑子里漫游,而且钻到脑壳外面,飘荡到由昏暗的夜色笼罩着的座位和乘客中间去了。他透过脑子里的雾,像透过梦境似的,听见喃喃的说话声、车轮的辘辘声、车门的开关声。车站上的钟声、汽笛声、乘务员的吆喝声、乘客在月台上的奔跑声,比往常来得频繁。时间不知不觉地很快飞过去,因此这列火车似乎每分钟都在一个车站上停住,响亮的嗓音不住地在外面叫喊:

"邮件装好了吗?"

"装好了!"

烧炉工人似乎过于频繁地跑进来看温度表,迎面开来的列车的响声和车轮过桥的轰隆声不停地响。这种嘈杂声、汽笛声、那个芬兰人、烟草的迷雾,跟他脑子里那些凶恶而摇曳的模糊形象混在一起,像那样的形象,论形式和性质是健康的人想不出来的。总之,这一切压在克里莫夫心上,像是叫人受不了的噩梦。他十分苦恼,抬起沉重的头,瞧着车灯,阴影和模糊的斑点正在灯光当中转动不停。他想要点水喝,可是他那焦干的舌头几乎不能动弹,几乎没有力量回答芬兰人的问话。他极力想躺得舒服点,想睡一觉,然而办不到。芬兰人倒睡着了好几次,又醒来,点上烟斗,对他"啊"的叫一声就又睡着了,中尉的腿在长靠椅上仍旧放不舒服,凶恶的形象仍旧立在他的眼前。

在斯皮罗沃站,他走到车站上去喝水。他看见有些人坐在桌子旁边,急急忙忙吃东西。

"他们怎么会吃得下东西!"他暗想,极力不闻充满烤肉气味的空气,也不看那些咀嚼的嘴巴,他觉得这两样东西都讨厌,惹得他直恶心。

有一个漂亮的太太在跟一个戴着红军帽的军人高声谈话。她微笑着,露出一口好看的白牙,可是她的笑容也好,她的白牙也好,太太本人也好,都跟火腿和煎肉饼一样在克里莫夫心里留下可憎的印象。他不明白戴红军帽的军人坐在她身旁,瞧着她健康的笑脸怎么会不觉得难受。

他喝过水,回到车上,芬兰人正坐在那儿吸烟。他的烟斗咝咝地响,吱吱地叫,好比下雨天穿着一双破了窟窿的雨鞋走路一样。

"啊!"他惊奇地说,"这是什么站?"

"我不知道。"克里莫夫回答说,躺下来,闭上嘴,免得吸进辛辣的烟味去。

"我们什么时候到特维尔呢?"

"我不知道。对不起,我……我不能回答您的话。我有病,今天我感冒了。……"

芬兰人拿起烟斗在窗框上敲一阵,开始讲他那当海军军官的弟弟。克里莫夫不再听他讲话,满心怀念他那张柔软舒服的床,怀念那个装满凉水的水瓶,怀念他妹妹卡嘉,她是最善于为人铺床,安慰人,把水端给人喝的。等到他脑子里闪过他的勤务兵巴威尔,想到那个勤务兵给主人脱掉又重又热的长靴,把水送到他的小桌上来,他甚至忍不住微笑了。他觉得只要躺在他自己的床上,喝到水,他的梦魇就会让位给酣畅健康的睡眠了。

"邮件装好了吗?"远处响起一个低沉的说话声。

"装好了!"一个男低音差不多就在窗口那儿回答说。

这儿离斯皮罗沃已经有两三站路了。

时间像在奔驰,飞得很快,车站上的铃声、汽笛声、停车站似乎没完没了。克里莫夫灰心丧气地把脸藏到长靠椅的角落里,两只手抱住头,又开始想他的妹妹卡嘉和他的勤务兵巴威尔,可是他妹妹和勤务兵跟那些模糊的形象混在一起,旋转起来,不见了。他那滚烫的呼吸喷在长靠椅靠背上,返回来,烘痛他的脸。他的腿放得不舒服,有一股风从车窗吹到他背上,然而不管这是多么难受,他却再也不想变换姿势了。……沉重的、梦魇般的倦怠渐渐控制了他,锁住他的四肢。

等到他决定抬起头来,车厢里已经大亮。乘客们纷纷穿上皮大衣,活动起来。列车停住了。系着白色围裙和佩着号牌的搬运工人在乘客们身旁忙忙碌碌,提起他们的皮箱。克里莫夫穿上军大衣,信步跟随别的乘客走出车厢,觉得走路的好像不是他,而是另外一个人似的。他感到他的燥热、口渴和通宵不容他睡眠的凶恶形象仿佛随着他一同走出车厢了。他心不在焉地领了他的行李,雇好一辆街头雪橇。赶车的答应把他送到波瓦尔街,可是索价一又四分之一卢布,他却没有还价,更没有争吵,乖乖地坐上雪橇。数目大小他还能懂得,然而钱在他已经没有什么价值了。

克里莫夫回到家,他的姑姑和妹妹卡嘉,一个十七岁的姑娘,把他迎进去。卡嘉来迎他的时候,一只手拿着铅笔,一只手拿着练习簿,他这才想起她正在准备参加教员考试。他没有回答她们的问话和问候,烧得光是喘气,毫无目的地走遍各个房间,来到自己的床前,一头倒在他的枕头上。他满脑子都是芬兰人、红军帽、一口白牙的太太、烤肉的气味、闪烁的斑点,他已经不知道他是在什么地方,也听不见惊慌的说话声了。

等到他醒过来,他看见自己睡在床上,脱了衣服,看见他的水瓶和巴威尔就在眼前,不过这并没有使他觉得凉快些,软和些,舒服些。他的胳膊和腿仍旧放得不舒服,他的舌头贴紧上颚,他听见芬兰人的烟斗吱吱地叫。……床旁边有一个身子结实和留着黑胡子的医生忙忙碌碌,他宽阔的后背不时碰着巴威尔。

"没关系,没关系,年轻小伙子!"他唠唠叨叨说,"挺好,挺好。……银,银。……"

医生管克里莫夫叫作"年轻小伙子",把"行"说成"银",把"对"说成"堆"。……

"堆,堆,堆,"他很快地说,"银,银。……挺好,年轻小伙子。……你可别灰心啊!"

医生那些说得很快而不大在意的话、他那副饱足的面貌、他那句老气横秋的"年轻小伙子",惹恼了克里莫夫。

"为什么您把我说成年轻小伙子?"他呻吟着说,"多么肉麻!见鬼!"

他给自己的声音吓一跳。这声音那么干巴巴,衰弱,娇声娇气,他很难听出就是他自己的声音。

"挺好,挺好,"医生嘟哝说,一点也不生气,"别发脾气。……堆,堆,堆。……"

在家里也跟在火车上一样,光阴飞逝,快得惊人。……在卧室里,白天的亮光不断跟夜晚的黑暗交替。医生似乎没有离开过床边,每分钟都可以听见他在说"堆,堆,堆"。一张张脸在卧室里川流不息,其中有巴威尔,有芬兰人,有上尉亚罗谢维奇,有司务长玛克西敏科,有红军帽,有一口白牙的太太,有医生。他们一齐说话、摇手、吸烟、吃东西。有一次克里莫夫甚至在白天的亮光下看见他军队里的亚历山大神甫披着圣带,手里拿着圣礼书,站在床前,嘴里念念有词,脸上现出克里莫夫以前从没见过的严肃神情。中尉想起亚历山大神甫平时常常用好意的取笑口气把所有的天主教信徒都叫作"波兰人",就有意跟他开个玩笑,叫道:

"神甫,波兰人亚罗谢维奇闹出波澜来了!"

然而亚历山大神甫,这个平时喜欢发笑、兴致很高的人,这时候却没有笑,反而越发严肃,在克里莫夫胸前画十字。晚上有两个影子川流不息地走进走出。那两个影子是他的姑姑和妹妹。妹妹的影子跪下祷告,她对神像叩头,她的灰色影子就也在墙上叩头,因此变成两个影子在祷告上帝了。房间里始终有烤肉的气味和芬兰人的烟斗气味,不过有一次克里莫夫闻到刺鼻的神香气味。他恶心得扭动着,叫起来:

"神香!把神香拿走!"

没有人答话。他只能听见远处不知什么地方有些教士在唱诗,声音不高,有人在楼梯上跑上跑下。

等到克里莫夫从昏迷中清醒过来,卧室里却一个人也没有。朝阳射进窗子,隔着放下的窗帘照进来,颤抖的阳光像刀刃那么明亮爽利,在玻璃水瓶上闪烁。外面传来车轮的辘辘声,可见街上已经没有雪了。中尉瞧着阳光,瞧着熟悉的家具,瞧着房门,头一件事就是笑起来。那舒畅、快乐、惹人发痒的笑意使他的胸膛和肚子颤抖不已。他全身完全沉浸在无限的幸福和生活的乐趣中,大概只有第一个出生而且第一个看见这个世界的人才会有那样的感觉。克里莫夫热烈地巴望活动,巴望有人来谈谈。他的身体平躺在那儿不动,像块木头,只有他的手在动,然而这一点他自己几乎没有留意到,他的全部注意力都贯注到琐碎的事情上去了。他为自己的呼吸和自己的笑声高兴,看到这儿有水瓶,有天花板,有阳光,有窗帘上的带子也高兴。哪怕在卧室这样狭小的天地,他也觉得上帝的世界那么美丽,多彩,宏伟。等到医生进来,中尉就想到医学是多么美好的东西,医生又是多么温和可爱,一般说来人们都那么好,那么招人喜欢。

"堆,堆,堆……"医生啰啰唆唆地说,"挺好,挺好。……现在身体可是大好了。……银,银。……"

中尉听着,快活地笑了。他想起芬兰人、一口白牙的太太、火腿,他想吸烟,吃东西了。

"大夫,"他说,"您叫他们给我一点加盐的黑面包,和……和沙丁鱼。"

医生拒绝了,巴威尔不听命令,不肯去拿面包。中尉忍不住哭起来,就跟使性的孩子一样。

"小娃娃!"医生取笑说,"妈妈,睡吧,睡吧!"

克里莫夫也笑了。等医生走后,他睡了一大觉。他醒过来,仍旧很高兴,满腔幸福的感觉。床旁边坐着他的姑姑。

"啊,姑姑!"他快活地说,"我得了一场什么病?"

"斑疹伤寒。"

"原来是这样。不过现在我好了,太好了!卡嘉在哪儿?"

"她不在家。大概到什么地方参加考试去了。"

老太婆说着这些话,低下头去织一只长袜子。她嘴唇颤抖起来,扭过脸去,突然失声大哭。她在绝望中忘掉医生的禁令,说道:

"唉,卡嘉呀,卡嘉!我们的天使不在了!不在了!"

她那只长袜子掉下地,她弯下腰去拾,这时候她的包发帽从头上掉下来。克里莫夫看着她的白发,什么也不明白,只是为卡嘉担心,就问道:

"可是她到哪儿去了?姑姑!"

老太婆已经忘掉克里莫夫,专心想着自己的愁苦,说道:

"她从你这儿传染伤寒,她……她死了。她前天下葬了。"

这个意外的可怕消息完全被克里莫夫领会了,可是不管这个消息多么可怕,多么惊人,却不能扑灭病愈的中尉心里洋溢着的那种动物性的欢乐。他又哭又笑,不久就叫骂起来,因为他们不给他东西吃。

直到一星期后他穿上睡衣,由巴威尔搀扶着走到窗前,瞧着春天的阴霾天空,听着街上路过的大车装着的旧铁轨那种刺耳的磕碰声,他的心才痛苦得缩紧,他哭起来,用额头抵着窗框子。

"我是多么不幸啊!"他喃喃地说,"上帝,我是多么不幸啊!"

于是欢乐让位给日常生活中的烦恼和那种不能挽回的损失的感觉了。

尘 世 忧 患

列甫·伊凡诺维奇·波波夫是个神经质的人,在机关里和家庭生活里都不走运。这时候他拿过一把算盘来,开始重新计算。一个月以前,他在柯希凯尔银号拿到一张第一期有奖公债券,条件是他按月付出一部分款项,直到全部付清为止,如今他就是要计算在陆续付款时期他先后一共要付出多少钱,这张公债券到什么时候才能够完全成为他的财产。

"这张公债券按照行情值二百四十六卢布,"他计算着,"我已经付过十卢布的定金,那么还余下二百三十六卢布要付。好。……这个数目得加上一个月的利息,按年利率七厘计算,还得加上代售佣金百分之零点二五、印花税、邮寄抵押收据的邮费二十一戈比、公债券保险费一卢布十戈比、运输费一卢布二十二戈比、装卸费七十四戈比、罚金十八戈比……"

隔板那一边,有一张床,床上躺着波波夫的妻子索菲雅·萨维希娜,她是从姆岑斯克到她丈夫这儿来办理分居手续的。在路上她受了风寒,齿龈炎发作,这时候正痛苦得难忍难熬。楼上房间里,有个精力充沛的男人,大概是音乐学院学生,正在练钢琴,弹的是李斯特的狂想曲,声音那么响,仿佛有一列载货火车从这所房子的房顶上开过去似的。右边,隔壁的公寓房间里,有个学医的大学生在温课,准备参加考试。他从这个墙角走到那个墙角,用神学校学生那种浑厚的男低音背书：

"慢性胃炎在习常饮酒的酒徒、贪食者，总之，在生活方式缺乏节制的人们身上，也可以观察到。……"

在这个公寓房间里弥漫着由丁香花芽、杂酚油、碘酒、石碳酸和索菲雅·萨维希娜用来治牙痛的其他臭烘烘的药品合成的使人窒息的气味。

"好，"波波夫继续计算，"二百三十六卢布加上十四卢布八十一戈比，下个月一共还有二百五十卢布八十一戈比。那么，如果我到三月份付五卢布，就剩下二百四十卢布八十一戈比了。好，现在再算下一个月的利息，按年利率七厘计算，还有代售佣金百分之零点二五……"

"哎呀！"他妻子哀叫道，"你帮我一下吧，列甫·伊凡内奇①！我要死了！"

"可是亲爱的，我有什么办法呢？我又不是大夫。……代售佣金百分之零点二五、经手费百分之零点二、近海航运费一卢布二十二戈比、运输费七十四戈比……"

"没心肝的！"索菲雅·萨维希娜哭着说，从屏风后面探出她那浮肿的脸，"你从来也不体恤我，磨人精！我在跟你说话，你听着！乡巴佬！"

"那么，代售佣金百分之零点二五……运输费七十四戈比、装卸费十八戈比、包装费三十二戈比，一共十七卢布十二戈比。"

"慢性胃炎，"大学生背诵道，从这个墙角走到那个墙角，"在习常饮酒的酒徒、贪食者……"

波波夫把算盘摇一下，他那个昏沉的脑袋也摇一下，然后他重新计算。一个钟头后，他仍旧坐在原地，睁大眼睛瞪着一张抵押收

---

① 列甫·伊凡诺维奇的简称。

据,喃喃地说:

"那么,到一八九六年①四月还有二百二十八卢布六十七戈比要付。好。……九月我付五卢布,还有二百二十三卢布六十七戈比。那么,加上下一个月的利息,按年利率七厘计算,还有代售佣金百分之零点二五……"

"野蛮人!把阿莫尼亚水拿给我!"索菲雅·萨维希娜尖声叫道,"暴君!杀人犯!"

"慢性胃炎在肝病患者身上也可以观察到。……"

波波夫把阿莫尼亚水拿给他妻子,接着算道:

"代售佣金百分之零点二五、运输费七十四戈比、因差错而付出的费用十八戈比、罚金三十二戈比……"

楼上的琴声停了。然而过了一会儿,那个练琴的人又弹起来,劲头那么猛,震得索菲雅·萨维希娜身子底下的褥垫弹簧都颤动起来。波波夫对着天花板呆呆地瞧了一会儿,然后又从一八九六年八月份算起。他瞧一下写满数目字的纸,瞧一下算盘,眼前浮起一种类似海浪的景象。他眼前金星直冒,脑子里一团乱麻,嘴里焦干,额头冒出冷汗,然而他下定决心,不最后理清他跟柯希凯尔银号的银钱往来关系就决不站起来。

"哎——呀!"索菲雅·萨维希娜痛苦地叫道,"我整个右脸痛得要命。圣母啊!哎哟哟,我受不住了!可是他,这条毒蛇,根本不在心上!哪怕我死了,他也不在乎!我这个受苦人真是不幸啊!我怎么会嫁给这么一块木头,我这苦命人啊!"

"可是我有什么办法呢?那么,到一九零三年二月我共欠二百零八卢布七戈比。好。现在,加上年利七厘、代售佣金百分之零点二五、经手费七十四戈比……"

---

① 这篇小说写于1887年,他已经算到九年以后了。

"慢性胃炎在肺病患者身上也可以观察到。……"

"你不是我的丈夫,也不是你孩子的父亲,而是暴君,磨人精!赶快把干丁香花芽拿给我,没心肝的!"

"呸!代售佣金百分之零点二五,……咦,我算到哪儿了?扣除息票的利息以外,加上下一个月的利息,按年利率七厘计算,代售佣金百分之零点二五……"

"慢性胃炎在肺病患者身上也可以观察到。……"

三个钟头以后,波波夫总算把这笔账最后结清了。原来在陆续偿清的这段时期,他一共要付给柯希凯尔银号一百三十四万七千八百二十一卢布九十二戈比,如果从中扣除中奖的奖金二十万卢布,仍旧亏损一百万以上。列甫·伊凡诺维奇看见这个数目字,就慢腾腾地站起来,浑身发凉。……他脸上现出恐怖、困惑、惊慌的神情,仿佛耳朵根上挨了一枪似的。这当儿,楼上练琴的人身旁坐下一个同行,四只手一齐按琴键,开始雷鸣般地弹奏李斯特的狂想曲。学医的大学生比先前走得更快,他咳嗽一阵,嗡嗡地念道:

"慢性肺炎也可以在习常饮酒的酒徒、贪食者……"

索菲雅·萨维希娜尖声喊叫,扔出枕头,跺脚。……看来,她的牙痛刚刚开始发作。……

波波夫擦掉冷汗,又在桌旁坐下,摇一下算盘说:

"这得核对一下才成。……很可能我出了点错。……"

他就又拿起那张单据,重新从头算起,嘴里说着:

"这张公债券按照行情值二百四十六卢布。……我交过定金十卢布,因此还有二百三十六卢布要付。……"

他的耳朵里响着:

"咚……咚……咚……"

这时候他听见枪弹声、汽笛声、鞭子的啪啪声、狮子和豹子的吼叫声。

"还有二百三十六卢布!"他嚷着,极力要盖过这一片喧嚣声,"六月里我付出五卢布!见鬼,五卢布!见你的鬼,巴不得拿一根车杠来塞进你嘴里才好,五卢布!法国万岁!① 第鲁列特② 万岁!"

到早晨,他给送进医院去了。

---

① 原文为法语。
② 第鲁列特(1846—1914),法国诗人,反动政客,曾于1886年去过俄国。——俄文本编者注

在 受 难 周[①]

"去吧,教堂已经打钟了。不过要留神,别在教堂里淘气,要不然上帝会惩罚你的。"

我母亲塞给我几个铜板的零花钱,就立刻丢下我,拿着凉了的熨斗跑到厨房去了。我清楚地知道,我去忏悔以后就不可以吃喝,因此我走出家门以前,勉强吃下一大块白面包,喝下两大杯水。街上完全是春天了。马路上布满棕褐色的污泥,有些地方已经踏平,可以行走,一条未来的道路正开始形成。房顶和人行道倒干了。围墙底下,在去年那些已经朽烂的枯草里,生出了嫩绿的小草。水沟里奔流着泥水,发出畅快的汩汩声,冒起泡沫。阳光不嫌它肮脏,射进水里去了。碎木片啦,细干草啦,葵花子的壳啦,很快地被水带走,卷进漩涡,沾在泥污的泡沫上。那些碎木片要游到哪儿去,要游到哪儿去呢?它们很可能从水沟流进河里,从河道注进海里,从海里流入大洋。……我有心幻想一下这条漫长而可怕的旅程,然而我的幻想还没有到达海洋就中断了。

这时候来了一辆街头马车。赶车的撮着嘴唇吆喝马,拉动缰绳,却没有看见马车背后吊着两个街头的孩子。我也想加入他们一伙,可是我想起忏悔,就觉得这两个淘气的男孩是大罪人了。

---

① 基督教节日,复活节前一个星期。

"到最后审判①的时候,上帝会问他们:你们为什么淘气,欺负一个穷苦的马车夫?"我想,"他们就替自己辩白,可是恶魔会拉住他们,把他们送到永远燃烧的大火里去哟。不过要是他们听父母的话,给每个乞丐一个小钱或者一个面包圈,那么上帝就会怜悯他们,让他们升天堂了。"

教堂门前的台阶是干的,沉浸在阳光里。台阶上一个人也没有。我迟疑地推开门,走进教堂。我觉得这儿比任何时候都阴郁和幽暗,处在这样的幽暗里,我忽然满心感到自己有罪和渺小。首先扑进我眼帘的是一个刻着耶稣受难像的大十字架,两旁有圣母和圣徒约翰。枝形大吊灯和烛架蒙着丧服般的黑套子,小灯昏暗而胆怯地闪着亮光,太阳似乎故意走过教堂的窗子,不肯照进来。圣母和耶稣基督的爱徒都只画出侧影,他们默默地瞧着不能忍受的苦难,却没留意到我在这儿。我觉得,对他们来说,我是个局外的、多余的、微不足道的人,我既不能用话语也不能用行动对他们有所帮助,我自己是个讨厌的和不老实的淘气孩子,只会顽皮,撒野,搬弄是非。我想起我所认识的一切人,觉得他们都渺小、愚蠢、恶毒,哪怕略微减轻一点我目前看见的这种可怕的灾难也做不到。教堂里的昏暗越来越浓,也越来越阴郁,圣母和圣徒约翰依我看来显得孤孤单单。

烛台后面站着普罗科菲·伊葛纳契奇,他是个退伍的老兵,担任教会长老的助手。他拧起眉毛,摸着胡子,压低喉咙,对一个老太婆解释说:

"晨祷在今晚做过晚祷后举行。明天七点多钟打钟做祈祷。听明白没有?七点多钟。"

在右边两个大柱子中间,在伟大的殉教者瓦尔瓦拉的侧祭坛

---

① 指基督教传说中世界末日时神对世人的审判。

的起点,在一道屏风旁边,那些来忏悔的人排成队在等候。……米特卡也在那儿,他是个衣衫褴褛、头发剪得很难看的男孩,生着招风耳和很恶毒的小眼睛。他是守寡的女用人娜斯达霞的儿子。这个男孩好吵架,又是个强盗,从女小贩的托盘里抢走苹果,不止一次夺走我的羊拐子。他气冲冲地瞧着我,我觉得他在幸灾乐祸,因为先走到屏风后面去的不是我而是他。我心里不住冒火,极力不去看他,我心底里暗自烦恼,因为这个淘气孩子的罪马上就要得到宽恕了。

他前面站着一个衣服讲究、容貌美丽的女人,戴一顶帽子,上面插一根白色羽毛。她分明心里激动,紧张地等待着,她兴奋得半边脸泛起红晕,像是得了热病。

我等了五分钟,十分钟。……从屏风后面走出一个装束体面的年轻男子,生着又长又细的脖子,穿着橡胶的长筒雨鞋。我心里暗想,等我长大,也要买这样一双雨鞋,一定要买!那个女人打个冷战,走到屏风后面去。这时候轮到她去忏悔了。

从两道屏风中间那条缝里,我可以看见那个女人走到读经台跟前,跪下叩头,然后站起来,眼睛不看神甫,低下头等着。司祭站在那儿,背对着屏风,因此我只能看见他拳曲的白发、挂在他胸前的十字架的链子和他宽阔的后背。他的面容却看不见。他叹一口气,眼睛没看那个女人,很快地讲起来,摇头晃脑,时而提高喉咙,时而压低嗓音。女人温顺地听着,像个有罪的人,答话简短,眼睛看着地下。

"她犯的是什么罪?"我暗想,恭敬地瞅着她那张温和美丽的脸,"上帝啊,饶恕她的罪!赐给她幸福吧!"

可是这时候神甫拿过一条圣带来,盖在她头上。

"我,不称职的神甫……"他的声音传过来。……"凭上帝赐给我的权力,饶恕和赦免你的一切罪过。……"

女人跪下去叩头,吻十字架,退出来。这时候她的两边脸都发红,可是面容平静,开朗,快活。

"她现在幸福了。"我想,看一眼她,又看一眼饶恕她的罪过的神甫,"不过一个有权饶恕别人罪过的人,一定多么幸福啊。"

现在轮到米特卡了,然而我心里突然对这个强盗痛恨极了,我想比他先走到屏风后面去,我想抢先。……他看出我的动作,就用他手里的蜡烛打我的头,我也回敬他,有半分钟的工夫,只听见喘气的声音和像是谁在折断蜡烛的声音。……有人把我们拆开了。我的仇人胆怯地走到读经台跟前,没弯膝盖就跪下叩头,可是后来他怎样,我却没看见。我想到米特卡完事后马上就轮到我,我眼前的各种东西就变得模糊不清,浮动起来。米特卡的招风耳胀大,跟他那长着黑头发的后脑壳融合在一起,神甫摇摇晃晃,地板似乎起伏不定。……

神甫的声音响起来:

"我,不称职的神甫……"

这时候我走到屏风后面去了。我感觉不到脚底下有地,仿佛在凌空走路似的。……我走到比我高的读经台跟前。神甫冷淡而疲乏的脸在我眼里闪了一下,可是后来我只看得见缝着浅蓝色衬里的衣袖、十字架、读经台的边沿了。我感到神甫近在眼前,闻到他圣衣的气味,听见他严峻的声音,我那靠近他的半边脸就发起烧来。……我心里激动,有许多话没听进去,不过他问的话,我都回答得诚恳,只是我的声调变得有点古怪,不像是自己的了。我想起孤单的圣母和圣徒约翰、刻着耶稣受难像的十字架和我的母亲,不由得想哭,想请求饶恕。

"你叫什么名字?"神甫问,用那条柔软的圣带盖在我头上。

现在我心里多么轻松,多么快活啊!

罪过没有了,我变得神圣了,我有权利升天堂了!我觉得我身上也有圣衣那种气味。我从屏风后面走出来,到助祭那儿去登记姓名,用衣袖擦了擦鼻子。教堂里的昏暗好像不再阴沉,我看着米特卡也心平气和,没有恶意了。

"你叫什么名字?"助祭问道。

"费嘉。"

"你的父名呢?"

"不知道。"

"你爸爸叫什么名字?"

"伊凡·彼得罗维奇。"

"你姓什么?"

我没有开口。

"你几岁?"

"快九岁了。"

我回到家,为了不看到他们吃晚饭,就赶紧上床睡下,闭上眼睛,想象我如果在一个什么希律①或者第奥斯科耳②手里受了苦,在荒野生活,像长老谢拉菲木③那样喂熊,住在小小的修道室里,专吃圣饼,把财产散给穷人,徒步走到基辅去,那该多好啊。我听见饭厅里在摆饭桌,这是准备吃晚饭,他们就要吃到拌凉菜、白菜馅饼、煎鲈鱼了。我多么想吃啊!我情愿受各种苦,离开母亲住到荒野去,亲自喂熊,只要先给我至少吃一个白菜馅饼就行!

"上帝啊,洗清我的罪过吧。"我祷告着,盖上被子,蒙上头,"保护天使啊,保护我,叫我摆脱恶魔的引诱吧!"

---

① 据《圣经》传说,希律是一个残酷的犹太王。——俄文本编者注
② 古代亚历山大城的大牧首,因叛教、庇护异端邪说而被教会定罪。——俄文本编者注
③ 谢拉菲木(1760—1833),俄国萨罗夫斯基荒野的修士。19世纪俄国印行许多小册子和民间画,描写他笃信宗教的生活。——俄文本编者注

第二天,星期四,我醒过来,心头开朗而纯洁,就跟晴朗的春天一样。我兴高采烈,雄赳赳地走进教堂,觉得自己是个有资格参加圣餐礼的人,觉得身上穿着漂亮而名贵的衬衫,那是用我祖母留下来的绸衣服改做的。教堂里一切东西都发散着欢乐、幸福、春天的气息。圣母和圣徒约翰的脸不像昨天那么悲伤了。那些来参加圣餐礼的人,脸上放出希望的光辉,似乎过去的事都已经被忘掉,都得到宽恕了。米特卡也梳好头发,穿着过节的衣服。我高兴地瞧着他的招风耳,为了表示对他一点反感也没有,就对他说:

"你今天挺漂亮,要是你的头发不这么竖起来,要是你穿得不这么寒碜,那么大家就不会认为你母亲是洗衣女工,而是上流太太了。到复活节,你上我家里来吧,我们一块儿玩羊拐子。"

米特卡带着不信任的神情看着我,悄悄对我摇拳头。

昨天那个女人依我看来长得很美。她穿一条浅蓝色连衣裙,胸前别着一个亮晶晶的马掌形大胸针。我羡慕她,心想等我长大,一定要娶这样一个女人,不过我又想起结婚是一件叫人害羞的事,就不再想下去,照直往唱诗班那儿走,教堂里一个诵经士已经在那儿念经了。

神　　秘

复活节头一天傍晚,四等文官纳瓦京出外拜客回来,在门厅拿起那张来拜节的客人们签过名的单子,带着它走到他的书房里。他脱掉衣服,喝了点矿泉水,就在躺椅上舒舒服服坐下,开始看单子上的签名。等到他的目光从上往下,看到那一长行名字的中部,他就打了个哆嗦,鼻子里吃惊地哼一声,脸上现出极其诧异的神情,用手指头打个榧子。

"又有他!"他说着,拍一下膝盖,"这真是奇怪!又有他!这个家伙又来签名了。费久科夫,鬼才知道他是谁!又有他!"

在那张单子上为数众多的签名当中,有一个费久科夫的签名。这个费久科夫究竟是个什么路数,纳瓦京完全不知道。他在记忆里清查他所有的熟人、亲戚、手下的官员,回想遥远的过去,可是怎么也想不起一个甚至近似姓费久科夫的人来。最奇怪的是这个来历不明的[①]费久科夫最近十三年来每逢圣诞节和复活节必定来签名一次。至于他是什么人,他从哪儿来,他长得什么样子,那么纳瓦京也好,他妻子也好,看门人也好,统统不知道。

"奇怪!"纳瓦京惊讶地说,在书房里走来走去。"奇怪,莫名其妙!简直神乎其神!把看门人叫来!"他喊道。"这可是太古怪

---

① 原文为拉丁语。

了！不，我仍旧要弄明白他是谁！你听我说，格利果利，"他对走进来的看门人说，"这个费久科夫又来签名了！你看见他了吗？"

"没有，老爷。……"

"求上帝怜悯吧，他真的又来签名了！那他总到门厅里来过吧？来过没有？"

"不，老爷，没有来过。"

"既然他没来过，那他怎么能签名呢？"

"不知道，老爷。"

"那该谁知道？你在门厅里只顾自己打哈欠！你想一想看，也许有什么不认得的人走进来过！你想一想！"

"不，老爷，不认得的人一个也没来过。您那儿的文官来过，男爵夫人来看过夫人，教士们举着十字架来过，此外就没有人了。……"

"怎么，他签名的时候用了隐身法还是怎么的？"

"不知道，老爷，不过没有一个姓费久科夫的人来过。哪怕当着神像，我也要这么说。……"

"怪了！莫名其妙！这真稀奇！"纳瓦京沉思地说，"这甚至可笑。人家一连签名十三年，你却一点也不知道他是谁。也许这是谁在开玩笑吧？也许有个文官签完了名，为了好玩又签上这个费久科夫吧？"

纳瓦京就开始端详费久科夫的签名。

那是一笔古体字，粗大豪放，字尾加了奇巧的花钩，从笔法上看，完全不同于其他那些签名。它恰好写在十二等文官希土奇金的签名下面，这个文官却是个胆小怕事的人，如果他竟敢斗胆开这样的玩笑，事后准会活活吓死的。

"这个神秘的费久科夫又来签名了！"纳瓦京走到他妻子的房间里说，"我又没有查出他是谁！"

纳瓦京娜太太是个迷信招魂术的女人,因此自然界一切可以理解的和不能理解的现象她一概解释得很简单。

"这没有什么可奇怪的,"她说,"你总是不相信,我呢,以前就说过,现在还要说:自然界有许多超自然现象是我们薄弱的智慧绝不能领悟的!我相信这个费久科夫是个对你有好感的灵魂。……换了是我,就要召他来,问一问他需要什么。"

"胡说!胡说!"

纳瓦京不相信那些迷信,不过这个引起他兴趣的现象却是那么神秘,各式各样有关妖术的想法都不由自主地钻进他脑子里来了。整个傍晚他一直暗想,这个来历不明的费久科夫兴许是一个很久以前去世的文官的灵魂,给纳瓦京的前任革职了,现在却来找后任报仇。或许他是给纳瓦京本人革职的职员的亲戚吧,要不然就是被他勾引过的姑娘。……

纳瓦京通宵梦见一个又老又瘦的文官,穿一身破旧的制服,脸色像柠檬那么黄,头发像鬃毛那么硬,眼睛呆板无神。这个文官用坟墓里的声音说话,对他摇着一根骨节棱棱的手指头。

纳瓦京几乎得了脑炎。他有两个星期沉默不语,皱起眉头,老是走来走去,暗自思索。最后他克服他那怀疑主义者的自尊心,走去找他妻子,闷闷地说:

"齐娜,把费久科夫的灵魂招来吧!"

迷信招魂术的女人高兴起来,就吩咐人拿来一块硬纸板和一个小茶碟,跟她的丈夫并肩坐下,开始作法。费久科夫没有让他们等很久。……

"你有什么事?"纳瓦京问。

"你忏悔吧……"小茶碟回答说。

"你在人间原是什么人?"

"误入歧途的人。……"

"你瞧!"他妻子小声说,"可你还不相信呢!"

纳瓦京跟费久科夫谈了很久,然后招来拿破仑、汉尼拔①、阿斯科倩斯基②的灵魂,过后又招来他姑母克拉芙季雅·扎哈罗芙娜的灵魂,他们都给他做出简短而正确的、意义深刻的答复。他把小茶碟一连摆弄了四个钟头光景,就去睡觉,又安心又幸福,因为他认识了一个他认为是新的神秘世界。这以后他每天沉迷于招魂术,而且在机关里对文官们说,一般说来自然界有很多超自然的奇迹,我们的学者早就应当对这方面加以注意。他对催眠术、降神术、毕晓普法术③、招魂术、四度空间以及其他渺渺茫茫的东西完全入了迷,因此成天价看招魂术书籍,或者摆弄小茶碟,扶乩,讨论超自然现象,使得他妻子大为满意。由他带头,他的全体属员也都搞起招魂术来,干得那么热心,有个年老的庶务官竟发了神经,有一次打发信差去拍出一份电报:"寄交地狱。省税务局发。我感到我正在变成一个魔鬼。究应如何办理,请示下。回电费已付。瓦西里·克利诺林斯基。"

纳瓦京看了不止一百本招魂术小册子,然后生出强烈的愿望,想亲自写一篇文章。他埋头写了五个月,最后写成一篇规模宏大的论文,题名是《我的见解》。他写完这篇文章后,决定把它送到一份招魂术杂志上去发表。

预定送出文章的那天,在他是很值得纪念的。纳瓦京记得,在这个难忘的日子,他书房里坐着一位誊写那篇文章的秘书和一个奉命来办事的本教区教堂的诵经士。纳瓦京满面春风。他用热爱

---

① 汉尼拔(前247—前183),迦太基统帅。
② 阿斯科倩斯基(1813—1879),俄国反动的政论家和作家。——俄文本编者注
③ 因美国人毕晓普而得名,据他说,他能道出别人的思想,他曾于1884年在莫斯科表演过(当时契诃夫在散文《莫斯科生活花絮》里曾加以描写)。——俄文本编者注

的眼光看着他的写作成果,用手指头摸一摸它有多么厚,幸福地微笑着,对秘书说:

"我提议,菲里普·谢尔盖伊奇,把这篇东西挂号寄去。这样稳当点。"然后他抬起眼睛看着诵经士,说:"我派人找您来是要办一件事,亲爱的。我要送我的小儿子进学校,需要一张他的出生证,希望能快一点办好。"

"很好,大人!"诵经士说,鞠躬,"很好。我明白了。……"

"明天能准备好吗?"

"行,大人,请您放心!明天一定准备好!请您费神,明天派人在晚祷前到教堂去一趟。那时候我在教堂里。请您叫他找费久科夫,我素来在那儿。……"

"什么?!"将军①喊道,脸白了。

"费久科夫。"

"您……您就是费久科夫?"纳瓦京问,对他瞪大眼睛。

"是,大人,我就是费久科夫。"

"您……您在我家门厅里签过名吗?"

"是的,大人,"诵经士承认,觉得难为情了,"我们举着十字架各处走动的时候,大人,我总是在达官贵人的家里签个名。……我喜欢这么做。……请您原谅,我在门厅一看见签名的单子,就忍不住要签上我的名字。……"

纳瓦京目瞪口呆,什么也不明白,什么也没听见,开始在书房里走来走去。他摸一摸门帘,挥了三回右手,好比舞剧里的男一号②看见了"她"一样,嘴里打着呼哨,傻乎乎地微笑,用手指着空中。

---

① 俄国的文职官衔。
② 原文为法语。

171

"那么我马上去寄这篇文章,大人。"秘书说。

这句话把纳瓦京从昏昏沉沉的境界里拉回来。他呆呆地打量秘书和诵经士,想起来了,就生气地跺脚,用极高的男高音哇哇地嚷道:

"躲开我!我跟你们说:躲开!你们要我怎么样?我不明白!"

秘书和诵经士走出书房,到了街上,可是他还在跺着脚喊叫:

"躲开我!你们要我怎么样?我不明白!躲开!"

哥 萨 克

别尔江城的平民,尼扎田庄承租人玛克辛·托尔恰科夫,带着他年轻的妻子走出教堂,抱着一个刚刚受过复活节圣礼的圆柱形大面包坐上马车,走了。太阳还没有升起来,不过东方已经现出火红和金黄的霞光。四下里静悄悄的。……鹌鹑咕噜咕噜地叫着,那声音像是说:"去喝酒!去喝酒!"远处一个小冈的上空,有一只鹰在飞翔,此外,整个草原上就一个活东西也看不见了。

托尔恰科夫坐在马车上,心里想:再也没有一个节日比基督复活节更好,更使人快乐的了。他不久以前刚结婚,如今正跟他的妻子过头一个复活节。不管他看到什么东西,也不管他想什么,他觉得一切都光明、欢乐、幸福。他想起他经营的农务,觉得一切都圆满,家里的摆设也好到不能再好,样样齐备,一切都称心。他瞧着他的妻子,也觉得她美丽、善良、温柔。东方的朝霞啦,嫩绿的青草啦,他那辆颠簸而吱吱叫的马车啦,一概使他高兴,就连那只沉甸甸地扇动翅膀的鹰也使他喜欢。等到他在半路上停下来,跑进酒店,吸一根纸烟,喝一小杯酒,他就变得越发快活了。……

"大家都说,这个日子是伟大的!"他说,"你看,真是伟大!你等着,丽扎,太阳马上就要开始跳动。每年复活节它都跳动!它也像人一样高兴呢!"

"它可不是活东西。"他妻子说。

"可是太阳上头有人!"托尔恰科夫叫道,"真的,确实有人!伊凡·斯捷潘内奇对我说过,所有的行星上,不论是太阳上或者月亮上,都有人!真的。……也许那些学者在胡扯,鬼才知道他们是怎么回事!慢着,好像有一匹马站在那儿!果然有!"

离家还有一半路,在名叫"歪谷"的地方,托尔恰科夫和他妻子看见一匹备好鞍子的马,站在那儿不动,闻着泥土。路旁土墩上,坐着个红头发的哥萨克,弯着腰瞧自己的脚。

"基督复活了!"①玛克辛对他叫道。

"基督真的复活了。"哥萨克回答,没有抬起头来。

"你到哪儿去?"

"回家去,度假期。"

"那你为什么坐在这儿?"

"喏……我病了。……我走不动了。"

"你害的是什么病?"

"周身酸痛。"

"哦……这可伤脑筋!人家在过节,你却生了病!那你应该到村子里或者客栈里去歇一歇,干吗这么坐着呢?"

哥萨克抬起头来,用疲乏的大眼睛瞧着玛克辛、他妻子、那匹马。

"你们是从教堂里来吗?"

"是从教堂里来。"

"我却在路上过节。这是上帝不许我赶到家。我倒想骑上马,立刻赶回去,可是没有力气了。……你们,正教徒们,拿点受过圣礼的面包给我这个过路人吃,好让我也开斋②吧!"

---

① 基督徒在复活节那天的问候词。
② 按基督教习俗,复活节前的四十天须持斋。

"复活节面包吗?"托尔恰科夫问,"那可以,没什么。……等一等,我马上拿给你。……"

玛克辛赶快在衣袋里摸索,看一眼他的妻子,说:

"我没有带小刀,没法切开。把它掰开却不合适,那会把整个面包都弄坏的。这成了难题!你找一找,你那儿有小刀没有?"

哥萨克勉强站起来,走到鞍子那儿去取小刀。

"亏你想得出!"托尔恰科夫的妻子生气地说,"我可不许你把这个面包切得乱七八糟!把切开来的面包带回家去,还成什么样子?哪有这样的事:在草原上开斋。你到村子里庄稼汉那儿去开斋好了!"

妻子从她丈夫手里夺过那个用白餐巾包好的圆柱形大面包,说:

"我不许你切!凡事总得有个规矩。这又不是普通的小白面包,而是受过圣礼的复活节面包,随便把它切开是罪过呀。"

"得,哥萨克,你开不成斋了!"托尔恰科夫说,笑起来,"我妻子不答应!再见吧,一路平安!"

玛克辛抖一抖缰绳,吧嗒一下嘴,马车就辘辘地往前驶去。他妻子还在数说:没有到家就把复活节面包切开是罪过,这不合规矩,干什么事都得看地点和时间。东方,初射出来的阳光正闪闪发亮,把松软的浮云染成不同的色彩。空中传来百灵鸟的歌声。在草原上空飞翔的鹰已经不是一只,而是三只了,彼此离得很远。太阳微微有点暖意,嫩草丛里的螽斯叫起来。

走出一俄里多地,托尔恰科夫回过头来,凝神看着远处。

"那个哥萨克看不见了……"他说,"这个人好可怜,怎么会突然在路上生病呢!再也没有比这更倒霉的了:本来应该赶路,可是没有力气了。……说不定他会死在路上。……丽扎薇达①,我们

---

① 即丽扎。

没有给他面包吃,可是也许应该给他才对。我看他也需要开斋嘛。"

太阳升上来,可是究竟阳光有没有闪耀,托尔恰科夫却没看见。一路上,他没说话,在想什么心事,眼睛没离开马的黑尾巴,就这样到了家。不知什么缘故,他心里发闷,胸中原有的那种节日的欢乐,已经一扫而空,好像本来就没有似的。

他们回到家里,跟工人们互吻三次,借此庆贺复活节。托尔恰科夫又高兴起来,讲这讲那,可是等到大家坐下来开斋,各人拿到一块受过圣礼的面包,他就闷闷不乐地瞧着他的妻子,说:

"丽扎薇达,我们没让那个哥萨克开斋,这不好。"

"说真的,你简直是个怪人!"丽扎薇达说,惊讶地耸耸肩膀,"你从哪儿学来这种章法,把受过圣礼的面包在路上分给别人吃?难道这是普通的小白面包?现在这个面包已经切开,放在桌上了,谁要吃就可以吃,就连你那个哥萨克也尽管吃!难道我舍不得吗?"

"话是不错的,不过我怜惜那个哥萨克。要知道他比乞丐和孤儿都不如。流落在路上,离家很远,又有病。……"

托尔恰科夫喝下半杯茶,此外再也没有喝什么,吃什么。他不想吃东西,茶叶也不是滋味,跟青草一样。他又觉得心里闷闷的。

开斋后,他们上床睡觉。大约过了两个钟头,丽扎薇达醒过来,他却站在窗口,瞧着院子里。

"你已经起来了?"他妻子问道。

"不知什么缘故,睡不着。……唉,丽扎薇达,"他说,叹口气,"我和你亏待了那个哥萨克!"

"你又讲那个哥萨克!你老想着那个哥萨克。去他的。"

"他为沙皇效力,也许还流过血,可是我们对待他却跟对待猪一样。本来应当把他这个病人带回家来,给他吃喝,然而我们连一小块面包都不肯给他。"

"是啊,那样一来,我就让你把那面包糟蹋了,而且还是受过圣礼的面包!要是你跟哥萨克把它胡乱切开,我回到家来不是要急得干瞪眼?看你说的!"

玛克辛悄悄躲开他的妻子,走到厨房,拿块餐巾包好一块圆柱形面包和五个鸡蛋,走到板棚里去找工人。

"库兹玛,放下你的手风琴,"他对一个工人说,"给那匹枣红马或者伊凡契克备上鞍子,赶快到歪谷走一趟。那儿有个害病的哥萨克和一匹马,你就把这个拿给他。也许他还没走掉。"

玛克辛又高兴起来,可是等了几个钟头,还不见库兹玛回来,他就忍不住,给马备好鞍子,出去迎他。他在歪谷附近碰见他了。

"哦,怎么样?看见那个哥萨克了吗?"

"到处都找不着他。他多半走了。"

"哦……怪事!"

托尔恰科夫从库兹玛手里接过那包东西,骑着马再往前走。到了村子里,他问农民们:

"乡亲们,你们看见一个有病的哥萨克骑着马吗?他路过此地没有?他长着红头发,挺瘦,骑一匹枣红马。"

农民们互相看一眼,说他们没有看见。

"说实在的,往回走的邮车倒是打这儿路过来着,至于哥萨克或者别的什么人,却没见过。"

玛克辛回到家,正赶上吃午饭。

"那个哥萨克盘踞在我的脑海里,说什么也不走了!"他对妻子说,"他不容我消停。我一直在想,万一这是上帝要试探我们,打发一个天使或者圣徒扮成哥萨克的模样来见我们,那可怎么好?要知道,这种事是有的。丽扎薇达,我们不该亏待那个人!"

"你干吗拿那个哥萨克跟我纠缠不休?"丽扎薇达忍耐不住,

叫起来,"像焦油似的粘住人不放!"

"不过你要知道,你不厚道……"玛克辛说着,凝神瞧她的脸。

这还是他婚后头一次发觉妻子不厚道。

"就算我不厚道好了,"她叫道,生气地用匙子敲一下桌面,"反正我不会把受过圣礼的面包分给酒鬼吃!"

"难道那个哥萨克喝醉了酒?"

"喝醉了!"

"你怎么知道?"

"他醉了嘛!"

"哼,蠢娘们儿!"

玛克辛勃然大怒,从桌旁站起来,开始指责他年轻的妻子,说她不仁慈,愚蠢。她呢,也勃然大怒,哭起来,走出去,回到卧室里,在那儿叫道:

"巴不得叫你那个哥萨克死了才好!你这个瘟神,少拿你那个臭哥萨克来找我的麻烦,要不然我就回到我爸爸那儿去!"

自从结婚以来,这还是托尔恰科夫头一次跟他妻子吵嘴。他在院子里走来走去,一直走到傍晚,始终想着他的妻子,想得心烦意乱。如今,在他的心目中,她显得恶毒,难看了。仿佛故意捣乱似的,那个哥萨克始终没有离开他的脑子,玛克辛好像时而看到他那对有病的眼睛,时而听到他说话的声音,时而看到他的步态。……

"唉,我们亏待了这个人!"他喃喃地说,"亏待了这个人!"

傍晚,天黑下来,他感到一种从未体验过的烦闷,简直受不了,恨不能上吊算了!他心里烦闷!恼恨他的妻子,就灌起酒来,如同从前没结婚的时候那样。他带着醉意用难听的字眼骂他妻子,对她嚷着说,她的面容恶毒、难看,明天他就把她赶回她父亲家里去。

过节的第二天早晨,他打算喝点酒解一解醉意,结果又大喝

178

一通。

从此他的生活走下坡路了。

他们的马、牛、羊、蜂房在院子里陆续消失,他们的债务越积越多,他的妻子惹得他讨厌了。……所有这些灾难,照玛克辛的说法,都是因为他妻子恶毒而愚蠢,因为上帝为那个有病的哥萨克生了他和他妻子的气。……他越来越频繁地喝醉。他喝醉了就坐在家里发脾气,每逢清醒着,就到草原上走来走去,盼望能遇到那个哥萨克。……

信

教区监督司祭费多尔·奥尔洛夫神甫是个仪表端庄、保养得很好、年纪五十上下的男子。这时候他像平素那样威风而严峻，带着习以为常的、从不离开他脸的尊严神情，尽管精神已经十分疲乏，却在他小小的客厅里从这个墙角走到那个墙角，专心想着一件事：他的客人到底什么时候才会走呢？这个思想一分钟也不肯离开他，使得他焦急难过。他的客人阿纳斯达西神甫是本城附近一个村子里的司祭，三个钟头以前为自己的一件很不愉快而且乏味的事来找他，一直待着不走，此刻正坐在墙角一张小圆桌旁边，胳膊肘枕在一本厚厚的账簿上，虽然目前已经是傍晚八点多钟，却分明没有告辞的意思。

什么时候该沉默，什么时候该告辞，并不是每个人都识趣的。这种情形并不少见，就连俗世那些颇有教养的政界人士也会没有留意到他们的久坐已经在疲乏或者有事的主人心里引起一种类似憎恨的感情，主人正在把这种感情严密地掩藏起来，用虚情假意加以遮盖。不过阿纳斯达西倒看得很清楚，明白他的久坐惹人厌烦，很不合适，监督司祭昨天半夜就起来做晨祷，今天中午又做过很久的日祷，已经疲乏，想休息了。他随时都打算站起来告辞，可是他没站起来，仍旧坐在那儿，仿佛在等什么似的。他是个六十五岁的老人，衰迈得跟年龄不相称，瘦得皮包骨，背有点伛偻，面容消瘦，苍老得发黑,眼皮红红的,背脊又长又窄跟鱼一样。他穿一件漂亮的然而对他的身材来说过于肥大的淡紫色圣衣(这是最近一个年轻司祭的遗孀送给他的),套一件无袖的呢子长外衣,腰上系一根宽皮带,脚上穿一双笨重的皮靴,皮靴的大小和颜色清楚地表明阿纳斯达西神甫没有套靴。尽管他担任教职,而且到了可敬的年龄,可是他那对发红的和昏花的眼睛,他后脑勺上白里带绿的小发辫,他瘦背上的大肩胛骨,都现出一副低声下气、战战兢兢的可怜样子。……他不说话,也没动弹,咳嗽起来十分小心,仿佛生怕咳嗽声会使人更注意到他在座似的。

老人是到监督司祭这儿来办正事的。两个月前他奉命停职,静候发落,他的案子正在查办中。他的罪过很多。他过着酗酒的生活,跟教士们和俗世的人们相处得不和睦,婴儿出生登记写得很乱,账目不清,这是他的正式罪状。不过,除此以外,长时期以来人们就谣传他贪图钱财而主持不合法的婚姻,把斋戒证书卖给从城里来找他的文官和军官。他穷,又有九个孩子要养活,而且他们都像他一样不走运,因此这种流言就传播得更加起劲。他那些儿子没受过教育,娇生惯养,什么事也不做,他那些相貌难看的女儿都没嫁出去。

监督司祭没有勇气直说出来,光是从这个墙角走到那个墙角,一言不发,或者讲些暗示的话:

"那么您今天不预备回家去了?"他问道,在乌黑的窗前站住,把小手指头伸到一只睡着的、羽毛竖起的金丝雀身上。

阿纳斯达西神甫打了个寒战,小心地咳嗽一声,很快地说:

"回家去?算了,不回去了,费多尔·伊里奇。您知道,我不能再任职,那么我在那儿还有什么事可做呢?我是故意走开的,免得瞧见那边的人难为情。您知道,不担任工作就不好意思见人了。再者我到这儿来是为了办事,费多尔·伊里奇。我打算明天开斋后跟办案的神甫详细地谈一谈。"

"哦……"监督司祭打个哈欠说,"那么您预备住在哪儿呢?"

"住在齐亚甫金家里。"

阿纳斯达西神甫忽然想起,再过两个钟头光景监督司祭就得去主持复活节晨祷,不由得为自己这种不受欢迎、令人不快的久坐感到羞愧,决定立刻告辞,让疲乏的人休息一下。老人就站起来,准备走出去,可是在告辞前,他咳嗽一阵,周身仍旧带着自己也说不清期望什么的神情,试探地看着监督司祭的后背,脸上闪着羞愧和胆怯的神情,嘴里吐出可怜巴巴的、硬逼出来的笑声,像那样的笑声是只有不尊敬自己的人才会发出来的。他仿佛下定决心似的摆一摆手,用嘶哑刺耳的声音说:

"费多尔神甫,请您索性大发慈悲,在我临走的时候吩咐人给我……一小杯白酒!"

"现在不是喝酒的时候,"监督司祭严厉地说,"人得有羞耻心才行。"

阿纳斯达西越发惶恐,连声赔笑,忘了回家去的决定,又往椅子上一坐。监督司祭瞧着他那狼狈忸怩的脸色,瞧着他那伛偻的身躯,怜惜这个老人了。

"求上帝保佑,我们明天再喝吧。"他说,有意缓和他那严厉的拒绝,"凡事总是在合适的时候做才好。"

监督司祭是相信人会改过自新的,然而现在他心里一生出怜悯的感觉,就觉得这个遭到查办的、枯瘦的、被罪恶和衰弱缠住的老人已经山穷水尽,无可救药,人间再也没有一种力量能够使他的背直起来,能够使他的目光变得清亮,能够制止他为了多少减轻他给人留下的恶劣印象而故意发出的那种不愉快而又胆怯的笑声了。

这时候费多尔神甫不再觉得他是个有罪的、染上恶习的人,只觉得他是个受尽委屈和侮辱的不幸者了。监督司祭想起他的妻子、他的九个孩子、齐亚甫金家里又脏又破的高板床,不知什么缘故,他还连带想起有些人巴不得看见教士喝醉酒,长官遭检举,心想阿纳斯达西神甫目前所能做的最好的事,莫过于赶快死掉,永久离开人世了。

外面传来脚步声。

"费多尔神甫,您没有休息吗?"前厅里有个男低音问道。

"没有,助祭,进来吧。"

奥尔洛夫的同事留比莫夫助祭走进客厅来。这是个苍老的人,头顶已经完全光秃,不过身体倒还硬朗,头发乌黑,两道眉毛又浓又黑,像格鲁吉亚人一样。他对阿纳斯达西点一下头,坐下来。

"你有什么好消息吗?"监督司祭问他说。

"哪会有什么好消息?"助祭回答说。他沉默一会儿,接着笑吟吟地说:"孩子小,烦恼少;孩子大,烦恼多。费多尔神甫,事情真也怪,我怎么也想不通。简直是一出滑稽戏嘛。"

他又沉默一会儿,越发欢畅地微笑着,说道:

"今天尼古拉·玛特威伊奇从哈尔科夫城回来了。他对我讲起我的彼得。他说,他到彼得那儿去过两次。"

"那么他对你讲了些什么呢?"

"他搅得我心里乱糟糟的,求主跟他同在吧。他原想叫我高兴,可是我仔细一想,并没有什么可高兴的。倒应当伤心才对,不应当高兴。……他说:'你的彼得鲁希卡①生活得很有气派。'他说:'我们高攀不上了。'我就说:'那要谢天谢地。'他又说:'我在他家里吃过饭,他的生活方式我全看见了。他的日子过得蛮神气。'他说:'好到没法再好了。'我当然很关心,就问他在那

---

① 彼得的爱称。

儿吃了些什么菜。他说：'先是一道用鱼做成的汤菜，有点像普通那种鱼汤，随后是一道牛舌加豌豆，随后，'他说，'是一道烤火鸡。'持斋的时候吃火鸡？我说：'这可真叫人高兴呢。'大斋期间吃火鸡？啊？"

"这有什么可奇怪的？"监督司祭说，讥诮地眯细眼睛。

他把两只手的大拇指塞在腰带里，挺直身子，用平时布道或者在县立学校对学生讲宗教课程的那种口气说：

"不肯持斋的人可以分成两种：一种人是出于轻浮，一种人是由于不信神。你的彼得不持斋是由于不信神。就是这么的。"

助祭胆怯地瞧着费多尔神甫严峻的脸色，说：

"后头还有更糟的呢。……我们东拉西扯，谈来谈去，我这才发现，原来我那不信神的儿子跟一位太太，跟别人的老婆同居了。她在他家里算是他的妻子和女主人。斟茶啦，待客啦等等的，她都干，就跟结发夫妻一样。他跟那条蛇已经一块儿鬼混两年多了。简直是一出滑稽戏。他们同居了三年，可是孩子却没有。"

"那么他们虽然住在一块儿，必是守着贞节呢！"阿纳斯达西神甫说，咯咯地笑，用嘶哑的声音咳嗽着，"孩子是有的，助祭神甫，有的，只是不养在家里罢了！送到育婴堂里去喽！嘻嘻嘻。……"阿纳斯达西咳个不停。

"不要多管别人的事，阿纳斯达西神甫。"监督司祭严厉地说。

"尼古拉·玛特威伊奇就问他，在饭桌上盛汤的那位太太是谁？"助祭接着说，闷闷不乐地瞧着阿纳斯达西的伛偻的身子，"我儿子就对他说：'那是我的妻子。'他又问：'你们结婚很久了吗？'彼得回答说：'我们是在库利科夫糖果点心店里结的婚。'"

监督司祭的一对眼睛气得发亮，两边太阳穴发红。彼得这个人，撇开所犯的罪恶不说，本来就惹得他不高兴。费多尔神甫，如同俗语所说的，早就对他看不入眼了。他还记得彼得小时候做学生的情形,而且记得很清楚,因为那时候他就已经觉得彼得不正常。彼得做学生的时候不愿意到圣坛上来帮忙,每逢人家对他称呼"你",他就不高兴,走进房间来也不在胸前画十字,最使人忘不了的是他喜欢多说话,而且讲得激烈,依费多尔神甫看来,孩子多话是不成体统而且有害的。此外,监督司祭和助祭最喜欢钓鱼,彼得却看不起,采取批评的态度。等到彼得做了大学生,他就根本不进教堂,睡到中午才起床,对人高傲,喜欢带着特别的兴致提出一些难于解答的麻烦问题。

"可是你希望他怎么样呢?"监督司祭走到助祭跟前,气冲冲地瞧着他,问道,"你希望怎么样呢?这原在预料之中!我素来就知道而且相信,你的彼得成不了材!我早就对你说过,现在还要这样说。你原先播的是什么种,现在就收割什么!收割吧!"

"可是我播了什么种呢,费多尔神甫?"助祭轻声问道,眼光从下往上地瞧着监督司祭。

"这不怪你还怪谁?你是他的父亲,他是你的孩子!你得管教他,给他灌输敬畏上帝的思想。你得教导他!你们光是把他生下来了事,并没好好管教他。这是罪过!不好!可耻!"

监督司祭忘了疲乏,走来走去,接着讲下去。助祭光秃的头顶上和脑门上冒出一颗颗小汗珠。他抬起负疚的眼睛看着监督司祭,说:

"可是话得说回来,难道我没管教他吗,费多尔神甫?求上帝怜悯,难道我对孩子没负起做父亲的责任吗?您自己也知道,为了他,我什么也没吝惜过,一辈子辛辛苦苦,祷告上帝,只求让他受到真正的教育才好。讲中学,他进过中学,讲家庭教师,我也给他请过,讲大学,他也读毕业了。至于我没能把他的脑筋引上正路,那么费多尔神甫,您也想得出来,我没有那种本事啊!当初他进了大学,有时候回到这儿来,我总是按我的想法开导他,他不听。我对他说：'你该到教堂去。'他就问：'为什么该去呢？'我就对他解释一番，他却问：'为什么？何以见得？'要不然，他就拍着我的肩膀说：'人世间一切事情都是相对的，近似的，有条件的。我固然什么也不知道，可您也什么都不知道，爸爸。'"

阿纳斯达西神甫用嘶哑的嗓音笑起来，咳嗽着，手指在空中微微动了一下，好像要说什么话。监督司祭瞧着他，厉声说道：

"不要多管人家的事，阿纳斯达西神甫。"

老人不住地笑，满脸放光，助祭的话他显然听得津津有味，仿佛暗自庆幸世界上除他以外还有别的罪人似的。助祭真心诚意地讲着，十分痛心，甚至泪水涌上了他的眼睛。费多尔神甫开始怜惜他了。

"这是你不对，助祭，你不对。"他说，然而讲得不那么严厉，不那么激烈了，"你既然会生孩子，就也得会管教孩子才成。应当从小就管教他，等他做了大学生再纠正，就来不及了！"

紧跟着是沉默。助祭把两只手合起来，叹口气说：

"可是话要说回来，我得为他负责！"

"说的就是啊！"

监督司祭沉默了一会儿，又是打哈欠又是叹气，然后他问：

"今天谁念《使徒行传》？"

"叶甫斯特拉特。素来由叶甫斯特拉特念。"

助祭站起来，用恳求的眼光瞧着监督司祭，问道：

"费多尔神甫，现在我该怎么办呢？"

"你想怎么办就怎么办。我又不是父亲，你才是嘛。你心里比别人清楚。"

"我什么也不知道，费多尔神甫！您行行好，教一教我吧！信不信由您，我的心苦死了！现在我睡也睡不着，坐也坐不稳，节日也不成其为节日。您教一教我，费多尔神甫！"

"那你就给他写一封信。"

"可是我给他写些什么呢?"

"你就写,照这样过下去是不行的。要写得短,然而严厉,郑重,既不冲淡也不减轻他的过错,这是你做父亲的责任。你写了信,就尽了自己的责任,心安了。"

"这是实在的,可是我该怎么给他写呢?从哪方面谈起呢?我给他写信,可是他会回答我说:'为什么?何以见得?为什么这是罪过?'"

阿纳斯达西神甫又发出嘶哑的笑声,他的手指头活动起来。

"'为什么?何以见得?为什么这是罪过?'"他尖声说,"有一次,我听一位先生忏悔,我对他说,过分指望上帝的仁慈是罪过,可是他问:'为什么?'我原想回答他,然而这儿,"阿纳斯达西拍着脑门说,"然而这儿什么也没有!嘻嘻嘻嘻。……"

阿纳斯达西的话以及他对一件并不可笑的事发出的那种刺耳的嘶哑笑声,在监督司祭和助祭心里留下了不愉快的印象。监督司祭本来想对老人说一句"不要多管别人的事",可是没有说出口,光是皱起眉头。

"这信我不会写!"助祭叹道。

"你不会写谁会写?"

"费多尔神甫!"助祭说,偏着头,把手按住心口,"我是个没受过教育、脑筋迟钝的人。您呢,主赐给您聪明和才智。您什么都知道,什么都懂,什么都了解得清清楚楚,可是我连话都说不利落。您发发善心,教给我写信吧!请您教给我该怎样写,都写些什么。……"

"这有什么可教的呢?没有什么可教的。坐下来写就行了。"

"不,您务必发发慈悲,修道院长!我求求您。我知道他看了您的信会害怕,会听从,因为您也是个受过教育的人。您行行好!

我坐下来,您一句句念,我写下来。明天写信是有罪的,今天写正是时候,我写完信也就心安了。"

监督司祭瞧着助祭脸上恳求的神情,想起不招人喜欢的彼得,就同意给他念。他让助祭在自己的桌子旁边坐下,开始念道:

"好,写吧。……基督复活了,亲爱的儿子……惊叹号。我,你的父亲,听到了流言……下面加括号……至于我是从哪儿听来的,这与你不相干……括号。……写完了吗?……据说你过着一种既不符合上帝戒律,也不符合人间法律的生活。尽管你表面上用生活的安乐,或者俗世的浮华,或者受过教育的身份来粉饰自己,可是这都不足以掩盖你异教徒的面目。你名义上是基督徒,然而实际上是异教徒,如同其他一切异教徒那样可怜和不幸,甚至比他们更可怜,因为那些不知道基督的异教徒是由于无知而堕落,你堕落则是因为你守着宝贝却视而不见。我不打算在这里列举你的恶习,这些你都十分清楚,我只想说明:我认为你堕落的原因就在于你不信神。你自以为是聪明人,夸耀你的学识,然而你不愿意知道:缺乏信仰的学问不仅不能提高人,甚至把人降到低级动物的水平,因为……"

整个这封信讲的都是这套话。写完以后,助祭大声念一遍,脸上放光,跳起来。

"才气,真正的才气啊!"他说着,把两手一拍,热情地瞧着监督司祭,"上帝赐给您这么大的才气!不是吗?圣母啊!换了是我,大概就连一百年也写不出这样的信!求上帝保佑!"

阿纳斯达西神甫也兴奋起来。

"没有才气绝写不出这样的信来!"他说着,站起来,活动着手指头,"绝写不出这样的信来!像这样的口才足能把任什么哲学家都难倒,弄得他张口结舌!聪明!聪明绝顶啊!要是您没有结婚的话,费多尔神甫,您早就做主教了,真的,早就做了!"

监督司祭在信上发泄了他的怒火以后,觉得心里轻松了。疲乏和劳累回到他身上来。助祭是自己人,监督司祭就毫不拘束地对他说:

"好,助祭,你走吧,求上帝保佑你。我要在长沙发上睡半个钟头。得休息一下。"

助祭走了,把阿纳斯达西也带走了。如同往年复活节的前夜一样,街上很黑,然而满天的星斗闪闪发光,停滞不动的空气里弥漫着春天和节日的气息。

"他总共才念了多少时候?"助祭惊叹地说,"也不过十分钟,不会再多了!换了别人,这样的信一个月也写不出来。不是吗?这才叫聪明才智!这样的聪明才智我都不知道该说什么好了!惊人!真的,惊人啊!"

"他有学问嘛!"阿纳斯达西叹道,穿过泥泞的街道,把圣衣的下摆提到腰带那儿,"我们可比不上他。我们是从下级职员提升上来的,他呢,有学问。对了。不用说,他才算是真正的人。"

"您听我说,等一会儿他做祈祷,还要用拉丁文念福音书呢!他又懂拉丁文,又懂希腊文。……啊,彼得,彼得呀!"助祭忽然想起来,说,"哼,这回他可要搔头皮了!这回他傻了眼!这回他才知道厉害了!现在他再也不会问'为什么'了。这就叫作棋逢对手!哈哈哈!"

助祭高兴起来,放声大笑。自从这封寄给彼得的信写好以后,他快活了,放心了。他感到尽了做父亲的责任,他对这封信的力量充满信心,于是他又恢复原有那种嘻嘻哈哈的温和心情了。

"彼得这个词,翻译出原意来,就是石头。"他往家门口走去,说,"可是我的彼得不是石头,而是草包。那条蛇缠住他,他却顺着她,不肯撵走她。呸!天下竟有这样的女人,求上帝饶恕我这么说!不是吗?她哪有什么廉耻?她缠住这个小伙子,不肯放松,叫

189

他守住她……滚她的！"

"不过也许不是她缠住他，而是他缠住她呢？"

"那她也还是没有廉耻！不过我也不袒护彼得。……他应该挨这顿骂。……他看完这封信就要搔后脑壳了！他会羞愧得要命！"

"信写得挺好，不过，也还是……不要寄出去的好，助祭！求主和他同在！"

"什么？"助祭惊恐地说。

"是啊！不要寄出去，助祭！何必呢？喏，你把它寄给他，他看一遍，可是……可是那又怎么样呢？你只是惹得他心里不痛快罢了。你原谅他吧，求主和他同在！"

助祭惊讶地瞧着阿纳斯达西的黑脸，瞧着他那两襟敞开的、在黑地里看上去像翅膀一样的圣衣，耸了耸肩膀。

"怎么能就这样原谅他呢？"他问，"要知道，在上帝面前我得为他负责！"

"就算是这样吧，可也还是原谅他的好。上帝看你心好，也会原谅你的。"

"可他不是我的儿子吗？我到底应该不应该管教？"

"管教？为什么不该管教呢？管教是可以管教，不过何必骂他异教徒呢？要知道，助祭，这会伤他心的。……"

助祭是个丧偶的人，住在一所有三个窗子的小房子里。给他管家的是他的姐姐，她是个老处女，三年前两条腿不能走路了，所以一直躺在床上。他怕她，听她的话，不找她商量一下就什么事也不敢做。阿纳斯达西神甫走进他的家里。他看见助祭家里桌子上已经放好复活节的圆柱形甜面包和染红的鸡蛋，不知什么缘故，他哭了，大概想起了自己的家。可是他为了把眼泪变成玩笑，立刻用嘶哑的声音笑起来。

"对了,马上就要开斋。"他说,"对了。……那么,助祭,现在喝上一小杯……也不碍事。可以吗?我会小心地喝,"他小声说着,斜起眼睛看着房门,"免得让那位老小姐……听见……绝不让她听见。……"

助祭没说话,把酒瓶和酒杯推到他跟前,打开信,念起来。就连现在,这封信也使他十分满意,如同方才监督司祭口授的时候一样。他高兴得满脸放光,仿佛尝到什么甜东西似的,摇一摇头。

"嘿,这封信!"他说,"彼得做梦也想不到会收到这么一封信。这也是他活该,正应该叫他浑身发一发烧哩。……可不是!"

"我说,助祭,不要寄出去!"阿纳斯达西说,仿佛自己也没觉得就又斟上一杯酒,"原谅他吧,求上帝跟他同在!我这是……凭我的良心跟你说话。要是连亲爹都不能原谅他,那还有谁会原谅他呢?这样一来,他岂不就要得不到任何人的原谅而活下去?可是,助祭,你想想看,就是没有你,也已经有人惩罚他了,你呢,应该为你亲生的儿子找些能怜恤他的人才对!我……我,老兄,我再喝一杯。……最后一杯。……你干脆这样给他写:'我原谅你了,彼得!'他会明白的!他能领会的!我,老兄……我,助祭,我是凭我的经验明白这一点的。当初我像大家那样生活,我的烦恼很少,可是现在,我失去了形象和样式①,那就只巴望一件事:好心的人能够原谅我才好。再者,你得想一想,需要原谅的并不是规规矩矩的人,而是有罪的人。比方说,你那位老小姐就不是有罪的人,那还用得着你去原谅吗?是啊,你得原谅那些看着可怜的人……对了!"

阿纳斯达西用拳头支着脑袋!沉思了。

---

① 典出《旧约·创世记》:"神说,我们要照着我们的形象,按着我们的样式造人……"在这里借喻"人的尊严"。

"真糟,助祭,"他说,显然在压制他想喝酒的欲望,"真糟!我母亲在罪恶中生下我,我在罪恶中生活着,我会在罪恶中死掉的。……上帝啊,原谅我这个罪人!我迷路了,助祭!我没有指望了!倒不是说我在以往的生活中迷了路,而是说在老年,在临死以前迷路了。……我……"

老人摆一下手,又喝下一杯酒,然后站起来,搬到另一个地方坐下。助祭始终手里拿着那封信,从这个墙角走到那个墙角。他在想他的儿子。不满、伤心、恐怖不再来搅扰他的心,这些都消融在信里了。现在他光是想着彼得,想象他的脸,回忆过去那些年他儿子怎样回家来度假。他专想那些哪怕想一辈子也不厌烦的美好的、温暖的、忧郁的事。他怀念儿子,把信又看一遍,探问地瞧着阿纳斯达西。

"不要寄出去!"阿纳斯达西说,摆一摆手。

"不,总还是……得寄给他。还是让这封信……略略开导一下他的脑筋好。不会没有用处的。……"

助祭从书桌抽屉里拿出一个信封来,可是他把信纸装进信封以前,先在桌旁坐下,微笑着,在信纸下面添了几句自己的话:"有一个新的学监派到我们这儿来了。这个人比上一任活跃多了。又爱跳舞,又爱谈天,样样都在行,闹得戈沃罗甫斯基家那几个女儿都没命地爱上他了。据说军事长官柯斯狄烈夫不久也要下台。早就该走了!"助祭觉得很满意,却不知道他在信尾添上的几句附言彻底破坏了这封严厉的信。他在信封上写好地址,就把它放在桌上最显眼的地方。

蟒 和 兔

彼得·谢敏内奇是个让酒色淘空了身子的秃头男子,穿一件有紫红穗子的丝绒长袍,摩挲着他那毛茸茸的络腮胡子,接着说:

"喏,我亲爱的①,要是您高兴的话,那就还有一个方法。这个方法最巧妙,最聪明,最狡猾,而且对丈夫也最危险。只有心理学家和摸透女人心理的行家才能理解这个方法。使用这种方法有个必不可少的条件②:要有耐性,耐性,耐性。谁不善于等待和忍耐,这个方法对谁就不适用。按照这个方法,您要征服某人妻子的心,就得尽量跟她疏远。您为她神魂颠倒,像是着了魔,可是您偏偏不再到她家去,尽量少跟她见面,见了面也匆匆分手,同时不要贪图快活,跟她谈话。在这里,您是凭距离发生作用的。这整个方法有几分像催眠术。她不应当看见您,却应当感觉到您,就跟兔子感觉到蟒的眼光一样。您不是用眼光而是用话语的毒汁给她催眠,同时又要让她丈夫做一条最好的传导线。

"比方说,我爱上某某人,打算把她弄上手。我在一个俱乐部或者戏院里遇到了她的丈夫。

"'您的太太近来可好?'我在谈话当中顺便问他,'老实跟您

---

① 原文为法语。
② 原文为拉丁语。

说吧,她可是个最可爱的女人! 我非常喜欢她! 干脆说吧,鬼才知道我多么喜欢她!'

"'哦。……不过她在哪方面这么招您喜欢呢?'那个满意的丈夫问。

"'她是个最妩媚而且富有诗意的人,简直可以把石头都感动得爱上她呢! 不过你们这些做丈夫的,却是些俗而又俗的人,只在婚后头一个月才了解妻子是怎么个人。……您要明白,您的妻子是个最理想的女人! 您得明白,而且得高兴,因为命运给您送来这样一个妻子! 我们这个时代正需要这样的女人……正需要这样的女人啊!'

"'不过她有什么与众不同的地方呢?'丈夫困惑地问。

"'求上帝怜悯吧,她是个美人儿,十分优雅,充满活力,为人极其真诚,富于诗情,态度诚恳,同时可又叫人捉摸不透! 这样的女人一旦爱上什么人,就爱得十分强烈,像是一团火。……'

"诸如此类,说上一大套。当天,丈夫上床睡觉的时候就忍不住对他妻子说:

"'我见到彼得·谢敏内奇了。他把你大大夸奖一番。他真喜欢你。……说你是美人儿,又说你优雅,又说你叫人捉摸不透……又说你善于用一种特别的方式爱人。简直说得天花乱坠哩。……哈哈。……'

"这以后,我仍旧不跟她见面,却又极力设法跟她丈夫见面。

"'顺便提一下,我亲爱的……'我对他说,'昨天有一位画家坐车来找我。有个公爵要他画一幅画,画个典型的俄国美人的头像,代价是两千卢布。他要求我给他找个模特儿。我本来想打发他去找您的太太,可又觉得不好意思。您的妻子正巧合格! 多么漂亮的头部! 我说不出的惋惜:这个美妙的模特儿没有让那位画家看见! 说不出的惋惜哟!'

"丈夫必得十分不近人情,才会不把这些话转告妻子。到早晨他的妻子就对着镜子照上很久,心里暗想:

"'他从哪一点看出我有一张纯正的俄罗斯女人的脸呢?'

"这以后,她每次照镜子都会想到我。同时我仍旧跟她丈夫'意外'相逢。有一次,这样相逢以后,她丈夫回到家里,开始端详他妻子的脸。

"'你干吗这样瞅着我?'她问。

"'那个怪人彼得·谢敏内奇发现你好像有一只眼睛比另一只眼睛颜色深一点。我却看不出来,打死我也看不出来!'

"他妻子又照镜子。她看了自己很久,心想:

"'是啊,我的左眼似乎稍稍比右眼颜色深一点。……不,好像右眼比左眼深。……不过也许是他这样觉得吧!'

"在第八次或者第九次相逢以后,丈夫对妻子说:

"'我在戏院里见到彼得·谢敏内奇了。他向你道歉,说是不能来看你,他没有工夫!他说他很忙。他大概有四个月没有到我们家来了。……我就怪他不来,他呢,道歉说他没有做完他的工作就不能来。'

"'可是他什么时候才会做完呢?'他妻子问。

"'他说最早也还得过一两年。鬼才知道这个闲人究竟在忙些什么工作。说真的,他是个怪人!他一个劲儿问我,就像拿刀子搁在我脖子上似的:"为什么您的太太不登台演戏呢?"他说,"凭她那种招人喜欢的外貌,凭她那种才智和感觉能力,待在家里是罪过。"他说,"她应该丢开一切,她内心的声音召唤她到哪儿去,她就该到哪儿去。平淡的日常生活,不是为她创造的。"他说,"像她这样的人应当不受时间和空间的拘束。"'

"他妻子当然不大理解这些漂亮话,然而仍旧高兴得浑身发酥,透不过气来。

"'简直是胡说!'她说,极力装得冷淡,'另外他还说了些什么?'

"'他说,要不是因为他忙,他就会从我手里把你夺过去。我说:"行啊,您要夺就管自夺吧,我是不会跟您决斗的。"他叫道:"您不了解她!您得了解她才对!"他说:"她是个不平凡的女人,有强大的力量,正在寻求出路!"他说:"可惜我不是屠格涅夫,要不然我早就描写她了。"哈哈。……你弄得他念念不忘!我心想,哼,老兄啊,要是你跟她在一块儿过上两三年,那你就会换一个调门唱歌喽。……真是个怪人!'

"于是他那可怜的妻子渐渐生出热烈的渴望,一心想跟我见面了。我是唯一能够了解她的人,她有很多话只能对我一个人说!可是我执意不去找她,也不让她见到我。她很久没看到我,然而我那种甜得要命的毒汁已经使她中毒了。她丈夫打着哈欠把我的话转告她,她却觉得好像听见了我的声音,看见我眼睛里的亮光了。

"紧跟着就该抓紧时机。我和他丈夫另一次相逢以后,他回到家里,对她说:

"'今天我碰见彼得·谢敏内奇了。他十分烦闷,忧郁,垂头丧气。'

"'为什么呢?他怎么了?'

"'谁也闹不清楚。他发牢骚,说他满腔悲伤。他说:"我孤孤单单。"他说:"我没有亲人,没有朋友,没有一个能够了解我、跟我的灵魂水乳交融的人。"他说:"谁也不了解我,我现在只巴望一件事,那就是死。……"'

"'都是些蠢话!'他妻子说,可是她心里暗想,'可怜的人啊!我倒十分了解他呢!我也寂寞,除了他以外谁都不了解我,那么能了解他心境的除了我还有谁呢?'

"'是啊,他是个大怪人……'她丈夫接着说,'他苦恼得都不

愿意回家了,在某某林荫道上溜达了一夜。'

"他妻子周身发热。她恨不得到那条林荫道上去看一看那个能够了解她而目前正在苦恼的人,哪怕只看一眼也好。谁知道呢?要是她现在能跟他谈一谈,对他说几句安慰的话,或许他就不会再痛苦了。要是她告诉他说,他有一个了解他和尊重他的朋友,他的灵魂就会复活了。

"'可是这不行……这太不顾体统了,'她想,'这种事就连想都不应该想。看起来,恐怕我会爱上他,不过这是不成体统的……愚蠢的。'

"她等到丈夫睡熟,就抬起发热的头,把一个手指头放在嘴唇上,心里暗想:假定她冒险试一下,现在从家里走出去,那会怎样呢?事后她不妨撒个谎,就说她跑到药房去或者跑去找牙医生了。

"'我就去!'她下定决心。

"她心里已经定好一个计划:摸黑下楼,走出家门,雇一辆街头马车直奔那条林荫道,在林荫道上她走过他身边,回头看他一眼。这样她就不致损害自己的名声和她丈夫的名声了。

"她就穿上衣服,悄悄走出家门,赶到那条林荫道上去。林荫道上幽暗而荒凉。光秃秃的树木睡熟了。一个人也没有。可是后来她看见一个人影。这一定是他。她周身发抖,忘了自己,慢慢向我这边走过来……我也往她那边走过去。我们沉默地站了一分钟,看着彼此的眼睛。然后又沉默了一分钟,于是……兔子纯洁无私地落在蟒的嘴里了。"

春　日

舞　台　独　白

　　清晨。天窗外面房顶上出现一只年轻的灰毛公猫,鼻子上带着很深的爪痕。它轻蔑地眯了一会儿眼睛,然后说:

　　"在你们面前立着的,是一个最最幸福的生物!啊,爱情!啊,良辰美景!啊,等到我老了,人家就会提着我的尾巴丢在污水坑里,可是哪怕到那时候,我也不会忘了在翻倒的木桶旁边那头一次萍水相逢,忘不了她那窄瞳孔里的目光、她那丝绒般毛茸茸的尾巴!只要那条人间少有的优雅尾巴摇动一下,我就情愿把全世界都献出去!不过……我何必跟你们讲这些呢?你们绝不会了解猫,也不会了解中学生,更不会了解老处女。你们这些凡人都浅薄无聊,不能冷静地看待猫的幸福。你们会嫉妒地微笑,拿我的幸福责备我:'只不过是猫的幸福罢了!'你们谁也不会想起问一声我们要付出什么样的代价才能得到幸福。那就让我来对你们讲一讲猫的幸福要费多大的力量才能得到吧!你们会发现,为了追求幸福,猫远比人更费力地奋斗、冒险、忍耐!你们听着。……通常,傍晚九点钟,我们的厨娘把泔水端出去。我就跟着她走,踩着水洼跑过整个院子。猫没有养成穿雨鞋的习惯,因此不管愿意不愿意,整个晚上不得不忘掉自己对潮湿的厌恶。到了院子尽头,我就跳上围墙,沿着墙顶小心地走动,墙下面有一条塞特种猎狗,是我最凶恶的敌人,它幸灾乐祸地盯住我,巴望我迟早会从围墙上摔下来,好让它把我咬个够。然后我使劲一跳,在板棚顶上走起来。在那儿我顺着一所高房子的排水管往上爬,沿着又窄又滑的房檐走。我从房檐上跳到邻近一所房子上。在这个房顶上,我照例会遇到我那些情敌。啊,诸位先生,要是你们知道我的一身毛里藏着多少爪印、伤痕、肿块,你们的头发就会一根根竖起来!去年我的眼睛几乎被抓伤,前天我的情敌们把我从二层楼的高处推下来。不过,闲言少叙,书归正传。我开口歌唱了。在音乐方面,我们猫是理论家,遵循一种新的流派,我们认为我们自己就是这个流派的鼻祖:不追求旋律,只求唱得响而久。居民们却是很差的理论家,因此,无怪他们不理解我们的歌唱,用石头和铁块往我们身上丢,用脏水往我们身上泼,打发狗来咬我们了。我得一连唱上三个钟头光景,有的时候还要更久些,到后来风总算把那种温柔而带着召唤意味的'咪咪'声送到我的耳边来了。我一听到这种召唤,顿时急如闪电,蹿上前去迎接她。……我们的母猫,特别是茶叶铺里那些母猫,品行都挺端正。不管她们怎样爱一只公猫,她们也绝不会不提抗议就委身于他。一只公猫必须具有不屈不挠的精神和意志的力量才能取得胜利。她嘶嘶地叫,抓您的鼻子,风骚地眯细眼睛。每逢您的情敌当着她的面要给您一顿打,她总是呜呜地叫,活动她的触须,从您身边跑开,沿着房顶,沿着围墙顶溜走。接着就是天下大乱,打成一团,因此那种良辰美景照例要到早晨四五点钟才能来临。

"现在你们可以明白我要费多大的力量才能得到幸福了。"

这只公猫翘起尾巴,尊严地往远处走去。

批 评 家

一个苍老而伛偻的"高尚的父亲"①,长着歪下巴和紫红色鼻子,在一家私营剧院的小吃部里遇见一个做新闻记者的老朋友。他们照例寒暄、问话、叹息,然后高尚的父亲邀新闻记者喝一小杯酒。

"何必呢?"新闻记者说,皱起眉头。

"没什么,咱们去喝一杯吧。我自己,老兄,倒是不爱喝酒的,不过我们这班演员在这个地方喝酒打折扣,几乎是半价,这样一来,你就是不想喝也只好喝了。咱们去吧!"

两个朋友走到柜台那边,喝起酒来。

"你们这儿的剧院我可见识够了。不用说,太好喽。"高尚的父亲嘟哝着,讥诮地微笑,"多谢多谢,我再也没料到。居然还算是京城,还算是艺术中心呢!瞧着都叫人怪害臊的。"

"你到过亚历山大剧院②吗?"新闻记者问。

高尚的父亲轻蔑地摆一下手,冷冷一笑。他那紫红色鼻子皱起来,发出了笑声。

"去过!"他仿佛不乐意地回答说。

---

① 指经常扮演这种角色的演员。
② 彼得堡的一个公立剧院。

"怎么样？满意吗？"

"是的,那所房子我还满意。剧院的外表挺好,这我不预备争论,可是讲到演员,那就对不起了。也许他们是挺好的人,是天才,是狄德罗①,可是从我的观点看来,他们却是扼杀艺术的凶手,别的什么也不是。要是我有权的话,我就会把他们赶出彼得堡。谁是他们的头儿?"

"波捷兴。"

"哦……波捷兴。他怎么能当剧团经理呢？他的外形也好,仪表也好,嗓音也好,都不行。凡是真正的剧团经理或者班主,应该长得体面,又稳重又威风,镇得住全剧团的人！应当把全团管得严严的,就像这个样子!"

高尚的父亲伸出一个捏紧的拳头,嘴唇发出抽抽搭搭的声音,就像平锅里煎的牛油一样。

"就得这样！不过你觉得该怎样？我们这班演员,特别是那些年轻的,绝不能不管。要叫他明白而且感觉到他是个什么人才成。要是剧团经理开口对他称呼'您',摩挲他的脑袋,他可就要骑到剧团经理的脖子上去了。去世的萨瓦·特利佛内奇,也许你还记得吧,有时候待人挺和气,就跟亲人一样,可是事情一牵涉到艺术,他马上就会暴跳如雷！他往往罚演员的钱,或者在大庭广众之中把人羞辱一场,再不然就把你痛骂一顿,弄得你后来一连三天吐唾沫。难道波捷兴办得到？他既没有力量,也没有真正的嗓音。漫说悲剧演员和好发议论的角色,就是福丁布拉斯②的侍从们当中一个最起码的尖着嗓子讲话的角色也不怕他。我们各人再喝一杯怎么样？"

---

① 狄德罗(1713—1784),法国文学家、哲学家。
② 莎士比亚所著悲剧《哈姆雷特》一剧中的挪威王子。

"还要喝?"记者说,皱起眉头。

"是啊,晚上喝酒也许不大那个……不过我们这班人享受折扣的优待,不喝就是罪过了。"

两个朋友喝起来。

"话得说回来,如果公平地考虑一下,那么,我们这儿的剧团还算不错。"记者说道,吃着紫甘蓝。

"剧团吗? 嗯……那还用说,好得很呢。……不对,老兄,如今在俄国,好演员已经没有了! 一个也没剩下!"

"咦,怎么能说一个也没有! 漫说在全俄国,就是在我们彼得堡也有好的。比方说,斯沃包津就是。……"

"斯沃包津?"高尚的父亲说,吓得往后倒退几步,把两只手一拍,"难道他也能算是演员? 你得敬畏上帝才成,难道有这样的演员? 他不过是个玩票的外行罢了!"

"可是话说回来……"

"什么话说回来? 如果我有权的话,我就要把你那个斯沃包津赶出彼得堡。怎么可以像他那样演戏呢,啊? 难道可以那样冷冰冰、干巴巴,一丁点儿感情也没有,单调,毫不传神……不,咱们再喝一杯! 我可受不了! 这个人叫我心里发闷!"

"不,老兄,算了……我喝不下!"

"我请客! 我们这班人在这儿喝酒打折扣,连死人也忍不住要喝一杯! 人家付十戈比,我们只付五戈比就成。这儿的蘑菇也便宜!"

两个朋友就继续喝酒,同时记者不住摇头,十分坚决地嗽喉咙,倒好像下定决心要为真理去死似的。

"他不是用心灵,而是用头脑表演!"高尚的父亲接着说,"真正的演员用神经和膝盖演戏,可是这一个却死板板,仿佛背语法书或者临字帖似的。……所以他才单调。他演什么角色都一个样!

一条狗鱼,不管你给它加上什么样的调味汁,也还是狗鱼!就是这样,老兄。……只要你让他演传奇剧或者悲剧,那你就会看出他多么缩手缩脚。……喜剧是人人会演的,不,叫他演演传奇剧或者悲剧看!为什么你们这儿不演传奇剧?就因为不敢!没有人会演!你们这儿的演员既不会化装,也不会嚷叫,更不会摆出架式。"

"等一等,我仍旧觉得奇怪。……如果斯沃包津算不得有才能,那么我们这儿除他以外,总还有萨宗诺夫、达尔玛托夫、彼契帕,莫斯科还有基塞列甫斯基、格拉多夫-索科洛夫,内地还有安德烈耶夫-布尔拉克……"

"你听着,我是在跟你认真谈话,你却一味开玩笑。"高尚的父亲生气地说,"如果依你看来这些人都能算是演员,那我都不知道该跟你怎么说好了。难道这些人也能算是演员?都是些不折不扣的庸才哟!他们只会夸张、过火、愁眉苦脸,别的什么也不会!要是我有权的话,那么他们这些人哪怕站得离戏院还有大炮射程那么远,我也还是不答应!他们惹得我厌恶极了,我恨不得跟他们决斗才好!求上帝怜悯,难道这些人也能算是演员?他们在舞台上表演死亡,却做出那么一副怪相,弄得最高楼座的观众笑破了肚皮。前几天有人要我跟瓦尔拉莫夫认识一下,我说什么也不干!"

高尚的父亲恶狠狠地瞪起眼睛来瞧着记者,做出气愤的神态,用悲剧演员的轻蔑口气说:

"不管你乐意不乐意,反正我还得喝!"

"哎……算了吧,何必再喝呢!喝得不少了!"

"可是你干吗皱起眉头?要知道,这儿是打折扣的!我自己倒不爱喝酒,不过怎么能不喝呢,既然……"

两个朋友喝着酒,互相呆望一阵,回想他们谈话的题目。

"当然,各人有各人的见解,"记者叽叽咕咕说,"不过只有很偏心、很有成见的人才会不同意,比方说,戈烈娃……"

203

"你这是言过其实!"高尚的父亲打断他的话说,"她简直是冰块!有才气的鱼①!一味装腔作势!她小有才气,这我不想争论,然而她缺乏烈火和力量,缺乏胡椒,你知道!她那种表演算什么!好比阿月浑子冰淇淋!好比柠檬水!每逢她表演,懂戏的上流观众就觉得唇髭和胡子上好像落了一层霜!再者,总的说来,在俄罗斯,真正的女演员已经一个也没有了……再也没有了!你就是白天打着火把也找不到一个。……即使有些人小有才气,可是也顶不住当前这种风气,很快就凋零了。……男演员也没有。……比方就拿你们的皮萨烈夫来说吧。……他算是什么东西?"

高尚的父亲退后一步,惊讶地瞪大了眼睛。

"他算是什么东西?难道也能算是演员?不,你凭良心对我说:难道他也能算是演员?难道可以叫他上台?他扯开难听的嗓门哇哇地喊,不住跺脚,平白无故抡胳膊。……他不配表演人,只配表演鱼龙②和太古时代的猛犸③。……确实如此!"

高尚的父亲把拳头往桌子上一捶,叫道:

"确实如此!"

"得了,得了……小点声,"记者劝他安静下来,"怪不好意思的,人家瞧着你呢。……"

"这样可不行,老兄!这不是表演,也不是艺术!这是断送艺术,宰割艺术!你看萨维娜。……她算什么?!一点才气也没有,纯粹是假装出来的活泼和轻浮,这在严肃的舞台上简直不能容忍!你要明白,你瞧着她就会暗暗吃惊:我们这是在哪儿?我们这是在往哪儿走?我们这是在追求什么呀?艺术灭亡了!"

两个朋友默默不语,大概凭了毕晓普法术,领会到彼此的心

---

① "鱼"指冷冰冰、缺乏感情的人。
②③ 庞大笨拙的古生物。

意,就走到柜台那儿,各自喝下一杯酒。

"你……你未免太严……严格了。"记者结结巴巴地说。

"我不能不这样!我是个演古典角色的演员,演过哈姆雷特,要求神圣的艺术必须是艺术。……我是老人了。……跟我相比,他们全是些小……小娃娃。……对。……他们断送了俄罗斯艺术!比方拿莫斯科的费多托夫或者叶尔莫洛夫来说。……大家为他们开庆祝会,可是他们到底为艺术出过什么力?出过什么力呢?无非是倒观众的胃口罢了!要不然再拿莫斯科声望很高的连斯基和伊凡诺夫-柯节尔斯基来说。……他们有什么才气?装腔作势而已。……说真的,他们懂得什么?要知道,为了表演,光有……愿望是不够的,还得有才能,火花!咱们再最后喝上一杯,怎么样?"

"可是我们刚刚才……喝过!"

"得了!没关系……我请客。……我们这班人喝酒打折扣,喝不掉很多钱的。……"

两个朋友就又喝一杯。他们已经觉得坐着远比站着舒服,就在一张小桌旁边坐下。

"再拿别的演员来说吧……"高尚的父亲嘟哝说,"他们纯粹是人类的不幸和耻辱。……有人连二十岁都不到,就已经学坏,无可救药了。……一个挺年轻的人,又健康又漂亮,却一个劲儿演斯维斯丘尔金或者彼沙洛奇金,因为这种角色容易叫最高楼座的观众们满意,至于扮演古典角色,连做梦都没想过。可是老兄,在我们那年月,什么演员都演哈姆雷特。……我还记得已故的提词人瓦斯卡有一次在斯摩棱斯克因为演员生病而扮演黎塞留公爵。……我们对待艺术可是严肃的,不像现在的人这样。……我们辛勤工作。……遇到节日往往上午演李尔王,傍晚又演科威尔莱,而且演得掌声雷鸣,全场震动。……"

"不对,现在也有好演员。比方说,莫斯科的柯尔什剧院就有达维多夫,好得很!你见过他吗?伟大呀!算得上巨……巨匠!"

"呸。……不过呢,他还不坏……可以当个演员。……只是,老兄,他缺乏风度,说不上什么流派。……要是把他送到一个好剧团经理的手里,让他受到真正的训练,嘿,他会成为一个什么样的演员啊!现在呢,他却没有光彩,平庸得很。……我甚至觉得他连才能都没有。是啊,人们把他夸大,言过其实了。茶房!拿两杯纯白酒来!快一点!"

高尚的父亲又唠叨很久。他不住享用这种打折扣的酒,直到鼻子上的紫红色分布到整个脸上,直到记者的左眼不由自主地闭上才算完事。演员的脸色仍旧严厉,露出讥诮的笑容,嗓音发闷,如同从坟墓里发出来似的,眼睛老是恶狠狠地瞪着,毫无更改。可是,突然间,高尚的父亲的脸、脖子以至拳头,仿佛一齐现出极其畅快的笑容,像绒毛那么柔和。他眨巴着眼睛,鬼鬼祟祟地凑到记者的耳朵旁边,小声说:

"要是能够把波捷兴和他的整个剧团从你们亚历山大剧院赶走就好了!那就可以另组一个真正健全的新剧团,然后再到梁赞或者喀山去物色一位剧团经理,你知道,要找一位能够严格管束演员的经理才成。"

高尚的父亲说得透不过气来了,他呆呆地瞧着记者,接着说:

"然后就上演《乌果里诺之死》①和《威里扎利》②,赶紧把那种最能抓住人心的奥赛罗之类的角色搬上舞台,要不然,你知道,就把《遭劫的邮车》③演一下,到那时候,你就会看见戏院里连卖满座!那你才会看见什么叫作真正的表演和才气哩!"

---

① 俄罗斯作家尼·阿·波列伏依(1796—1846)的剧作,原名《乌果里诺》。——俄文本编者注
② 德国剧作家宪克的剧本。——俄文本编者注
③ 一个法国剧本。——俄文本编者注

出　　事

车　夫　的　故　事

嗨,老爷,这件事就出在小山沟后边那个小树林里。我那去世的父亲——愿他升天堂!——身边带着五百卢布上地主家去。那时候,我们的农民和谢彼列沃村的农民都租种地主的地,为此,我父亲拿着钱去付半年的地租。他老人家是个敬畏上帝的人,常读《圣经》,讲到克扣谁的钱,或者欺负谁,或者,比方说,诈骗谁的财物什么的,那可是从来也不干的。农民们都很敬重他老人家,遇到要派人进城去见长官或者去送钱,总是叫他老人家去。他老人家有十分出众的人品,可是,倒不是我要说他坏话,他也有管不住自己的毛病。他老人家喜欢喝两杯。平时见到酒馆就放过去,那是办不到的,他总得走进去,喝上一杯,临了可就喝得人事不知了!他老人家知道自己的这种弱点,每逢去送公款,总要带上我或者我的小妹妹安纽特卡①,免得睡着或者一不小心把钱弄丢了。

凭良心说,我们一家人都好喝酒。我读过书,认得字,在城里一家烟草店干过六年活,跟各式各样受过教育的先生们都能谈上几句,各式各样的好听话都会说。不过有一次,我在一本小书上读到白酒就是恶魔的血,这话倒千真万确,老爷。就因为喝酒,我的

---

① 安纽特卡和下文的安努希卡均为安娜的小名或爱称。

脸才发青,我周身上下才变得不像样。现在呢,您瞧,我当马车夫,跟不识字的庄稼汉,跟无知无识的人一样了。

我刚跟您说过,我父亲送钱到地主家去。他是带着安纽特卡一块儿上路的,那时候安纽特卡七岁,要不然就是八岁,傻呵呵的,个子挺矮。到卡兰契克村以前,他们一路平平安安,他老人家也没喝酒,可是一到卡兰契克村,他老人家就走进莫依塞依卡的酒馆,他那个老毛病发作了。他老人家喝下三杯酒,当着许多人说大话:

"我是个普普通通的老百姓,"他说,"可我的衣袋里却有五百卢布哩。我呀,"他老人家说,"只要我有心,我就能把这个酒馆,把这些坛坛罐罐,把莫依塞依卡和他的犹太娘们儿,再加上他那些犹太小崽子,一股脑儿买下来。不管什么东西我都买得起,而且我敢包干儿。"他老人家说。

不用说,他老人家这是开玩笑,可是后来又抱怨起来。

"教友们啊,"他老人家说,"当个阔佬或者商人什么的,可真烦死人。没有钱也就没有牵挂,有了钱就得随时留神自己的口袋,提防坏人来偷。钱多的人活在这个世界上可真是活受罪。"

那些喝醉酒的人当然把他的话听清楚,心里明白,记下了。那时候卡兰契克一带正在修铁路,各式各样的坏人和光脚汉多得数不清,就像一群饿狼。我父亲后来醒悟过来,可是已经迟了。话一说出口,就追不回来了。我父亲和我妹妹坐着大车走过这个小树林,老爷。可是正在这当口,忽然有人骑着马从后头追上来。我父亲可不是胆小的人,谁也不能这样说他,可是他心里起疑了。小树林里素来没有通车马的路,只有人去拾干草和柴火,谁也不会没来由地骑着马上那儿去,特别是在干活的季节。骑着马飞奔,总不会是要办什么好事。

"他们好像在追什么人,"我父亲对安纽特卡说,"他们的马跑得这么急。刚才在酒馆里我本该闭紧嘴巴,叫我的舌头长疔疮才好。唉,小闺女,我的心觉出来,马上要出事了!"

他老人家对这危险的局面没有考虑多久,就对我小妹妹安纽特卡说:

"事情有点不妙,也许真有人来追我。不管怎样,亲爱的安努希卡,你拿着钱,好孩子,把它藏在衣服里,到那丛灌木后头去躲起来。万一那些该死的家伙真来打劫我,你就跑去找你母亲,把钱交给她,让她送到乡长那儿去。不过你得当心,别让人瞧见你,专拣小树林、小山沟跑,免得人家看见。你拼命跑,要祷告仁慈的上帝。求基督跟你同在!"

我父亲就把一个小钱包塞给安纽特卡,她找到一丛比较茂盛的灌木,藏起来。过了一会儿,有三个骑马的人跑到我父亲跟前。一个身体强壮,生得肥头大耳,穿一件红布衬衫,脚上一双大皮靴,另外两个衣衫褴褛,大概是修铁路的。我父亲担心的事,老爷,果然发生了。那个强壮结实、与众不同、身穿红布衬衫的汉子拦住马,三个人把我父亲团团围住。

"站住,你这个坏家伙!钱在哪儿?"

"什么钱?滚开!"

"就是你拿到地主那儿去交租的钱!拿出来,你这个坏家伙,秃头鬼,要不然我们就打死你,叫你来不及忏悔就咽气!"

他们开始对我父亲耍蛮,我父亲不但不央求他们,哭哭啼啼什么的,反而勃然大怒,正颜厉色地痛骂他们。

"你们这些该死的干吗缠住我?"他说,"你们是一帮坏蛋,不敬畏上帝,巴不得叫你们遭了瘟疫才好!你们该得的不是钱,而是一顿打,叫你们的脊背痒上三年才对。走开,混蛋,要不然我就动手了!我怀里揣着一管手枪,装着六发子弹!"

强盗一听这话越发凶了,随手捞起一个东西来就打我父亲。

他们把板车上的东西都翻遍,把我父亲周身搜遍,甚至把他的皮靴也脱下来。他们见我父亲挨了打反而骂得更凶,就千方百计折磨他。这时候安纽特卡正坐在灌木后面,这个乖孩子什么都瞧见了。等到她看见我父亲躺在地上喘气,她就赶紧从地上跳起来,穿过灌木,穿过小山沟,拼死命往家里跑。她是个小妞儿,什么也不懂,路也不认识,撒开了腿乱跑。那儿离我们家有九俄里光景。换了别人,有一个钟头也就跑到了,可是一个小姑娘家难免跑一步退两步,再说在树林的荆棘丛中光着脚跑路,可也不是每个人都办得到的,先得养成习惯才成。我们那儿的小妞儿呢,素来待在炕头上,或者在院子里走动,不敢跑到树林里去的。

将近傍晚,安纽特卡好歹算是跑到一户人家,她一看,不知是什么人的小木房。原来那是苏霍鲁科沃耶村后面官家树林的守林人的小木房,当时那片树林由商人租下来烧炭用。她就敲门。有个女人出来开门,她是守林人的老婆。安纽特卡头一件事就是立刻眼泪汪汪地把事情的经过对她讲了一遍,丝毫也没隐瞒,连钱也讲到了。守林人的老婆非常可怜她。

"我的心肝!乖乖!小宝贝,多亏上帝保佑呀!我的亲女儿!到屋里来,至少让我给你拿点吃的!"

她极力拉拢安纽特卡,给她吃的喝的,甚至陪她一块儿哭,待她十分殷勤,结果,你猜怎么着,这个小妞儿居然把钱包交给她了。

"我啊,好孩子,把钱藏起来,"她说,"明天早晨我拿给你,再把你送回家去,小乖乖。"

女人接过钱,让安纽特卡在炉台上睡下,当时炉台上晾着些笤帚。守林人的女儿也在炉台上,睡在那些笤帚上,她跟我们的安纽特卡一样小。后来安纽特卡讲给我们听,说那些笤帚可香哩,有蜂蜜的气味!安纽特卡躺下来,睡不着觉,不出声地哭,为我父亲难过和害怕。可是,老爷,过了一两个钟头,不料三个折磨我父亲的强盗走进小木房里来了。他们的头目,那个穿着红布衬衫、肥头大

耳的汉子,走到女人跟前说:

"哎,我的老婆,刚才我们白白弄死了一个人。今天晌午,"他说,"我们打死了一个人。人倒是打死了,可就是一个钱也没捞到手。"

原来穿红布衬衫的就是守林人,就是那个女人的丈夫。

"那家伙白白送了命,"他那些衣服破烂的同伴说,"我们白白叫我们的灵魂背上了罪孽。"

守林人的妻子瞧着他们三个人,笑起来。

"你笑什么,傻娘们儿?"

"我笑的是我既没弄死什么人,也没有让我的灵魂背上罪孽,可是钱倒拿到手了。"

"什么钱?你胡扯些什么啊?"

"那就叫你看看我是不是胡扯。"

守林人的妻子,这个该死的娘们儿,解开钱包,把钱亮给他们看,然后把事情原原本本讲了一遍,说安纽特卡怎样来找她,对她讲了些什么,等等。那些杀人犯高兴起来,开始分赃,几乎打起架来,后来呢,不用说,凑着桌子坐下喝酒了。可是安纽特卡,这个可怜的孩子,躺在那儿听着他们那些话,却不住发抖,好比犹太人落进了煎锅。这可怎么办呀?她从他们的话里听出父亲已经死了,横倒在路当中,这个傻孩子仿佛看见有些狼和狗正在吃她那可怜的父亲,我们的马走进树林深处,也让狼吃掉了,她安纽特卡呢,没有把钱照管好,就要给送进监牢,挨打了。

强盗们大喝一通,然后打发娘们儿去沽酒。他们给她五卢布,叫她买白酒和甜酒。他们花别人的钱喝个醉,唱起来。他们喝呀,喝呀,这些狗东西,然后又打发娘们儿去买酒,不用说,他们想没完没了地喝下去。

"咱们索性一直喝到大天亮!"他们喊道,"现在我们的钱多得

211

很,用不着俭省!喝吧,就是别喝昏了头。"

这样,到了午夜大家都喝得酩酊大醉,娘儿第三次跑去买酒。守林人在小木房里来来回回走了两次,脚步踉跄。

"喂,弟兄们,"他说,"这个小妞儿可得收拾掉!要是我们照这样放过她,她就会头一个去告发我们。"

他们考虑一下,商量一阵,做出了这样的决定:不能让安纽特卡活下去,得干掉她才成。谁都知道,杀死无辜的小孩是可怕的,干这种事的除非是喝醉酒或者发了疯的人。他们不知该派谁去下手,大概争吵了一个钟头,彼此推诿,几乎又打起架来,谁也不肯承担。于是他们就抓阄。守林人抓中了。他便又喝下一满杯酒,嗽嗽喉咙,到穿堂去取斧子。

可是安纽特卡这个姑娘挺有心眼。别看她傻,可是,真没料到,她想出来的主意却不是随便哪个有学问的人想得出来的。也许上帝怜恤她,这当儿叫她变聪明了,可也许她一害怕反倒机灵起来了,总之到了紧要关头,她却比谁都有办法。她悄悄地爬起来,祷告过上帝,拿起守林人妻子给她盖上的那件短羊皮袄。你知道,守林人的女儿,跟她同年龄的姑娘,跟她并排睡在炉台上,她就把小羊皮袄盖在小姑娘身上,从小姑娘身上取下一件娘儿的短上衣,披在自己身上。这就是说,她掉换一下。她把短上衣蒙住头,穿过房间,经过那些醉汉面前,他们还以为她是守林人的女儿呢,看都没看她一眼。幸好那个娘儿不在家,买酒去了,要不然小姑娘也许还是逃不脱那把斧子,因为女人眼尖,跟鹰一样。娘儿的眼睛可是尖得很呢。

安纽特卡走出房外,拔脚飞跑。她在树林里转了一夜,早晨才跑到树林边上,顺着大路跑下去。上帝保佑,她碰见了文书叶果尔·达尼雷奇……如今他已经去世,愿他升天堂。他正带着钓鱼竿去钓鱼。安纽特卡就把事情一五一十对他说了。他赶紧往回走,这时候还顾得上钓鱼吗?他到村子里,召集农民们,赶到守林人家里去。

他们到了那儿,看见那些凶手喝醉酒,横七竖八地躺着。女人也喝醉酒,跟他们躺在一块儿。他们首先在这些人身上搜查一下,把钱取回。临了,他们往炉台上一看,天哪,真是可怕!守林人的女儿躺在箬帘上,盖着小羊皮袄,整个脑袋却被斧子砍下来,泡在一摊血里。他们就叫醒那些男人和女人,倒绑上他们的手,押到乡里去。女人放声大哭,可是守林人光是不住地摇脑袋,央告说:

"弟兄们,给我点酒醒一醒吧!我头痛呀。"

后来他们按规矩在城里受审,受到十分严厉的法律惩罚。

这就是在小山沟后边那个树林里出的事,老爷。现在差不多已经看不清那个树林,火红的太阳落到树林后头去了。我只顾跟您讲话,连这些马都站住,仿佛也在听似的。喂,你们这些漂亮的宝贝儿!跑得欢一点吧,坐车的先生是位好老爷,会赏给咱们茶钱的。喂,你们这些小亲亲!

侦 讯 官

在一个晴朗的春日,中午,县里的医生和法院侦讯官同坐一辆马车去验尸。侦讯官是一个三十五岁上下的男子,呆呆地瞧着马说:

"自然界有很多事情像谜一样,意义不明,而且,大夫,就连在日常生活里,也常常会碰到绝对没法解释的现象。是啊,我知道,有些人死得不明不白,稀奇古怪,只有招魂术士和相信神鬼的人才能解释他们死亡的原因,头脑清醒的人却想不明白,只能摊开双手。比方说,我知道有一位很有教养的太太预先宣告她的死期,而且恰好就在她说定的那个日期无缘无故地死了。她说某天死,果然就在某天死了。"

"没有一种行动是没有原因的。"医生说,"有死亡就一定有死亡的原因。至于预言,那也不值得大惊小怪。我们那些太太,那些女人,都有先知和预感的才能。"

"话是不错的,大夫,不过我说的这位太太却完全不同。她的预言和死亡不带一点女人气,不带一点婆婆妈妈的味道。她是个年轻的女人,健康,聪明,一点也不迷信。她的眼睛那么聪明,那么明亮,那么诚实,面容开朗而清醒,眼光里和嘴唇上总是带着纯粹俄罗斯式的淡淡的讥诮神情。讲到她身上带女人气的地方,那么不瞒您说,只有一点,就是容貌美丽。她身材苗条,姿态优雅,就跟我们眼前这棵白桦树一样,她头发好看得出奇!为了让她不致在您心目中成为不可理解的人,那我还要添一句:这个人心里充满最容易感染人的欢乐,无忧无虑,现出聪明而又优美的潇洒风度,那是只有心地忠厚、性格开朗而且有思想的人才会有的。这还怎能谈到什么神秘主义、招魂术、预感的才能或者诸如此类的东西?她是嘲笑这些东西的。"

医生的马车在一口井旁边停下。侦讯官和医生喝够了水,伸个懒腰,等着马车夫饮完那匹马。

"哦,那位太太是怎么死的呢?"等到马车又在大路上行驶,医生问道。

"她死得很怪。在一个晴朗的日子,她丈夫走到她房间里去找她,对她说,开春以前不妨把旧马车卖掉,买一辆新一点、轻便一点的马车,而且顶好换一匹左面拉边套的马,让包勃钦斯基(这是她丈夫的一匹马的名字)做辕马。

"他妻子听他讲完,就说:

"'你想怎么办就怎么办吧,现在我对什么都无所谓。到不了夏天我就进坟墓了。'

"她丈夫当然耸动肩膀,微微地笑。

"'我一点也不是说笑话,'她说,'我认真告诉你,我不久就要死了。'

"'可是这不久是指什么时候?'

"'我生产以后立时就死。我生完孩子就死了。'

"她丈夫对这些话毫不在意。他不相信什么预感,再者他也清楚地知道怀孕的女人喜欢使性子,总是满脑子的阴郁想法。过了一天,他妻子又对他说,她生完孩子马上就会死掉,而且后来她天天这么说,他呢,笑她,管她叫作乡下娘们儿,算命的,神经病。

这种快要死掉的想法成了他妻子的固定想法①。等到她丈夫不理她,她就走到厨房去,在那儿对奶妈和厨娘讲她的死:

"'我活不久了,奶妈。我一生完孩子,马上就会死掉。我不愿意死得这么早.可是看来,我也是命该如此。'

"奶妈和厨娘当然流泪了。有时候,教士的妻子或者地主太太来找她,她就把她拉到一边,向她吐露心曲,翻来覆去老是讲她就要死了。她说得认真,带着不愉快的笑容,甚至现出气愤的脸色,不容别人反驳。她本来喜欢穿时髦衣服,好打扮,可是这时候由于快要死掉,她就丢开一切,穿得马马虎虎了。她不再看书,不再欢笑,不再讲她的幻想。……不但这样,她还跟姑母一块儿坐车到墓园,在那儿为自己看好坟地,在分娩的前五天写下了遗嘱。请您注意,她做这些事的时候,身体极好,没有一点害病的迹象,也没有什么危险的状况。分娩是一件困难的事,有时候会致人死命,然而在我对您讲到的这个事例中,一切都顺利,根本用不着担惊受怕。最后她丈夫对这件事厌烦了。有一天,在吃午饭的时候,他生起气来,问道:

"'听着,娜达霞,这种胡闹要到什么时候才收场呢?'

"'这不是胡闹。我是认真说的。'

"'胡扯!我劝你还是不要再胡闹的好,免得日后觉得难为情。'

"可是后来,分娩的日子到了。她丈夫从城里请来一位最好的接生婆。这是他妻子头一次分娩,可是再顺利也没有了。分娩完结,产妇想看一眼婴儿。她看过以后说:

"'好,现在可以死了。'

"她告了别,闭上眼睛,过了半个钟头就把灵魂交给上帝了。

---

① 原文为法语。

直到最后一分钟,她的神志都是清醒的。至少,在她要水喝,仆人却端来牛奶的时候,她小声说:

"'为什么你们给我牛奶,不给我水?'

"事情的经过就是这样。她果然照她预言的那样死掉了。"

侦讯官沉默一会儿,叹口气说:

"好,您来解释一下:她怎么会死的?我凭人格向您担保,这件事不是捏造,而是事实。"

医生抬起眼睛望着天空,思索着。

"应该验她的尸才对。"他说。

"为什么?"

"为的是查明死亡的原因。她不是由于自己的预言才死的。她多半是服毒自尽的。"

侦讯官很快地扭过脸来看着医生,眯细眼睛问道:

"您根据什么推断她服了毒?"

"我不是推断,而是揣测。她跟她丈夫相处得很好吗?"

"哦……不大好。他们婚后不久就发生过一次争吵。出过一件很不幸的事。那个去世的女人有一次撞见她丈夫跟一个女人在一块儿。……不过,她不久就原谅他了。"

"那么,哪一件事在先:是丈夫负心呢,还是妻子产生死的念头?"

侦讯官定睛瞧着医生,仿佛想猜测他为什么提出这个问题似的。

"对不起,"他过一会儿才回答说,"对不起,让我想一想看,"侦讯官说着,脱掉帽子,擦擦额头,"对了,对了……她恰好是在这件事发生以后不久才开始谈到死的。对了,对了。"

"喏,那您就该明白啦。……多半她那时候就已经决定服毒自杀了,不过她大概不愿意连带毒死她的孩子,所以拖到分娩以后

217

才自杀。"

"不见得,不见得。……这不可能。她当时就原谅她丈夫了。"

"她既然原谅得那么快,可见她心里必是打了坏主意。年轻的妻子是不会原谅得那么快的。"

侦讯官勉强笑一笑。他想掩盖他那过于明显的激动,就点上一支纸烟。

"不见得,不见得……"他接着说,"我根本就没想到过会有这种可能。……再说……他也不像表面看来那么罪孽深重。……他那次负心是在很奇特的情况下发生的,是违背他的本意的:那天晚上他带着酒意回到家里,想找个人亲热一下,可是他妻子怀着孕……这时候,见鬼,他遇上一位到他家里来住三天的太太,那是个无聊、愚蠢、难看的娘们儿。这种事甚至不能算是负心。……他妻子也这样看待这件事,而且不久就……原谅他了。后来这件事连提都没有提过。……"

"人是不会无缘无故死掉的。"医生说。

"这话当然不错,可是……我还是不能承认她服毒自杀。然而,说来也怪:我怎么会没想到过她可能就是这样死的!……而且谁也没想到过!……大家都因为她的预言这么灵验而觉得奇怪,至于她可能这样死掉……大家却根本没有想过。……再者她也不可能服毒自杀!不会的!"

侦讯官陷入了沉思。就连验尸的时候,那个死得古怪的女人也没离开他的头脑。他一面抄写医生口授的验尸结果,一面阴郁地活动眉毛,擦着额头。

"难道有这么一种毒药,能够在一刻钟里渐渐地毒死一个人而不使他感到痛苦吗?"他问医生,这时候医生正在检查头盖骨。

"是的,有这种毒药。比方说,吗啡就是。"

"哦……奇怪。……我记得她是收藏着这类东西的。……可是,不见得吧!"

在回去的路上,侦讯官的脸色显得很疲惫,他烦躁地咬着唇髭,不乐意地开口说话了。

"我们下车走一会儿吧,"他要求医生说,"我坐得厌烦了。"

侦讯官走出一百步光景,可是依医生看来,侦讯官已经一点力气也没有了,如同在爬高山似的。他站住,用古怪的、仿佛醺醉的眼睛瞧着医生,说:

"我的上帝啊,要是您的推测是正确的,那么这……这未免太残忍,太狠心了!她毒死自己是为了惩罚别人!难道那种罪就有那么大?啊,我的上帝!您为什么送给我这么一个该死的想法,大夫!"

侦讯官绝望地抱住头,接着说:

"我刚才跟您讲的是我自己的妻子,是我自己。唉,我的上帝!不错,我有罪,我伤了她的心,可是难道死倒比原谅还容易?这正是女人的逻辑,残忍无情的逻辑。啊,她就连活着的时候也素来是狠心的!现在我都想起来了!现在我才算什么都明白了!"

侦讯官讲着,时而耸动肩膀,时而抱住头。他一会儿坐到马车上去,一会儿步行。医生提供给他的那种新想法,使他震惊,像中了毒一样。他茫然失措,身体和灵魂一齐衰弱无力,虽然他昨天晚上已经跟医生约定,今天跟医生一块儿吃饭,可是回到城里,却向医生告辞,不肯一块儿去吃饭了。

市　民

　　早晨九点多钟。伊凡·卡齐米罗维奇·里亚希凯甫斯基,一个祖籍波兰的中尉,从前头部负过伤,如今在南方一个省城里靠退休金生活,这时候在自己的住所里坐着,靠近一个敞开的窗口,跟一个到他家里来串门的本城建筑师弗兰茨·斯捷潘内奇·芬克①谈天。他们两人把头伸出窗外,瞧着院门那边。院门附近一条长凳上,坐着里亚希凯甫斯基的房东。那是个胖胖的市民,上身的坎肩敞开着,下身穿一条肥大的蓝色裤子,脸上皮肉松弛,冒着汗。这个市民正在深沉地思索什么事,心不在焉地用手杖敲击他的靴尖。

　　"我跟您说吧,这可是个惊人的民族啊!"里亚希凯甫斯基气愤地瞧着那个市民,嘟哝说,"瞧,这个该死的东西,他在长凳上一坐下,就管保抄着手,一直坐到天黑才算。他们干脆什么事也不干,简直是寄生虫,吃白食的!你这混蛋,要是你在银行里存得有钱,或者自己有农场,由别人替你干活,倒也罢了,可是,你什么也没有,吃别人的饭,欠下一屁股债,弄得一家人挨饿,见你的鬼!您简直不会相信,弗兰茨·斯捷潘内奇,有的时候我气得要命,恨不能跳出窗子,用鞭子把这个恶棍抽一顿才好。喂,为什么你不干

---

① 这是日耳曼人的姓。

活？为什么闲坐着？"

那个市民冷淡地瞧着里亚希凯甫斯基,本想回答几句话,可是没说成,炎热和懒惰使他失掉了说话能力。……他懒洋洋地打个哈欠,在嘴上画个十字,抬起眼睛看着天空,天上有些鸽子在炽热的空间飞来飞去。

"您不能批评得太严厉,我最可敬的朋友,"芬克说着,叹口气,用手绢擦他那块很大的秃顶,"您要设身处地替他们想一想,如今生意清淡,到处是失业现象,收成欠佳,买卖萧条哟。"

"咦,我的上帝,您说什么呀!"里亚希凯甫斯基愤慨地说,生气地把身上的长袍裹一裹紧,"就算到处都没有工作,没有生意吧,可是他为什么不在自己家里干点活呢?叫鬼剥了他的皮才好!你听着,难道你家里就没有活儿干?你看一看,畜生!你家的门廊坍了,人行道塌下去,成为一条沟了,围墙腐烂了。你照理该动手把这些东西修理一下才对,要是你不会修理,就该到厨房里去给你老婆帮忙。你老婆不停地跑来跑去,一会儿提水,一会儿倒污水。为什么你这混蛋就不替她跑跑腿?而且您要注意,弗兰茨·斯捷潘内奇,他房子附近有三俄亩①的菜园和果园,有猪圈和鸡棚,可是这些都白糟蹋了,一点收益也没有。园子里长满杂草,几乎没浇水,菜园里净是些小孩在打球。难道这种家伙不像畜生吗?我跟您说,我这宅子旁边只有半俄亩地,可是您总可以在我这儿见到萝卜啦、生菜啦、茴香啦、葱啦。这个恶棍呢,样样东西都要到市上去买。"

"他是俄罗斯人嘛,谁也没有办法!"芬克说着,鄙夷地笑了笑,"俄国人天生就是这个样子。……他们是些很懒很懒的人!要是把这些产业都交给日耳曼人或者波兰人掌管,不出一年您就

---

① 1俄亩等于1.09公顷。

会认不得这个城了。"

穿蓝色裤子的市民把一个端着托盘的姑娘叫到跟前,在她那儿买了一戈比的葵花子,嗑起来。

"简直是狗娘养的!"里亚希凯甫斯基生气地说,"瞧,他们只会干这种事!嗑葵花子,谈政治!啊,见鬼去吧!"

里亚希凯甫斯基气愤地瞧着穿蓝色裤子的市民,渐渐兴奋起来,讲得十分起劲,嘴唇上都冒出沫子了。他说话带波兰口音,恶毒地咬清每个字的字音。最后,他那松垂的下眼皮浮肿起来,他不再讲俄国话里的混蛋、流氓、恶棍,却睁大眼睛,紧张得咳嗽着,用波兰话滔滔不绝地骂起来:

"懒鬼,狗养的!见他们的鬼!"

这些骂人话,那个市民听得很清楚,不过凭他疲惫无力的姿态看来,那些话没对他起什么作用。显然他早已听惯这些话,就跟听惯苍蝇的嗡嗡声一样,认为提出抗议是多余的事了。芬克每次来访,一定会听见这些关于懒惰而一无是处的市民的话,而且每回准定都是这一套。……

"可是……我该走了!"芬克想起他没有闲工夫,说,"再见!"

"您要上哪儿去?"

"我是顺便到您这儿来的。女子中学地下室的墙裂缝了,所以他们叫我赶快去看看。我得去一趟。"

"哼……可我已经吩咐瓦尔瓦拉烧茶炊了!"里亚希凯甫斯基惊讶地说,"您等一等,我们喝够了茶,您再走吧。"

芬克顺从地把帽子放在桌子上,留下来喝茶。喝茶的时候,里亚希凯甫斯基口口声声说这些市民已经堕落得无可救药,只有一条出路,那就是把他们统统抓住,在严厉的押解下送去做苦工。

"求上帝怜恤我们吧!"他激烈地说,"您去问一下坐在那儿的蠢鹅靠什么生活!他把房子租给我做住所,每月收七卢布,他常去参加命名日宴会,这个下流胚就靠这种勾当填饱肚子,见他的鬼!既没有工资,也没有进款。他们不但是懒汉和寄生虫,而且是骗子。他们不时向本城银行借钱,可是他们拿钱做什么用呢?他们无非是动手干投机买卖,例如把牛运到莫斯科去,或者办个用新法榨油的油坊,不过要把牛运到莫斯科去或者要办油坊,人的肩膀上总得有个脑袋,这些流氓呢,肩膀上只有南瓜。当然,做任何买卖,临了都是一场空。……他们白糟蹋了钱,慌了手脚,事后只好跟银行耍赖。你还能指望他们什么呢?他们的房子总是抵押过了再抵押,别的产业又什么也没有,早已吃尽喝光了。这些混蛋,十个倒有九个到处骗钱!欠债不还,这在他们已经成了常规。本城银行承他们的情,只好倒闭了事!"

"昨天我到叶果罗夫家里去过一趟,"芬克打断波兰人的话,想改变一下话题,"您猜怎么着,我们玩'皮克'①,我赢了他六个半卢布。"

"我记得我好像还欠着您一点牌账呢,"里亚希凯甫斯基想起来了,说,"应当赢回来才对。您愿意打一局吗?"

"也许只打一局还行,"芬克踌躇说,"要知道我还得赶到女子中学去呢。"

里亚希凯甫斯基和芬克就在敞开的窗子旁边坐下,开始打皮克。穿蓝色裤子的市民舒舒服服地伸了个懒腰,于是葵花子壳就从他周身上下纷纷落到了地上。这时候从对面②的院门里走出另一个市民,穿着黄灰色的麻布衣服,留着挺长的胡子。他亲热地眯细眼睛,瞧着穿蓝色裤子的市民,叫道:

"早晨好,谢敏·尼古拉伊奇!我荣幸地庆祝您这个星期四

---

① 一种纸牌戏。
② 原文为法语。

过得万事如意!"

"彼此彼此,卡皮统·彼得罗维奇!"

"请您赏光到我这条长凳上来坐!我这儿凉快!"

蓝色裤子嗽了嗽喉咙,站起来,摇摇摆摆,像鸭子似的穿过街心。

"三张牌的大同花顺……"里亚希凯甫斯基唠叨说,"还有几张皇后……五和十五。……他们在谈政治,这些混蛋。……您听见了吗?他们谈起英国来了。……我有六个红桃。"

"我有七个黑桃。我拿牌。"

"对,您拿牌。您听见没有?他们在骂比康斯菲尔德①呢。他们这些猪猡不知道比康斯菲尔德早已死了。那么我有二十九点。……您出牌。……"

"八……九……十。……是啊,这些俄国人真是叫人奇怪!十一……十二。俄国的懒惰在全世界是独一无二的。"

"三十……三十一。您知道,我恨不能拿一根结实的短鞭子,走出去,收拾他们一下,看他们还谈不谈比康斯菲尔德。嘿,你看他们多么会嚼舌头!嚼舌头比干活儿容易嘛。那么您出了一张梅花皇后,可是我竟没理会。"

"十三……十四。……热得受不了!这么热的天气,坐在长凳上晒太阳,真得是铁打的人才成!十五。"

头一局打完,跟着打第二局,第二局完了又打第三局。……芬克输了,渐渐染上赌博的狂热,忘掉女子中学地下室那堵裂开缝的墙壁了。里亚希凯甫斯基一面打牌,一面不时观看两个市民。他看见两人畅快地谈了一阵,走进敞开的院门,穿过肮脏的院子,在一棵白杨的淡淡的树荫下坐下来。到十二点多钟,有个露出棕褐

---

① 比康斯菲尔德(1804—1881),英国爵士,反动政客,做过首相。

色小腿肚的胖厨娘,在他们面前铺开一块像婴儿被单一样布满棕色斑点的布,端来午饭。他们用木调羹舀着吃,不住地赶苍蝇,同时继续谈话。

"鬼才知道是怎么回事!"里亚希凯甫斯基愤慨地说,"我很高兴,幸好我没有武器或者枪支,要不然我就会开枪打死这些乏货。我有四张王子——十四。您拿牌。……真的,我的小腿肚子甚至不住抽筋哩。我一看到这种混蛋就不能不冒火!"

"您不要激动,这对您有害。"

"求上帝怜恤吧,这种事就连石头都会忍无可忍!"

穿蓝色裤子的市民吃饱了饭,浑身无力,软绵绵的,再加上懒散和吃得过饱,脚步踉跄,穿过街道,回到自己门口,衰弱地往长凳上一坐。他在睡意和蚊子的袭击下挣扎着,无精打采地往四下里张望,仿佛随时等着自己咽气似的。他这种孤苦伶仃的样子弄得里亚希凯甫斯基完全忍不下去了。这个波兰人就把身子探出窗外,唾沫四溅地对他嚷道:

"你吃撑了?嘿,小心肝!小宝贝儿!他撑饱了肚子,如今不知道该拿他的胃怎么办才好!你走开吧,该死的,别让我再看见你!滚开!"

那个市民不痛快地瞧着里亚希凯甫斯基,却没有答话,光是动一动手指头。这时候有个他认得的学生背着书包,走过他面前。市民拦住他,想了很久该问他什么话,然后问道:

"哦,怎么样?"

"没什么。"

"怎么叫没什么?"

"真的没什么呀。"

"哦。……哪一门功课最难?"

"那要看是问谁了。"学生耸耸肩膀说。

"哦……啊……树这个词在拉丁文里怎么说?"

"Arbor."

"嘿。……原来什么都得懂,"蓝色裤子叹道,"什么都得学呀。……了不起,了不起!你妈身体好吗?"

"挺好,谢谢您。"

"哦……好,你走吧。"

芬克输掉两卢布,想起女子中学,吓了一跳。

"天哪,已经三点了!"他嚷道,"可是我怎么还在您这儿坐着不走呢!再见,我要跑了!"

"您就顺便在我这儿吃午饭吧,吃完再走,"里亚希凯甫斯基说,"您来得及的。"

芬克就留下来,不过有个条件:吃午饭不能超过十分钟。可是等他吃完午饭,在一张长沙发上坐了大约五分钟,想着那面裂缝的墙,他就坚决地把头放到枕头上,弄得满房间都是带鼻音的尖厉哨声了。他睡觉的时候,不赞成午睡的里亚希凯甫斯基坐在窗前,瞧着正在打盹的市民,唠叨说:

"哼,狗养的!你怎么没有活活懒死!一点活儿也不干,精神方面和智力方面的爱好也一点都没有,只知道鬼混。……讨厌东西。呸!"

六点钟,芬克醒过来。

"到女子中学去已经来不及了,"他伸个懒腰说,"只好明天再去,那么现在……我把输的钱赢回来,怎么样?再来一局。……"

九点多钟,里亚希凯甫斯基送客出门,对客人的背影看了很久,唠叨说:

"该死的,在这儿坐了整整一天,什么事也没干。……光知道白拿薪水,见他的鬼。……这个日耳曼猪猡。……"

他看一眼窗外,可是市民已经不在,回去睡觉了。他没有人可骂,在这一天里,他还是头一次闭上嘴,然而过了大约十分钟,他受不住那种盘踞在他心头的苦恼,就推开又旧又破的圈椅,开始嘟哝说:

"你光会占地方,一点用处也没有,老废物!早就该把你烧掉,然而我老是忘记吩咐人把你劈碎当柴烧。不成体统!"

他上床睡下,用手心按一下褥垫的弹簧,皱起眉头,唠叨说:

"该死的弹簧!它通宵磨我的腰。明天我要叫人把褥垫拆开,把你丢掉,这个可恶的破烂货。"

他睡到半夜,梦见他用滚开的水浇那个市民、芬克和旧圈椅。……

沃　洛　嘉

　　夏天,一个星期日下午,五点钟光景,沃洛嘉,这个相貌难看、胆怯怕事、带着病态的十七岁青年,坐在舒米兴家别墅的凉亭里,心绪烦闷。他那些闷闷不乐的思想往三个方向流去。第一,明天,星期一,他得去参加数学考试。他知道,如果明天他笔试不及格,他就要被开除,因为他在六年级已经读了两年,他的代数的全年成绩是二又四分之三分。第二,他目前在舒米兴家里做客,他们是有钱人,以贵族自居,这就经常伤害他的自尊心。他觉得舒米兴太太和她的侄女把他和他的妈妈①看作穷亲戚和食客,她们不尊敬妈妈,讪笑她。有一回他无意中听到舒米兴太太在露台上对她的表妹安娜·费多罗芙娜说,他的妈妈依旧装扮得像年轻人那样,极力想显得漂亮,又说她输了钱就赖账,总是喜欢穿别人的鞋,吸别人的烟。沃洛嘉天天央告他的妈妈不要到舒米兴家来,告诉她,她在那些贵人当中扮着多么丢脸的角色。他劝她,顶撞她,然而她是个性情轻浮、贪图享受的人,已经花光两份财产,她自己的一份和她丈夫的一份,素来热衷于上流社会的生活,因而不理解他的意思。沃洛嘉每星期总有两次不得不把她送到这个可恨的别墅来。

　　第三,这个青年一分钟也没法摆脱一种奇特的、不愉快的心

---

① 原文为法语。

情,这种心情在他却是全新的。……他觉得他爱上了舒米兴太太的客人,也就是她的表妹安娜·费多罗芙娜。她是个活泼好动、嗓门挺大、喜欢发笑的女人,年纪三十上下,身体健康结实,脸色红润,圆圆的肩膀,圆圆的胖下巴,薄嘴唇上经常带着笑意。她不好看,也不年轻,这是沃洛嘉知道得很清楚的,然而不知什么缘故,他却没法不想她,每逢她打槌球,耸动圆肩膀,扭动平整的后背,或者每逢大笑很久,或者跑上楼梯后,往圈椅上一坐,眯细眼睛,呼呼地喘气,做出胸口发紧、透不过气来的样子,他总是情不自禁地瞧着她。她结过婚了。她丈夫是个举止稳重的建筑师,每星期到别墅来一次,睡个好觉,再回城里。沃洛嘉那种奇特的心情是这样开始的:他无缘无故憎恨这个建筑师,每逢这人回城里去,他心里就痛快了。

现在他坐在凉亭里,想着明天的考试,想着他那被人讪笑的妈妈,就生出强烈的愿望,想见到纽达(舒米兴太太就是这样称呼安娜·费多罗芙娜的),想听到她的笑声和她衣服的窸窣声。……这个愿望不像他在小说上读到而且每天傍晚上床睡觉后常常幻想的那种纯洁而富于诗意的爱情。它奇怪,没法理解,他为它害臊,怕它,仿佛那是一种很不好、很不纯洁的东西,连自己也不好意思对自己承认似的。……

"这不是爱情,"他对自己说,"人是不会爱上三十岁的有夫之妇的。……这不过是对女人一时的迷恋。……对了,是一时的迷恋。"

他想到这种迷恋,就记起他那种无法克制的羞怯,记起他还没有生出唇髭,记起他生着雀斑和小眼睛。他在幻想中把自己和纽达并排放在一起,觉得彼此简直配搭不上。于是他赶紧想象自己是个漂亮、大胆而且很风趣的男子,穿着最新式的衣服。……

他坐在凉亭的幽暗角落里,弯下腰,眼睛看着地,正当他的幻想达到高潮的时候,突然传来一阵轻微的脚步声。有人顺着林荫道不慌不忙地走来。不久,脚步声停住,门口闪出一个白乎乎的东西。

"这儿有人吗?"一个女人的声音问道。

沃洛嘉听出这个嗓音是谁,惊恐地抬起头来。

"谁在这儿?"纽达问,走进凉亭里来,"啊,是您,沃洛嘉?您在这儿干什么?您在想心事?可是怎么能老是这么想啊想的,想个没完?……这会弄得人发疯的!"

沃洛嘉站起来,茫然瞧着纽达。她刚从浴棚里回来。她的肩膀上搭着一条被单和一条毛茸茸的毛巾,几绺湿头发从白绸头巾里露出来,沾在额头上。她身上散发着浴棚里湿润清凉的气味和杏仁香皂的味道。她走路很快,此刻喘息未定。她罩衫的上面一个纽扣没有扣上,因此这个青年既看见了她的脖子,又看见了她的胸脯。

"您为什么不说话呀?"纽达问道,打量着沃洛嘉,"女人跟您讲话,您不开口是不礼貌的。不过您也真是一副呆相,沃洛嘉!您老是坐着,不讲话,思考着,像是个哲学家。您身上完全没有生气,没有火!您惹人讨厌,真的。……在您这种年纪,正应该生活,欢蹦乱跳,高谈阔论,追求女人,谈谈恋爱呀。"

沃洛嘉瞧着那条由胖胖的白手抓住的被单,思索着。……

"他不说话!"纽达惊奇地说,"这简直奇怪了。……听着,拿出男子汉的气概来!哎,您至少可以笑一下嘛。呸,讨厌的哲学家!"她笑着说,"您知道,沃洛嘉,您为什么这样一副呆相?就因为您不亲近女人。为什么您不亲近女人呢?不错,这儿没有小姐,可是要知道,谁也没有妨碍您亲近太太们呀!为什么,比方说,您就不跟我亲近亲近呢?"

沃洛嘉听着,在沉闷而紧张的深思中搔着鬓角。

"只有十分骄傲的人才沉默,才喜欢孤独。"纽达接着说,把他的手从鬓角那儿拉下来,"您是个骄傲的人,沃洛嘉。为什么您用那种阴沉的样子看人?您管自照直瞧我的脸好了!唉,呆头呆脑的海豹哟!"

沃洛嘉决定开口说话了。他想笑一笑,就撇了撇下嘴唇,眨巴眼睛,又把手伸到鬓角那儿去。

"我……我爱您!"他说。

纽达惊奇地扬起眉毛,笑起来。

"我听见了一句什么话呀?!"她像唱歌似的说,就跟歌剧里的女演员听到一句惊人的话而唱起来一样,"怎么?您说什么?您再说一遍,再说一遍。……"

"我……我爱您!"沃洛嘉又说一遍。

于是他不由自主,什么也不明白,什么也没想,往纽达跟前跨出半步,一把抓住她手腕上面一点的地方。他眼睛模糊,蒙着泪水,整个世界化成了一大块毛茸茸的、有浴棚气味的毛巾。

"了不得,了不得!"他听见快活的笑声,"可是您为什么不说话呀?我要您说话!怎么样?"

沃洛嘉看见她没有阻止他抓住她的胳膊,就瞧着纽达的笑脸,伸出两条胳膊笨拙而生硬地搂住她的腰,于是他的两只手就在她背后连在一起了。他用两条胳膊搂住她的腰,她却把她的两只手放到脑后,露出臂肘上的两个小窝,理一理头巾底下的头发,用平静的声调说:

"沃洛嘉,人得机灵,殷勤,可亲才行,只有在女性的影响下,才能变成那样,可是您这张脸多么不中看……多么凶狠啊。你得说话,笑一笑才对。……是啊,沃洛嘉,别做孤僻的人,您年轻,往后有的是工夫研究哲学。好,放开我,我要走了!放开我吧!"

231

她毫不费力地让她的腰挣脱他的搂抱,嘴里哼着什么歌,走出凉亭去了。这儿只剩下沃洛嘉一个人了。他摸一下头发,微微一笑,从这个墙角到那个墙角来回走了三趟,然后在长凳上坐下,又微微一笑。他羞得不得了,不由得暗暗吃惊:人的羞臊竟能达到这样强烈,这样果断的程度。羞得他微笑,做手势,小声说着不连贯的话。

他想到刚才给人家当小孩子一样看待,想到自己那么胆怯,就不由得害羞。不过最使他害羞的却是他竟然大胆地搂住一个正派的有夫之妇的腰,其实,他觉得,不论按他的年龄、仪表,还是社会地位来说,他都没有任何权利那样做。

他跳起来,走出凉亭,头也不回,一直往花园深处,离房子很远的地方走去。

"唉,快点离开此地才好!"他抱住头,暗想,"上帝啊,快点才好!"

沃洛嘉原定跟他的妈妈一同搭八点四十分钟那班火车动身。现在距离开车还有三个钟头光景,可是他恨不能马上就到火车站去,不等他的妈妈了。

七点多钟他走回正房。他周身显出果断的神情:要出什么事就让它去出吧!他决定大胆走进房间,正眼看人,大声说话,什么也不顾忌。

他穿过露台、大厅,在客厅里站住,喘口气。在这儿,他可以听见隔壁的饭厅里人们在喝茶。舒米兴太太、他的妈妈、纽达在谈一件什么事,笑个不停。

沃洛嘉听着。

"我跟你们说的是实话!"纽达说,"我都不相信我自己的眼睛了!他对我讲他的爱情,甚至,你们猜怎么着,一下子把我的腰搂住,我简直认不得他了。你们要知道,他有他的派头!他说他爱我的时候,他脸上有一股蛮气,像切尔克斯人①一样。"

"真的吗?"他的妈妈惊叫道,随后咯咯地笑个不停,"真的吗?他多么像他的父亲啊!"

沃洛嘉就往回跑,一直跑到露天底下。

"她们怎么能大声谈这种事呢!"他痛苦地想,把两只手合在一起,恐怖地瞧着天空,"她们公然说出口,而且说得那么满不在乎……妈妈还笑呢……妈妈!我的上帝,你为什么赐给我这样一个母亲?为什么呀?"

可是他无论如何还是得走进正房去。他在林荫道上来回走了三趟,略略定一下心,就走进正房。

"为什么您到时候不来喝茶?"舒米兴太太厉声问道。

"对不起,我……我该上火车了,"他喃喃地说,没有抬起眼睛来,"妈妈,已经八点钟了!"

"你自己回去吧,我亲爱的,"他的妈妈懒洋洋地说,"我留在丽丽家里过夜了。再见,我的孩子。……让我给你画个十字。……"

她在儿子胸前画了个十字,然后转过身去用法国话对纽达说:"他长得有点像莱蒙托夫呢。……不是吗?"

沃洛嘉好歹告了别,没有朝任何人的脸看一眼,就走出饭厅去了。过了十分钟,他已经顺着大路往火车站走去,心里暗暗高兴。现在他不再觉得害怕,觉得害羞,呼吸轻松而畅快了。

走到离火车站还有半俄里远的地方,他在路旁一块石头上坐下,定睛看着太阳,它有一大半已经隐到铁道路基后面去了。火车站上有几处已经点起灯火,有一盏昏暗的绿灯闪着亮光,可是还看不见火车。沃洛嘉坐在这儿,一动也不动,静听傍晚渐渐来临,觉

---

① 高加索北部一个山区民族。

得很愉快。凉亭里的昏暗、脚步声、浴棚的气味、笑声、腰,都在他想象中极其生动地出现,这些东西不再像先前那样可怕和重要了。……

"这种事无所谓。……她没有缩回手去,而且我搂住她的腰的时候,她笑了,"他想,"可见她是喜欢这样做的。如果她觉得厌恶,她就会生气了。……"

现在沃洛嘉才感到烦恼,因为当时在凉亭里他勇气不够。他后悔不该这么愚蠢地走掉,他已经相信假使这件事重演,他对待这件事就会比较大胆,比较简单了。

而且这种事也不难重演。在舒米兴家里,人们吃过晚饭以后总要出去散步很久。假如沃洛嘉跟纽达一块儿在幽暗的林荫道上散步,那么机会就来了!

"我回去吧,"他想,"我明天坐早班火车走好了。……我就说我误了火车。"

他就回去了。……舒米兴太太、他的妈妈、纽达、一个侄女正坐在露台上打纸牌。沃洛嘉对她们撒谎说误了火车,她们感到不安,担心他明天误了考试,都劝他早点起床。她们打纸牌的时候,他一直坐在旁边,眼巴巴地看着纽达,等着。……他脑子里已经拟定一个计划:他在昏暗里走到纽达跟前,拉住她的手,然后搂抱她。什么话都不用说,因为他们双方不必说话就能会意了。

可是晚饭以后,那些女人没有到花园里去散步,却继续打纸牌。她们一直打到深夜一点钟才散,各自去睡觉。

"这是多么荒唐呀!"沃洛嘉上床睡觉的时候烦恼地想,"可是没有关系,我等到明天就是。……明天再到凉亭里去。没关系。……"

他不打算睡觉,却坐在床上,两手抱着膝头,思索着。他一想到考试就觉得讨厌。他已经断定他会被开除,不过开除也没什么可怕的。刚好相反,那倒很好,甚至好得很呢。明天他就会像鸟儿一样自由,穿上平常人的衣服①,公开吸烟,常到此地来,随便什么时候都可以追求纽达了。他不再是中学生,而是"年轻人"了。至于其他方面,所谓事业啊,前途啊,那也很清楚:沃洛嘉可以去当志愿兵,可以去做电报员,还可以进药房工作,日后升到药剂师的地位……职业还嫌少吗?一两个钟头过去了,他却仍旧坐在那儿思索。……

两点多钟,天已经亮起来,房门却小心地吱呀一响,他的妈妈走进房间来。

"你没有睡吗?"她问,打个哈欠,"睡吧,睡吧,我来一下就走。……我是来拿药水的。……"

"您要药水做什么?"

"可怜的丽丽又抽筋啦。睡吧,我的孩子,明天你还要去考试呢。……"

她从一个小柜子里取出一个装着药水的小瓶子,走到窗子跟前,看一下瓶子上贴的条子,走出去了。

"玛丽雅·列昂捷耶芙娜,这药水不对!"过了一分钟,沃洛嘉听见一个女人的声音说,"这是铃兰香水,可是丽丽要的是吗啡。您的儿子睡了吗?请他找一找吧。……"

这是纽达的声音。沃洛嘉心里一凉。他赶紧穿好长裤,披上制服大衣,走到房门跟前。

"您听明白吗?吗啡!"纽达小声解释说,"那上面应该写着拉丁字。您叫醒沃洛嘉,他会找到的。……"

妈妈推开房门,沃洛嘉看见纽达了。她身上穿的就是她原先到浴棚去所穿的那件罩衫。她的头发没有理好,披散在肩膀上,她

---

① 指不必穿学生的制服。

235

的脸带着睡意,由于天色昏暗而发黑。……

"瞧,沃洛嘉没有睡着……"她说,"沃洛嘉,您找一找看,亲爱的,柜子里有一瓶吗啡! 这个丽丽真是磨人。……她老是闹病。"

他的妈妈嘟哝了一句什么话,打个哈欠,走出去了。

"您倒是找啊,"纽达说,"干吗呆站着?"

沃洛嘉就走到小柜子那儿去,跪下,开始一个个查看那些药瓶和药盒。他两只手发抖,胸口和肚子里有这么一种感觉,仿佛有一股寒流在内脏里乱窜似的。他没有必要地拿出一瓶瓶酒精、石碳酸、各种草药,可是他的手发抖,瓶子里的药水就洒出来,这些药水的气味弄得他透不出气,脑袋发晕。

"妈妈好像走了,"他想,"这才好……这才好。……"

"就要找着了吗?"纽达拖长声音问道。

"快找到了。……喏,这一瓶好像是吗啡……"沃洛嘉看到瓶子上注明"吗……"就说,"这就是!"

纽达站在门口,一只脚在过道上,另一只脚在房间里。她在理头发,那却是很难理顺的,她的头发那么密,那么长! 她心不在焉地瞧着沃洛嘉。天空已经现出鱼白色的曙光,然而还没有被太阳照亮,纽达笼罩在照进房间里来的这种微光里,穿着肥大的罩衫,带着睡意,披散着头发,在沃洛嘉看来,她是那么迷人,那么艳丽。……他神魂颠倒,周身发抖,想起先前他在凉亭里搂抱过这个美妙的肉体,心里不由得飘飘然,就把药水递给她,说:

"您多么……"

"什么?"

她走进房间来。

"什么?"她含笑问道。

他沉默了,看着她,然后,如同先前在凉亭里那样抓住她的手。……她瞧着他,微笑着,看他接着会怎么样。

"我爱您……"他小声说。

她不再微笑,沉吟一下,说:

"等一等,好像有人来了。哎,你们这些中学生啊!"她小声说着,走到门口,朝过道里瞧了瞧,"哦,没有人。……"

她回来了。

这时候,沃洛嘉觉得这个房间、纽达、曙光、他自己,仿佛融合成一种浓烈的、不同平常的、从来没有过的幸福感觉,人为了这种幸福是甘愿牺牲生命,忍受永久的磨难的。可是过了半分钟,这一切突然消失了。沃洛嘉只看见那张难看的胖脸给嫌恶的神情弄成一副丑相,他自己也忽然对眼前发生的事感到憎恶了。

"不过我得走了,"纽达说,厌恶地瞧着沃洛嘉,"您多么难看,多么寒碜啊……呸,丑小鸭!"

这当儿,沃洛嘉觉得她的长头发、她的肥罩衫、她的脚步、她的嗓音多么不成体统!……

"丑小鸭……"他等她走后暗自想道,"真的,我丑。……一切都丑。"

户外,太阳已经升上来,鸟雀大声歌唱。可以听见花匠在花园里走动,他的手车吱吱嘎嘎地响。……过了一会儿,传来牛叫声和牧笛的吹奏声。阳光和声音都在述说这个世界上有个地方存在着纯洁优美而富于诗意的生活。可是那种生活在哪儿呢?他的妈妈也好,他四周所有的人也好,都从来也没有对他讲起过那种生活。

等到听差来唤醒他,要他去乘早班火车,他却假装睡熟了。……

"去他的,我什么都不去管了!"他想。

他到十点多钟才起床。他照着镜子梳头发,瞧着他那张难看的、由于彻夜失眠而苍白的脸,暗自想道:

"完全对。……丑小鸭。"

237

妈妈看到沃洛嘉,见他没有去参加考试,吃了一惊,他却说:

"我睡过头了,妈妈。……不过您不必担心,我会弄到一份医师证明交上去的。"

舒米兴太太和纽达睡到十二点多钟才醒来。沃洛嘉听见舒米兴太太砰的一响推开房间里的窗子,听见纽达用响亮的笑声回答她粗嘎的说话声。他看见房门开了,一长串侄女和食客(他的妈妈也在食客的行列中)从客厅里走来吃早饭,看见纽达刚洗过的、笑嘻嘻的脸开始闪现,看见她的脸旁边出现了刚从城里来的建筑师的黑眉毛和黑胡子。

纽达穿着小俄罗斯式的服装,这身衣服跟她完全不相称,使她显得呆板了。建筑师说些庸俗乏味的笑话。早饭的肉饼里放了过多的葱,至少沃洛嘉觉得是这样。他还觉得纽达故意大声发笑,往他这边看,要他明白昨晚的事一点也没使她不安,她根本没理会到桌子旁边坐着一只丑小鸭。

下午三点多钟,沃洛嘉跟他的妈妈一块儿坐车到火车站去。丑恶的回忆、失眠的夜晚、开除出校的前景、良心的责备,如今在他心里引起一种沉重阴郁的愤懑。他瞧着妈妈消瘦的侧影,瞧着她的小鼻子,瞧着纽达送给她的雨衣,嘟哝说:

"为什么您擦胭脂抹粉?在您这种年纪,这不相宜了!您极力打扮得漂亮,输了钱不认账,吸别人的烟……这真叫人厌恶!我不爱您……不爱您!"

他辱骂她,她呢,惊慌地转动她的小眼睛,把两只手一拍,害怕地小声说:

"你说什么呀,我的孩子?我的上帝,这会让马车夫听了去的!快闭上嘴,不然马车夫就听见了!他全听得见!"

"我不爱您……不爱您!"他接着说,不住地喘息,"您不顾廉耻,您没有灵魂。……不准您穿这件雨衣!听见没有?要不然我就把它撕得粉碎。……"

"清醒一下吧,我的孩子!"妈妈哭着说,"马车夫会听见的!"

"我父亲的财产到哪儿去了?您的钱到哪儿去了?您全花光了!我倒不为贫穷害羞,可是有这样的母亲,我却感到害羞。……每逢我的同学问起您,我总是脸红。"

在火车上,他们要坐两站才到家。沃洛嘉始终站在车厢外面的平台上,周身发抖。他不愿意走进车厢去,因为车厢里坐着他痛恨的母亲。他憎恨自己,憎恨乘务员,憎恨火车头冒出的烟,憎恨寒冷,他认为他的颤抖就是由这种寒冷引起的。……他心里越是沉重,他就越是强烈地感到,在这个世界上,有个什么地方,人们过着纯洁、高尚、温暖、优美的生活,那种生活里充满爱情、温暖、欢乐、自由。……他这样感觉着,十分苦闷,甚至惹得一个乘客定睛瞧着他的脸,问道:

"大概您牙痛吧?"

在城里,妈妈和沃洛嘉住在贵夫人玛丽雅·彼得罗芙娜家里,那位夫人租下一所大房子,再把房间分租给房客们。妈妈租了两个房间,一个房间有几扇窗子,房里放着她的床,墙上挂着两个金边镜框,里面嵌着画片,这个房间由她自己住,另一个房间紧挨着这个房间,又小又黑,由沃洛嘉住。小房间里放着一张长沙发,他就睡在那上面,除此以外就没有任何家具了。整个房间摆满装衣服的柳条筐、帽盒以及妈妈不知为什么保存下来的种种废物。沃洛嘉温课是在母亲房间里或者"公用房间"里,所谓"公用房间"是一个大房间,所有的房客在那儿吃午饭,傍晚也都在那儿聚会。

他回到家,就往长沙发上一躺,盖上被子,想止住他的颤抖。那些帽盒、柳条筐、废物使他想起他没有一个自己的房间,没有一个避难所可以借此躲开妈妈和她的客人,躲开如今从"公用房间"里传来的说话声。那些丢在墙角上的书包和书使他想起他没有参加考试。……不知什么缘故,他没来由地想起芒通①,以前,他七岁的时候,跟已故的父亲在那儿住过,他还想起比亚里茨②,想起跟他一块儿在沙滩上奔跑过的两个英国女孩。……他竭力回想天空和海洋的颜色,回想海浪的澎湃,回想他当时的心境,可是他怎么也想不起来。英国女孩在他的想象里不住地闪动,像活的一样,可是其余的印象却混成一团,胡乱地飘动着。……

"不,这儿冷。"沃洛嘉想着,从沙发上起来,穿上制服大衣,走到"公用房间"去了。

人们正在"公用房间"里喝茶。茶炊旁边坐着三个人:他的妈妈,一个年老的音乐女教师,戴着玳瑁架的夹鼻眼镜③,还有个上了年纪而且很胖的法国人阿甫古斯青·米海雷奇,他在一家化妆品工厂里工作。

"我今天没吃午饭,"他的妈妈说,"我得打发女仆去买面包。"

"杜尼雅希!"法国人叫了一声。

不料女仆已经由女房东不知差遣到哪儿去了。

"哦,这也没关系,"法国人说,畅快地微笑着,"我自己马上去买面包就是。哦,这没什么!"

他就把他那支辛辣发臭的雪茄烟放在一个显眼的地方,戴上帽子,走出去了。他走后,他的妈妈就开始对音乐女教师讲她怎样在舒米兴家里做客,人家待她多么好。

"要知道,丽丽·舒米兴娜是我的亲戚……"她说,"她故去的丈夫舒米兴将军是我丈夫的表哥。她出嫁前是柯尔勃男爵家的小姐……"

"妈妈,您在胡说!"沃洛嘉生气地说,"您何必说谎呢?"

---

① 法国东南的一个城市,靠近地中海,是一个著名的疗养地。
② 法国西南的一个城市,也是疗养地。
③ 原文为法语。

他知道得很清楚,妈妈说的是实话。她所讲的关于舒米兴将军和将军夫人原是柯尔勃男爵小姐的话,没有一句是谎言,可是他仍旧觉得她在说谎。她说话的口气也好,脸上的神情也好,她的眼光也好,总之,一切都显得她在撒谎。

"您在说谎!"沃洛嘉又说一遍,伸出拳头捶一下桌子,用力那么猛,弄得所有的茶具都颤动起来,连妈妈的茶也泼翻了,"为什么您讲那些将军和男爵?那都是谎话!"

音乐女教师慌了手脚,用手绢捂住嘴咳嗽起来,假装她喝茶呛着了,妈妈却哭了起来。

"我该到哪儿去好呢?"沃洛嘉暗想。

街上他已经去过,同学家里却不好意思去。他又没来由地想起那两个英国女孩。……他在"公用房间"里从这个墙角走到那个墙角,然后走进阿甫古斯青·米海雷奇的房间。这儿有香精油和甘油肥皂的强烈气味。桌子上,窗台上,以至椅子上,都放着许多小瓶、玻璃杯、酒杯,里面盛着各种颜色的液体。沃洛嘉在桌上拿起一份报纸,翻开来,看一眼报名:《费加罗报》①。……这张报纸发散着一股浓烈而好闻的气味。随后他从桌子上拿起一把手枪。……

"算了,您别放在心上!"隔壁房间里音乐女教师在安慰他的妈妈,"他还那么年轻!年轻人在他那种年纪,头脑里总难免有些多余的想法。对这种事也只好想开一点。"

"不,叶甫根尼雅·安德烈耶芙娜,他给惯坏了!"妈妈像唱歌似的说,"没有人管教他,我呢,又软弱,没有办法。哎,我真不幸啊!"

沃洛嘉把枪口放进嘴里,摸到一个像扳机或者勾机之类的东

---

① 原文为法语,一种法国报纸。

西,用手指按一下。……然后他又摸到一个凸出的东西,就再按一下。他把枪口从嘴里取出来,用制服大衣的下摆把它擦干净,看一下枪机。他生平从来没有拿过武器。……

"好像得把它扳起来才成……"他想,"对,大概是这样。……"

阿甫古斯青·米海雷奇走进"公用房间",笑着讲一件什么事。沃洛嘉又把枪口放进嘴里,用牙齿咬住,再用手指在一个东西上按了一下。枪声响起来。……不知什么东西带着可怕的力量在沃洛嘉的后脑壳上打了一下,他就扑在桌子上,脸埋在那些小瓶和酒杯中间。然后他看见他那去世的父亲头戴大礼帽,礼帽上缠着一条很宽的黑丝带,大概是为了悼念一位什么太太,在芒通的人行道上走着,他父亲忽然用两只手抱住他,他俩就飞进一个很黑的深渊里去了。

然后一切都混淆起来,消散了。……

幸　　福

献给亚·彼·波隆斯基

一群羊在草原上一条名叫"大路"的宽阔道路上过夜。看羊的是两个牧人。一个年纪已经八十上下,牙齿脱落,脸皮发颤,他伏在路旁,肚皮朝下,胳膊肘放在扑满尘土的车前草叶子上;另一个是年轻小伙子,生着浓密的黑眉毛,还没有长出唇髭,身上的衣服是粗麻布做的,这种布通常是做廉价的麻袋用的。他躺在那儿,脸朝上,两只手枕在脑袋底下,眼睛向上仰望天空,银河正好横在他的脸上边,那儿有许多睡眼惺忪的星星。

这儿不光有两个牧人。离他们一俄丈远,在笼罩着大路的昏暗中,现出一匹乌黑的、上了鞍子的马,马旁边站着一个男人,穿着大皮靴和短上衣,倚着马鞍,多半是地主家的管事。凭他那挺直不动的身材,凭他的气派,凭他对待牧人和马的态度来看,他是个严肃稳重而且自视很高的人,就连在黑暗里也可以看出他带着军人的风度,举止之间流露出高高在上的尊严迹象,这是经常跟地主们和总管们周旋得来的。

那些羊睡着了。曙光已经开始布满东方的天空,在这灰白色的背景上,可以看见这儿那儿有些没有睡觉的羊的身影。它们站在那儿,低下头,在想什么心事。它们的思想纯粹来自辽阔的草原和天空的印象,来自白昼和黑夜的印象,枯燥而郁闷,这些思想大概重重地压在它们心上,使它们对一切都淡漠无情,如今它们就站在那儿一动也不动,既没留意到有生人在场,也没留意到牧羊犬的不安。

昏沉、凝滞的空气里满是夏天草原夜晚必然会有的单调的闹声。螽斯不停地叽叽叫,鹌鹑在歌唱。在离羊群一俄里远的小山沟里,流着小河和生着柳树的地方,有些幼小的夜莺在懒洋洋地打呼哨。

管事下马原是要向牧人们借个火儿点烟的。他沉默地点上烟斗,吸完一袋烟,然后一句话也没说,胳膊肘倚着马鞍,沉思了。年轻的牧人根本不理他,仍旧躺在那儿,看着天空。老人却对管事打量很久,问道:

"您好像是玛卡罗夫庄园上的潘捷列吧?"

"就是我。"管事回答说。

"我看就是嘛。我先没认出您来,可见您要发财了①。上帝把您从哪儿打发来的啊?"

"从柯维列甫斯基区来。"

"那儿很远啊。你们那儿的地是按分成的办法佃出去的吗?"

"按几种不同的办法。有的是分成,有的是收租钱,有的是收瓜。说实在的,我刚才到磨坊去了一趟。"

有一只又大又老的灰白色牧羊犬,浑身毛茸茸,眼睛和鼻子旁边生着一圈圈毛,极力装出不在乎有生人在场的样子,心平气和地绕着那匹马走了三圈,可是忽然间,它出人意外地朝着管事的后背扑过去,发出气愤、苍老、嘶哑的吠声,其余的狗也忍不住从原地跳过来。

"去,该死的!"老人叫道,用胳膊肘支起身子来,"叫你咽了气

---

① 这是一种迷信的说法。

244

才好,鬼东西!"

等到那些狗平静下来,老人就恢复原先的姿势,用从容的口气说:

"在耶稣升天节①,科维利村的叶菲木·日美尼亚死了。晚上可别讲这种事,谈这样的人是罪过的。他是个坏老头子。您大概听说了。"

"不,我没听说。"

"我说的是叶菲木·日美尼亚,铁匠斯捷普卡的舅舅。这一带的人都认识他。哼,那是个该死的老头子!我认识他有六十年了!自从赶走法国人的沙皇亚历山大给装在大车上从塔甘罗格运到莫斯科的那年②起,我就认识他了。我们一块儿去迎接过去世的沙皇,那时候大路不通巴赫穆特,而是从叶绍洛夫卡通到戈罗季谢,眼下的科维利从前净是些大鸨的窠,每走一步就能碰到一个大鸨窠。那当儿我就已经瞧出来日美尼亚身上有邪气,有鬼附了他的身。我留意过:要是一个庄稼人老是不开口说话,净干些老太婆的杂务事,一心要孤孤单单过日子,那可不是什么好事。叶菲木卡③呢,从年轻的时候起就老不开口,闷声不响,斜着眼睛看人,他总好像绷着脸,摆架子,就跟公鸡见了母鸡似的。到教堂去也好,跟小伙子们到街上去玩也好,进酒店去喝几杯也好,都不合他的口味。他老是一个人坐着,再不然就跟老太婆们小声谈天。当初,他年轻的时候,就干照料蜂房或者看守菜园子的活儿④。有时候,有些好人到他的菜园去,他的西瓜和香瓜就吱吱地叫。有一回,他钓

---

① 基督教节日,在复活节后第四十天。
② 1825年11月,亚历山大一世在塔甘罗格去世。"赶走法国人"指1812年的俄法战争。
③ 叶菲木的小名。
④ 这在俄国农村中是轻体力劳动,老人们才干这种活儿。

起一条狗鱼,当时有外人在场,那条鱼哈哈哈地笑起来了。……"

"这种事是有的。"潘捷列说。

年轻的牧人翻个身,扬起黑眉毛,定睛瞧着老人。

"那么你听见过西瓜吱吱叫?"他问。

"求上帝保佑,听倒是没听到过,"老人叹道,"不过人家都这么说。这没有什么稀奇。……只要魔鬼起了意,就连石头都会吱吱叫。农奴解放①前,我们那儿的山岩呜呜地叫了三天三夜呢。这可是我自己听见的。那条狗鱼笑,是因为日美尼亚钓上来的不是狗鱼,是魔鬼。"

老人想起一件什么事来了。他很快地起来,跪在地上,仿佛怕冷似的缩起脖子,急躁地把手揣在袖管里,像快嘴的女人那样用鼻音嘟哝着:

"上帝啊,拯救我们,怜悯我们!有一回我顺着河边走到新巴甫洛夫卡村去。天起了风暴,好大的暴风雨,求圣母天后保佑吧。……我赶紧使出全身气力往前走,一看,路边荆棘丛中(当时荆棘生得正旺)有一条白牛走出来了。我心想:这是谁家的牛?为什么魔鬼把它打发到这儿来了?它一边走一边摇尾巴,还呜呜地叫!可是,那当儿,老兄,等我追上它,走近前去一看,原来它不是牛,却是日美尼亚。我嘴里念着:神圣的,神圣的,神圣的②!我在胸前画十字,他呢,瞧着我,嘴里念念叨叨,一个劲儿翻白眼。我害怕,怕极了!我跟他并排走着,不敢对他说一句话。雷声隆隆地响,天上亮出一条条闪电,柳树朝着河水弯下腰去,猛然间,老兄,一只兔子穿过这条道路③……要是我说了假话,就叫上帝罚我不得好死。它跑啊跑的,忽然站住,口吐人言:'你们好啊,庄稼汉!'

---

① 指1861年俄国废除农奴制度的改革。
② 这是祈求保佑的祷告词。
③ 按照俄国迷信的说法,这是不祥之兆。

'走开,你这该死的!'"老人对那条长毛狗叫道,它又绕着马走来走去了,"巴不得你死了才好!"

"这种事是有的。"管事说,仍旧倚着马鞍,没有动。他用低抑而发闷的声音说话,只有沉思的人才那样。

"这种事是有的。"他带着深思的、有把握的口气又说一遍。

"嘿,那真是个坏透了的老头子!"老人接着说,不再那么激烈了,"农奴解放以后,大约过了五年,他在村社办公处挨了一顿打,他为了发泄怨恨,就不管三七二十一,使科维利全村的人都染上了白喉症。那一回死的人,数都数不清啊,多极了,就像闹了一场霍乱。……"

"可是他是怎么叫人染上病的呢?"年轻的牧人沉默一会儿以后问。

"谁都知道那是怎么回事。这用不着什么大聪明,只要起了意就行。日美尼亚用毒蛇的油害人。这法子可厉害,别说吃了那油,就是闻一闻那气味,也会送命哟。"

"这话是实在的。"潘捷列同意说。

"那时候年轻人都想打死他,可是老年人不答应。把他打死可不行。他知道有个地方藏着宝贝。除了他,谁也不知道。这宗宝贝是经人念过咒的,所以你找着了也看不见,可是他看得见。有时候他顺着河岸或者树林走,灌木丛底下和山岩底下就会冒出小火苗来,小小的火苗,小小的火苗。……那些小火苗好像是从硫黄里冒出来的。我亲眼见过。大家本来料着日美尼亚会把那地方告诉人,或者自己动手挖出来,他呢,俗语说得好,却像狗一样自己不吃,又不让人家吃,就这么白白死了:自己没有去挖,也没指点别人去挖。"

管事点起烟斗来,那光一刹那间照亮了他的长唇髭和严厉、庄重的尖鼻子。一个个小光圈,从他手上跳到便帽上,越过马鞍跳到马背上,消失在马耳朵旁边的鬃毛里了。

"这一带是有许多宝贝。"他说。

他慢慢吸进一口烟,往四周扫一眼,把目光停在东方发白的天空上,补充了一句:

"一定有宝贝。"

"这还用说!"老人叹道,"凭种种苗头,可以看出有宝贝,可就是没有人去挖,老兄。谁都不知道真正在哪儿,再者,到了如今这年月,所有的宝贝大概都经人念过咒了。要想找着它,看见它,就得会画符,年轻人,缺了符不顶事。日美尼亚倒有那道符,可是难道你能从他这个秃头鬼那儿要到手?他把那东西藏得严严的,叫谁也拿不到哟。"

年轻的牧人往老人那边爬过两步,用拳头支住脑袋,定睛看着他,目光一动也不动。他的黑眼睛闪出孩子气的恐怖和好奇的神情,在曙光里,这神情似乎使他那粗眉大眼的、年轻的大脸往左右两边伸展,变得扁了。他紧张地听着。

"就连圣书里都写着这一带有许多宝贝呢……"老人接着说,"这是没话可说……错不了的。新巴甫洛夫卡村有个老兵,在伊万诺夫卡村见到过一张字条,这张字条上印着藏宝的地点,甚至印着有多少普特①重的黄金,装在什么器具里,按理,有了这张字条早就该得着那宗宝贝了,可就是那宗宝贝经人念过咒,谁也没法拿到手。"

"可是,老爷爷,为什么没法拿到手呢?"年轻的牧人问。

"这里头必是有缘故,那个兵没有说。……那宗宝贝经人念过咒了。……总得有一道符咒去破它才成。"

老人讲得入了迷,仿佛对那个过路的人吐露衷曲似的。他不

---

① 1普特等于16.38公斤。

习惯讲得多,讲得快,因此,说话就结结巴巴,带着鼻音。他觉得光说话还不够,就极力活动脑袋、手、瘦肩膀来装点那些话,他一动,他身上那件粗麻布衬衫就皱出褶子,滑到肩膀上,露出乌黑的后背,那后背是经过日晒,再加上他年老,才变黑的。他把衬衫拉下来,可是它立刻又缩上去了。最后老人好像给那件不听话的衬衫弄得失去了耐性,跳起来,苦恼地说:

"幸福倒是有的,可是它埋在地里,那还有什么用呢?财宝白白地给糟蹋了,一点好处也没有,就跟谷壳或者羊粪一样!年轻人,幸福本来很多,多极了,给全区的人分也分不完,可就是没有一个人看得见!大家料着老爷们会把它挖出来,或者政府会把它拿走。老爷们已经动手挖古墓了。……他们必是闻出味儿来了!他们瞧着农民的运气眼热!政府也在暗自打主意。法律上有这么一条,说是农民找到宝贝就得上缴官府。哼,你等着就是,你在做梦!宝是有的,可就不给你们!"

老人轻蔑地笑出声来,往地上一坐。管事注意地听着,同意他的话,不过从他身体的姿态,从他的沉默可以看出,他并不觉得老人对他讲的那些话有什么新奇,他早就反复思量过,而且比老人知道的多得多。

"老实说,那种幸福,我这辈子已经找过十来次了。"老人说着,不好意思地搔着后脑勺,"我找的地方没有错,可是大概碰上的都是经人念过咒的宝贝。我父亲也找过,我哥哥也找过,可是连影子都没有找着,结果没有得到幸福就死了。我哥哥伊里亚(如今他已经去世,祝他升天堂吧)受一个修士指点,说是在塔甘罗格的要塞里有个地方有三块石头,在那底下埋着宝贝,又说这宗宝贝经人念过咒,那当儿,我记得是三八年,在玛特威耶夫古陵附近住着一个亚美尼亚人,他卖符。伊里亚就买下符,带着两个小伙子,一齐到塔甘罗格去了。可是,老兄,他们走到塔甘罗格的要塞一

249

瞧,不料那地方站着一个兵,手里拿着枪哩。"

在笼罩草原的宁静空气里传来一个响声。远处有个什么东西突然砰的一响,随后碰着石头,滚过草原,发出嗒嗒嗒嗒的声音。等到声音消失,老人就带着探问的神情瞧着呆站在那儿满不在乎的潘捷列。

"这是一个吊斗脱了环,掉进矿井里去了。"年轻的牧人想了一会儿说。

天已经亮了。银河黯淡,渐渐像雪那样融化,失去了轮廓。天空变得朦胧而混浊,谁也看不清那是万里无云呢,还是盖满了云,只有东方那一带明朗发光的鱼白色和某些地方残存的星星,才使人明白那是怎么回事。

清晨的头一阵微风无声无息,小心翼翼地拨动大戟草和去年杂草的棕色茎干,沿着大路掠过去了。

管事从沉思中清醒过来,摇了摇头。他用双手抖搂一下马鞍,摸了摸马肚带,仿佛下不了决心骑上马似的,又停下来沉思了。

"是啊,"他说,"你的胳膊肘倒是离你挺近,可就是咬不着它。……幸福是有的,可就是没有本事找着它。"

他扭过脸来对着牧人。他那严厉的脸上现出忧郁和讥诮的神色,就跟失意的人一样。

"是啊,人就这么白白地死了,始终没有看见幸福,没有看见它是什么样子……"他慢条斯理地说,抬起左脚踏上马镫,"年轻点的人也许还等得到那一天,我们呢,却应该丢开这些心思了。"

他摩挲着沾满露水的长唇髭,沉甸甸地骑到马背上,带着仿佛忘了一件什么东西或者有话还没有说完的样子,眯细眼睛看着远方。在淡蓝色的远方,在最后一个高冈跟大雾融成一片的地方,没有一样东西在活动。在地平线上和一望无际的草原上,这儿那儿耸立着一些作守望用的土台和坟丘,看上去严峻而死气沉沉。它们凝滞不动和悄无声息的样子,使人感到时间的悠久和大自然对人的冷漠无情。哪怕再过一千年,死掉亿万的人,它们也仍旧会像从前那样立在那儿不动,一点也不怜惜死者,丝毫也不关心活人,谁也不会知道它们为什么立在那儿,它们包藏着草原的什么秘密。

醒过来的白嘴鸦一声不响,孤零零地分别在土地上空飞翔。这些长寿的鸟懒洋洋的飞翔也好,每天准时重来的清晨也好,草原的一望无涯也好,其中都看不出有什么意义。管事冷冷一笑,说:

"多么辽阔呀,求上帝保佑我们! 你去找幸福吧,看你怎么找得着! 这地方,"他压低喉咙,做出严肃的面容,接着说,"这地方准保藏着两份财宝。这两份财宝老爷们是不知道的,不过年老的农民,特别是兵,却知道得清清楚楚。这儿,在这个山冈上一个地方,"管事用马鞭往旁边一指,说,"很早很早以前有些强盗打劫过一队运黄金的人。黄金是从彼得堡运到彼得皇帝那儿去的,他正在沃罗涅日建立海军。强盗打死那些赶大车的,把黄金埋在地下,可是后来他们自己也找不到了。另一份财宝是我们的顿河哥萨克埋藏的。在一二年①,他们从法国人手里抢到许许多多各种金银财宝。他们在回家的路上听说官府要夺取他们的金银。他们这些好汉不甘心把财物白白缴给官府,就索性埋在地下,至少可以让子孙们得到,可是那些东西究竟埋在什么地方,就不得而知了。"

"这些财宝我听说过。"老人阴郁地嘟哝了一句。

"是啊,"潘捷列又沉思起来,"就是嘛。……"

接着是沉默。管事深思地瞧着远方,笑一笑,拉一下缰绳,仍旧现出仿佛忘了一件什么事或者有话没有说完的神情。那匹马不乐意地迈步走动了。潘捷列骑马走了一百步光景,坚决地摇一下头,从沉思中清醒过来,用鞭子抽一下马,那匹马就奔驰起来。

---

① 指1812年的俄法战争。

这儿只剩下两个牧人了。

"他是玛卡罗夫庄园上的潘捷列,"老人说,"他一年挣一百五十卢布,吃东家的伙食。他是个受过教育的人。……"

醒来的羊(它们一共有三千头上下)闲着没事做,不大乐意地吃着那些低矮的、被人踩倒的青草。太阳还没升上来,不过人已经可以看清所有的高冈,远处那个耸起尖顶的萨乌尔墓好像一朵云。如果爬上陵墓,就可以在那儿看见像天空一般平坦无边的平原,看见地主的庄园、日耳曼人和莫罗勘派①教徒的田庄、乡村。视力好的卡尔梅克人甚至可以瞧见城市和铁道上的火车。只有从那陵墓上,才可以看见世界上除了沉默的草原和古老的坟丘以外还有另外一种生活,那种生活是跟埋藏着的幸福以及绵羊的思想没有关系的。

老人在身旁摸到他那根"牧杖",那是一根长木杖,顶上有一个钩。他站起来,思索着。在年轻的牧人脸上,那种孩子气的恐怖和好奇神情还没消散。他正处在他刚听到的故事的影响下,焦急地等着新的故事。

"老大爷,"他站起来,拿着自己的牧杖,问道,"你哥哥伊里亚怎么对付那个兵来着?"

老人没听清他问的话。他呆呆地瞧着年轻的牧人,努动着嘴唇回答说:

"我啊,山卡,一直在想那个兵在伊万诺夫卡村见到的字条。我有一句话没对潘捷列说,求上帝跟他同在吧,其实字条上写明了地方,那个地方就连娘们儿家都找得到。你知道那是什么地方?就在富饶谷,在山谷像鹅掌那样分出三条山沟的地方,在中间那条

---

① 从俄罗斯正教分离出来的一个教派,主张每个教徒都有独立解释《圣经》的权利,取消教会和祭司,反对举行仪式,提倡"自我修道",在家祈祷。

山沟里。"

"怎么,你去挖吗?"

"我打算去碰碰运气。……"

"老大爷,你找到了财宝,打算拿它怎么办呢?"

"我吗?"老人笑着说,"哼!……只要找着了,那我……我就叫大家都看看我的本事。……哼!……我知道该怎么办。……"

至于找到财宝后会拿它怎么办,老人答不上来了。今天早晨提到他面前来的问题他大概从未想到过,这还是生平第一次,不过,凭他那轻慢而淡漠的脸色看来,他并不觉得这个问题有什么要紧,值得去考虑。这时候,山卡的头脑里又生出一个疑团:为什么只有老人才找财宝?人间的幸福对这些每天都可能衰老得死掉的人究竟有什么用呢?可是山卡不能把这个疑团变成一个问题提出来,老人呢,对这个问题恐怕也是答不上来的。

巨大的红日出现了,四周围绕着淡淡的薄雾。宽条的阳光还带着凉意,倾注在沾着露水的青草上,向四周伸展开去,平铺在大地上,带着欢乐的样子,仿佛极力要证明它不厌烦它的工作似的。银白的蒿子、猪葱的蓝花、黄色的山芥菜、矢车菊合在一起,花团锦簇,把阳光化成它们自己的微笑了。

老人和山卡分开,站在这群羊的两头。两人站在那儿发呆,一动也不动,瞧着地下,思索着。老人没丢开有关幸福的想法,山卡呢,想着夜间他们讲的那些事。使他发生兴趣的倒不是幸福本身,那是他不需要,也不理解的,使他发生兴趣的是人间幸福那种离奇的、类似神话的性质。

有一百头羊惊跳起来,在一种不可理解的恐怖中,像是得了暗号似的,一齐从羊群里往旁边冲出去。一时间,山卡仿佛也受到羊的枯燥而郁闷的思想的感染,同样生出不可理解的兽性的恐怖,冲到一边去了,不过他立刻醒悟过来,叫道:

"吪,疯子！你们疯了,该死的！"

太阳开始烘烤大地,预示溽暑会来得很久,谁也阻挡不住,于是一切夜间活动和发出声音的活东西就都沉入半睡半醒的状态了。老人和山卡各自拄着牧杖,立在羊群两端,一动也不动,像是苦行僧在祷告。他们聚精会神地思索着。他们不再留意对方,各人生活在各人的生活里。那些羊也在思索。……

阴 雨 天

大雨点抽打昏暗的窗子。这是一场在别墅区常常遇到的、惹人厌烦的雨,这种雨一下开头,照例会拖很久,一连下几个星期,直到别墅的住客挨着冻,习惯了,变得灰心丧气才会罢休。天气很凉,人可以感到那种强烈的、不舒服的潮气。律师克瓦兴的岳母和他的妻子娜杰日达·菲里波芙娜穿着雨衣,围着披巾,坐在饭厅里的饭桌旁边。老太婆的脸上流露出这样一种神情:她,谢天谢地,总算吃得饱,穿得暖,身体健康,已经把她的独生女嫁给一个挺好的人,现在尽可以心安理得地摆一摆牌阵①了。她女儿是个矮小、肥胖的金发女人,二十岁上下,生一张温和而贫血的脸,胳膊肘支在桌子上,正在看书。从她的眼睛可以看出,她与其说是在看书,不如说是在想心事,这可是书本上没有的。两人沉默着。雨声哗哗地响,厨房里传来厨娘那拖长的哈欠声。

克瓦兴本人不在家。每逢下雨的日子,他总是不到别墅来,留在城里。别墅区的潮湿天气对他的支气管炎有不好的影响,妨碍他工作。他抱定一种见解,认为阴天的景象和窗上的雨珠足以使人丧失精力,产生忧郁的心情。城里比较舒适安乐,阴雨天就几乎引不起注意了。

---

① 指一种单人玩的纸牌戏。

老太婆摆过两次牌阵后,把纸牌洗一下,看一眼她的女儿。

"我用纸牌算个卦,看明天会不会有好天气,我们的阿历克塞·斯捷潘内奇会不会回来。"她说,"他已经有五天没有回来了。……上帝在用天气惩罚人哟。……"

娜杰日达·菲里波芙娜冷淡地瞧瞧母亲,站起来,从这个墙角走到那个墙角。

"昨天晴雨表升上去了,"她沉思地说,"今天呢,据说又下降了。"

老太婆把牌列成三长排,摇一摇头。

"你惦记他?"她看一眼女儿,问道。

"当然!"

"我看出来了嘛。怎么能不惦记!他已经有五天没回来了。五月里,他至多两天或者三天不回来,现在呢,五天了,真不得了!我不是他的妻子,可是也惦记他了。昨天人家告诉我说,晴雨表升上去了,我就吩咐人为他,为阿历克塞·斯捷潘内奇宰了一只小鸡,杀好一条鲫鱼。这都是他喜欢吃的。你那去世的父亲最见不得鱼,可是他爱吃。他总是吃得蛮有滋味的。"

"为了他,我的心都痛了。"她的女儿说,"我们觉得烦闷,可是要知道,妈妈,他更加烦闷哟。"

"可不是!白天老是办案子,到了晚上又孤零零地住在空宅子里像是一只猫头鹰。"

"顶要命的是,妈妈,他单身一个人待在那儿,没有仆人,也没有人给他烧茶炊或者送水。为什么他不在夏天这几个月里雇个听差呢?再者,既然他不喜欢这个别墅,又何必要这个别墅呢?我早就对他说过,用不着要这个别墅,可是不行。他说:'这是为了你的身体啊。'其实我的身体有什么问题呢?他为我受这么多的罪,倒要害得我生一场病了!"

女儿从母亲的肩头上望过去,看见牌阵上有个地方不对,就弯下腰凑近桌子,纠正那个错误。紧跟着来了沉默。她们两人眼睛瞧着牌,心里却在想象她们的阿历克塞·斯捷潘内奇现在孤零零地坐在城里他那阴森的空书房里工作,挨着饿,筋疲力尽,惦记着家人。……

"你猜怎么着,妈妈?"娜杰日达·菲里波芙娜突然说,眼睛发亮了,"如果明天还是这种天气,我就搭早班火车到城里去看他!至少我要看看他身体怎样,照应他一下,让他喝点茶。"

两人都暗自吃惊:这么一个简单而容易办到的想法,早先怎么就没有想起来呢。坐火车到城里只有半个钟头的路程,然后再坐二十分钟的马车就到家了。她们又谈了一会儿,觉得很满意,就在同一个房间里上床睡觉了。

"唉—唉—唉。……上帝啊,饶恕我们这些罪人吧!"老太婆听到大厅里的钟敲两点,叹口气说,"睡不着啊!"

"你没有睡着,妈妈?"女儿小声问道,"我呢,一直在惦记阿辽沙①。希望他在城里别苦坏了身体才好!上帝才知道他在哪儿吃早饭和午饭,左不过是在餐馆里或者饭铺里。"

"我也在想这个,"老太婆叹道,"求圣母拯救他,保佑他。可是这雨,这雨啊!"

到早晨,雨不再抽打窗子了,然而天空仍旧像昨天那么阴霾。树木哀伤地站在那儿,一阵风吹过,就洒下许多水点。泥路上的脚印、小沟、车辙,都盛满了水。娜杰日达·菲里波芙娜决定动身了。

"替我问他好,"老太婆帮她女儿穿衣服,说,"你就说别为办案子太操心。……也该休息一下。他上街的时候,叫他包好脖子:天气太坏,求上帝保佑吧!再者,你把小鸡给他带去,家里做的吃

---

① 阿历克塞的爱称。

食虽说是凉的,也比饭馆里的强。"

女儿走了,临行说定,坐晚班火车回来,或者明天早晨回来。

可是她老早就回来了,家里还没吃饭,老太婆正坐在卧室里一口箱子上,睡意蒙眬,盘算着晚饭给她女婿做些什么菜。

她女儿走进房来见她,脸色苍白,神情恍惚,一句话也没说,帽子也不脱就往床上一坐,一头倒在枕头上。

"你这是怎么了?"老太婆惊讶地说,"为什么这样快就回来了?阿历克塞·斯捷潘内奇在哪儿?"

娜杰日达·菲里波芙娜抬起头来,用失神的、恳求的目光瞧着她的母亲。

"他欺骗我们,妈妈!"她说。

"你这说的是什么呀,求基督跟你同在!"老太婆惊慌地说,包发帽从脑袋上滑下来了,"谁会来欺骗我们?怜悯我们吧,主啊!"

"他欺骗我们,妈妈!"她女儿说,下巴发抖。

"你怎么知道的?"老太婆嚷道,脸色苍白了。

"我们家的门锁着。扫院子的人说,一连五天阿辽沙没有回过家。他没住在家里!没住在家里!没住在家里!"

她摇着手,放声大哭,嘴里光是念叨着:

"没住在家里!没住在家里!"

她发了歇斯底里。

"这是怎么回事?"老太婆害怕地嘟哝说,"他前天写来的信上还说他没有离开过家呢!他在哪儿过的夜?圣徒啊!"

娜杰日达·菲里波芙娜浑身无力,就连脱掉帽子都办不到了。她仿佛吃了麻醉剂似的,茫然往四下里瞧着,焦急地抓住她母亲的胳膊。

"你居然相信那个人:他是个扫院子的呀!"老太婆说,在女儿身旁手忙脚乱,哭着,"你也太爱吃醋了!他不会欺骗你。……再者,他怎么敢欺骗?难道我们是什么随随便便的人吗?虽然我们出身商人家庭,可是他没有权利欺骗我们,因为你是他明媒正娶的妻子!我们可以去告状!我给过你两万!你又不是个没带陪嫁钱的妻子!"

老太婆自己也放声大哭,把手一挥。她也浑身无力,在她的箱子上躺下了。她们两人没留意到天空已经露出一块块蓝色斑点,云层已经稀薄,初射出来的阳光小心地照耀,滑过花园里潮湿的青草,快活的麻雀在水塘旁边蹦蹦跳跳,水塘里映着奔驰的白云。

将近傍晚,克瓦兴回来了。他离城以前到家里去过一趟,从扫院人那儿得知,他不在家的时候,他妻子来过。

"我来了!"他走进岳母的房间,快活地说,假装没注意到她们泪痕斑斑的、严厉的脸,"我来了!五天没有见面了!"

他很快地吻一下妻子和岳母的手,做出一个人刚刚做完沉重的工作,心里高兴的样子,往圈椅上一坐。

"哎呀!"他说,吐出他肺里所有的空气,"说真的,我好苦!我连坐一坐的工夫也没有!差不多一连五天……成天到晚过的是野营般的生活!你们再也想不到,家里我一次也没回去过!我一直在应付希普诺夫和伊凡奇科夫的债权人会议,不得不到加尔杰叶夫那儿,在他商店的办公处工作。……吃也吃不好,喝也喝不好,睡在随便哪条长凳上,周身挨冻。……一会儿的空闲都没有,连回家去一趟的工夫都没有。所以,娜久霞①,我始终也没有回过家。……"

克瓦兴用手按住身子的两侧,仿佛他累得腰都痛了。他斜起眼睛瞧一下妻子和岳母,想看明白他的谎话,或者用他的话来说,他的外交手腕,起了什么作用。他的岳母和妻子带着愉快的惊奇

---

① 娜杰日达的爱称。

神情互相看一眼,仿佛出乎意外,找到了一件已经失掉的珍宝似的。……她们脸上放光,眼睛发亮。……

"我的亲人啊,"他的岳母跳起来,说,"我为什么在这儿呆坐着?茶!赶快弄茶来!也许你饿了吧?"

"当然饿了!"他妻子说,摘掉头上那块浸过醋的头巾,"妈妈,赶快拿葡萄酒和凉茶来!娜达丽雅,摆饭桌啊!哎呀,我的上帝,什么也没有准备!"

两个人又惊又喜,忙忙乱乱,在各处房间里跑进跑出。老太婆望着她那错怪了好人的女儿,就忍不住笑出声来,女儿呢,觉得怪难为情的。……

饭桌很快就摆好了。克瓦兴本来满嘴冒着马德拉酒①和烈性蜜酒的气味,饱得透不过气来,这时候却口口声声说他饿了,勉强嚼着吃食,不住地讲希普诺夫和伊凡奇科夫的债权人会议,同时他的妻子和岳母目不转睛地瞧着他的脸,心里暗想:

"他多么聪明,多么亲切!他长得多么漂亮啊!"

"好得很!"克瓦兴吃完晚饭,在又大又软的鸭绒褥垫上躺下,暗自想道,"她们虽然出身于商人家庭,虽然土头土脑,不过倒也有她们独特的妙处,一个星期里在这儿消磨一两天倒蛮有味道呢。……"

他盖上被子,身体渐渐暖和过来,一面昏昏睡去,一面说:

"太好了!"

---

① 一种烈性葡萄酒,因葡萄牙属地马德拉群岛而得名。

剧　　本

"巴威尔·瓦西里伊奇①,有一位太太来了,要见您。"路卡通报说,"她已经足足等了一个钟头。……"

巴威尔·瓦西里耶维奇刚刚吃完早饭。一听到那位太太,他就皱起眉头说:

"滚她的!就说我很忙。"

"她,巴威尔·瓦西里伊奇,已经来过五回了。她说很需要跟您见面。……她几乎哭了。"

"哼。……那么,好吧,请她到书房去。"

巴威尔·瓦西里耶维奇不慌不忙地穿好上衣,一只手拿着钢笔,一只手拿着书,做出很忙的样子,走进书房。他的客人在那儿等他,那位太太身材高大而丰满,生着又肥又红的脸,戴着眼镜,显得非常高贵,衣服十分考究(裙子里放着四层腰衬②,戴着一顶高帽,帽子上绣着一只火红色的鸟)。她看见主人,就转动脑门底下的眼睛,合起手掌,做出祈求的神态。

"您,当然,不记得我了,"她用高亢的男高音说,分明心情激动,"我……我有幸在赫鲁茨基家里跟您见过面。……我是穆拉

---

① 巴威尔·瓦西里耶维奇的简称。
② 19世纪欧洲上层社会妇女垫在腰部,使裙子扩展,借以使体态丰盈的衬垫物。

希金娜。……"

"啊啊……嗯。……请坐！有什么事要我效劳吗？"

"您明白，我……我……"太太坐下来，接着说，越发激动了，"您不记得我了。……我是穆拉希金娜。……您明白，我热烈崇拜您的才能，总是津津有味地读您的作品。……您不要以为我奉承您，求上帝保佑我别这样，我只是对您做了应有的赞扬罢了。……我经常读您的作品，经常！在某种程度上，我自己跟写作生活也并不是全不相干，那就是说，当然……我不敢把我自己叫作作家，不过……蜂房里毕竟也有我的一滴蜜呀。……我前后发表过三篇儿童小说，当然，您没有看过……我还翻译过许多作品，而且……而且我那去世的哥哥为《事业》①写过文章。"

"哦……嗯嗯嗯。……有什么事要我效劳吗？"

"您明白……"穆拉希金娜低下眼睛，脸上泛起红晕，"我知道您的才能……您的见解，巴威尔·瓦西里耶维奇。我想知道您的看法，或者更确切些说……恳求您提出意见。应当对您说明一下，请您原谅我这样说②，我生了一个孩子，也就是写了一个剧本。我在把它送到书报检查官那儿去审查以前，想听一听您的意见。"

穆拉希金娜带着落网的鸟那样的激动神情，急急忙忙在连衣裙里摸索着，拿出一本厚厚的大笔记簿。

巴威尔·瓦西里耶维奇只喜欢自己的作品，别人的作品如果摆在他面前，要他读，要他听，那总会对他产生一种影响，仿佛要他面对着大炮的炮口一样。他看见笔记簿，吓了一跳，赶紧说：

"好，您把它留在这儿……我来看一看吧。"

"巴威尔·瓦西里耶维奇！"穆拉希金娜娇滴滴地说，站起来，

---

① 俄国学术性文艺刊物，1866—1888年在彼得堡出版。——俄文本编者注
② 原文为法语。

合起手掌,做出祈求的样子,"我知道您忙……每分钟在您都是宝贵的,我知道此刻您心里正在说:滚她的。可是……请您费神,让我现在把我的剧本念给您听。……请您发发善心吧!"

"我很高兴……"巴威尔·瓦西里耶维奇为难地说,"不过,夫人,我……我有事。……我……我现在就得出门去。"

"巴威尔·瓦西里耶维奇!"夫人哀声叫道,眼睛里含满泪水,"我请您作一点牺牲!我鲁莽,我纠缠不休,可是请您大度包涵吧!明天我就要动身到喀山去了,现在我一心想听听您的意见。请您让我打搅您半个钟头……只要半个钟头就行!我求求您!"

巴威尔·瓦西里耶维奇生性软弱,不会推辞。他觉得这位夫人准备放声痛哭,跪下来,就觉得很窘,张皇失措地嘟哝道:

"好,遵命……我听。……我准备听半个钟头就是。"

穆拉希金娜高兴地叫起来,脱掉帽子,坐下,念起来。她先念听差和女仆正在收拾华丽的客厅,他们冗长地议论小姐安娜·谢尔盖耶芙娜,她在村子里办学校和医院。女仆等到听差走出去后,念了一大段独白,说学问是光明,愚昧是黑暗。然后穆拉希金娜打发听差回到客厅里,让他念一段冗长的独白,说他们的主人,一位将军,不能容忍女儿的信念,准备叫她嫁给一个阔绰的宫中侍从,他认为民众的得救在于彻底的无知。然后仆人下场,小姐本人来了,对观众申明说,她通宵没有入睡,想念穷教师的儿子瓦连青·伊凡诺维奇,他无偿地接济他那有病的父亲。瓦连青学识渊博,可是既不相信友谊,也不相信爱情,他找不到生活目标,只巴望死,所以她,这位小姐,要拯救他。

巴威尔·瓦西里耶维奇听着,苦恼地想念他那长沙发。他恶狠狠地瞧着穆拉希金娜,觉得她的男高音敲着他的耳鼓膜,他什么也没听明白,心里暗想:

"必是鬼把你打发来的。……谁要听你这些胡言乱语!……

是啊,你写了剧本为什么就该我倒霉? 主啊,她的笔记簿好厚啊! 真要命!"

巴威尔·瓦西里耶维奇瞧着两扇窗子之间那块墙壁,那儿挂着一张他妻子的照片。他想起他妻子吩咐他买五俄尺长的带子、一斤干酪、一盒牙粉,带到别墅去。

"带子的样品但愿没有丢掉才好。"他暗想,"我把它塞到哪儿去了? 大概在蓝色上衣里。……那些可恶的苍蝇已经把我妻子的照片弄得满是斑斑点点。我得吩咐奥尔迦擦一擦玻璃。……她在念第十二场,可见头一幕快完了。难道这么热的天气,又长着这么一身肉,会有灵感? 与其写什么剧本,还不如喝点冷杂拌汤,到地下室去睡一觉的好。……"

"您不认为这段独白长了点吗?"穆拉希金娜抬起眼睛,忽然问道。

巴威尔·瓦西里耶维奇没听那段独白。他慌了,用一种惭愧的声调说(倒好像这段独白不是那位太太写的,而是他自己写的):

"不,不,一点也不长。……很动人。……"

穆拉希金娜快活得满脸放光,继续念道:

安娜　　您已经给分析害苦了。您太早停止了心灵的生活而信任智力了。

瓦连青　心是什么? 这是解剖学上的概念。至于大家所说的"感情"这个传统术语,我是不承认的。

安娜　　(慌张)那么爱情呢? 难道这也是观念的复合的产物? 请您老实说一句:您爱过什么人吗?

瓦连青　(痛苦地)我们不要去碰那个还没有愈合的旧伤口吧。(停顿)您在想什么?

安娜　　我觉得您不幸。

她念到第十六场,巴威尔·瓦西里耶维奇打了个哈欠,不料他的牙齿无意中发出狗咬住苍蝇的那种声音。这种不成体统的声音吓了他一跳,为了掩盖这种声音,他就装出听得入神的样子。

"这是第十七场。……到底什么时候才能完呀?"他想,"啊,我的上帝!如果这种磨难再继续十分钟,我就要喊救命了。……真受不了!"

可是后来夫人总算念得快了一点,也响一点了,临了她提高喉咙,念道:"幕落。"

巴威尔·瓦西里耶维奇轻松地吁一口气,准备站起来,可是穆拉希金娜立刻翻过一页,继续念道:

第二幕。景:村街。右边是学校,左边是医院。医院的台阶上坐着一些男女农民。

"对不起……"巴威尔·瓦西里耶维奇插嘴说,"一共有几幕?"

"五幕。"穆拉希金娜回答说,仿佛害怕听朗诵的人走掉,立刻很快地继续念道:

学校的窗子里站着瓦连青,瞧着外面。可以看见舞台深处有些农民拿着自己的家私走进一家小酒店。

如同一个人准备接受死刑、相信没有可能得到赦免似的,巴威尔·瓦西里耶维奇静等她念完,不存一点指望,只是用力不让眼皮合起来,不让脸上失去专心的神情。……至于将来那位夫人总会念完剧本,离开此地,他却觉得非常渺茫,不去想它了。

"特鲁——土——土——土……"他的耳朵里响着穆拉希金娜的声音,"特鲁——土——土……日日日日……"

"我忘记吃苏打了。"他想,"我刚才想什么来着?对了,苏打。……我大概有胃炎。……奇怪,斯米龙斯基成天价灌酒,倒至

265

今没有得胃炎。……窗台上飞来一只鸟儿。是麻雀。……"

巴威尔·瓦西里耶维奇竭力张开沉重得快要合在一起的眼皮,打哈欠极力不张开嘴,眼睛瞧着穆拉希金娜。她在他眼睛里模模糊糊,摇摇晃晃,变成三个头的怪物,而且她的头一直顶到天花板上去了。……

  瓦连青 不,请您让我走。
  安娜 (惊慌)为什么?
  瓦连青 (旁白)她脸色惨白了。(对她)请您不要逼我解释。我宁可死,也不会让您知道原因。
  安娜 (顿一顿)您不能走。……

穆拉希金娜开始胀大,越来越大,变成一个巨大的怪物,跟书房里的灰色空气合成一片了。只有她那张活动的嘴还可以看清。随后她又忽然变小,像个瓶子,摇摇晃晃,随着桌子一齐退到房间深处去了。……

  瓦连青 (把安娜搂在怀里)你使我复活了,给我指出了生活目标!你使我焕然一新,好比春雨使得苏醒的大地焕然一新!可是……现在已经迟了,已经迟了!一种折磨我心灵的病痛已经无法医治了!……

巴威尔·瓦西里耶维奇打了一个寒战,暗淡无光的眼睛盯住穆拉希金娜。他呆呆地看了一会儿,仿佛什么也不明白似的。……

  第十一场。景同前。男爵,区警察局长、见证人。……
  瓦连青 把我带走吧!
  安娜 我是属于他的!把我也带走!是的,把我也带走!我爱他胜过爱我的生命!

男爵　　安娜·谢尔盖耶芙娜,您忘了,您这样一来就把您的父亲断送了。……

穆拉希金娜又开始胀大。……巴威尔·瓦西里耶维奇凶狠地看看四周,站起来,用不自然的、低沉的声调大叫一声,从桌上拿起一个沉甸甸的镇纸,昏昏沉沉,用尽气力,往穆拉希金娜的头上打去。……

"把我捆起来吧,我把她打死了!"过了一分钟,他对一个跑进来的女仆说。

陪审员们判他无罪,把他释放了。

像这样的,大有人在

在别墅区专车开出前一小时,有个一家之长,手里捧着一个玻璃的桌灯圆罩、一辆玩具自行车、一口供儿童用的小棺材,走进他的朋友家里,他筋疲力尽,往长沙发上一坐。

"好朋友,我亲爱的……"他喃喃地说,上气不接下气,眼珠乱转,"我有一件事来求你。请你看在基督分上……把你那管手枪借给我,明天一定奉还。麻烦你了。"

"你要枪有什么用?"

"有用。……哎呀,我的上帝!给我点水喝吧。快拿水来!有用。……今天晚上我要穿过一个黑树林,所以我……得防备万一。……借给我,你行行好吧!……"

他的朋友瞧着家长疲惫不堪的苍白脸色,瞧着他冒汗的额头和昏花的眼睛,耸了耸肩膀。

"哼,你撒谎,伊凡·伊凡内奇!"他说,"见鬼,哪有什么黑树林?大概你在胡思乱想!从你的脸色就可以看出你在打坏主意!不过你到底是怎么回事?为什么你抱着一口棺材?你听我说,你像是要昏倒的样子!"

"拿水来。……哎呀,我的上帝。……等一等,让我喘过气来。……我累坏了,像狗一样。我的身子和脑袋里有一种感觉,好像有人把我的全部血管都从身上抽出来,放在铁扦子上烤似的。……我再也受不住了。……劳驾不要再问我什么话,也不要详细打听……把手枪拿给我吧!我求求你!"

"哎,得啦!伊凡·伊凡内奇,这是多么懦弱!你还是堂堂家长,堂堂五等文官呢!你该害臊才对!"

"你羞辱人自然容易……反正你住在城里,不知道那些该死的别墅是怎么回事。……再拿点水来。……可要是你处在我的地位,你就要换个调门唱歌了。……我成了受难者!我成了驮载货物的牛马、奴隶、下流货,也不知我留恋什么,还没有把自己打发到另一个世界去!我是草包、傻瓜、蠢货!我何必再活下去?何必呢?"

家长跳起来,绝望地合起手掌,开始在书房里走来走去。

"是啊,你说说,我何必再活下去?"他嚷着,跑到朋友面前,抓住他的纽扣,"接连不断地遭受这种生理上和精神上的痛苦,为的是什么?为思想受难,我能理解,真的!可是为那些鬼名堂,为女人的裙子和孩子的小棺材受难,我却不能理解,简直没法理解!是啊,是啊,是啊!我够了!够了!"

"你别嚷,我的邻居会听见的!"

"让你的邻居听见就是,我才不在乎呢!你不肯给我手枪,别人自肯给我,反正我不会再在人间活下去!我已经下定决心了!"

"慢着,你要把我的纽扣揪断了。……你说话冷静点。我仍旧不明白,你的生活有哪点不好呢?"

"哪点?你问哪点?行,我对你讲一下!行!我把心里的话都对你说了,也许我心里就不会这么难受了!我们坐下吧。……我说得短点,因为一会儿我就要到火车站去,而且我还得先赶到丘特柳莫夫商店去替玛丽雅·奥西波芙娜买两罐鳗鱼和一俄磅果糕,巴不得她到了那个世界让魔鬼拔出舌头来才好!好,你听着。……就拿今天来说。就拿今天做例子吧。你知道,从上午十点到下午四点,我得坐在办公室里苦熬。天气又热又闷,苍蝇飞来飞去,而且,老兄,乱得不成体统。秘书请假了,赫拉波夫到外地结婚去了,机关里那些小职员对别墅、恋爱、业余公演都着了迷。一个个睡眼惺忪,浑身没劲,形容憔悴,弄得你一无办法,劝也劝不好,骂也没有用。……秘书的职务由一个左耳发聋、正在热恋中、连收文和发文都分不大清的人代理,这个蠢货什么也不懂,样样事情都只好由我亲自替他做。秘书和赫拉波夫不在,谁都不知道东西该放在哪儿,送往何处,那些来接洽公务的人糊里糊涂,到处瞎跑,忙忙乱乱,大发脾气,出言恫吓,总之闹得乌烟瘴气,弄得你要喊救命!四周围乱七八糟,吵吵嚷嚷。……工作本身也是要命,老是那一套,老是那一套:查对,发公文,查对,发公文,单调得跟海上的小浪一样。你要明白,简直把我弄得连眼睛都要从脑门底下暴出来了。可是,还有更倒霉的事,原来我的上司跟他太太离婚了,正害着坐骨神经痛。他老是发牢骚,愁眉不展,闹得人不得消停。真受不了啊!"

家长跳起来,可是马上又坐下了。

"这都是小事,你听听下文吧!"他说,"从机关里出来,你已经筋疲力尽,劳累不堪,本来该去吃一顿饭,躺下睡一觉才对,可是不行,你得记住你是个有别墅的人,那就是说你是个奴隶,是个废物,是个草包,对不起,你得马上像着了魔似的跑遍全城,办理人家交下来的各种差事。我们的别墅区养成一种可爱的风气:要是有一个住别墅的人进城,那么漫说他的老婆,就连别墅里各式各样的无聊家伙和蠢货都有权力和权利把无数的差事堆到你身上来。你的太太要求你到女服店去把缝工骂一顿,因为衣服的腰身做肥了,肩膀却做瘦了;索涅琪卡要调换一双鞋,姨妹要你凭货样买二十戈比的红丝线和三俄尺的绦子。……不过你等一等,我索性给你念一遍。"

家长从坎肩口袋里拿出一张揉皱的字条,气冲冲地念道:

"圆形灯罩一个;火腿香肠一斤;调料丁香和桂皮①五戈比;为米沙买蓖麻子油;砂糖十斤;把家里的铜盆和铜研钵取来以便研碎糖块;石碳酸;波斯粉②二十戈比;啤酒二十瓶;醋精一瓶;到格沃兹杰夫商店替善索小姐买八十二号胸衣一件;把米沙的秋大衣和雨鞋从家里取来。这是我妻子和家人的吩咐。现在再说那些可爱的熟人和邻居交托的事,叫鬼吞吃了他们才好!明天符拉辛家的沃洛嘉过命名日,得给他送去自行车一辆;库尔金家的小娃娃死了,我得买小棺材一口;玛丽雅·米海洛芙娜家正熬果酱,因此我每天都得给她带半普特砂糖去;中校太太维赫陵娜怀孕了,这跟我毫不相干,可是不知什么缘故,我却得去找接生婆,吩咐她某一天一定要去。……至于什么送一封信啦、买一点香肠啦、打个电报啦、买一瓶牙粉啦之类的差事,那就更不在话下了。这种字条我的口袋里有五张哩!拒绝这类差事可不行,那不礼貌,太不客气了!见鬼!叫别人去买一普特糖,去请接生婆,这倒算有礼貌,你要是拒绝,那就不得了③,一点礼貌也没有了!如果库尔金家的差事我推托不干,我的妻子就头一个不答应:公爵夫人玛丽雅·阿列克塞芙娜会怎么说呢④?哦哟!哎呀!然后她就一个劲儿地昏厥,见她的鬼!得,老兄,你走出机关,在坐火车之前,就得跑遍全城,像狗似的吐出舌头,跑啊跑的,诅咒生活。从商店跑到药房,从药房跑到女服店,从女服店跑到香肠店,从那儿又跑到药房。你在这个地方跌个跟斗,在那个地方丢了钱,在另一个地方忘了付款,惹得

---

① 两种调味的香料。
② 驱臭虫的药粉。
③ 原文为法语。
④ 这句话引自俄国剧作家格里鲍耶陀夫(1795—1829)的喜剧《智慧的痛苦》。——俄文本编者注

人家来追你,闹出一场笑话,到另一个地方又踩了一位太太衣服的长后襟……呸! 就因为这么乱跑,你惹得好多人讨厌你,累得你四肢无力,回到家里通宵骨头酸痛,膝盖抽筋。好,等到差事办完,各种东西买妥,那么,请问,这些东西怎样包装呢? 比方说,你怎样把铜研钵和铜研棒跟灯罩放在一起,或者怎样把石碳酸和茶叶放在一起呢? 是啊,你来动动脑筋看。你怎样把这些瓶啤酒和这辆自行车放在一起呢? 老兄,这简直叫人费尽心机,成了难猜的谜,捉摸不透! 不管你怎么包装,怎么捆扎,到头来准会打碎或者弄撒什么东西。到了火车站和火车上,你也只能站着,张开两条胳膊,叉开两条腿,翘起下巴吊住一个包袱,浑身上下满是纸包、硬纸盒和种种废物。火车一开,乘客们就把你的行李往四面八方乱丢,因为你那些东西占了别人的座位。大家哇哇地嚷,把乘务员叫来,威胁说要把我赶下车去,可是我有什么办法呢? 我总不能把东西往窗外扔啊! 请您存到行李车上去! 说说倒容易,可是要知道,这就得装箱,就得把那些破烂一齐放得妥妥帖帖,可我怎么能每天都带着箱子,怎么能把玻璃灯罩跟铜研钵放在一块儿? 于是一路上,火车里不住地吵吵嚷嚷,咬牙切齿,直到你下车才算完事。你等着瞧,今天乘客们为这口小棺材有得吵呢! 哎哟,你给我点水,老兄。现在你再听下文。托人办事成了风气,至于人家代买东西花掉的钱,却欠着不还! 我花掉许许多多钱,结果只能收回一半。比如这口小棺材,我会派我的女仆送到库尔金家里去,可是他们目前正伤心,自然没有工夫顾到钱的事。那么,这笔钱我就收不回来了。叫我以后再提这笔债,而且是对一位太太提,那你就是杀了我也办不到。如果这笔债是按卢布算的,那么,他们即使不乐意,好歹也还会还给你,可要是戈比,那就毫无希望了。好,最后我总算回到别墅了。既是辛辛苦苦忙了一阵,总该可以痛快地喝几杯,大嚼一顿,睡上一觉吧,不是吗? 可是办不到。我的妻子早就在等我了。

我刚开始喝菜汤,她就抓住我这个上帝的奴隶不放:尊驾能不能赏光,到某地去看业余公演或者参加舞会呀?要推托也推托不了。你是丈夫,'丈夫'这两个字翻译成太太的语言,就是草包,呆子,不会说话的动物,而且这种动物可以任意乘骑和运货,不必担心动物保护协会出头干涉。你只好跟着去,瞪起眼睛看《上流家庭的丑事》①或者《莫嘉》②,按你妻子的命令鼓掌,觉得自己马上就要断气了。到舞会上呢,你瞧着人家跳舞,想给你的妻子找个舞伴,不过如果这儿正缺男舞伴,那么对不起,你就自己上场跳卡德里尔③吧。于是你跟一个生着罗圈腿的女人跳起舞来,傻头傻脑地微笑,心里却在暗想:'啊,上帝,到什么时候才完呀?'一直到午夜,你才能从剧场或者舞会上回到家,这时候你已经不是活人,而是半死不活,快要倒下了。不过你总算达到了目的:你脱掉衣服,躺在床上了。那就闭上眼睛睡觉吧。……好得很。……一切都那么美妙:暖暖和和,隔壁的孩子又不啼哭,你的妻子也不在身旁,你的良心又清清白白,真是再好也没有。你就蒙眬睡去,可是忽然间……忽然间听见:嗡嗡嗡。……蚊子来了!蚊子来了,叫它遭三回诅咒才好,该死的蚊子!"

家长跳起来,摇着拳头。

"蚊子!这真是惨无人道的惩罚,不下于宗教裁判!嗡嗡嗡。……它们叫得那么凄凉悲怆,倒仿佛恳求原谅似的,可是这些混蛋拼命叮你,害得你挨过叮后足足有一个钟头身上发痒。你点起香来熏它,你拍它,你拉起被子蒙上头,可是都不顶事!临了你就吐口唾沫,任它去折磨:你们管自叮吧,该死的!等你还没来得及习惯蚊子的折磨,他的妻子就在大厅里跟许多男高音一起练唱

---

① 俄国剧作家尼·伊·库利科夫所写的轻松喜剧。——俄文本编者注
② 由达尔诺甫斯基翻译过来的一个轻松喜剧。——俄文本编者注
③ 四人组成二对、包括六个舞式的舞蹈。

爱情歌曲了。他们白天睡觉,晚上准备业余音乐会的节目。啊,我的上帝!那些男高音成了任什么蚊子都比不上的磨难了。"

家长做出一副哭丧相,唱道:

"'你不要说青春已经断送。……我又站在你的面前,神魂飘荡。……'①啊,这些混蛋!他们唱得我魂灵出了窍!为了多少避开他们的声音,我就使出花招,用手指敲我耳朵旁边的鬓角。照这样一直敲到四点钟他们走散为止。……可是他们刚走散,新的刑罚又来了:我那位太太光临,要对我行使她的合法权利了。她在那边唱月亮,跟那些男高音鬼混,心里不免轻飘飘的,如今该轮着我倒霉了。信不信由你,我简直吓坏了,每逢晚上她走进我房间,我总是浑身发烧,慌了手脚。哎哟,老兄,再给我点水喝。……好,就这样,我一会儿也没睡成,六点钟起床,到火车站去赶火车了。我使劲跑,生怕误了火车,那当儿却是地下泥泞,满天大雾,气候寒冷,糟透了!回到城里,单调无味、令人厌烦的生活又开始了。就是这样的,老兄。……我跟你说,这种生活苦极了,我都不希望我的仇人过这样的生活哟。你要明白,我已经得病了!气喘啦,胃气痛啦,老是提心吊胆,肠胃消化不良……一句话,这不是生活,是活受罪!而且谁也不怜悯你,同情你,好像你本来就该这样似的。人家甚至讪笑你。你是别墅里的丈夫嘛,别墅里的家长嘛,好,那就是说,你活该,你死了也没人管。可是要知道,我是个活物,我要生活!这可不是一出轻松喜剧,这是一出悲剧!你听我说,即使你不肯给我手枪,至少也该同情我啊!"

"我同情你。"

"我看得出尊驾在怎样同情我。……再见。……我要去取鳁

---

① 第一句歌词出自俄国诗人涅克拉索夫的诗《她背上了沉重的十字架》,第二句歌词出自克拉索夫的诗《斯坦司》。——俄文本编者注

鱼,然后赶到火车站去。"

"你的别墅在哪儿?"他的朋友问道。

"在死河边。……"

"哦,我知道那个地方。……你听着,你认识住在那儿别墅里的一位太太奥尔迦·巴甫洛芙娜·芬别尔格吗?"

"认识。……甚至很熟。……"

"嘿,真的吗?"他的朋友吃惊地叫道,脸上现出又愉快又惊讶的神情,"我却一直不知道!既是这样……亲爱的,我的好人,你能答应我一个小小的请托吗?求你看在朋友的分上办一办,亲爱的,伊凡·伊凡内奇!是啊,你给我担保,你一定照办!"

"什么事?"

"不是公事,而是看在朋友分上,替我办件私事。我求求你,好朋友。第一,托你问奥尔迦·巴甫洛芙娜好,第二,托你给她带个小东西去。她要我买台手摇缝纫机,设法托人给她带去。你就给她带去吧,亲爱的!"

别墅里的家长对他的朋友呆愣愣地瞧了一会儿,仿佛什么也没听懂似的,然后他脸色发紫,跺着脚喊起来:

"来,把我这个活生生的人吞下肚去吧!把我活活地弄死吧!把我撕得粉碎吧!把那架机器拿给我!请您骑在我脖子上!拿水来。我何必再活下去?何必呀?"

急　　救

"乡亲们,让开路,村长和文书来了!"

"盖拉西木·阿尔巴狄奇,您过节好!"人群迎着村长,用单调、低沉的声音说,"求上帝保佑,盖拉西木·阿尔巴狄奇,让万事不要按您的意思办,也不要按我们的意思办,要按上帝的意思办。"

带着酒意的村长想说句什么话,可是没能说出来。他意义不明地动了动手指头,睁圆眼睛,使足劲儿鼓起又红又肥的脸颊,好像在吹大喇叭的最高音似的。文书是个矮小猥琐的人,生着小红鼻子,戴一顶骑手的便帽,脸上做出精力充沛的神情,走进人群当中。

"刚才淹在水里的是哪一个?"他问,"人在哪儿?"

"瞧,就是这个人!"

有个身材瘦长的老人,穿着蓝色衬衫和树皮鞋,刚由农民们从水里捞起来,从头到脚湿漉漉的,他张开胳膊,往两旁叉开腿,坐在岸边一汪水里,吐字不清地说:

"侍奉上帝的圣徒们,东正教徒们。……我是梁赞省扎赖斯克县的。……我跟我的两个儿子分开过,我自己在普罗霍尔·谢尔盖耶夫那里……做泥水工人。眼下,这个人,给我七卢布工钱,他说,'你啊,'他说,'费嘉,'他说,'眼下你得,'他说,'你得敬重我,把我看作你的父母。'哼,巴不得叫狼吃了他才好!"

"你从哪儿来?"文书问。

"'把我看作你的父母。'他说。……哼,巴不得叫狼吃了他才好! 给了我七个卢布就要这样?"

"你瞧,他就这么叽叽咕咕说个没完,他自己也不知道在说什么。"乡村警察阿尼西木嚷道,连嗓音都变了,身上的衣服一直湿到腰上,分明为当前这件事激动,"我来给你讲讲,叶果尔·玛卡雷奇! 乡亲们,等一等,别吵嚷了! 我打算把这件事一五一十地讲给叶果尔·玛卡雷奇听。……是这么回事,他是从库尔涅沃村来的。……你们倒是静一静啊,乡亲们,别瞎嚷! 他呢,是这么回事,从库尔涅沃村来,魔鬼迷了他的心,叫他蹚着水过河。这个人呢,喝了点酒,头脑不清楚,糊里糊涂进了河水,脚底下一滑,倒在水里,像一块木片似的在水里打转转。他大喊大叫,我跟里亚克山德拉就一块儿跑到这儿来。……怎么回事? 这个人干什么嚷? 我们一看,原来有人淹在水里了。……这可怎么办? 我就喊叫起来:'里亚克山德拉,把你那手风琴丢到魔鬼那儿去,快来救人!'我们连衣服也没脱就照直跳进河水,在水里转来转去,转来转去。拯救我们吧,圣母! 我们一直游到水流最急的地方。……他抓住那个人的衬衫,我揪住那个人的头发。这时候别的人也瞧见了,就跑到岸边来,哇哇地直喊……人人都想做件好事拯救自己的灵魂。……真把我累坏了,叶果尔·玛卡雷奇! 要不是我们来得是时候,在这过节的日子,这个人可就要活活淹死了。……"

"你叫什么名字?"文书问那个落水的人说,"什么出身?"

那个人糊里糊涂地转动眼珠,一句话也没说。

"他发傻了!"阿尼西木说,"他怎么会不发傻? 大概灌了一肚子水吧。亲爱的人啊,你叫什么? 他不说话! 他哪儿还有什么活气儿? 不过瞧着像个活人罢了,其实他的灵魂恐怕有一半出了

277

窍。……过节的日子却遭了这么大的祸殃！请问，这可怎么办？说不定他会死的。……你瞧，他那张脸简直发青了！"

"听我说，你！"文书拍一下溺水者的肩膀，叫道，"你！回答我问的话，我跟你说话呢！你是什么出身？你不言语，好像你的脑子全让水泡坏了似的。我说的是你！"

"给了我七个卢布就要这样？"溺水者嘟哝道，"我就说：'滚你娘的。……我可不愿意。……'"

"你不愿意什么？回答得清楚点！"

溺水者没说话，冷得全身发抖，牙齿打战。

"他只剩下活着的样儿，"阿尼西木说，"你再仔细一瞧，他根本就不像人了。该给他点药水喝才对。……"

"药水……"文书讥诮道，"要药水有什么用？一个人落了水，他却要找什么药水！这得把他肚子里的水除掉才行！你们干吗张开嘴巴发呆？没心肝的人！快跑到乡公所去拿一张蒲席来，把他放在上面，抬起来往上抛！"

有几个人离开这儿，跑到村里去拿蒲席了。文书兴致勃勃。他卷起袖子，用手心擦擦腰，做出许多小小的动作，表明他精力旺盛，英明果断。

"别挤，别挤啊，"他嘟哝说，"凡是闲人，都走开！有人去找警官没有？您该去嘛，盖拉西木·阿尔巴狄奇，"他对村长说，"可您喝得醉醺醺的。处在您这种有趣的局面里，您眼下最好是回家去坐着。"

村长意义不明地动了动手指头，他想说句什么话，就鼓起脸，那两边脸仿佛眼看就会胀破，裂成碎片，往四下里飞散似的。

"好，把他放倒，"文书看见蒲席已经取来，就叫道，"你们抓住他的胳膊和腿。对，就是这样。现在把他放平。"

"我就说：'滚你娘的。'"溺水者念叨说，毫不反抗，仿佛并没觉得人家把他抬起来,放在蒲席上似的,"我可不愿意。……"

"没关系,没关系,朋友,"文书对他说,"不要害怕。我们略微把你抛一阵,然后,求上帝保佑,你就清醒过来了。警官马上就到这儿来,根据现行法律写个呈文报上去。抛吧!求上帝祝福!"

八个身强力壮的农民,其中包括乡村警察阿尼西木,抓住蒲席的四个角。起初他们游移不定地抛着,好像不相信自己的力量似的,后来才渐渐来了劲头,脸上现出狰狞而专心的神情,抛得又凶猛又热心。他们挺直身子,踮起脚尖,往上跳,仿佛要跟溺水者一块儿飞上天去似的。

"加油!加油!加油!加油!"

矮小、猥琐的文书在他们身旁跑来跑去,用尽全力挺直身体,好用手抓住那张蒲席,他不住声地嚷着,连声调都变了:

"麻利点!麻利点!动作要整齐,合上拍子!加油!加油!阿尼西木,你别松手,我诚心诚意地求求你!加油!"

到了短暂的休息时间,蒲席上就露出头发蓬松的脑袋和苍白的脸,脸上带着困惑、恐惧、生理上痛苦的神情,不过这个脑袋立刻就消失了,因为蒲席又往右上方飞去,然后火速落下来,再带着折裂的响声往左上方飞去。旁观的人群发出称赞的声音:

"干得好!你们为拯救自己的灵魂就多辛苦点!真该给你们道谢!"

"干得好,叶果尔·玛卡雷奇!为拯救自己的灵魂就多辛苦点吧,这做得对!"

"兄弟们,我们可不能就这样让他走掉!等他好了,活过来,还了魂,得叫他买一桶酒报答大家的辛苦!"

"哎呀,真要命!看哪,弟兄们,希美烈夫家的太太跟管家来了。就是他们。那管家还戴着帽子呢。"

有一辆四轮马车在人群附近停下来,车上坐着一个中年的胖太太,戴着夹鼻眼镜,撑着花花绿绿的阳伞。管家坐在赶车座位上,挨着车夫,背对着太太。这个管家是个青年人,戴着草帽。太太的脸上现出惊恐的样子。

"怎么回事?"她问,"他们在干什么?"

"我们在给一个落水的人排掉肚子里的水!您过节好!这个人喝了点酒,所以才出了这种事儿。现在全村的人都举着神像游行呢。这是个节日啊!"

"我的上帝啊!"太太惊叫道,"他们在把一个落水的人往上抛!这是怎么回事呀?艾契延,"她对管家说,"看在上帝分上,您去对他们说,不准他们这么干。他们会把他折腾死的!这种办法是迷信!应当给他按摩一下,用人工呼吸法。您去一下,我求求您!"

艾契延就从赶车座位上跳下来,往那些正在将溺水者往上抛的人身边走去。他脸色严厉。

"你们在干什么?"他生气地叫道,"难道可以把人这样往上抛吗?"

"那拿他怎么办呢?"文书问道,"要知道,他刚才淹在水里了!"

"淹在水里又怎么样?对淹在水里而昏厥的人不应该这样,应该按摩。这是每一份日历上都写得明明白白的。你们别这样,放手!"

文书难为情地耸耸肩膀,走到一旁去了。那些将溺水者往上抛的人就把蒲席放在地下,惊奇地看一眼太太,又看一眼艾契延。落水的人已经闭上眼睛,仰面朝天躺在蒲席上,呼哧呼哧地喘气了。

"这些醉汉!"艾契延生气地说。

"亲爱的人啊!"阿尼西木喘着气说,把手按在胸口上,"斯捷潘·伊凡内奇！您为什么说这种话呢？难道我们是猪，什么也不懂吗？"

"不准抛！得按摩！抓住他，给他按摩！快点给他脱衣服！"

"乡亲们，来给他按摩！"

他们给溺水者脱掉衣服，在艾契延指导下开始给他按摩。太太不愿意看见赤身裸体的农民，就吩咐把马车驶到远处去。

"艾契延！"她哀叫道，"艾契延！请到这儿来！您知道怎样做人工呼吸吗？这得把他的身子翻过来又翻过去，按他的胸脯和肚子。"

"把他翻过来翻过去！"艾契延从太太那边回到人群跟前说，"而且要按他的肚子，不过得轻点。"

文书虽然经历了一场紧张用力的活动后，觉得有点不舒服，却也走到溺水者跟前，按摩起来。

"加把劲啊，弟兄们，我诚心诚意地求求你们！"他说，"我诚心诚意地求求你们！"

"艾契延啊！"太太哀叫道，"请到这儿来！拿一点烧焦的羽毛给他闻一闻，再胳肢他一下！请您吩咐他们胳肢他一下！看在上帝分上，快点！"

五分钟过去了，十分钟过去了。……太太瞧着那群人，看见他们干得很带劲。可以听见那些出力的农民在喘气，艾契延和文书在指挥。空中有烧焦的羽毛和酒精的气味。又过了十分钟，他们的工作仍旧在进行。不过最后这群人却散开了，从中走出脸红而冒汗的艾契延。阿尼西木跟在他身后走出来。

"应当一开头就按摩才对。"艾契延说，"现在已经无济于事了。"

"这有什么办法呢，斯捷潘·伊凡内奇！"阿尼西木叹口气说，"你们来得太迟了！"

"哦,怎么样?"太太问,"活了吗?"

"不,死了,祝他升天堂,"阿尼西木叹口气说,在胸前画十字,"我们从水里把他捞出来的时候,他还有气儿,眼睛也睁着,可现在他全身都僵了。"

"真是可怜!"

"这也是他命该如此,注定了不能在陆地上,却在水里死掉。您行行好,赏几个茶钱吧!"

艾契延跳到赶车座位上,车夫看一眼从死尸身旁走开的人群,举起鞭子抽一下马。马车就驶走了。

不痛快的事

"马车夫,你的心涂上了煤焦油。你,老弟,从来也没有恋爱过,所以你也就不会明白我的心理。这场雨浇不灭我灵魂里的火,就跟消防队也扑不灭太阳似的。见鬼,我这话说得多么有诗意啊!你,马车夫,总不是诗人吧?"

"不是,老爷。"

"哦,那么你要明白……"

最后席尔科夫伸手到口袋里去摸钱包,要付车钱了。

"朋友,我们原先讲定一卢布二十五戈比。你收下车钱吧。喏,这是一卢布,这是三枚十戈比硬币。多给你五戈比。再见,希望你记住我。不过,请你把这个筐子先拿下车,放在那边台阶上。要小心点,筐子里装着一个女人的舞衣,我爱那个女人胜过爱我的生命啊。"

马车夫叹口气,不乐意地从赶车座位上爬下来。他在黑暗中稳住身子,踩着泥浆,把筐子送到台阶的梯级上。

"哼,这种天气!"他用责备的口气抱怨着,叹口气,嗽了嗽喉咙,鼻子里发出一种仿佛在呜咽的声音,不乐意地爬上赶车座位去。

他吧嗒一下嘴,他那匹小马就游移不决地蹚着泥浆走了。

"我觉得,该带来的,我已经都带来了。"席尔科夫盘算着,用手摸索门框,找门铃。"娜嘉要我到女服店去取衣服,我取了。她叫我买糖果和干酪,我买了。她要我买一束花,有了。'神圣的殿堂啊,向你致敬……'①"他唱起来。"见鬼,门铃在哪儿?"

席尔科夫怡然自得,就跟一个人刚吃过晚饭,又喝过不少酒,清楚地知道明天不必早起一样。再者,他还知道他在城里冒着雨,在泥地里坐了一个半钟头的马车后,会走进温暖的地方,有个年轻的女人在等待他。……只要知道一会儿就可以暖和过来,此刻挨一会儿冻,淋一下雨,也还是愉快的。

席尔科夫在黑地里摸到门铃上的小圆疙瘩,拉两下。门里响起了脚步声。

"是您吗,德米特里·格利果利奇?"一个女人的声音悄悄问道。

"是我,漂亮的杜尼雅霞!"席尔科夫回答说,"快点开门,要不然我就浑身湿透了。"

"哎呀,我的上帝!"杜尼雅霞开了门,不安地小声说,"您说话可别这么响,也别跺脚。要知道,我们的老爷从巴黎回来了!今天傍晚回来的!"

一听到"老爷"两个字,席尔科夫就从门口倒退一步,刹那间心里生出一种怯懦的、孩子气的恐怖,就连十分勇敢的男人,如果出乎意外地有可能碰见情妇的丈夫,也会生出这种恐怖心情的。

"糟糕!"他听见杜尼雅霞小心地关好门,顺着小门道走回去,暗自想道,"这是怎么回事?这是说,请你向后转!谢谢②,这可没有料到!"

他忽然觉得可笑,觉得有趣了。深更半夜,冒着倾盆大雨,从

---

① 法国作曲家古诺(1818—1893)所作歌剧《浮士德》中浮士德的咏叹词。——俄文本编者注
② 原文为法语。

城里坐车来到她的别墅,依他看来像是一场逗笑的冒险,现在他又突然碰上丈夫,这场冒险就显得越发好笑了。

"这倒是一件极有趣的事呢,真的!"他对自己说,"不过现在我到哪儿去呢?坐车回去?"

雨还在下,大风吹得树叶沙沙地响,然而在黑暗里既看不见雨,也看不见树。水在沟里和排水管里咕咕地流着,好像在讪笑他,恶毒地讥诮他。席尔科夫立脚的那个台阶没有顶棚,因此他真要淋透了。

"仿佛故意捣乱似的,他偏在这种天气回来。"他暗想,笑了,"叫这些丈夫见鬼去吧!"

他跟娜杰日达·奥西波芙娜的风流韵事是一个月以前开始的,可是他还没亲眼见到过她的丈夫。他只知道她丈夫原籍是法国,姓布阿索,干经纪人的行业。从席尔科夫瞧见的一张照片来看,他是个普通的资产者,四十岁上下,生着一张法国军人气派的脸,留着又密又长的唇髭,人瞧着这样的脸,不知什么缘故,总想揪一把他的唇髭和拿破仑式的大胡子,问一声:"喂,有什么新闻吗,军士先生?"

席尔科夫吧唧吧唧地踩着稀泥,跌跌撞撞,往一个方向走出不远,叫道:

"马车!马车!!!"

没有人答话。

"一丁点儿声音也没有,"席尔科夫抱怨说,摸黑回到台阶上,"刚才我那辆马车已经给打发走了,这儿就是大白天也找不到马车。哼,这个糟糕的局面!只好守到天亮!见鬼,这筐子淋透了雨,衣服要淋坏了。这东西值二百卢布呢。……得,这个糟糕的局面!"

席尔科夫反复考虑,正不知道该带着这个筐子到哪儿去躲雨才好,忽然想起这个别墅区的边上有个圆形舞池,旁边有个安置乐队的亭子。

"或者就到那个亭子里去?"他问自己,"这倒是个办法!可是我拿着筐子走得到吗?这个该死的筐子好大哟。……这些干酪和花束真要命。"

他拿起筐子,不过立刻想起来:等他走到亭子那儿,筐子简直能湿透五回了。

"哼,这又是个问题!"他笑道,"天哪,雨水顺着我的脖子流下来了!呸。……浑身淋透,受冻,又喝醉了酒,马车却没有……只差那个丈夫跳到街上来,举起手杖把我痛打一顿了。不过,该怎么办呢?总不能在这儿呆站到天亮啊,再者衣服也就全完了。……这样吧。……我就再拉一次门铃,把东西交给杜尼雅霞,我自己再到亭子里去。"

席尔科夫小心地拉一下铃。过了一分钟,门里传来脚步声,钥匙眼里闪出亮光。

"是谁啊?"一个嘶哑的男人声音带着法国腔问。

"圣徒啊,这大概就是那个丈夫吧。"席尔科夫暗想,"只好撒个谎了。……"

"劳驾,"他说,"这是兹留奇金的别墅吗?"

"见鬼,这儿根本就没有什么兹留奇金。滚开,什么兹留奇金!"

席尔科夫不知怎的发窘了,惭愧地嗽一下喉咙,从台阶那儿走开。他一脚踩进水洼,灌了一雨鞋的水,生气地吐口唾沫,可是立刻又笑起来。他这场冒险变得越来越荒唐了。他特别愉快地想到明天他要把这场冒险讲给他那些朋友和娜嘉①本人听,他要学一

---

① 娜嘉是娜杰日达的爱称。

学丈夫的说话腔调,学一学雨鞋咕唧咕唧的响声。……他那些朋友一定会笑破肚皮呢。

"只是有一件事糟糕:她的衣服要淋湿了!"他想,"要不是因为这件衣服,我早就到亭子里去睡觉了。"

他在筐子上坐下,想用身子遮住雨,可是从他那淋湿的披风和帽子上流下来的水,却比天上落下的雨水还要多。

"呸,见鬼!"

席尔科夫在雨里站了半个钟头,想到自己的健康。

"照这个样子,我恐怕会得热病。"他暗想,"这个处境可真妙!或者再拉一次门铃?啊?老实说,我真要拉铃了。……如果丈夫来开门,那就好歹撒个谎,把那身衣服交给他了事。……我可不能在这儿一直守等天亮!哎,豁出去了!拉铃吧!"

席尔科夫发了小学生的脾气,对着大门和黑暗吐了吐舌头,拉一下铃。在寂静中过了一分钟,他就又拉一次铃。

"是谁?"一个生气的声音带着法国腔问。

"布阿索太太住在这儿吗?"席尔科夫恭恭敬敬地问。

"啊?见鬼,您有什么事?"

"女服店老板卡契希太太打发我给布阿索太太送一件衣服来。对不起,来得这么迟。事情是这样的:布阿索太太要求尽快把这件衣服送来……要在明天早晨以前送到。……我是傍晚从城里动身的,可是……天气太坏……差点来不成。我不能……"

席尔科夫没有说完话,因为大门在他面前推开了。门里有盏小灯的亮光摇摇闪闪,布阿索先生出现在他眼前,他的模样跟照片上完全一样,生着军人的脸和很长的唇髭,不过在照片上他打扮得像个花花公子,如今却只穿着衬衫。

"我本来不想打搅您,"席尔科夫接着说,"不过布阿索太太要求把她的衣服尽快送来。我是卡契希太太的弟弟。而且……而且,天气太坏了。"

"好,"布阿索说,阴郁地动一动眉毛,接过筐子,"谢谢您的姐姐。我妻子等衣服一直等到十二点多钟。她说有一位什么先生答应给她送来。"

"再麻烦您把干酪和花束转交您的太太,这是她放在卡契希太太那儿忘了拿走的。"

布阿索接过干酪和花束,闻一下干酪,又闻一下花束,没有关上门,站在那儿,摆出等待的姿势。他看着席尔科夫,席尔科夫看着他。他们沉默了一分钟。席尔科夫想起他的朋友们,想起明天他打算把这场冒险讲给他们听,于是现在他想再添点笑料,好给这种荒唐锦上添花。然而他想不出该添点什么笑料,那个法国人却站在那儿,等着他走。

"这天气真要命,"席尔科夫嘟哝说,"天又黑,地下又泥泞,雨又大。我全身都淋湿了。"

"是的,先生,您完全淋湿了。"

"再者,我雇的马车也走了。我不知道该上哪儿去躲雨才好。请您答应我在您穿堂里坐一坐,等到雨停再走吧。"

"啊?好,先生①。请您脱掉雨鞋,到这儿来。这没什么,这是可以的。"

法国人关上大门,领着席尔科夫走进他很熟悉的小客厅。客厅里一切摆设都照旧,只是桌上放着一瓶红葡萄酒,房中央放一排椅子,上面摆着一个又窄又薄的小床垫。

"天很冷,"布阿索把灯放在桌子上,说,"我是傍晚才从巴黎回来的。那边到处都好,暖和,可是这儿,俄国,却很冷,而且有那么多温子……稳子……蚊子②。这些该死的东西老是叮人。"

---

①② 原文为法语。

布阿索斟上半杯葡萄酒,做出很气愤的脸色,喝下去。

"这一夜我一直没睡着,"他说,在小床垫上坐下,"先是蚊子,后来又有个畜生不住拉铃,要找兹留奇金。"

随后法国人沉默下来,低下头,大概在等雨停。席尔科夫认为依照礼貌,他有义务跟法国人攀谈几句。

"看来,您在巴黎正赶上一个很有趣味的时期。"他说,"您在那儿的时候,布朗热①呈请退休了。"

后来席尔科夫讲到格雷维②、第鲁列特、左拉。他不久就相信法国人还是头一次从他口里听到这些名字。法国人在巴黎只认得几家商号和他的姑母③卜列塞太太,别的就一概不知道了。他谈了一阵政治和文学,结果布阿索又一次做出气愤的脸色,喝下葡萄酒,挺直身子在那个薄床垫上躺下。

"哼,这位丈夫大概没什么权,"席尔科夫想,"鬼才知道这算是什么床垫!"

法国人闭上眼睛。他心平气和地躺了一刻钟,忽然跳起来,睁开无神的眼睛呆瞪瞪地瞧着客人,仿佛什么也不懂似的,然后现出气愤的脸色,喝葡萄酒。

"该死的蚊子。"他抱怨说,用一条毛茸茸的腿擦另一条腿,然后走到隔壁房间去了。

席尔科夫听见他叫醒一个人,说:

"那边有一位红头发的先生,给你送衣服来。"④

他不久就走回来,又拿起酒瓶。

---

① 布朗热(1837—1891),法国将军,1886—1887年任陆军部长。——俄文本编者注
② 格雷维(1807—1891),法国共和派政治家,1879—1887年的第三共和国总统。——俄文本编者注
③④ 原文为法语。

"我的妻子一会儿就来。"他说,打个哈欠,"我明白,您是要钱吧?"

"越来越不好受了。"席尔科夫暗想,"可笑极了!娜杰日达·奥西波芙娜一会儿就来。当然,我得装出不认得她的样子。"

裙子的沙沙声响起来,有一道房门微微推开,席尔科夫看见了他熟悉的那个鬈发的小脑袋,她的脸颊和眼睛都带着睡意。

"是谁从卡契希太太那儿来了?"娜杰日达·奥西波芙娜问,不过她马上就认出席尔科夫,尖叫一声,笑起来,走进房间来了。"是你啊?"她问,"这是演的什么滑稽戏?你怎么弄得满身是泥?"

席尔科夫涨红了脸,做出严厉的眼神,简直不知道该怎么办才好,斜起眼睛看一下布阿索。

"啊,我明白啦!"太太猜到了,"你大概怕查克吧?我忘了事先对杜尼雅霞交代一声。……你们认识吗?这是我的丈夫查克,这是斯捷潘·安德烈伊奇。……衣服带来了吗?好,谢谢,朋友。……我们走吧,我本来想睡了。那么,你,查克,睡吧……"她对丈夫说,"你一路上劳累了。"

查克惊讶地瞧了瞧席尔科夫,耸耸肩膀,带着气愤的脸色去拿酒瓶。席尔科夫也耸耸肩膀,跟着娜杰日达·奥西波芙娜走去。

他瞧着阴暗的天空,瞧着泥泞的道路,心里想:

"这真肮脏呀!魔鬼会把一个知识分子糟蹋到什么地步!"

他开始思忖什么是道德的,什么是不道德的,思忖纯洁和不纯洁。他怀着落到不愉快的处境中的人所常有的那种心情忧郁地想起他工作的书房和桌上的文稿,一心想回家去了。

他就悄悄走进客厅,绕过睡熟的查克,出去了。

他一路上没说话,极力不去想查克,可是不知什么缘故,查克老是钻进他脑子里来。他不再跟马车夫谈天。他心里跟胃里一样不舒服。

犯　　法

八等文官米古耶夫傍晚出门散步,在一根电线杆旁边停住脚,深深叹口气。一个星期以前,他傍晚散步完毕,准备回家的时候,他旧日的女仆阿格尼雅正是在这个地方追上来,恶狠狠地对他说:

"瞧着吧,你等着就是!我要给你点厉害看看,叫你知道糟蹋一个清白的姑娘是什么味道!我要把娃娃悄悄丢在你家门口,要去打官司,要对你的妻子说穿。……"

她强逼他到银行里在她的名下存五千卢布。米古耶夫想起这些,叹口气,再一次带着由衷的悔恨责备自己不该放纵一时的迷恋,招来这许多麻烦和痛苦。

米古耶夫走到他别墅门口,就在小小的门廊上坐下来歇口气。这时候是十点整,云里露出一小块月亮。街上和别墅附近没有一个人影:住在别墅区的老年人已经上床睡觉,年轻人还在小树林里散步。米古耶夫想抽烟,伸手在两边衣袋里找火柴,可他的胳膊肘却碰到一个柔软的东西。他闲着没有事做,就朝右胳膊肘底下瞥了一眼,他的脸色顿时大变,现出十分害怕的样子,好像看见身旁有一条蛇似的。原来靠近门口的小门廊上放着一个包袱。那是一个长方形的东西,外边用什么东西包着,凭摸上去的感觉来判断,像是用一条棉被包着似的。包袱的一头微微张开,八等文官伸进手去,摸到一个温暖而湿润的东西。他害怕得跳起来,往四下里看一眼,就像罪犯打算从看守身边逃跑似的。……

"她真的悄悄丢在这儿了!"他握紧拳头,咬着牙,恶狠狠地说,"这儿躺着的……这儿躺着的就是我犯法造下的孽!啊,上帝!"

他又怕又气又羞,怔住了。……现在可怎么办?要是他妻子知道了,会怎么说?他那些同事会怎么说?这样一来,大人一定会拍着他的肚子,鼻子里发出笑声,说:"我给你道喜。……嘻嘻嘻。……这真是人老心不老啊……调皮的家伙,谢敏·艾拉斯托维奇!"这一下子,整个别墅区都会知道他的秘密,那些可敬的家庭的母亲恐怕要给他吃闭门羹了。所有的报纸都会登出这个弃婴的消息,于是米古耶夫的卑微的名字就会传遍全俄国。……

他那别墅的中间窗子是开着的,从窗子里清楚地传来米古耶夫的妻子安娜·菲里波芙娜摆晚饭的声音。院子里,就在靠近大门的地方,扫院人叶尔莫拉依弹着三弦琴,发出悲凉的琴音。……只要这个婴儿醒过来,哇哇地啼哭,这个秘密就会戳穿。米古耶夫生出一种不可遏止的欲望,想赶快把这件事处理掉。

"快,快……"他嘟哝说,"趁人家没看见,马上就办。我把他送到别处去,放到旁人家的门廊上去。……"

米古耶夫用一只手拿起包袱,悄悄地顺着大街走去,步子从容,免得引人怀疑。……

"这局面糟糕得出奇!"他想,极力装出满不在乎的样子,"堂堂一个八等文官,却抱着个娃娃在街上走!啊,上帝,要是有人看见,知道这是怎么回事,我就完蛋了。……我把他放在这个门廊上好了。……不,别忙,这儿有扇窗子开着呢,也许有人会看见我。那么把他送到哪儿去好呢?啊哈,有办法了,我把他送到商人美尔金的别墅去。……商人有钱,心肠软。也许他们倒会道一声谢,把他收养下来呢。"

米古耶夫决定把婴儿送到美尔金家门口,虽然这个商人的别墅坐落在别墅区边沿靠近河道的一条街上。

"但愿这个娃娃不放声大哭,不从包袱里掉出来才好。"八等文官暗想,"这实在是多谢多谢,意想不到!胳肢窝里像夹着个皮包似的夹着个活人。这么个活人,有灵魂,有感情,跟所有的人一样。……要是美尔金家真的肯收养他,他将来也许会成为一个人物呢。……说不定他会做教授,做统帅,做作家。……要知道,这个世界上什么事都可能发生!现在我把他夹在胳肢窝里像夹个废物似的,可是过上三四十年,我在他面前也许就要站得笔直呢。……"

等到米古耶夫穿过一条荒凉的窄巷,经过很长的篱墙,在椴树的浓重黑影下往前走去,他忽然觉得他在做一件很残忍的、犯罪的事。

"说真的,这样做是多么卑鄙!"他想,"卑鄙得很,简直想不出还有比这更卑鄙的了。……是啊,为什么我们把这个不幸的孩子从这个门口丢到那个门口呢?难道他生下来是他的过错吗?他有什么地方对不起我们?我们才是坏蛋。……我们喜欢寻欢作乐,却轮到这些无辜的娃娃来受罪。……只要把这件事细细想一想就成了!我放荡行乐,残酷的命运却在等待这个孩子。……我悄悄地把他送到美尔金家的门口去,美尔金家就会把他送到育婴堂去,育婴堂里呢,都是生人,全是死板板的一套……既没有温存,也没有爱,更没有娇宠。……日后他们就把他送去做鞋匠……他就会死命灌酒,学会用下流话骂人,活活饿死了事。……他做鞋匠,可他原是八等文官的儿子,出身高贵。……他是我的亲骨肉啊。……"

米古耶夫从椴树的树荫下走出来,来到月光明亮的大路上,解开包袱,看一眼那个婴儿。

293

"睡着了,"他小声说,"瞧,这个小坏包长的是鹰钩鼻,跟他爸爸一样。……他睡着了,没有觉出他的亲爸爸在瞧他呢。……这是一出悲剧,孩子。……哎,也罢,你就原谅我吧。……你宽恕我吧,孩子。……看来,这也是你命中注定。……"

八等文官眨巴眼睛,觉得有些小蚂蚁般的东西顺着他的脸爬下来。……他包好婴儿,把他夹在腋下,往前走去。到美尔金别墅去的一路上,各种社会问题涌到他的脑子里,他的良心在胸中隐隐作痛。

"如果我是个堂堂正正的人,"他想,"我就会不顾一切,带着婴儿走到安娜·菲里波芙娜跟前,对她跪下,说:'宽恕我吧!我犯了罪!你管自折磨我,可是我们不能断送这个无辜的婴儿。我们没有孩子,我们就收养他吧!'她是个心肠好的女人,会答应下来的。……那我的孩子就会跟我住在一块儿了。……唉!"

他走到美尔金的别墅跟前,游移不决地站住。……他想象自己坐在自家客厅里看报,身旁有个生着鹰钩鼻的男孩依偎着他,玩弄他长袍上的穗子,同时,他的幻想里又出现眨眼的同事,大人鼻子里发笑,而且拍他的肚子。……除了良心隐隐作痛以外,他心里还有一种温柔、暖和、哀伤的感觉。……

八等文官将婴儿小心地放在露台的台阶上,然后把手一挥。又有些小蚂蚁顺他的脸爬下来。……

"孩子,原谅我这坏蛋!"他嘟哝说,"别怨我!"

他退后一步,可是立刻坚决地嗽一下喉咙,说:

"哎,豁出去了!我什么都不顾了!我要留下他,随人家说去吧!"

米古耶夫抱起婴儿,很快地往回走。

"随人家说去吧。"他想,"我马上就到她那儿去,跪下,说:'安娜·菲里波芙娜!'她是个心眼好的女人,会明白的。……我们要收养他。……如果他是个男孩,就给他取名叫符拉季米尔,如果是女孩,就叫安娜。……反正到我们老年,他总是我们的安慰。……"

他果然照他决定的做了。他又害怕又羞惭,流着眼泪,屏住呼吸,存着希望和模糊的欢乐,走进自己的别墅,照直来到他妻子跟前,对她跪下。……

"安娜·菲里波芙娜!"他把婴儿放在地板上,哭着说,"你先别惩罚我,让我把话说完。……我犯下罪!这是我的孩子。……你还记得阿格纽希卡①吧,喏……魔鬼迷了我的心窍。……"

他又羞又怕,几乎失去了知觉,没等妻子答话就跳起来,像挨了鞭子似的跑到外面露天底下去了。……

"我就待在外面,等她叫我再进去。"他想,"让她定一定心,好好考虑一下。……"

扫院人叶尔莫拉依拿着三弦琴走过他身边,看他一眼,耸耸肩膀。……过了一分钟,他又走过他面前,又耸了耸肩膀。

"这可是怪事,真是想不到。"他喃喃地说,冷笑一声,"刚才,谢敏·艾拉斯狄奇②,有个娘们儿,就是洗衣女工阿克辛尼雅,到这儿来过。这个傻娘们儿把她的娃娃放在靠街的门廊上,她自己在我那儿坐了一会儿,也不知什么人一下子把她的娃娃抱走了。……这可意想不到!"

"什么?你说什么?"米古耶夫扯开嗓门大叫一声。

叶尔莫拉依误会了主人愤怒的含意,搔搔头皮,叹口气。

"请您包涵,谢敏·艾拉斯狄奇,"他说,"如今是消夏的时令……不这样不行啊……那就是说,没有女人是不行的。……"

---

① 阿格尼雅的爱称。
② 谢敏·艾拉斯托维奇的简称。

他看一眼主人那对圆睁着的、气愤而惊讶的眼睛,就负疚地嗽一下喉咙,接着说:

"这当然是造孽,不过说实在的,这也没有办法。……您不准野女人到院子里来,这我知道,可是说实在的,上哪儿去找我们自己的女人呢。先前阿格纽希卡在这儿干活,我就没叫野女人进来过,因为家里有了,可现在,您自己也看得清楚……不找野女人可就不行了。……当初有阿格纽希卡在,那么自然,就不会有这种乱七八糟的情形,因为……"

"滚开,混蛋!"米古耶夫对他大叫一声,跺着脚,走回房间去了。

安娜·菲里波芙娜坐在原处没动,又吃惊又生气,始终没有让她模糊的泪眼离开那个婴儿。……

"算了,算了……"脸色苍白的米古耶夫嘟哝说,撇着嘴苦笑,"我这是开了个玩笑。……这不是我的孩子,他是……他是洗衣女工阿克辛尼雅的。我……我开了个玩笑。……你把他送到扫院人那儿去吧。"

摘自脾气暴躁的人的札记

我是个严肃的人,我的头脑喜欢哲学。论专业,我是学财政的,研究财政法,正在撰写学位论文,题目是《狗税之过去与未来》。您会同意,我跟姑娘啦,爱情歌曲啦,月亮啦之类的蠢事是根本无缘的。

早晨。十点钟。我的妈妈①给我斟好一杯咖啡。我喝完,就走到外面小阳台上去,打算立刻动手写论文。我拿出一张干净纸,把钢笔在墨水里蘸一蘸,写出题目:《狗税之过去与未来》。我想了一会儿,写道:"历史的概述。根据希罗多德②和色诺芬③著作中的某些暗示来推断,狗税的起源应该追溯到……"

可是写到这儿,我却听见了极其可疑的脚步声。我从小阳台上往下看,瞧见一个姑娘,生着长长的脸和长长的腰。她的名字好像是娜坚卡或者瓦连卡,不过这是完全没有关系的。她在找什么东西,装出没看见我的样子,嘴里小声哼着:

你可记得那个充满欢乐的曲调……

我把我写完的那些字重看一遍,想要接着写下去,可是这时

---

① 原文为法语。
② 希罗多德(约前484—约前425),古希腊历史学家。——俄文本编者注
③ 色诺芬(约前430—约前355),古希腊历史学家、作家。——俄文本编者注

候,那个姑娘做出看到了我的样子,用悲伤的声调说:

"您好,尼古拉·安德烈伊奇!您可知道我有多么倒霉!昨天我出来散步,把我镯子上的一颗小珠子弄丢了!"

我把这篇论文的开端重看一遍,描了描"狗"字的一钩,打算接着写下去,然而姑娘却不肯罢休。

"尼古拉·安德烈伊奇,"她说,"劳您的驾,送我回家去吧。卡烈林家有一条大狗,我不敢一个人走。"

这真没有办法,我就放下钢笔,走下楼去。娜坚卡或者瓦连卡就挽着我的胳膊,我们一路往她的别墅走去。

每逢我有责任挽着太太或者姑娘的胳膊一块儿走路,不知什么缘故,我总觉得自己好比一只钩子,上面挂着肥大的皮大衣。我们不妨背地里说一句,这个娜坚卡或者瓦连卡是个热情的人(她爷爷是亚美尼亚人),她有一种本领,善于把她全身的重量一齐压在你的胳膊上,而且善于像蚂蟥似的贴紧您的身子。我们就照这样走着。……走过卡烈林家,我看见一只大狗,使我想起了狗税。我伤心地想起那篇已经写开了头的文章,叹一口气。

"您为什么叹气?"娜坚卡或者瓦连卡问道,她自己也叹一口气。

现在我得附带声明一下。娜坚卡或者瓦连卡(现在我才想起来她大概叫玛宪卡),不知什么缘故,以为我爱上了她,因此认定她有一种仁慈的责任,应该永远怀着怜悯的心情对待我,用话语来治疗我心灵的创伤。

"您听我说,"她站住,说,"我知道您为什么叹气。您爱着一个人,对了!不过我用我们友谊的名义恳求您,请您相信您所爱的那个姑娘是深深尊敬您的!她不能报答您的爱情,她的心早已属于别人了,这能怪她吗?"

玛宪卡的鼻子发红,胀大,眼睛里含满泪水,她分明在等我回答,不过幸好我们走到她的别墅了。……玛宪卡的母亲坐在露台上,她是个心地善良、思想守旧的女人。她看一眼她女儿激动的脸色,又久久地瞅着我,叹口气,仿佛想说:"唉,年轻人啊,你们甚至连瞒住外人都不会呀!"露台上除她以外,坐着几个花花绿绿的姑娘,还有我的一个邻居,一个退伍的军官,在最近一次战争中,他左边的鬓角和右边的胯骨受了伤。这个不幸的人像我一样抱定目的,要利用这个夏天做文学工作。他正在写《军人回忆录》。他像我一样每天早晨做他那可敬的工作,可是刚刚写完"我生在",小阳台下面就出现一个瓦连卡或者玛宪卡,这个负伤的"上帝的奴隶"就被她押走了。

所有坐在露台上的人,都在收拾一种蹩脚的果子,用来做果酱。我鞠过躬,打算走掉,可是花花绿绿的姑娘们尖声叫着,抢走我的帽子,硬要我留下来。我只好坐下。她们拿给我一碟果子和一根发针。我就动手收拾果子。

花花绿绿的姑娘们讲起男人。有的男人好看,有的漂亮而不可爱,有的不漂亮反而可爱,有的如果鼻子不像顶针,就不难看了,等等。

"您呢,尼古拉先生①,"瓦连卡的母亲对我说,"不漂亮而可爱。……您脸上有那么一种神情。……不过,"她叹口气说,"对男人们来说,重要的不是漂亮,而是智慧。……"

姑娘们纷纷叹气,低下眼睛。……她们也同意,对男人们来说,重要的不是漂亮,而是智慧。我斜起眼睛看一下镜子里我的影像,想判断我究竟可爱不可爱。我看见一个头发乱蓬蓬的脑袋和乱蓬蓬的胡子、唇髭、眉毛。两颊上和眼睛底下的汗毛密密麻麻,简直成了一片小树林,我那个结实的鼻子在这片小树林里耸出来,就像消防队的瞭望台。不用说,这副尊容可真够瞧的!

---

① 原文为法语。

"不过呢,尼古拉,您是以您的精神品质见长的。"娜坚卡的母亲叹口气说,仿佛在加强她心里一个隐秘的想法似的。

娜坚卡为我难过,不过她转念想到对面坐着一个爱上她的人,又分明感到极大的乐趣。姑娘们谈完男人,又讲爱情。关于爱情讲了很久以后,有个姑娘站起来,走掉了。余下的客人就开始议论走掉的姑娘。大家都发现她愚蠢、讨厌、难看,说她的肩胛骨简直生得不是地方。

可是谢天谢地,最后我的妈妈派来一个女仆,叫我回去吃饭。现在我可以离开这伙讨厌的人,去继续写我的论文了。我就站起来,向大家鞠躬。瓦连卡的母亲、瓦连卡本人、花花绿绿的姑娘们却把我团团围住,口口声声说我没有任何权利走掉,因为我昨天曾答应跟她们一块儿吃午饭,饭后还要到树林里去采蘑菇。我呢,只好鞠躬,坐下。……我的灵魂里沸腾着憎恨,我觉得再过一会儿我就会大发脾气,我可没法给自己担保。然而,我想到礼貌,生怕这样做有伤大雅,这使我不得不顺从那些女人。我就顺从她们了。

我们坐下来吃饭。军官由于鬓角负伤,他的下巴不住地痉挛,他吃东西的时候好像嘴里含着嚼子似的。我把面包搓成小球,心里想着狗税,知道自己脾气暴躁,就极力不说话。娜坚卡带着怜悯的神情瞧着我。午饭吃的是冷杂拌汤、牛舌煎豌豆、烤鸡、糖煮水果。我没有胃口,不过为了礼貌,我还是吃了。饭后,我一个人站在露台上吸烟,玛宪卡的妈妈走到我身边来,握一下我的手,屏住气息说:

"可是您也别灰心,尼古拉!……她有一颗黄金般的心……黄金般的心啊!"

我们到树林里去采蘑菇。……瓦连卡吊在我的胳膊上,贴住我的身子。我痛苦得受不了,可我还是隐忍着。

我们走进树林。

"您听我说,尼古拉先生,"娜坚卡叹口气说,"为什么您这么忧郁?为什么您不说话?"

好一个奇怪的姑娘:我能跟她说什么呢?我们有什么共同点呢?

"哎,您倒是说话呀……"她要求说。

我开始思索一些她能够听懂的通俗性话题。我沉吟一下,说:

"砍伐树林给俄国带来巨大的损害。……"

"尼古拉!"瓦连卡叹口气说,她的鼻子发红了,"尼古拉,我明白,您回避坦率的谈话。……您似乎想用您的沉默来惩罚我。……您的感情没有得到报答,您就情愿在沉默中,在孤独中受苦……这太可怕了,尼古拉!"她叫道,使劲拉住我的胳膊,我看出她的鼻子胀大了,"如果您心爱的那个姑娘把永久的友谊献给您,那您会觉得怎样?"

我说了一句驴唇不对马嘴的话,因为我简直不知道该对她说什么好。……求上帝怜恤吧:第一,我根本没有爱上哪个姑娘,第二,永久的友谊对我能有什么用处呢?第三,我脾气很暴躁。玛宪卡或者瓦连卡就用手蒙上脸,仿佛自言自语似的低声说:

"他不开口。……他显然希望我这方面做出牺牲。可是,既然我爱着别人,我就不能爱他!不过呢……我来想一想。……好,我来想一想吧。……我要使出我灵魂的全部力量,也许我会牺牲我的幸福,把这个人从苦难中救出来!"

我一点也听不懂。这些话仿佛是天书。我们往前走,采蘑菇。我们一直沉默着。娜坚卡的脸上露出内心斗争的神情。远处传来狗叫声,这使我想起我的论文,我就大声叹一口气。隔着许多树干,我看见受伤的军官。那个可怜的人痛苦地跛着脚走路,身子不住地左右摇晃:右边有他受伤的胯骨,左边吊着一个花花绿绿的姑娘。他脸上现出听天由命的神情。

我们从树林里出来,回到别墅去喝茶,然后打槌球,听一个花花绿绿的姑娘唱爱情歌曲:"不,你不爱我!不!不!……"她一唱到"不"字就把嘴张得大大的。

"妙极了!"①别的姑娘娇滴滴地说,"妙极了!"

傍晚来了。讨厌的月亮从灌木丛后面爬上来。空中一片寂静,有新鲜干草难闻的气味。我拿起帽子,要走了。

"我有几句话要对您说。"玛宪卡意味深长地对我说,"别走。"

我预料到事情有点不妙,然而为了礼貌,留下来了。玛宪卡挽住我的胳膊,顺着林荫道,把我领到一个什么地方去。现在她全身都表现出内心的斗争。她脸色苍白,呼哧呼哧地喘气,而且仿佛要把我的右胳膊揪下来似的。她怎么了?

"您听着……"她喃喃地说,"不,我办不到。……不……"

她想说句什么话,可是踌躇不定。不过后来,我凭她的脸色看出她下定决心了。她眼睛一闪,胀大鼻子,抓住我的手,很快地说:

"尼古拉,我属于您了!我不能爱您,不过我答应我会对您忠实!"

然后她贴紧我的胸口,忽然又跳开了。

"有人来了……"她小声说,"再见。……明天十一点钟我在凉亭里等您。……再见!"

她就走了。我什么也不明白,心跳得难受,走回家里去了。《狗税之过去与未来》在等我,可是我再也没法工作了。我气得发昏。甚至可以说,我的愤怒是可怕的。见鬼,我可不容许人家把我当成小孩子!我脾气暴躁,跟我开玩笑可危险得很!等到女仆走到我的房间里,叫我去吃晚饭,我就对她大叫一声:"滚出去!"这种暴躁的脾气是干不出好事来的。

---

① 原文为法语。

第二天早晨。天气正是别墅区的天气,那就是说,零度以下的气温、刺骨的寒风、雨、泥泞和樟脑的气味,因为我的妈妈从箱子里把她的女大衣取出来了。这是个气候恶劣的早晨。这天恰好是一八八七年八月七日,有日食。应该对您说明,在日食的时候,我们每个人即使不是天文学家,也可以做出重大有益的贡献。例如,我们每个人都可以:(一)测定太阳和月亮的直径,(二)画出日晷,(三)测量气温,(四)在日食的时候观察动物和植物,(五)记录自己的印象,等等。这件事那么重要,我就暂时丢下《狗税之过去与未来》,决定观察日食。我们全都很早起床。我把当前的全部工作分配如下:我测定太阳和月亮的直径,受伤的军官画出日晷,其余的工作由玛宪卡和花花绿绿的姑娘们承担。我们全体集合在一起,等着。

"怎么会有日食?"玛宪卡问。

我回答说:

"每逢月亮走进黄道的平面,落到太阳的中心和地球的中心相连的那条线上,就会发生日食。"

"什么叫作黄道?"

我做了解释。玛宪卡注意地听我说完,问道:

"透过熏黑的玻璃就可以看见太阳中心和地球中心相连的那条线吗?"

我回答她说,这是一条想象的线。

"既然那是一条想象的线,"瓦连卡大惑不解地说,"月亮怎么能落到那条线上呢?"

我没有答话。我一听到这个幼稚的问题,就觉得自己的肝脏胀大了。

"这都是胡说。"瓦连卡的母亲说,"谁也不知道怎么会发生那种事,再者,您一次也没有到天上去过,您怎么会知道太阳和月亮会出什么事呢？这都是胡思乱想。"

可是这时候一块黑斑移到太阳上去了。于是天下大乱。牛啦,羊啦,马啦,都竖起尾巴,大声叫起来,吓得在田野上乱跑。狗汪汪地吠。臭虫以为夜晚来了,从缝隙里爬出来,开始咬那些睡熟的人。助祭正从菜园里把黄瓜运回家去,这时候吃了一惊,从大车上跳下来,躲到桥底下去了。他的马拉着大车闯进别人的院子,黄瓜都被猪吃掉了。有一个收税员没有在自己家里过夜,睡在一个住别墅的女人家里,这时候只穿着内衣跑出来,冲进人群,扯开嗓门喊道：

"谁能保住自己的命,就管自逃生吧!"

有许多住别墅的女人(甚至年轻漂亮的也在内)被喧哗声惊醒,跑到街上来,连鞋都没得及穿。另外还发生了许多我不便讲出来的事。

"哎呀,好可怕!"花花绿绿的姑娘们尖叫道,"哎呀,这真吓人!"

"小姐们①,观察呀!"我对她们叫道,"光阴是宝贵的!"

我自己也急忙动手,测量直径。……我想起日晷,就用眼睛找负伤的军官。他站在那儿,什么事也没做。

"您这是怎么了?"我叫道,"日晷呢?"

他耸耸肩膀,狠狠地对我使个眼色,叫我看他的胳膊。原来这个可怜的人的两条胳膊上都吊着花花绿绿的姑娘,她们吓得贴紧他的身子,妨碍他工作。我拿起一支铅笔,把时间一秒一秒地记下来。这是重要的。我记下观察地点的地理位置。这也重要。我想测定直径,可是这时候玛宪卡拉住我的手,说：

"您可别忘了,今天十一点钟!"

---

① 原文为法语。

我缩回手,觉得每一秒钟都宝贵,打算继续观察,可是瓦连卡死命挽住我的胳膊,贴紧我的身子。铅笔啦、玻璃啦、图纸啦,一齐掉在草地上。鬼才知道这是怎么回事!时候终于到了,现在该叫这个姑娘明白我性子暴躁,发起脾气来就会闹得天翻地覆,连我自己都不能替自己负责!

我想继续工作,可是日食完结了!

"您看着我!"她温柔地小声说。

啊,这简直是对人的极度嘲弄!您会同意,这样耍弄人的耐性,只能闹出严重的后果。要是发生什么可怕的事,可不要怪我!我不容许人家开玩笑,也不容许人家耍弄我,而且,见鬼,等我大闹起来,我奉劝诸位,谁也不要走到我跟前来,统统见鬼去吧!我什么都干得出来!

有个姑娘大概从我的脸色看出我在冒火,她显然要安慰我,就说:

"我,尼古拉·安德烈伊奇,执行了您交给我的任务。我观察了哺乳动物。我看见在日食前一条灰毛狗追一只猫,后来还摇了很久的尾巴呢。"

这样看来,这场日食一无所获。我走回家去。天在下雨,我没出来在小阳台上工作。负伤的军官却不顾危险到阳台上工作,甚至写下:"我生在……"可是他刚写到这儿,我从窗子里看见,一个花花绿绿的姑娘把他拉到她的别墅去了。我没法工作,因为我仍旧在冒火,觉得心跳得厉害。我没到凉亭去。这是不礼貌的,不过您会同意,我总不能冒着雨去啊!到十二点钟,我接到玛宪卡写来的一封信,信上满是责备的话,要求我一定要到凉亭去,而且用"你"称呼我了。……一点钟,我又接到一封信,两点钟又来一封。……非去不可了。不过在动身前,我得想好我该对她说些什么。我一举一动要像个正派人。第一,我要对她说,她不该以为我爱她。可是这样的话又不便对女人说。对女人说"我不爱您",就跟对作家说"您写得很糟"一样不客气。我最好对瓦连卡讲讲我对婚姻的看法。我就穿上暖和的大衣,打起伞,往凉亭走去。我知道自己脾气暴躁,生怕会说出什么不得体的话。我极力按捺我的火性。

果然有人在凉亭里等我。娜坚卡脸色苍白,眼泪汪汪。她一看见我,就快活地叫起来,搂住我的脖子,说:

"到底来了!你耍弄我的耐性。你听我说,我一夜也没睡着。……我一直在想。我觉得,等我了解你比较深一点,我就会……爱上你了。……"

我坐下来,开始述说我对婚姻的看法。开初,我不想把话扯得太远,想说得尽量简短,就略略做点历史的概述。我讲起印度和埃及的婚姻,然后转到近代,说了一些叔本华[①]的看法。玛宪卡注意地听着,可是忽然间,她的思想发生一种古怪的转折,认为必须打断我的话。

"尼古拉,吻我!"她说。

我心慌意乱,不知道该对她说什么好。她重又提出她的要求。无可奈何,我站起来,凑到她那张长脸上吻了一下,当时我有一种感觉,就跟小时候有一回为亡者举行安魂祭,人们硬叫我吻死去的祖母一样。瓦连卡却不满足于我这一吻,索性跳起来,使劲搂住我。这时候凉亭门口出现了玛宪卡的母亲。……她现出惊恐的脸色,不知对谁"嘘"了一声,就不见了,跟监狱里的梅菲斯特[②]一样。

我心慌意乱,满腔怒火,回到我的别墅。我在家里遇见瓦连卡的妈妈,她眼睛里含着泪水拥抱我的妈妈,我的妈妈哽咽着说:

---

① 叔本华(1788—1860),德国哲学家,唯意志论者。
② 歌德所著《浮士德》中的魔鬼。

"我自己也一直巴望着这件事!"

后来,您猜怎么着?娜坚卡的母亲走到我跟前,拥抱我,说:

"求上帝祝福你们!你得记住,要爱她。……别忘了,她为你做出了牺牲。……"

现在他们给我办婚事了。我在写这几行的时候,傧相正死命地催我,叫我快着点。这些人简直不知道我的脾气!要知道,我脾气暴躁,我可不能为自己担保!见鬼,你们瞧着以后会闹出什么事来!把一个脾气暴躁、满腔怒火的人拉去举行婚礼,依我看来,简直太糊涂了,就跟把手伸进兽笼里摸一只暴怒的老虎一样。瞧着吧,瞧着会闹出什么事来!

就这样,我结婚了。大家向我道喜,瓦连卡老是贴紧我,说:

"你得明白,现在你属于我,属于我了!你说你爱我!说呀!"

这时候,她的鼻子胀大了。

我从傧相那儿听说,那个负伤的军官用巧妙的办法摆脱了喜曼①。他给花花绿绿的姑娘看一张医生证件,上面写着他由于鬓角受伤而神经不正常,所以依照法律,没有权利结婚。好办法!我本来也可以弄一个证件啊。我的一个伯父害间发性酒狂症,另一个伯父精神错乱(有一回他错把女人的暖手笼当作帽子戴到头上去了),我的姑母老是弹钢琴,遇到男人就吐舌头。再者,我自己的脾气暴躁极了,这也是十分可疑的症候。可是为什么好主意来得这么迟?为什么呢?

---

① 希腊神话中的婚姻之神。

风　滚　草[1]

旅　途　素　描

我做完彻夜祈祷归来。圣山修道院钟楼上的时钟响起一阵轻柔悦耳的乐声，算是序曲，然后敲了十二下。修道院的大院子坐落在圣山脚下顿涅茨河边，院子四周立着一栋栋作客房用的高屋子，像是围墙。此刻，在夜间，只有昏暗的挂灯、窗里的灯火、天上的繁星照着这个院子，看上去，这个地方就像是一锅沸腾的大杂烩，充满了活动和声音，处于最奇特的混乱中。整个院子，从这头到那头，一眼望过去，密密麻麻，挤满各种大车、带篷马车、带篷大车、双轮马车、大篷车，旁边拥挤着黑马、白马、竖起犄角的公牛。人们来来往往，穿着黑色长袍的见习修士在四处奔走。窗里投出来一条条亮光和阴影，在车子上、人头上、马头上移动。这一切在浓重的昏暗中显出极其离奇而且变化莫测的形状：时而一根立起的车杆照直伸到天空去了，时而马脸上现出火一般的眼睛，时而见习修士身上长出一对黑色的翅膀。……空中响着谈话声、马喷鼻子和嚼东西的声音、孩子的哭叫声、马车的吱吱嘎嘎声。新来的人群和迟到的大车纷纷涌进院门里来。

陡峭的山坡上生长着松树，重重叠叠，向客房的房顶弯下腰

---

[1]　一些草本植物的总称，生长在草原和沙漠中，其茎折断，被风吹到草原各地。

来,凝望着院子,如同凝望着深渊似的,带着惊讶的样子倾听着。在漆黑的密林深处,杜鹃和夜莺不停地叫唤。……瞧着这种纷乱,听着这种闹声,人就会觉得,在这种沸腾的大杂烩里,谁也不了解谁,大家都在找什么东西而又找不着,这许许多多大车、带篷马车、人,从今以后未必能逃出这个院子了。

每到圣约翰节和奇迹创造者圣尼古拉节,聚集到圣山来的人总有一万名以上。不但客房住满了人,就连面包房、裁缝铺、木器作坊、马车房……也都挤得满满的。凡是晚间到达此地、等着指定过夜地点的人,都聚在墙边、井旁或者客房的狭窄过道上,好比一群群秋天的苍蝇。那些年轻的和年老的见习修士不断地走动,无法休息,也没有换班的希望。白天也好,深夜也好,他们给人的印象永远像是一些正为一件什么事焦急不安、急着要赶路的人。尽管十分疲劳,他们的脸都一概显得活泼而殷勤,声调亲切,动作敏捷。……他们得为每个坐车或者步行来到此地的人找到住处,领他们去,供他们吃喝。对耳聋的、头脑不清的或者问个没完的人,他们还得冗长而不厌其烦地说明,为什么没有空房间,几点钟做祈祷,什么地方卖圣饼,等等。他们得奔走,送东西,不住嘴地讲话,此外还得客气,周到,极力使马里乌波尔城那些比乌克兰人生活得安逸的希腊人跟别的希腊人住在一块儿,不让巴赫穆特城或者利西昌斯克城那些装束"上流"的小市民跟农民们住在一起,免得惹他们生气。时不时地传来喊叫声:"神甫,劳驾给我点克瓦斯①!劳驾给我点干草!"或者:"神甫,行过忏悔礼后,我可以喝水吗?"见习修士就得把克瓦斯或者干草送去,或者回答说:"太太,请您去问接受忏悔的神甫吧。我没有权力准许您。"跟着就来了新的问题:"接受忏悔的神甫在哪儿呢?"于是见习修士又得说明神甫

---

① 俄国的一种用麦芽或黑麦面包等制成的清凉饮料。

的修道室在什么地方。……尽管这样忙忙碌碌,他们还得抽出工夫到教堂去做礼拜,到贵族客房去伺候,详细地回答有知识的朝圣者喜欢提出的一大堆无聊的和不无聊的问题。人瞧着他们一天到晚奔忙,很难理解这些活跃的黑衣人什么时候有空坐下来休息,什么时候有空睡觉。

我做完彻夜祈祷回来,走到那所指定我下榻的客房,门口正站着一个掌管宿舍的修士。他身旁台阶上,有几个城里人装束的男女挤在那儿。

"先生,"掌管宿舍的人拦住我说,"请您行行好,允许这个年轻人在您房间里过夜吧!劳您的驾!来的人很多,空地方没有了,真是糟糕!"

他指着一个身材不高、穿着薄大衣、戴着草帽的人。我同意了,我的萍水相逢的同室人就跟着我走。我打开房门上的挂锁以后,不管我愿意不愿意,每次我都得瞧见挂在门柱上、跟我的脸平齐的一幅画。画的名字是《默想死亡》,上面画着一个跪在地上的修士,眼睛看着一口棺材以及躺在里面的一具骷髅。修士背后站着另一具骷髅,个子大些,手里拿着一把镰刀。

"像这样的骨头是没有的。"我的同室人指着骷髅上应该生骨盆的地方,说,"一般说来,您知道,供给人民的精神食粮都不是头一流货色。"他补充说,鼻子里很长而且很悲凉地哼了一声,这大概是要叫我明白我要跟一个懂得什么是精神食粮的人打交道了。

我正在找火柴,点蜡烛,他又哼一声,说:

"在哈尔科夫城,我到解剖所去过好几次,看见过骨头。我甚至到停尸处去过。我没有妨碍您吧?"

我的房间又小又窄,没有桌子和椅子,整个房间里只有窗前的一个五斗橱、一只火炉和两只木头的小睡榻。小睡榻都靠墙放着,面对面,中间留出一条窄过道。小睡榻上放着褪了色的小薄床垫和我的行李。睡榻本来就有两张,可见这个房间原是规定住两个人的,我就把这一点对我的同室人说明了。

"不过等一会儿就要打钟做弥撒了,"他说,"我不会妨碍您很久。"

他仍旧认为他碍我的事,觉得别扭,就踩着负疚的步子往他那张小睡榻走去,负疚地叹一口气,坐下来。等到油烛那昏暗而没有生气的火苗不再闪摇,燃得相当旺,照亮了我们两个人的时候,我才仔细看清他。他是个二十二岁上下的年轻人,生一张好看的圆脸和一对孩子气的黑眼睛,城里人的打扮,穿一身便宜的灰色衣服,从他的面色和窄肩膀看来,他不是个体力劳动者。他似乎是个很难定出身份的人。既不能把他看作大学生,也不能看作生意人,更不能把他看作工人。人看着他那张好看的脸和那对孩子气的亲切的眼睛就不愿意想到他是个油滑的流浪者,在所有那些供给膳宿的偏僻地方的小修道院里,这种人多得数不清,他们往往冒充由于追求真理而从宗教学校被开除出来的学生,或者冒充喉咙哑了的唱诗班歌手。……他脸上有一种富于特色的、典型的、极其熟悉的东西,至于那究竟是什么,我却无论如何也不明白,也记不起来了。

他沉默很久,在想心事。他发表关于骨头和停尸处的见解的时候,我没大在意,他就以为我生气了,对他在这屋里住下感到不高兴。他从衣袋里拿出一根香肠,放在眼睛面前转来转去看了一阵,游移不决地说:

"对不起,我要麻烦您一下。……您有小刀吗?"

我给他一把小刀。

"这香肠很糟,"他皱起眉头,给自己切下一小块,说,"此地的小铺里净卖些难吃的东西,可是价钱贵得吓人。……我本来想请您尝一点，可是您未必同意吃这种东西。您愿意吃一点吗？"

从他的口音也可以听出一种特别的味道，跟他脸上的特色很相似，至于那究竟是什么，我仍旧茫然不懂。我想使他相信我，表明我根本没生气，就把他请我吃的一小块香肠接过来。那块香肠果然难于下咽。为了应付它，必须生着那种品种优良、拴着链子的狗的牙齿才行。我们一面活动牙床，一面攀谈起来。我们一开头就互相抱怨教堂的礼拜太长了。

"这儿的规矩跟阿索斯山差不多，"我说，"不过在阿索斯山，彻夜祈祷通常是十个钟头，到了大节日就十四个钟头。您该到那儿去祈祷！"

"对了！"我的同室人说，摇着头，"我在这儿住了三个星期。您知道，每天都做礼拜，每天都做礼拜。……平常日子，十二点打钟做晨祷，五点钟做早祷告，九点钟做晚祷告。根本没法睡觉。白天唱赞美歌，有特别礼拜，有晚祷。……等到我做斋戒祈祷，我简直累得要倒下去。"他叹口气，接着说，"然而不到教堂去又不合适。……修士给你房间，供你吃喝，那么您知道，人就不好意思不去了。站个一两天也许还不要紧，可是站三个星期却太苦了！苦得很！您在这儿要待很久吗？"

"我明天傍晚走。"

"我却还要住两个星期。"

"不过照规矩，在此地似乎不能住这么久吧？"我说。

"是的，这话不错，凡是住得过久、老是向修士讨吃的人，是要被撵走的。您想想看，要是容许那些没家没业的人在这儿爱住多久就住多久，那么这儿就不会有一个空房间，整个修道院都要给吃光了。这话是不错的。不过修士为我破一次例，我想他们一时还不会把我赶走。您要知道，我是个新入教的。……"

"您这话怎么讲？"

"我是犹太人,改信教的。……不久以前我才改信东正教。"

这时候我才明白先前他脸上那种我怎么也不能理解的东西:那厚厚的嘴唇,说话时候扬起右边嘴角和右边眉毛的样子,眼睛里那种独特的只有犹太人才有的油亮。我也明白他那种特别的口音是怎么回事了。……从后来的谈话中,我还知道他叫亚历山大·伊凡内奇,从前叫伊萨克。他是莫吉廖夫省的人,从新切尔卡斯克到圣山来。他是在新切尔卡斯克改信东正教的。

亚历山大·伊凡内奇吃完香肠,站起来,扬起右边眉毛,对着神像做祷告。后来他在小睡榻上坐下,对我简略地叙述他很长的经历,这时候,他的眉毛一直那么扬着。

"我从很小的时候起就爱念书。"他开始说,那口气听上去不像是讲他自己,倒像是讲一个去世的大人物似的,"我的父母是贫寒的犹太人,做点小生意,您知道,生活得跟乞丐一样,肮里肮脏。一般说来,那儿的人都是又穷又迷信,不喜欢念书,因为教育,很自然,叫人远离宗教。……他们却是狂热的教徒。……我的父母怎么也不肯叫我受教育,希望我也做生意,除了《塔木德》①以外什么也别念。……不过,您会同意,并不是每个人都能一生一世为一小块面包挣扎,在垃圾堆里打滚儿,反复念那本《塔木德》的。有时候,一些军官和地主到我父亲的小酒店来,讲起许多那时候我连做梦都没想到过的事情。嗯,当然,那些事是引诱人的,弄得人满心羡慕。我就哭着要求把我送进学校去,可是他们只教我学犹太人的文字,别的什么也不教。有一次我找到一张俄语报纸,把它带回家,想用来做风筝,结果我为这件事挨一顿痛打,其实我并不懂俄语。当然,这种狂热是在所难免的,因为每个民族都本能地爱护自己的民族特性,可是那时候我不懂这个道理,因而颇为愤

---

① 犹太教口传律法集,为该教仅次于《圣经》的主要经典。

慨。……"

从前的伊萨克说完这句文绉绉的话以后,高兴得把右边的眉毛扬得更高,斜起眼睛瞧着我,如同公鸡瞧着谷粒似的,他那样子仿佛想说:"现在您总该相信我是个有学问的人吧?"另外他又讲到宗教狂热,讲到他那不可抑制的求知欲,后来接着说:

"这可怎么办呢?我就横下心,跑到斯摩棱斯克去了。在那儿,我有个堂兄,干镀锡的活儿,做白铁盒。当然,我就在他那儿当学徒了,因为我没法糊口,光着脚,衣服破破烂烂。……我心里这样盘算:白天干活,晚上和星期六看书。我就这样做了,可是警察发现我没有身份证,就把我押解回乡,送到我父亲那儿去了。……"

亚历山大·伊凡内奇耸起一个肩膀,叹了口气。

"这可怎么办!"他接着说,往事越是清楚地在他心头再现,他说话的犹太口音也就越重,"我父母把我惩治一下,就把我交给我爷爷去管教了。他是个犹太老人,狂热的教徒。可是我夜里逃到什克洛夫城去了。在什克洛夫城,我的叔父把我抓住;我就又逃到莫吉廖夫城,在那儿住了两天,又跟一个同伴到斯塔罗杜布城去了。"

后来这个讲话人在回忆中一一提到戈梅利城、基辅城、白教堂、乌曼城、巴尔塔城、宾杰雷城,最后他到了奥德萨。

"在奥德萨,我游荡了一个星期,找不到工作,挨着饿,后来有些在城里走来走去收买旧衣服的犹太人把我收留下来。那时候我已经会读书写字,懂得算术,会算分数,想进一个什么学校去读书,然而又没有钱。怎么办呢!我在奥德萨城里走动了半年,收买旧衣服,可是那些犹太人,那些骗子,不给我工钱,我一气之下,就走了。后来我坐轮船到彼列科普去了。"

"为什么到那儿去呢?"

"就这样去了。有个希腊人答应在那儿给我找个工作。一句话,十六岁以前我就一直这样漂泊,没有固定的工作,也扎不下根,后来到了波尔塔瓦城。那儿有个犹太大学生听说我想读书,就给我写了封信,让我交给哈尔科夫城的一个大学生。当然,我就到哈尔科夫城去了。那儿的大学生们商量一阵,开始帮助我准备考试,好让我进技术学校。您知道,我得对您说,我碰到的那些大学生真是好,我直到死也忘不了他们。且不说他们供我吃,供我住,他们还领我走上正路,教我思考,给我指出生活目标。他们当中有些聪明出色的人,现在已经出名了。比方说,您听到过格鲁玛赫尔吧?"

"没听到过。"

"您没听到过。……他在哈尔科夫城的报纸上发表过一些很有见解的文章,正准备做教授呢。嗯,当时我读了许多书,参加大学生小组,在那种小组上庸俗的话是听不到的。我准备了半年,可是投考技术学校却要学会中学里的全部数学课程,格鲁玛赫尔就劝我改考兽医学校,因为中学六年级的学生就可以投考那个学校。当然,我就开始准备。我并不想做兽医,可是他们对我说,念完兽医学校,就可以不经考试升到大学医学系三年级。我读完屈纳①的全部著作,读了科尔内留斯·内波斯②的书,而且一读就会③,在希腊语方面几乎读完了库尔提乌斯④的全部著作。可是您知道,一来二去……大学生们陆续走散,我的地位不牢靠了。同时我

---

① 屈纳(1802—1878),德国语文学家,拉丁语语法教科书的作者。——俄文本编者注
② 科尔内留斯·内波斯(约前 100—约前 25),罗马历史学家,他的历史著作是学拉丁语的人的必读书。——俄文本编者注
③ 原文为法语。
④ 库尔提乌斯(1820—1885),19 世纪德国最有影响的语言学者之一,希腊语语法教科书的作者。——俄文本编者注

又听说我母亲来了,在全哈尔科夫城找我。于是我索性走了。怎么办呢?不过幸好我听说,这儿顿涅茨铁道旁边有个采矿学校。那么何不投考这个学校呢?您要知道,采矿学校的学生有权做监工,这倒是极好的职位,我知道有些矿井的监工一年挣一千五呢。好得很。……我就考进去了。"

亚历山大·伊凡内奇脸上带着敬畏肃穆的神情列举采矿学校教授的二十几门深奥难懂的学科,叙述学校里的情形、矿井的构造、工人的情况。……然后他讲起一件可怕的事,像是捏造的,可是我又不能不信,因为讲故事的人口气十分诚恳,他那张犹太人的脸上,恐惧的神情十分真切。

"我在实习操作时期,有一天出了事,"他扬起两道眉毛说,"当时我在顿涅茨区的一个矿井上。您一定见过人怎样下矿井。您记得,人扬鞭抽马,大门就活动起来,于是一个吊斗顺着滑轮降到矿井去,另一个吊斗升上来,等到第一个升上来,第二个就降下去,完全跟水井的两只吊桶一样。好,有一回我坐上吊斗,正往下降,可是您猜怎么着,我忽然听见:当啷!原来链子断了,我就随着吊斗和断了的一截链子飞到魔鬼那儿去了。……我从三俄丈高的地方摔下去,胸口和肚子朝下。吊斗比人重,比我先落地,我这个肩膀正好撞在它的边上。您知道,我躺在那儿吓坏了,心想必是已经摔死,可我忽然看见新的灾难又来了:原来另一个升上去的吊桶失去均衡的重量,哐啷一声直朝着我掉下来。……这可怎么办?我一看见这样的事,就贴住墙,缩成一团,等着吊桶马上带着全部力量砰的一声砸在我脑袋上,我想起父母,想起莫吉廖夫省,想起格鲁玛赫尔……我祷告上帝,不过幸好……连想起来都可怕呀。"

亚历山大·伊凡内奇勉强笑了笑,用手心擦一擦脑门。

"不过幸好它掉在我身旁,只轻轻碰着这半边身子。……我这半边的衣服、衬衫、皮肤都破了……那力量吓人呀。后来我就人事不省了。他们把我抬上来,送进医院。我住了四个月医院,大夫说我会得肺痨病。我现在老是咳嗽,胸口痛,神经也很不正常。……每逢我一个人待在房间里,我总十分害怕。当然,我的身体既是这样,我就没法做监工了。我只好离开采矿学校。……"

"那么现在您做什么工作呢?"我问。

"我已经参加过乡村教师的考试,及格了。现在我又入了东正教,就有权利做教师了。在我受洗的新切尔卡斯克城,人家很关心我,答应在教区学校里给我找一个位子。过两个星期我就到那儿去,再托托他们。"

亚历山大·伊凡内奇脱掉大衣,只穿着一件带俄罗斯式绣花衣领的衬衫,系着一条毛线织的腰带。

"现在该睡觉了,"他说,把大衣放在床头,打个哈欠,"您知道,直到最近我才信上帝。我原是无神论者。我躺在医院里的时候,想起宗教,开始思索这个问题。依我看来,有思想的人只能有一种宗教,那就是基督教。要是不相信基督,此外就没有什么可相信的了。……不是吗?犹太教过时了,它所以还存在,也只是由于犹太族的特殊性而已。等到文明传播到犹太人当中去,犹太教就会一点痕迹也不剩了。您一定已经留意到,所有年轻的犹太人都是无神论者。《新约》是《旧约》的天然的续篇。不是吗?"

我想弄明白究竟是什么原因使他走出这么严肃大胆的一步,竟然改变宗教信仰。他却光是反复向我说明"《新约》是《旧约》的天然续篇",这句话分明出自别人之口,是他学来的,根本不能说明问题。不管我怎样努力,怎样试探,还是一点也不知道原因所在。要是相信他的话,他确实像他所说的那样是出于信仰才接受东正教的,那么这种信仰究竟是什么内容,它的基础是什么,从他的话里却听不明白。如果推断他是出于贪利才改变宗教信仰的,那也不行:他身上穿着廉价的旧衣服,他靠修道院的面包糊口,他的前途很不稳定,这都不大像是贪利的表现。那就只能这样想:促使我的同室人改变宗教信仰的,就是他按通常的说法称之为求知欲的那种不安定的精神,也正是这种精神,才把他像一块小木片那样从这个城丢到那个城,使他漂泊不定。

我躺下睡觉以前,先走出门外,到过道上去喝水。等到我回来,我的同室人却站在房中央,惊恐地瞧着我。他脸色灰白,脑门上闪出汗光。

"我的神经又出了大毛病,"他嘟哝说,现出病态的微笑,"很厉害!神经错乱大发作了。不过,这也没什么。"

他又讲起《新约》是《旧约》的天然续篇,犹太教已经过时。他仔细挑选一句句话,仿佛极力要聚起他信仰的全部力量,用来压倒他灵魂的不安,对自己表明:他丢掉祖先的宗教并不是做了什么特别可怕的事情,而是按一个有思想的、破除成见的人行事的,因此他尽可以大胆地独自留在房间里,面对自己的良心。他正在说服自己,而且用眼睛向我求援。……

这当儿,油烛上结了一个又大又难看的烛花。天已经亮了。昏暗的小窗口变成蓝色,从那儿望出去可以清楚地瞧见顿涅茨河两岸和河对面的橡树林。现在该睡觉了。

"明天这儿会很有趣味,"等我灭了油烛,躺下去后,我的同室人说,"做完早弥撒以后,游行行列就要坐船,从修道院到隐修区去了。"

他扬起右边的眉毛,偏着头,面对神像做完祷告,没脱衣服就在他那小睡榻上躺下。

"哦,对啦。"他翻个身说。

"什么'对啦'?"我问。

"我在新切尔卡斯克入东正教的时候,我母亲正在罗斯托夫城找我。她觉得我要改变信仰了。"他叹口气,接着说,"我已经有六年没到莫吉廖夫省去。我妹妹大概已经嫁人了。"

他沉默一会儿,看出我还没睡着,就开始小声说:谢天谢地,人家不久就会给他找个差事,他终于要有自己的家,有稳定的地位,有牢靠的每日口粮了。……我呢,带着睡意暗想,这个人永远也不会有自己的家,有稳定的地位、牢靠的口粮。他讲述着自己的幻想,把教师的职位说成了天国乐土。他跟大多数人一样,对流浪生活抱着偏见,认为那是一种奇特、反常、意外的事,就跟疾病一样,他总想过一般人的日常生活,认为这样才能得救。从他的口气里,可以听出他感到自己反常,感到惋惜。他仿佛在为自己辩白和表示歉意似的。

离我不到一俄尺远,躺着一个流浪者。在我们隔壁的那些房间里,在院子里,在大车旁边,在朝圣者中间,总有好几百这样的流浪者在等待早晨,而且,在更远的地方,要是人能够想象全俄国的话,这时候会有多少这样的风滚草,为了寻找比较好的生活,顺着大路和乡间土道走着,或者在客栈里,小酒店里,旅馆里,露天底下的草地上打瞌睡,等待黎明啊。……我一面昏昏睡去,一面暗想,要是人能够找出种种道理和话语来向他们证明,他们的生活像其他各种生活一样,并不需要什么辩解,那么这些人会多么惊讶,甚至也许会高兴呢。

我在睡梦中听见门外响起悲凉的钟声,仿佛在流着伤心的眼泪一样。见习修士喊了好几回:

"上帝的儿子,主耶稣基督,饶恕我们吧!请大家去做祷告!"

等我醒来,我的同室人已经不在房间里了。阳光普照,窗外人声喧哗。我走出去,知道祷告已经做完,游行行列早已往隐修区走去。人们成群地在岸边徘徊,感到闲着没有事做,不知道该怎么办才好。这时候他们还不能吃东西,喝水,因为在隐修区,晚祷告还没有结束。修道院的小铺,朝圣者素来喜欢拥进去打听各种东西的价钱,这时候还关着门。有许多人虽然已经疲劳,可是烦闷无聊,就信步往隐修区走去。我也走上一条小路,它从修道院通到隐修区,弯弯曲曲,像一条蛇似的,爬上又高又陡的岸坡,在橡树和松树中间绕来绕去,时而上坡,时而下坡。下面顿涅茨河闪闪发光,太阳倒映在水里,上面是白垩的陡峭岸坡,坡上的橡树和松树葱葱茏茏,一片碧绿。那些树一棵跟着一棵,倒挂在坡上,不知怎的,几乎就长在峭壁上,却能不掉下来。朝圣者顺着这条小路,一个跟着一个走去。人数最多的是从邻县来的乌克兰人,不过也有许多人是从远方,从库尔斯克省和奥廖尔省步行来的。在这杂色的行列里,也有马里乌波尔的希腊籍农庄主,都是些强壮、稳重、亲切的人,跟他们那些住满我们南方沿海各城的退化而瘦弱的同胞迥然不同。这里面也有裤子上缝着红色镶条的顿涅茨人、塔夫里达人以及从塔夫里达省来的移民。这儿有许多朝圣者是身份不明的人,跟亚历山大·伊凡内奇一样,他们究竟是些什么人,从哪儿来,单从他们的面容,从他们的服装,从他们的话语是认不出来的。

这条小路的终点是个小小的木码头。从这儿往左走,有一条狭窄的石子路,穿过一道山,通到隐修区。木码头旁边停着两条笨重的大木船,样子阴沉,好比儒勒·凡尔纳①书中写的新西兰独木舟。一条木船上有长排座位,上面铺着毡毯,是供教士和歌手坐的,另一条船上没有毡毯,是给一般人坐的。临到游行行列坐船返回修道院,我发现我自己夹在勉强挤上第二条船的幸运儿中间。这条船上的人很多,船几乎行驶不动了,一路上有好些人只能一动不动地站着,而且要保护好帽子,免得被人挤扁。路上风光绮丽。一边的岸坡又高又陡,岩石发白,坡上长着倒挂下来的橡树和松树,人们沿着小路匆匆赶回去。另一边岸上,坡度不陡,有绿油油

---

① 儒勒·凡尔纳(1828—1905),法国小说家,著有许多科学幻想小说。

的草场和橡树林。两岸都浸沉在阳光里，显出幸福乐观的气象，好像多亏了它们，这个五月的清晨才这么美丽似的。太阳的映影在顿涅茨河的急流中颤抖，往四面八方扩散开去。太阳那长长的光线在教士的法衣上，在神幡上，在船桨拍起的水花上，跳动不定。复活节赞美歌的歌声啦，叮当的钟声啦，船桨的击水声啦，鸟雀的鸣叫声啦，种种声音在空中汇合成一片和谐温柔的乐声。载教士和神幡的木船走在前面。船尾上站着一个身穿黑衣服的见习修士，安稳不动，好比一尊塑像。

等到游行行列走近修道院，我才发现亚历山大·伊凡内奇也在那些人中间。他站在大家前面，高兴得咧开嘴巴，扬起右边的眉毛，瞧着这个行列。他脸上喜气洋洋，大概在这种时候，四周有那么多人，天色那么明朗，他就满意他自己，满意他的新信仰，满意他的良心了。

过了一会儿，我们坐在房间里喝茶，他仍旧高兴得脸上放光。他的面容说明，他既满意茶，也满意我，十分尊重我的教养，而且如果谈起知识方面的什么问题，他自己也能应付，不致丢脸。……

"您说说看，我该看些什么心理学著作？"他文绉绉地谈起来，皱起鼻子。

"可是您为什么要读这种书？"

"缺乏心理学知识是不能做教师的。我在教小学生以前，先得了解他们的心灵。"

我对他说，要了解儿童的心灵，光读心理学的书是不够的，再者，对一个还没有熟悉语文和算术教学法的教师来说，心理学无异于奢侈品，就跟高等数学一样多余。他欣然同意我的话，然后他讲起教员的职务多么艰苦繁重，要想根除小孩子学坏和迷信的倾向，促使他们独立而正直地思考，把真正的宗教、个性和自由之类的观念灌输到他们的头脑里去，是多么困难。对这些话，我回答了几句。他又同意了。总之他很乐意赞同我的话。显然,那许多"文绉绉的问题"还没在他头脑里稳固地扎下根。

我临行前,我们一块儿在修道院附近闲步,消磨炎热漫长的白昼。他一步也不离开我。这究竟是因为他依恋我呢,还是因为他害怕孤独,那就只有上帝知道了!山坡上点缀着许多小花园,我记得我们走进其中的一个,在黄色金合欢的花丛下并排坐着。

"我过两个星期就要离开此地。"他说,"也该走了!"

"您步行吗?"

"从这儿起到斯拉维扬斯克城,是步行,然后坐火车到尼基托夫卡城。顿涅茨铁路有一条支线是从尼基托夫卡城开始的。我就沿着这条支线步行到哈采彼托夫卡城,然后有个熟识的列车长会带我坐上火车往前走。"

我想起尼基托夫卡城和哈采彼托夫卡城之间光秃和荒凉的草原,我想象亚历山大·伊凡内奇怎样走过那一带草原,心里怀着疑虑、对故乡的思念、对孤独的恐惧。……他在我脸上看出我烦闷无聊,就叹一口气。

"我妹妹大概已经嫁人了。"他说出他的想法,不过立刻又摆脱这些忧郁的思想,指指山岩的顶,说:

"在这个山顶上可以看见伊久姆城。"

我跟他一起步行上坡,不料他遭到一个小小的灾难:他大概绊了一跤,撕破了他那花条布的裤子,碰掉了一只鞋后跟。

"啧……"他说着,皱起眉头,脱掉皮鞋,露出没穿袜子的光脚,"真糟。……您知道,这可是个麻烦……真是的!"

他把皮鞋举到眼前,转来转去,好像不相信鞋后跟完全毁了似的。他皱了很久的眉头,不住地叹气,吧嗒嘴唇。我的皮箱里有一双旧的中筒皮鞋,然而样式时髦,尖头,有带子。我带着这双鞋原是以防万一的,只在下雨天才穿。我回到房间里,想出一句很婉转

的话,把那双鞋送给他。他接过去,庄重地说:

"我本来应该对您道谢,不过我知道您认为道谢是一种俗套。"

他瞧着半高腰男皮鞋的尖头和带子,喜欢得像小孩子一样。他甚至变更了原来的计划。

"现在我不预备过两个星期到新切尔卡斯克去,只过一个星期就可以动身了,"他把他的想法说出来,"穿着这样一双皮鞋,我就不会不好意思去见我的教父。老实说,我没离开此地,就是因为我没有体面的衣着。……"

等到马车夫把我的皮箱拿出去,就有一个端正的、脸上带着讥诮神情的见习修士走进来,想要打扫房间。亚历山大·伊凡内奇不知怎的着起慌来,脸色发窘,胆怯地问他说:

"我该仍旧住在此地呢,还是搬到别的地方去?"

他没法下决心让自己占据整整一个房间,显然不好意思再靠修道院的粮食生活下去了。他很不愿意跟我分手。为了尽量推迟孤独的到来,他要求我允许他送我一程。

从修道院出来,有一条往上走的路一直通到白垩质的山坡上,那是费了很大的劲才修成的。这条路在倒挂下来的严峻的松树底下,像螺旋似的在树根中间蜿蜒而上。……先是顿涅茨河在眼前不见了,随后修道院的那个院子以及成千上万的人,再后那些绿色房顶,也都不见了。……我往上走去,于是样样东西都像是落进了深渊,消失了。大教堂上的十字架被落日的光辉照得火红,在深渊里闪闪发光,随后也不见了。剩下来的只有松树、橡树、白路。不过后来我的马车走到平坦的原野上,那些树木和道路也都留在下面和后面了。亚历山大·伊凡内奇跳下马车,忧郁地微笑着,用他那对孩子气的眼睛最后看了我一眼,走下坡去,就此离开我,再也见不到面了。……

圣山的种种印象已经渐渐变成回忆,这时候我看见的都是新的东西。平坦的原野、淡紫色的远方、路旁的小树林、树林后面一个安着风车的磨坊,然而风车停着不动,好像因为这天是假日,人们不准它摇动翼片,它不免感到烦闷无聊似的。

父　亲

"老实说,我是喝了点酒。……对不起,我在路上顺便走进一家啤酒店,因为天热就喝了两瓶。天真是热啊,孩子!"

穆萨托夫老人从衣袋里拿出一块不知什么破布,擦了擦他那张刮光胡子的、憔悴的脸。

"我到你这儿来,包连卡①,我的天使,坐一会儿就走,"他眼睛没有瞧着他儿子,接着说,"我有一件非常要紧的事来找你。对不起,也许我打搅你了。我亲爱的,你能借给我十卢布,容我到星期二还给你吗?你要知道,昨天就该付房钱了,可是钱呢,你知道……却没有!急死人了!"

小穆萨托夫一句话也没说,走出去,在门外跟他的别墅女主人和同他一起租下这个别墅的同事们小声讲话。过了三分钟,他走回来,一句话也没说,把一张十卢布钞票交给他的父亲。老人连看也没看,就把它随随便便往衣袋里一塞,说:

"谢谢。哦,你过得怎么样?很久没有跟你见面了。"

"是的,很久了。从复活节以来就没有见过面。"

"我大约有五次打算来看你,不过老是抽不出工夫来。一会儿有这件事,一会儿又有那件事……简直要命!不过呢,我是在胡

----
① 包利斯的爱称。

说。……我这些都是假话。你不要相信我,包连卡。我刚才说,到星期二就还给你这十卢布,你也别相信。我的话你一句也不要相信。我什么正事也没有,无非是偷懒、灌酒,不好意思穿着这样的衣服上街。你要原谅我,包连卡。我有三次打发一个妞儿来找你借钱,还写过凄惨的信。我为那些钱谢谢你,不过你别相信那些信,那都是胡诌出来的。我不好意思抢夺你的钱,我的天使。我知道你自己手头也紧,吃蝗虫过日子①,不过我对自己这种厚脸皮也毫无办法。像我这样的厚脸皮,简直可以拿出去展览赚钱了!……你要原谅我才好,包连卡。我对你说了实话,因为我看到你那张天使般的脸就不能再冷着心肠了。"

在沉默中过了一分钟。老人深深叹一口气,说:

"你也许可以请我喝杯啤酒吧。"

他儿子一句话也没说就走出去了,门外又传来低语声。过了一会儿,啤酒拿来了,老人一看见酒瓶就活跃起来,他的口气突然变了。

"我的孩子,前几天我去看赛马来着。"他讲起来,眼睛现出惊恐的样子,"我们一共去了三个人,我们为那匹'机灵鬼'合买了一张三卢布的票子②。真得向这匹'机灵鬼'道谢才是。我们各自赢了三十二卢布哩。孩子,叫我不看赛马可不成。那是一种高尚的娱乐。我那个凶婆子知道我去看赛马,就老是打我,可我还是去。任凭你拿我怎么样,反正我喜欢嘛!"

包利斯是个年轻人,头发淡黄,脸色忧郁而呆板,慢慢地从这个墙角走到那个墙角,默默地听着。等到老人中断自己的话,咳嗽几声,清清嗓子,他就走到老人跟前,说:

---

① 意谓"吃得很苦"。
② 指赛马时下的赌注。

"前几天,爸爸,我买了一双中筒皮靴,可是我穿着太紧。你拿去穿好不好?我便宜一点转让给你好了。"

"行,"老人说,做了个鬼脸,"不过要按原价,可不能打折扣。"

"好吧。这鞋钱算是我借给你的。"

他儿子爬到床底下,从那儿取出一双新的中筒皮靴。父亲脱掉他那双难看的、黄得发黑的、分明是别人穿过的皮鞋,开始试那双新鞋。

"正好合脚!"他说,"行,我穿就是。星期二我领到退休金,就把鞋钱送还你。不过,我是在撒谎,"他接着说,忽然又用原先那种含泪的声调说话了,"刚才说的赛马下赌注,还有退休金,我也是撒谎。你是在哄我,包连卡。……要知道,你那种慷慨的用心我已经觉出来了。我完全了解你!这双中筒皮靴显得小,就是因为你的气量大。唉,包利亚①啊,包利亚!我什么都明白,什么都觉得出来!"

"你搬到新地方去了吧?"他儿子为了改变话题,插嘴说。

"是的,孩子,我搬家了。我每个月都搬家。我的凶婆子凭她那种脾气,在什么地方都住不久。"

"我到您的旧住处去过,打算邀您到我的别墅来住。照您的健康情形看,还是住在空气新鲜的地方好。"

"不行!"老人摆了摆手说,"我那女人不会放我来的,再说我自己也不愿意。你们已经有一百次打算把我从深渊里拉出来,我自己也有过这种打算,可是毫无结果。算了吧!就让我在深渊里死掉吧。眼下我坐在你这儿,瞧着你这张天使般的脸,可是我心里却惦着家,要回到那个深渊里去。大概这也是命该如此。你总不能把粪虫硬拉到玫瑰花上去啊。不行。可是,孩子,我该走了。天

---

① 包利斯的爱称。

黑下来了。"

"那么您等一等,我送您回去。我今天也正要进城。"

老人和青年人穿上各自的大衣,走出去。过了一会儿,他们雇到一辆出租马车,坐上去。天色已经黑了,各处窗子里闪着灯火。

"我抢夺了你的钱,包连卡!"父亲嘟哝说,"可怜的孩子,可怜的孩子啊!有这样一个父亲,简直是倒足了霉!包连卡,我的天使,我一看到你的脸就没法说谎了。你要原谅我。……我的脸皮老到了什么地步啊,我的上帝!刚才我抢夺你的钱,我这副醉醺醺的嘴脸弄得你难为情,我也抢夺你那些弟兄的钱,也弄得他们丢脸。要是你昨天瞧见我就好了!我也不瞒你,包连卡!昨天有几个邻居和各式各样下流货到我的凶婆子这儿来,我跟她们一块儿喝醉了,把你们,我的孩子们,臭骂了一顿。我一边骂你们,一边诉苦,胡说什么你们丢开我不管。你知道,我这是想引那些喝醉的娘们儿可怜我,我想装成倒运的父亲。这已经成了我的习惯:每逢我要掩盖我的恶习,我就把责任统统推到我那些无辜的孩子们头上。我不能对你说谎,包连卡,也没法瞒着你。我来找你的时候,原是趾高气扬的,可是一看见你的温顺和好心,我的舌头就不听使唤了,我的良心就不安起来。"

"得了,爸爸,我们谈点别的吧。"

"圣母啊,我这些孩子多么好!"老人不听儿子的话,接着说下去,"主赐给我多少宝贝呀!这样的孩子不应该赐给我这没出息的人,而应该赐给一个真正的人,有灵魂、有感情的人!我配不上!"

老人脱掉安着一个小纽扣的小便帽,在胸前画了好几次十字。

"光荣归于你啊,上帝!"他叹道,往四下里看一眼,仿佛在找神像似的,"这些出色的、少有的孩子!我有三个儿子,三个人一模一样,不喝酒,稳重,能干,而且多么聪明!马车夫啊,他们可真聪明！单是格利果利一个人的脑筋就抵得上十个人。他会讲法国话，又会讲德国话，讲起话来哪个律师也比不上，准能叫人听得出神。……我的孩子，我的孩子啊，我都不相信你们是我的儿子了！我都不相信了！包连卡，你苦难深重，成了殉教徒。眼下我叫你破财，往后还会叫你破财。……你没完没了地给我钱，其实你也知道你的钱都等于白扔了。前几天我给你写了一封凄凉的信，讲我生病的情形，其实那是说谎！我跟你要钱是为买朗姆酒喝。你呢，把钱给我了，因为你怕不给就会伤我的心。这些我都知道，都觉得出来。格利沙①也成了殉教徒。星期四那天，孩子，我到他的办公室里去了，当时我喝得醉醺醺，穿得又脏又破……像酒窖那样冒出酒气。我就照那个样子一直跑到他跟前，还讲些下流话跟他啰唆，他的同事、上司、来接洽公务的人就在他周围。我弄得他丢尽了脸。他呢，光是脸色微微发白，一点也不狼狈，反倒面带笑容，若无其事地走到我跟前，甚至把我介绍给他的同事们。后来他一直把我送到家，一句话也没责备我！我抢夺他的钱比抢夺你的还要多哩。现在再拿你弟弟萨沙来说，他也成了殉教徒！你知道，他娶了门第高贵的上校家的女儿，拿到一笔陪嫁钱。……看来，他好像不会再理我了。不，孩子，他一成亲，行完婚礼，带着年轻的妻子头一个拜访的就是我的家……居然到那个鬼地方去了。……真是这样啊！"

老人哭出声来，可是立刻又笑了。

"那当儿，好像故意捣乱似的，我们正在吃碎萝卜、炸鱼，喝克瓦斯，屋子里臭烘烘的，连鬼闻了都恶心！我喝醉了躺在那儿，我那凶婆子呢，脸已经喝红了，却跑到那对新婚夫妇跟前……一句话，不像样子呀。萨沙却一直克制自己。"

---

① 格利果利的爱称。

"是的,我们的萨沙是好人。"包利斯说。

"太宽宏大量了!你们都是金子:你、格利沙、萨沙、索尼雅①。我折磨你们,害你们受苦,叫你们丢脸,抢劫你们,可是我从未听你们说过一句责备的话,没看见你们斜起眼睛瞧过我。要是你们的父亲是个正派人倒也罢了,可是……呸!你们从我这儿除了受害以外什么也没得着过。我是个放荡的坏人。……现在,谢天谢地,我和气多了,没有意志力了,可是从前,你们小的时候,我却有决断,有意志。不管我做什么,说什么,我都觉得本来就应该这样。有时候,我深夜从俱乐部回来,喝得醉醺醺的,脾气挺凶,对你那去世的母亲破口大骂,怪家里开支太大。我整夜不住嘴地骂她,心想这是应该的。往往到了早晨,你们已经起床,去上学了,我却还在对她发脾气。我把她折磨得好苦啊,这个殉教徒,祝她升天堂吧!有时候,你们下学回来,要是我在睡觉,你们就不敢吃饭,得等我起来才吃。到吃饭时候,总是又出乱子。你恐怕还记得。求上帝保佑,别让任何人有这样的父亲才好。上帝把你们赐给我,是为了考验你们!对了,考验!孩子们,你们就忍着,忍到头吧。孝敬你们的父亲吧,你们会长寿的。上帝也许会看在你们的坚忍精神分上,叫你们长寿。马车夫,停住!"

老人跳下马车,跑进一家啤酒店。过了半个钟头,他回来了,醉醺醺地噢一下喉咙,挨着儿子坐下。

"现在索尼雅在哪儿?"他问,"还在寄宿中学吗?"

"不,五月里她已经毕业,如今住在萨希娜姑母家里。"

"嘿!"老人惊奇地说,"这个姑娘可真不错,也学哥哥们的样。唉,她母亲不在了,包连卡,再没有人要她安慰、解忧了。听我说,包连卡,她……她知道我在怎样生活吗?啊?"

---

① 索菲雅的小名。

包利斯什么话也没回答。在深沉的寂静中过了五分钟。老人呜咽起来,用那块破布擦擦眼睛,说:

"我爱她,包连卡!要知道,我只有她这么一个女儿,人到了老年,再也没有比女儿更能给人安慰的了。我想跟她见见面。可以吗,包连卡?"

"当然可以,随您什么时候都行。"

"真的?她不会觉得为难?"

"您别这样说,她自己都在打听您,想跟您见面呢。"

"真的吗?什么样的孩子啊!马车夫,听见没有?那你就安排一下,让我们见见面吧,包连卡,好孩子!她如今成了小姐,文雅,完美,①处处都上流,我可不愿意叫她看见我这副卑贱相。我们,包连卡,这样来安排会面的事。我要三天不喝酒,让我这张难看的醉脸变得体面点,然后我就去找你,你呢,把你的衣服暂时借给我穿一下,我刮一刮脸,剪一剪发,随后你就坐车去把她接到你家来。行吗?"

"好。"

"马车夫,停住!"

老人又跳下马车,跑进一家啤酒店去了。在包利斯坐车送他回家的这一路上,他又两次跳下马车,他的儿子每次都一句话也没说,耐心地等着他。临到他们下马车,穿过一个又长又脏的院子,往"凶婆子"的住宅走去,老人就现出极其困窘和负疚的神情,开始胆怯地嗽喉咙,吧嗒嘴唇。

"包连卡,"他用讨好的口气说,"如果我的凶婆子对你说出什么不得体的话,那你不要介意,而且……而且,你知道,你好歹对她客气点。她无知无识,举动莽撞,不过她毕竟是个好女人。她胸膛

---

① 原文为法语。

里跳着一颗善良热烈的心!"

长院子到了尽头,包利斯就走进一个阴暗的穿堂。装着滑轮的房门嘎吱嘎吱响起来,门里冒出厨房的气味和茶炊的烟子,传来刺耳的说话声。包利斯从穿堂走进厨房,只看见乌黑的烟子、晾着内衣的绳子、茶炊的烟囱,烟囱的裂缝里迸出金黄的火星。

"喏,这就是我的小窝。"老人说,弯下腰,走进一个天花板很低的小房间,那儿的空气充满隔壁厨房里的气味,叫人闷得受不住。

房间里一张桌子旁边坐着三个女人,在吃东西。她们看见有客人来,就互相看一眼,停住了嘴。

"怎么样,拿到了吗?"有个女人厉声问道,她分明就是那个"凶婆子"。

"拿到了,拿到了,"老人嘟哝说,"好,包利斯,别客气,坐吧!孩子,年轻人,我们这儿很简陋。……我们生活得很简单。"

他无缘无故地忙乱起来。他在儿子面前觉得不好意思,同时他显然想照往常那样在那些女人面前保持"趾高气扬"的神情和不幸的、被遗弃的父亲的样子。

"是啊,孩子,年轻人,我们生活得很简单,没有一点浮华气。"他叽叽咕咕地说,"我们是些简单的人,年轻人。……我们跟你们不一样,我们不喜欢弄虚作假。对了。……要喝点酒吗?"

有一个女人(她不好意思在生人面前喝酒)叹一口气,说:

"既是有蘑菇,我就再喝一点。……这些蘑菇太好,弄得人不想喝也得喝。伊凡·盖拉西梅奇,请那位客人喝一点,说不定他也要喝呢!"

最后那句话她是娇声娇气说出口的。

"喝吧,年轻人!"老人说,眼睛没瞧儿子,"我们这儿,孩子,可没有葡萄酒和蜜酒,我们样样东西都简单。"

"他不喜欢我们!""凶婆子"叹道。

"没问题,没问题,他会喝的!"

包利斯不愿意推托,免得扫父亲的兴,就拿起酒杯,默默地喝酒。等到茶炊端上来,他为了讨老人的欢心,就带着忧郁的脸色,一句话也没说,喝下两杯难以下咽的茶。他默默地听着"凶婆子"含沙射影,讲起这个世界上有些狠心的、不信神的子女,硬是丢开父母不管。

"我知道此刻你在想什么!"有了酒意的老人说,他已经像平素那样露出醺醉而兴奋的神态了,"你以为我已经走下坡路,不可救药了,我可怜,可是依我看来,我这种简单的生活倒比你的生活正常得多,年轻人。我什么人也不需要,而且……而且也不打算低声下气。……要是一个乳臭未干的小孩子用怜悯的眼光瞧着我,我决不能容忍。"

喝完茶,他把一条青鱼收拾干净,在上面撒些葱花,而且撒得那么起劲,连他的眼睛都涌出激动的泪水了。他又讲到赛马的赌博,讲到赢得的钱,讲到他昨天花十六卢布买来的什么巴拿马草帽。他讲起谎话来津津有味,就跟吃青鱼下酒一样。他儿子一句话也没说,坐了一个钟头,然后起身告辞。

"我可不敢留你!"老人傲慢地说,"对不起,年轻人,我生活得跟你们所希望的不一样!"

他扬扬得意,神气十足地用鼻子吭气,对那些女人挤挤眼睛。

"再见,年轻人!"他说着,把儿子送到穿堂,"等一等!"

可是到了昏暗的穿堂,他忽然把脸贴在儿子的袖子上,哭了。

"我要跟索纽希卡①见面!"他小声说,"替我安排一下吧,包连卡,我的天使!我会刮一刮脸,穿上你的衣服……做出严肃的样

---

① 索菲雅的爱称。

子来。……我见了她,不开口说话就是。真的,我绝不开口。"

他胆怯地回过头去看一眼房门,听见那儿传来女人们的说话声。他就忍住哭泣,大声说道:

"再见,年轻人!等一等!"

美妙的结局

有一天,列车长斯狄奇金不当班,他家里坐着一个强壮、丰满、四十岁上下的女人柳包芙·格利戈里耶芙娜。这个女人专门给人说媒,另外还干许多照例只能小声谈到的事。斯狄奇金有点心慌,不过跟往常一样庄重、正派、严厉,吸着雪茄烟,在房间里走来走去,说:

"跟您认识,我很愉快。谢敏·伊凡诺维奇推荐您,认为您能在一件棘手的事情上帮我的忙,这件事情非常重大,牵涉到我终身的幸福。我,柳包芙·格利戈里耶芙娜,已经五十二岁,那就是说,已经处在很多人有成年子女的时期了。我的职位是牢靠的。我的家产虽不能说多,然而在我身边养活一个心爱的人和子女,总还办得到。我要对您说明,不过请您不要张扬出去:我除薪金外,还在银行里存着钱,多亏我遵循这样的生活方式,才能省下钱来。我是老成持重的人,从不灌酒,过的是严谨安分的生活,因此我可以做许多人的榜样。我缺欠的只有一样东西:家庭的温暖和生活的伴侣。我过的日子好比一个游牧的匈牙利人,从这个地方迁到那个地方,没有丝毫乐趣,也没有一个可以商量事情的人,万一我病了,甚至没有人给我端水喝,等等。除此以外,柳包芙·格利戈里耶芙娜,在社会上,一个结了婚的人也总比一个单身汉有身价。……我是个受过教育的人,又有钱,然而,要是您从某一点上来看我,我算是个什么人呢？无非是个孤家寡人，简直像一个天主教教士。所以我非常希望套上喜南①的环扣，也就是说，跟一个体面的女人缔结合法的婚姻。"

"这是好事！"媒婆叹道。

"我是个光棍儿，本城的人一个也不认得。既然所有的人在我都是生人，那我该到哪儿去，该请托谁呢？就因为这个缘故，谢敏·伊凡诺维奇才劝我找一个在这方面内行而且把为人谋幸福当作职业的人。所以，我恳切地请求您，柳包芙·格利戈里耶芙娜，在您的协助下，安排我的命运。城里所有准备出嫁的女人您都认识。要成全这件事，在您是很容易的。"

"这是可以办到的。……"

"请喝酒，别客气。……"

媒婆用她习惯的姿势把酒杯送到嘴边，喝下去，连眉头都没皱一下。

"这是可以办到的，"她又说一遍，"那么您，尼古拉·尼古拉伊奇，要什么样的新娘呢？"

"我吗？随命运安排吧。"

"当然，这种事是命中注定的，不过，各人也有各人的口味啊。有的人喜欢黑头发的，有的人喜欢黄头发的。"

"您要知道，柳包芙·格利戈里耶芙娜……"斯狄奇金说着，庄重地叹口气，"我是个老成持重的人，个性很强。美貌以及一般的外表，在我只占次要的地位，因为，您知道，脸子漂亮又不能当饭吃。有个漂亮的老婆，倒要操很多的心。我的看法是这样，女人要紧的不在于外貌，而在于内里，也就是说，她得有心灵，有种种品德。请喝酒，别客气。……当然，如果能娶个胖乎乎的老婆，那倒

---

① 他把喜曼错说成喜南，喜曼是希腊神话中的婚姻之神。

十分愉快,然而这对双方的幸福并不重要,要紧的是头脑。说真的,女人的头脑也无关紧要,因为她有了头脑,就会自命不凡,生出各式各样的理想。固然,在如今这个年月,没有受过教育是不行的,可是教育也有各式各样。如果老婆能说法国话和德国话,精通各国语言,当然愉快,甚至十分愉快,不过,假定说,她连给你缝个纽扣也不会,那还有什么用?我是个受过教育的人,跟卡尼捷林公爵讲起话来如同眼下跟您讲话一样,侃侃而谈,然而我性格单纯。我需要单纯点的姑娘。最要紧的是她得敬重我,领会我给了她幸福。"

"这是当然的。"

"好,现在来谈一谈基础①的问题。……有钱的女人我不要。我不允许自己做出图财结婚的卑鄙事。我希望不是我吃老婆的饭,而是她吃我的饭,而且她要领会这一点。不过穷女人我也不要。虽然我是个有家当的人,虽然我结婚不是出于贪财而是出于爱情,可是我也不能娶个穷女人,因为您知道,现在物价昂贵,日后还会生孩子嘛。"

"那可以找个有陪嫁的女人。"媒婆说。

"请喝酒,别客气。……"

他们沉默了五分钟。媒婆叹口气,斜起眼睛看一下列车长,问道:

"那么,那个,老爷……您要那种单身女人吗?我倒有挺好的货色呢。一个是法国女人,一个是希腊女人。她们准保叫您花了钱觉得很合算。"

列车长想一想,说:

"不,谢谢您。多承您这一番盛意,那么现在容我问您一声:

---

① 应是"基本",上文的"理想"应是"想法"。

您物色一位新娘要收多少费用？"

"我要的不多。只要您照规矩给一张二十五卢布钞票和一块衣料,我就道谢了。……至于找到有陪嫁的新娘,那要另外算钱。"

斯狄奇金把胳膊交叉在胸口,沉默地思索着。他想了一阵,叹口气说:

"这价钱可是挺贵啊。……"

"一点也不贵,尼古拉·尼古拉伊奇！从前婚事多的年月,收费倒是便宜点,可是如今这年月,我们挣得着什么钱呢？要是在不持斋的月份①能挣到两张二十五卢布钞票,那就谢天谢地了。说真的,老爷,我们不是靠说媒挣钱的。"

斯狄奇金大惑不解地瞧着媒婆,耸耸肩膀。

"嘿！……难道两张二十五卢布钞票还算少？"他问。

"当然少！从前我们往往挣一百多呢。"

"哦！……我怎么也没料到干这种事能挣那么多钱。五十卢布！就拿男人来说,也不是每一个都能有这么多收入的！请喝酒,别客气。……"

媒婆喝下酒,连眉头也没皱。斯狄奇金没有开口,从头到脚打量着她,然后说:

"五十卢布。……那么,一年就是六百啊。……请喝酒,别客气。……您要知道,柳包芙·格利戈里耶芙娜,您既有这么多收入,给自己找个丈夫也不是什么难事。……"

"我？"媒婆说,笑起来,"我老了。……"

"一点也不算老。……您的体质这么好,脸也又胖又白,样样都好。"

---

① 当时按照宗教习俗,在持斋的日子不举行婚礼。

媒婆不好意思了。斯狄奇金也不好意思,挨着她坐下。

"您还非常惹人喜欢呢。"他说,"要是您有个老成持重、规规矩矩、省吃俭用的丈夫,那么把他的薪水和您挣的钱加在一块儿,您甚至能使他很满意,你们能相亲相爱地过下去呢。……"

"上帝才知道您在说什么,尼古拉·尼古拉伊奇。……"

"说这话又有何妨?我没有什么恶意啊。……"

随后是沉默。斯狄奇金开始大声擤鼻子,媒婆满脸通红,羞答答地瞧着他,问道:

"那么您挣多少钱呢,尼古拉·尼古拉伊奇?"

"我吗?七十五卢布,还有奖金。……此外我们在硬脂蜡烛①和野兔②上有些收入。"

"您打猎?"

"不,我们把无票乘客叫兔子。"

在沉默中又过了一分钟。斯狄奇金站起来,在房间里激动地走来走去。

"我不要年轻的妻子。"他说,"我是个上了年纪的人,我要一个……像您这样……稳重端庄……又有您这种体质的人。……"

"上帝才知道您在说什么……"媒婆说着,吃吃地笑,用手绢蒙上她那涨红的脸。

"这还有什么要多考虑的?您正好合我的心意,对我来说,您那种品德也正合适。我呢,是个正派的人,不喝酒,要是您中意的话,那么……还有比这再好的事吗?请容许我向您求婚!"

媒婆激动得落下了眼泪,接着又笑了起来,为了表示同意而跟斯狄奇金碰杯。

---

① 指贪污火车上做灯火用的蜡烛。
② 指不买车票而向列车长行贿的乘客。

339

"好,"幸福的列车长说,"现在请容许我向您解释一下,我希望您有什么样的举动,怎样过日子。……我是个严厉的、沉稳的、正派的人,用上流人的眼光看事情,我希望我的妻子也严正,知道我是她的恩人,而且是最好的人。"

他坐下,深深叹口气,开始向他的新娘叙述他对家庭生活和妻子责任的看法。

在 车 棚 里

那是晚上九点多钟。马车夫斯捷潘、扫院人米海洛、马车夫的孙子阿辽希卡(他从乡下到爷爷这儿来做客)、每天傍晚到院子里来卖青鱼的七十岁老人尼康德尔,正在很大的车棚里围着一盏提灯坐着,玩"国王"①。从敞开的门口望出去,可以看见整个院子和主人家住的大房子,也可以看见大门、地下室、门房。那一切都掩藏在黑暗的夜色里,只有一所租给外人住的厢房灯光明亮,从四个窗口射出来。马车和雪橇以及它们那些往上翘着的车杆的阴影,从墙上一直伸展到门口。这些阴影跟灯和打牌的人投下的影子交叉在一起,颤抖着。……车棚和马棚由一道薄板隔开,马棚那边有几匹马。空气中有干草的气味和老人尼康德尔身上冒出来的难闻的鱼腥味。

扫院人赢了牌,当上国王了。他就摆出依他看来俨然是国王的架式,拿出一块红方格手绢大声擤鼻子。

"眼下,我想砍谁的脑袋就能砍谁的脑袋。"他说。

阿辽希卡是个八岁的男孩,生着淡黄色头发,好久没有剪了。他只要再吃两张牌就可以做国王,于是生气而嫉妒地瞧着扫院人。他拉长了脸,皱起眉头。

------

① 一种纸牌戏。

"爷爷,我要给你一张牌吃,"他考虑着自己的牌,说,"我知道你有一张红方块皇后。"

"得了,得了,小傻瓜,你想得够了!出牌吧!"

阿辽希卡胆怯地打出一张红方块武士。这时候院子里传来了门铃声。

"哎,该死的……"扫院人嘟哝说,站起来,"好,国王,去开门吧。"

过了一会儿,他走回来,阿辽希卡已经做王子,青鱼贩子做兵,马车夫做庄稼汉了。

"事情也真糟,"扫院人说着,又坐下打牌,"刚才我把大夫们送走了。他们没把子弹取出来。"

"他们怎么取得出来!恐怕只有挖开脑袋才成。既然子弹钻进了脑袋,大夫们又有什么办法。……"

"他躺在那儿昏迷不醒,"扫院人接着说,"他大概要死了。阿辽希卡,不准偷看牌,小狗崽子,要不然就拧你的耳朵!是啊,大夫们走了,他的父母却来了。……他们刚到。他们又哭又叫,求上帝别让我们也这样才好!听说他是独生子。……真伤心啊!"

除了一心打牌的阿辽希卡外,大家都回过头去看厢房那些灯光明亮的窗子。

"他们打发我明天到警察段去一下。"扫院人说,"警察段要查问这件事。……可是我知道什么呢?难道我看见了?今天早晨他把我叫去,交给我一封信,说:'把它丢进邮筒。'他的眼睛哭得红红的。当时他的妻子儿女都不在家,出去散步了。……他趁我去送信,就用手枪对着太阳穴开了一枪。我回来的时候,他家的厨娘正哭啊喊的,满院子都听得见。"

"这是极大的罪过。"青鱼贩子摇摇头,用嘶哑的声音说,"极大的罪过啊!"

"这是因为他学问太多了。"扫院人说,吃了一张牌,"他脑子乱了。他常常通宵坐在那儿,老在纸上写字。……出牌呀,庄稼汉!……不过他倒是一位好老爷。他皮肤白净,头发乌黑,身量很高!……他是个规规矩矩的房客。"

"讲到这件事的起因,好像有女人作怪。"马车夫说,把王牌九啪的一声打在红方块国王上,"他好像爱上别人的老婆,讨厌自己的老婆了。这种事确实有的。"

"国王造反了!"扫院人说。

这时候院子里又响起门铃声。造反的国王烦恼地吐一口唾沫,走出去。厢房的窗子上闪着人影,像是一对对翩翩起舞的舞伴。院子里响起不安的说话声和匆忙的脚步声。

"大概那些大夫又来了。"马车夫说,"我们的米海洛要跑断腿了。……"

有一种古怪的痛哭声在空中响了一会儿。阿辽希卡害怕地瞧一下他的爷爷,瞧一下马车夫,然后瞧一下窗子,说:

"昨天在大门口,他摩挲我的脑袋来着。他说:'孩子,你是从哪个县来的?'爷爷,刚才是谁在哭啊?"

爷爷没有答话,捻亮提灯的火苗。

"这个人算是完了。"过了一会儿他说,打个哈欠,"他完了,他的孩子也完了。从今以后,他的孩子要丢一辈子的脸了。"

扫院人回来,在提灯旁边坐下。

"他死了!"他说,"他们派人去找养老院的老太婆来装殓。"

"祝他升天堂,永久安息!"马车夫小声说着,在胸前画十字。

阿辽希卡学他的样也在胸前画十字。

"不能为这样的人祈祷安息。"青鱼贩子说。

"为什么?"

"这是罪过。"

343

"这话不错,"扫院人同意说,"现在他的灵魂下了地狱,到魔鬼那儿去了。……"

"这是罪过,"青鱼贩子又说一遍,"对这样的人照例不举行葬礼,也不举行安魂祭,就跟对动物的尸体一样,谁也不去注意他。"

老人戴上便帽,站起来。

"当初我们将军夫人家里也出过这种事,"他说,把帽子拉低一点,"那时候我们还是农奴,他的小儿子也聪明过头,往嘴里开了一枪。照规矩,这样的人下葬不能请教士参加,不能举行安魂祭,也不能埋在墓园里,可是你猜怎么着,夫人怕人笑话,就买通警察和医生,给她开了个证明,只说她儿子发高烧,一时昏迷才干出这种事。有钱就什么事都能办到哟。所以他下葬的时候,又有教士在场,十分体面,还有乐队奏乐呢。他就葬在教堂旁边,因为那座教堂就是去世的将军本人出钱盖的,他的亲人一概葬在那儿。不过后来却出事了,哥儿们。一个月过去,两个月过去,都还没什么。到了第三个月,下人报告将军夫人说,教堂里的那些看守来了。'有什么事?'下人就把他们带到她跟前。他们在她面前跪下,开口说:'太太,这个差事我们干不下去了。……您另找看守吧,求您行个好,放我们走。'这是为什么?他们就说:'不行,没法干下去。您的儿子通宵在教堂旁边哭。'"

阿辽希卡打了个冷战,把脸贴到马车夫的背上,免得看见那些窗子。

"将军夫人起初不肯相信。"老人接着讲,"她说:'这都是你们这些老百姓疑心生暗鬼。死人不会哭的。'过了一阵子,那些看守又来找她,连诵经士也来了。可见就连诵经士也听见他哭了。将军夫人看出事情不妙,就把几个看守带到她卧室里,关上门,说:'乡亲们,这二十五卢布给你们,你们收下这笔钱,晚上悄悄地,别让人看见,也别让人听见,把我那不幸的儿子挖出来,埋在墓园外面。'大概她还请他们喝了一盅。……看守就照着办了。那块刻着字的墓碑至今还立在教堂旁边,可是他本人,将军的儿子,却已经搬到墓园外面去了。……唉,上帝啊,饶恕我们这些罪人吧!"青鱼贩子叹口气说,"一年只有一天才能给这种人祷告,那就是三一节的星期六。……谁也不可以为他们而对乞丐施舍,那是罪过,不过,为他们灵魂的安息,喂鸟倒是可以的。将军夫人每隔三天就到十字路口去喂鸟。有一回在十字路口,不知从哪儿忽然来了一条黑狗,跑到面包跟前去了。它是那么一种狗……咱们可都知道那是什么狗。这以后一连五天,将军夫人就半疯半癫,不喝水,也不吃东西了。……忽然间,她在花园里跪下,祷告了又祷告。……好了,再见吧,哥儿们,求上帝和圣母保佑你们。走,米海洛,你给我开一下大门。"

青鱼贩子和扫院子的人走出去了。马车夫和阿辽希卡也走出去,免得孤孤单单地留在车棚里。

"这个人本来活着,如今却死了!"马车夫瞧着窗子说,窗子里仍旧有人影晃动,"今天早晨他还在院子里走来走去,现在却躺在那儿死了。"

"总有一天我们也要死的。"扫院人跟青鱼贩子一块儿走出去,后来他俩就消失在黑暗里,看不见了。

马车夫和跟在他身后的阿辽希卡胆怯地走到灯光明亮的窗子跟前。有一个脸色十分苍白、大眼睛沾着泪痕的太太和一个白发苍苍、仪表端庄的男人在把两张牌桌搬到房间中央去,大概供停尸用,牌桌的绿色呢面上还留着用粉笔写的数目字。早晨满院子奔跑和大声哭号的厨娘,这时候站在一把椅子上,踮起脚,想把一条被单盖在一面镜子上。

"爷爷,他们在干什么?"阿辽希卡小声问道。

"他们要把他抬到桌子上去。"爷爷回答说,"孩子,我们该去

345

睡了。"

马车夫和阿辽希卡就回到车棚里。他们祷告上帝后,脱下靴子。斯捷潘在墙角的地板上躺下,阿辽希卡睡在雪橇上。车棚的门关着,那盏提灯已经捻灭,冒出一股难闻的熏焦味。过了一会儿,阿辽希卡抬起头来,往四下里看一眼。隔着门缝仍旧可以看见外面那四个窗子里射出来的亮光。

"爷爷,我害怕!"他说。

"得了,睡吧,睡吧。……"

"我跟你说我害怕嘛!"

"你怕什么?好一个娇气的娃娃!"

他们沉默了。

阿辽希卡从雪橇上跳下来,大声哭着,跑到爷爷那儿去。

"你怎么啦?你要干什么?"马车夫惊慌地说,同时也坐起来了。

"他在哭!"

"谁在哭?"

"我害怕,爷爷。……你听见了吗?"

马车夫仔细听一下。

"这是他们在哭,"他说,"得了,去吧,小傻瓜。他们舍不得儿子,所以就哭了。"

"我要回村子去……"孙子接着说,一面哭哭啼啼,一面周身发抖,"爷爷,我们回村子去找妈妈吧。走吧,爷爷,亲人,往后上帝会送你上天堂的。……"

"真是傻瓜,唉!得了,别说了,别说了。……别说了,我把灯点上。……傻瓜呀!"

马车夫摸到火柴,点上提灯。然而亮光并没让阿辽希卡定下心来。

"斯捷潘爷爷,我们回村子去!"他哭着央求道,"我在这儿害怕……哎呀,好吓人哪!你真可恶,为什么写信叫我从乡下出来?"

"谁可恶?难道可以用这种荒唐话说你的亲爷爷?我要拿鞭子抽你啦!"

"抽吧,爷爷,你就狠狠地抽我吧,只要把我送回妈妈那儿去就成。求你发发上帝那样的慈悲吧。……"

"得了,得了,小孙孙,得了!"马车夫压低喉咙柔声说,"没什么,别害怕。……我自己也害怕哟。……你祷告上帝吧!"

门吱呀一声开了,扫院人探进头来。

"你没睡,斯捷潘?"他问道,"我这一夜别想睡了。"他走进来,说,"这一夜老得去开门和关门。……你,阿辽希卡,哭什么呀?"

"他害怕。"马车夫替孙子回答说。

空中又飘来一阵痛哭声。扫院人说:

"他们在哭。他母亲不相信这是真事。……她伤心透了。"

"他父亲也在吗?"

"他父亲也在。……他父亲倒还没什么。他坐在墙角,一句话也不说。他们把小孩们送到亲戚家去了。……怎么样,斯捷潘?我们来玩一回王牌好不好?"

"行,"马车夫搔了搔身子,同意说,"你呢,阿辽希卡,去睡吧。你都要到娶媳妇的年纪了,却还哇哇地哭,坏包。得了,小孙孙,走吧,去吧。……"

有扫院人在场,阿辽希卡才定下心来。他胆怯地走到雪橇那儿,躺了下来。他一面昏昏睡去,一面听到低低的说话声。

"我吃一张,打一张……"爷爷说。

"我吃一张,打一张……"扫院人也说一遍。

院子里响起门铃声,门吱呀吱呀地响,也像是在说:"我吃一

347

张,打一张。"后来,阿辽希卡在梦中看到那个老爷,一瞧见他的眼睛不禁吓一跳,就爬下雪橇,哭起来,那时候却已经是早晨,爷爷在打鼾,车棚不再显得可怕了。

歹　　徒

目睹者的陈述

小饭铺里的伙计把这儿可以提供的寥寥几种菜的菜名对他报了一遍,他就沉吟一下,说:

"既是这样,那就给我们要两客新鲜的白菜汤和子鸡。你再问一声老板,你们这儿有没有红葡萄酒。……"

然后大家都看见他朝天花板瞧了一会儿,对伙计说:

"奇怪,你们这儿的苍蝇好多呀!"

我们说"他",是因为在这个小饭铺里,伙计也好,老板也好,顾客也好,都不知道他是谁,什么身份,从哪儿来,到我们城里来干什么。他是个气度庄严而且岁数已经相当大的上流人,装束体面,表面看来倒也安分守己。凭他的服装来看,甚至可以把他算作贵族呢。我们发现他身上带着金怀表和镶珍珠的别针,他那顶厚呢帽里放着一副配着时髦纽扣的手套,像那样的手套我们以前只看见我们的副省长戴过。他吃饭的时候,一直在我们面前炫耀他的教养:叉子一定要用左手拿着,嘴一定要用餐巾擦,一看见苍蝇掉进酒杯就皱起眉头。人人都知道,凡是有苍蝇的地方,餐具就不可能干净。姑且不谈普通的顾客,就连县警察局局长、区警察局局长、过路的地主这类人物,在饭铺里吃饭,看见菜碟里或者酒杯里有几个苍蝇,也不会抱怨一声。他呢,还没吃饭就先要伙计把盘子放在开水里洗一下。这个人分明在摆排场,极力装得比他原来的身份高贵。

伙计把白菜汤端给他,这时候另一个陌生人就走到他的桌子跟前来。这人谢了顶,刮光脸,戴着金边眼镜。这个陌生的上流人穿着丝质的衣服,也有金怀表。他始终只讲法国话,好奇地瞧着吃食和顾客,因此不难看出他是个外国人。至于他是谁,从哪儿来,为什么光临我们这座城,我们也不知道。

他,也就是那个佩着镶珍珠的别针的人,喝完头一匙白菜汤,就摇摇头,用讥诮的口气说:

"这些蠢材居然能把新鲜的白菜烧成的汤也添上一股馊味。简直叫人难以下咽。你听我说,茶房,难道你们这儿的人都像猪那样生活?走遍全城也叫不到一客稍稍像样的白菜汤。这真奇怪!"

然后他用法国话对他那个外国朋友说了句话。我们只记得他的话里有一个字:"猪"①。他从白菜汤里捞出一只蟑螂,就转过脸去对伙计说:

"我并没有要一份加蟑螂的白菜汤。蠢货。"

"先生,"伙计回答说,"这可不是我把它放进汤里去的,是它自己爬进去的。不过您不用担心,蟑螂并不咬人。"

他吃完子鸡,要来一张纸和一支铅笔,动手画一些圆圈,写数目字。外国人不同意,跟他争论很久,摇头表示反对。那张涂满圆圈和数目字的纸至今还保存在小饭铺的老板那儿。老板把那张纸拿给县立学校现任督学官看过,督学官对那些圆圈瞧了很久,然后叹口气说:"莫测高深啊!"他,也就是领结上别着一颗珍珠的那位先生,付饭钱的时候给伙计一张新的五卢布钞票。那张钞票究竟是真是假,我们不知道,因为我们根本没想到要把它仔细检查

---

① 原文为法语。

350

一下。

"你听我说,你们这个小饭铺早晨几点钟开门?"他问伙计。

"太阳一出来就开门。"

"好。明天早晨五点钟我们来喝茶。你准备好饭,只是不要有苍蝇。你知道明天早晨会出什么事吗?"他问,调皮地挤一挤眼睛。

"不知道,老爷。"

"啊!明天早晨你们会大吃一惊,吓得发呆的。"

他照这样恫吓一下,就笑着对外国人说了句话,跟他一块儿走出小饭铺去了。他们两人都在玛尔法·叶果罗芙娜家里过夜,她是个孤身的寡妇,笃信宗教,从没干过什么坏事,不可能做他们的同谋犯。现在她却老是哭泣,生怕人家把她抓走。我们知道她的思想方式,敢于证明她没有罪。再者,请想一想,难道她收容这两个房客的时候,能够预先知道他们在打什么主意吗?

第二天早晨五点钟整,两个陌生人果然到小饭铺里来了。这一回他们是带着皮包、书本和一些奇形怪状的套子来的。从他们的话语和动作可以看出他们心情激动,手忙脚乱。他(不是那个外国人)说:

"乌云从西北方压过来了。只求它不碍我们的事才好!"

他喝下一杯茶,把小饭铺的老板叫来,吩咐他在小饭铺附近广场上放一张桌子和两把椅子。老板是个没受过教育的人,虽然预感到事情不妙,还是照这个命令办了。两个陌生人就拿起自己的东西,走出小饭铺,在桌旁椅子上坐下。在广场上,当着许多人的面大模大样地坐着,这是多么愚蠢!他俩嘴里谈着话,手里把纸张、图表、黑玻璃和一些小圆筒①放在桌子上。老板胆怯地走到他

---

① 指望远镜。

们跟前,弯下腰看桌上的东西,他,也就是那个有珍珠别针的人,却伸出手来推开老板,说:

"别把你的大鼻子伸到你不该来的地方。"

随后他看一眼怀表,对外国人说了句话,就开始透过一块黑玻璃看太阳。外国人拿起一个小圆筒,也往那边看。……这以后不久就发生了一件可怕的、至今没有见过的灾难。我们大家忽然发觉天昏地暗①,仿佛暴风雨快要来了。等到外国人放下小圆筒,赶紧写下几个字,拿起黑玻璃,我们就听见有人喊一声:

"诸位先生,太阳不知给什么东西遮住了!"

果然有个很像平锅的黑东西凑到太阳上,把它盖住,不让人看到它。我们有几个人瞧见太阳已经有一半完蛋了,两个陌生人却仍旧干他们那种古怪的工作,就找到警察瓦斯洛夫,对他说:

"警察,你见了这种扰乱治安的局面怎么不管?"

他回答说:

"太阳不归我们警察段管。"

由于地方当局这样玩忽职守,我们不久就看到整个太阳都无影无踪了。夜晚来临,至于白昼躲到哪儿去了,那可谁也不知道。天上出现了星星。夜晚来得这样奇突,因而本城发生了如下的事故。我们大家都吓一大跳,乱作一团。我们不知道该怎么办才好,害怕得在广场上跑来跑去,互相推搡,喊着:"警察呀!警察呀!"当时我们这儿正开市贩卖牲畜,那些牛羊和马匹就一齐翘起尾巴,拼命号叫,满城乱跑,把居民们吓得心惊胆战。狗汪汪地叫。饭铺房间里的臭虫以为已经到夜晚了,就纷纷从木缝里爬出来,死命叮睡觉的人。助祭方达斯玛果尔斯基这时候正从菜园里把黄瓜运回家,吓了一跳,从大车上跳下来,藏到桥底下,他的马就拉着大车闯

---

① 指日食。

进别人的院子,黄瓜都让猪吃掉了。收税员里斯捷佐夫正巧没在自己家里,而在一个女邻居家里过夜(为了有利于审判,我们不能隐瞒这个细节了),这时候只穿着内衣,跑到街上来,冲进人群,扯开嗓门叫道:

"凡是能够拯救自己灵魂的,就赶快拯救自己的灵魂吧!"

有许多太太被喧哗声惊醒,跑到街上,连鞋也没穿。另外还发生了许多我们只敢关着房门谈论的事情。唯有那些消防队员毫不惊慌,心平气和,原来那时候他们正在酣睡,这是我们要赶紧证明的。这件事发生在八月七日早晨。

两个陌生人照这样存心捣乱,然后把他们的纸张放进皮包,等到太阳又出来,就坐上马车走了,行踪不明。他们究竟是什么人,我们至今还不知道。他们的外部特征谨报告如下:他,也就是那个有珍珠别针的人,中等身材,面部干净,下巴不大不小,额上有皱纹;外国人,中等身材,体态丰满,胡子刮光,面部干净,下巴不大不小,远远看去像地主卡拉谢维奇,眼睛近视,因而戴着眼镜。

不知这些人是不是奥地利派来的间谍?

日 食 之 前

一个幻梦剧的片断

太阳和月亮坐在地平线上喝啤酒。

太阳 （深思）嗯,对了,老兄。……给你一张二十五卢布的钞票,我不能再多给了。

月亮 请您相信良心吧,大人,这在我可是代价不小呀。您自己想想看,天文学家先生们希望这次日食在早晨五点钟从波兰帝国开始,到十二点钟在上乌丁斯克结束,可见我得参加这个仪式七个钟头哩。……如果您给我每个钟头五卢布,那也还很便宜哟。（它抓住一朵游过去的浮云的长后襟,擤了擤鼻子）您别舍不得钱,大人。我要给您布置一次连律师看了都会眼红的日食。包管您会满意的。

太阳 （顿一顿）奇怪,你居然讲起价钱来了。……你忘记我请你参加的是一次具有世界意义的仪式,这次日食会使你扬名天下。……

月亮 （叹气,沉痛）我们可知道什么叫作扬名天下,大人！"月亮藏在乌云后面",如此而已。简直是诽谤哟。……（喝酒）要不然就是："午夜的圆月照亮哨兵的枪刺。"还有："月亮在深夜的天空中游泳。"我可从来也没有游过水,大人,何苦这么侮辱我呢？

太阳　嗯,是啊,著作界对你的态度至少应该说是古怪的。……不过你忍着吧,老兄。早晚有一天历史会尊重你。……(地球上有一辆粪车滚过去,轰隆隆地响,它们两个就抓住一小块乌云蒙住鼻子)

月亮　这简直叫人透不过气来。……不用说,地球上真是乌七八糟!这个行星一无道理!(喝酒)我一直到死也忘不了普希金先生骂过我的那些话:"这个愚蠢的月亮在那愚蠢的苍穹……"①

太阳　这当然是可气的,不过话说回来,老兄,这也是广告啊!我想,约翰·戈夫和卡奇倒情愿付出很高的代价,只求普希金用难听的话骂他们一顿呢。……广告是了不起的东西。嗯,你等着吧,日食一来,人家就要纷纷谈论你了。

月亮　不,算了吧,大人!在日食的时候要是有人会出名,那也只有您。人家却不知道您缺了我就如同缺了左右手一样。……除了我还有谁来遮住您呢?要是您请一位律师来帮忙,他就会敲您两千卢布的竹杠。可是我呢,这样吧,您给三张红钞票②好了。

太阳　(沉吟一下)嗯,好吧,不过要注意,事后可不能要小费啊。喝吧。(斟酒)希望你办事认真。……

月亮　这请您尽管放心。……这次日食一定会认真办好,出色极了。自从开天辟地以来,我就供应月光,从来也没惹谁不满意过。……一切都会办得认真而体面的。请您先付定钱吧。……

---

① 引自普希金的长诗《叶甫盖尼·奥涅金》。
② "红钞票"指十卢布的钞票。

太阳　（付定钱）我听见运水的工人出来了。……我该升起来了。……好,我打算把这次日食安排在八月七日早晨。……到时候你得准备好。……你得完全把我遮住,让这次日食尽量圆满才好。……

月亮　请问,我在什么地方遮住您呢?

太阳　（沉吟一下）要是能在西欧炫耀一番倒是一件愉快的事,可是那边的人未必会重视我们这种把戏。……那儿的外交家们素来认为他们自己搞日食这种把戏是内行,所以很难使他们吃一惊。……那么剩下来就只有俄国了。……那些天文学家也希望这样。……好,那就在莫斯科搞日食吧,不过也要小心。你得极力让日食在各地区有不同的表现。你得仅仅在莫斯科北部造成黑暗,南部就不必这样。……要让南部的扎莫斯科沃烈奇耶区看出我们不把它放在眼里。……那儿本来就是个黑暗的王国!

月亮　是,大人。

太阳　再者,那些商人也不懂日食。……他们有许多人从下新城回来,喝醉了酒还没有睡醒,那些商人的老婆只会胡思乱想,大惊小怪。……好吧,我们稍稍碰着点克林城、扎维多沃城,总之到那些天文学家聚会的地方去一趟,然后再经过喀山等地。我还要想一想。……（停顿）

月亮　大人,请您说句老实话,您为什么要搞日食呢?

太阳　你要知道……不过我希望我的话别张扬出去。……我搞日食是为了恢复我的名望。……近来我发现人们对我很冷淡。……他们不大提起我,也不大注意我的光芒。我甚至听人说,太阳过时了,太阳是个荒谬的东西,没有太阳也能很容易地生活下去。……有许多人甚至在报刊上否定我。……我想日食会促使大家谈到我。这是一。第二,人类总是喜新厌旧的。……人类喜欢换花样。……你知道,那些商人的老婆吃厌了果酱和软果糕,就开始喝粥,所以,人类既然看厌了白昼的亮光,就得用日食来款待他们一番。……不过,我该升起来了。商人区的店伙已经到市场上去了。再见。

月亮　我还有一句话要说,大人。……(胆怯地)到日食的时候您可要戒掉这个东西。(指一指酒瓶)说不定您会喝醉,要闹得难为情的。

太阳　对了,是该戒一戒酒。……(思索)不过万一我又犯了这种罪,喝得过了量,那……我们就把天空布满乌云,弄得谁也看不见我们。……不过,再见吧……是时候了。……(太阳升起来,可是,唉!被云雾遮住了)

月亮　我们的罪孽深重啊!(它躺下去,用云盖上身体,一会儿就发出了鼾声)

齐诺琪卡

在一个农民的家里，有一群猎人在新收割的干草堆上过夜。月亮从窗口照进来，街上传来手风琴尖细的声音，音调悲怆，干草散发着浓烈而带点刺鼻的香气。猎人们谈狗，谈女人，谈初恋，谈田鹬。等到所有熟识的女人都被他们品评够了，几百个故事讲完了，就有一个体格最胖，在黑暗中看上去像草垛般的猎人大声打个哈欠，用校官那种低沉的男低音说：

"被女人爱上算不得什么了不起的大事，天生下女人来原本就是要她们爱我们男人的。不过，诸位先生，你们有没有人被女人恨过，热烈地、发疯般地恨过？你们有人观察过恨得发狂的心理状态吗？啊？"

没有人答话。

"没有人吗，诸位先生？"校官的男低音问道，"讲到我，我却被人恨过，被一个俊俏的姑娘恨过，因而我能够了解这种我亲身经受过的'初恨'的特征。我说初恨，诸位先生，是因为那是跟初恋恰好相反的一种东西。可是我现在说到的这件事发生在我既不懂得爱，也不懂得恨的年纪。那时候我才八岁上下，然而这没关系，在这件事里，要紧的并不是他，而是她。好，请你们仔细听。那是夏天一个晴朗的傍晚，太阳快要落下去了，我和我的家庭女教师齐诺琪卡坐在儿童室里温习功课。她是个很可爱、很有诗意的人，不久

以前刚离开贵族女子中学。齐诺琪卡心神恍惚地瞧着窗外,说:

"'对了。我们吸进氧气。现在告诉我,彼嘉,我们吐出什么气呢?'

"'碳酸气。'我回答说,也看着窗外。

"'对了,'齐诺琪卡同意说,'植物却相反,吸进碳酸气而吐出氧气。碳酐矿泉水和茶炊的烟子里都有碳酸气。……那是一种十分有害的气体。那不勒斯附近有个山洞,名叫"狗穴",里面有碳酸气,狗一掉进去,就会闷死。'

"那不勒斯附近那个不幸的'狗穴'成了化学上的奇迹,任何家庭女教师都只能谈到这里为止,不敢再前进一步。齐诺琪卡素来热心强调自然科学的效用,可是在化学方面,她除了'狗穴'以外未必还知道别的什么东西了。

"后来,她吩咐我背一遍。我背了。她问什么叫地平线。我回答了。我们正反复研究地平线和'狗穴',我父亲却在院子里准备出去打猎。狗汪汪地叫,拉边套的马不耐烦地调动四条腿,对马车夫撒娇。听差们把许多包袱和杂七杂八的东西装上一辆大马车。大马车旁边停着一辆敞篷马车,我母亲和姐姐们坐在这辆马车上,准备到伊凡尼茨基家里去赴命名日宴会。家里就只剩下我、齐诺琪卡和我哥哥了,我哥哥是个大学生,当时正害牙痛。你们想象得到我多么眼红,多么苦闷!

"'那么我们吸进什么气?'齐诺琪卡问,瞧着窗外。

"'氧气。……'

"'对了,地平线就是我们觉得天地好像连成一条线的地方。……'

"可是后来大马车走了,紧跟着敞篷马车也走了。……我看见齐诺琪卡从衣袋里拿出一张小字条,使劲把它团皱,按在太阳穴上,然后脸红了,看看钟。

"'那么要记住,'她说,'那不勒斯附近有一个所谓的"狗穴"。……'她又看一眼钟,接着说,'我们觉得天地好像连成一条线的地方。……'

"这个可怜的姑娘心情十分激动,在房间里走来走去,又看一眼钟。我们离下课还有半个多钟头呢。

"'现在来做算术,'她说着,呼呼地喘气,伸出发抖的手翻一本习题书,'现在,请您算第三百二十五道题。……我出去一趟,就回来。……'

"她走了。我听见她匆匆跑下楼梯,然后我从窗口望出去,看见她那条浅蓝色连衣裙闪过院子,消失在花园的小门口。她那迅速的动作、两颊的红晕和激动的神情引起了我的好奇心。她要跑到哪儿去?去干什么?我年纪虽小,却聪明得很,很快就猜测到,全明白了:她跑进花园里去一定是要趁我严厉的父母不在家,钻进马林果丛中去,或者去摘甜樱桃吃!既是这样,那么我,管他呢,也去吃那些甜樱桃!于是我便丢下习题书,跑进花园里。我跑到樱桃树那儿,可是她已经不在了。她跑过马林果丛、醋栗丛、看守人的窝棚,穿过菜园,到了池塘旁边,脸色苍白,听到一丁点响声就打哆嗦。我偷偷跟在她身后,诸位先生,我看见了这样一件事。原来我哥哥萨沙站在池塘边上两棵老柳树的粗树干中间,看他的面容,不像在牙痛。他瞧见迎面跑来的齐诺琪卡,他的全身焕发出幸福的光彩,就像给太阳照着一样。齐诺琪卡呢,却像是让人赶进了'狗穴',不得不吸碳酸气似的,两条腿都走不动了,费力地呼吸着,头往后仰,朝他走去。……从一切迹象都可以看出她这是生平头一次赴幽会①。不过这时候她总算走到他身边了。……他们默默无言,互相看了半分钟,仿佛不相信自己的眼睛了。随后,好像

———————
① 原文为法语。

有一种力量在推齐诺琪卡的后背,她就把两只手搭在萨沙的肩膀上,把头放在他的坎肩上。萨沙笑了,嘟哝出一句不连贯的话,带着一个热恋的男子的笨拙样子伸出两只手,捧住齐诺琪卡的脸。诸位先生,这一天天气好极了。……那个把太阳藏在身后的高冈、那两棵柳树、绿色的岸、那天空,再加上萨沙和齐诺琪卡,一齐倒映在池面上。你们想象得出那种安静的光景。在莎草上方,有几百万只生着长须的小黄蝴蝶在翻飞,花园外面有人在赶牲口。一句话,这风景活像一幅画。

"在我所看见的种种情形当中,我只明白一件事,那就是萨沙跟齐诺琪卡接吻。这可不像样子。要是这让妈妈知道了,他们两人就要倒霉。不知什么缘故,我觉得害臊,没等他们的幽会结束就走回儿童室去了。后来我坐在那儿瞧着习题书,左思右想。我脸上浮起得意扬扬的笑容。一方面,撞破别人的秘密总是愉快的;另一方面,想到像萨沙和齐诺琪卡这样的权威人物随时都可以由我来指责他们不成体统,那也非常愉快。现在他们落在我的手心里了,他们要想太平就完全得靠我的大方。我可得叫他们知道知道我的厉害!

"等到我上床睡觉,齐诺琪卡就照往常那样走进儿童室来看我是不是没脱衣服就睡觉,我做过祷告没有。我瞧着她那俊俏而幸福的脸,得意地笑了。那个秘密在我心里膨胀,要冒出来。我得隐隐约约提一提,欣赏一下那效果。

"'我知道了!'我说,得意地笑着,'嘻嘻!'

"'您知道什么?'

"'嘻嘻!我看见您在柳树那边跟萨沙亲嘴来着。我跟在您身后,什么都看见了。……'

"齐诺琪卡打了个哆嗦,满脸涨得通红,被我的暗示吓坏了,往椅子上一坐,也顾不得椅子上放着一杯水和烛台了。

"'我看见你们……亲嘴来着……'我又说一遍,嘻嘻地笑,欣赏她的慌张,'哈哈!我要告诉妈妈!'

"心虚的齐诺琪卡定睛瞧了我一会儿,相信我确实什么都知道,就急得抓住我的手,用发抖的声调小声说:

"'彼嘉,这太下流。……我求求您,看在上帝面上……做一个男子汉吧……不要把这事对外人说。……正派人是不盯梢的。……这是下流……我求求您。……'

"可怜的姑娘怕我母亲像怕火一样,我母亲是个注重品德、性情严厉的女人,这是一;第二,我这张笑嘻嘻的脸不可能不玷污她那纯洁而富有诗意的初恋,因此你们想象得出她的心情。我这样捣乱,害得她一夜没睡着,第二天早晨她出来喝茶时,眼圈发青。……喝完茶后,我遇见萨沙,忍不住得意地笑起来,夸口说:

"'我知道了!我看见你昨天跟齐娜①小姐亲嘴来着!'

"萨沙瞧着我,说:

"'你真混。'

"他不像齐诺琪卡那么胆小,所以效果不佳。这就激得我非再接再厉不可。既然萨沙不害怕,那么他分明还不相信我全看见,全知道了,那就等着吧,我要给你点厉害瞧瞧!

"齐诺琪卡跟我一块儿温课直到吃午饭为止,她始终没有用正眼看我一下,说起话来结结巴巴。她非但没有吓唬我,反而千方百计笼络我,给我打五分,没把我的恶作剧告到我父亲那儿去。我年纪虽小,却聪明过头,就由着性儿利用她的秘密来欺负她:我不读书,我头朝下,两只手按着地走进教室,我说许多顶撞她的话。总之,要是我把这种脾气保持到今天,我就成了一个出色的敲诈者。好,一个星期过去了。别人的秘密刺激我,折磨我,就像我灵

---

① 齐娜和齐诺琪卡是齐娜伊达的爱称。

魂里长了一根刺。我不顾一切,一心只想把它说出来,欣赏一下效果。后来有一天,吃午饭的时候,正好有许多客人在座,我就傻呵呵地笑着,恶毒地瞧着齐诺琪卡,说:

"'我知道喽。……嘻嘻!我看见喽。……'

"'你知道什么?'我母亲问道。

"我越发恶毒地瞧着齐诺琪卡和萨沙。你们真该看看那个姑娘怎样脸红,萨沙的眼睛变得多凶!我就咬住舌头,没说下去。齐诺琪卡的脸色渐渐变白,咬紧牙关,什么东西也吃不下去。当天傍晚温课的时候,我看出齐诺琪卡的脸起了急剧的变化。那张脸显得严厉多了,冷酷多了,像是用大理石做成的。她的眼睛变得古怪,直勾勾地瞧着我的脸,我老实对你们说吧:像她那种吓人的、致人死命的眼睛,我就是在追捕野狼的猎狗身上也从没见过!她那种眼神我完全明白,因为在温课当中,她突然咬牙切齿地说:

"'我恨您!啊,但愿您这卑鄙可恶的家伙知道我多么恨您,多么厌恶您那剪短了头发的脑袋和您那对难看的招风耳!'

"不过她立刻惊慌了,又说:

"'我这些话可不是说您,我是在背台词。……'

"后来,诸位先生,我晚上看见她来到我的床前,久久地盯住我的脸。她热烈地恨我,缺了我就会活不下去。对她来说,细细地观看我这张可恨的脸,成了一件必不可少的事。是啊,我至今还记得那个天气晴和的夏日傍晚。……四下里弥漫着干草的气味,安安静静,美极了。月亮照耀着。我在林荫道上散步,心里想着樱桃果酱。忽然,脸色惨白而美丽的齐诺琪卡走到我跟前,抓住我的胳膊,上气不接下气地说道:

"'啊,我多么恨你!我对谁也没像对你这样,巴望你倒足霉才好!你得明白!我要你明白这一点!'

"你们知道,那月亮、那惨白的脸、那充满激情的喘息、那四周的寂静……反而使我这头小蠢猪觉得愉快。我听着她讲话,瞧着她的眼睛。……起初我觉得愉快,新奇,可是随后却害怕起来,大叫一声,拼命跑回正房去了。

"我下了决心,最好还是对妈妈告发这件事。我就去告状,顺便讲到萨沙怎样跟齐诺琪卡亲嘴。我愚蠢,不知道这会有什么后果,要不然我就会把这个秘密瞒住不说了。……妈妈听我说完,气得涨红脸,说:

"'这种事用不着你来讲,你年纪还太小。……不过,真是的,这给孩子做出了什么榜样呀!'

"我母亲不但注重品德,而且讲究分寸。她不愿意闹出笑话来,因而没有立刻赶走齐诺琪卡,而是逐步地、按部就班地把她撵走,就跟通常排挤一个正派的而又不能相处的人那样。我记得齐诺琪卡离开我们的家,最后看一眼我们的房子的时候,她的目光直对着我的窗子,当时我正坐在窗口。我向你们保证,直到今天我还记得她那种目光。

"齐诺琪卡不久就做了我的嫂子。她就是你们认得的齐娜伊达·尼古拉耶芙娜。后来,直到我做了士官生,才跟她见面。她虽然凝神细看,却怎么也认不出这个留着唇髭的士官生就是她痛恨的彼嘉了。她待我仍旧不大像亲戚。……就是到现在,尽管我已经有了忠厚的秃顶、谦恭的大肚子、温顺的外貌,可是每逢我坐车去看我的哥哥,她还是斜着眼睛看我,觉得不自在。看来,恨也跟爱一样难忘啊。……听!鸡在叫了。晚安!米洛尔德①,趴下不许动!"

---

① 狗名。

医　　生

　　客厅里十分安静,安静得就连从外面偶然飞进一只牛虻来,不断碰撞天花板,也可以听得清清楚楚。别墅的女主人奥尔迦·伊凡诺芙娜站在窗前,瞧着花圃想心事。茨威特科夫医生是她的家庭医生和老相识,如今给请来为米沙看病,坐在一把安乐椅上,两只手拿着帽子,把它摇来摇去,也在想心事。这个房间里和毗邻的房间里,除了他俩以外,一个人也没有。太阳已经落下去,傍晚的阴影开始在墙角上、家具下面和檐板上面出现了。

　　沉默是由奥尔迦·伊凡诺芙娜打破的。

　　"再也想不出更可怕的灾难了。"她说,没有从窗口扭过身来,"您知道,缺了这个男孩,生活在我就变得毫无价值了。"

　　"是的,这我知道。"医生说。

　　"毫无价值了!"奥尔迦·伊凡诺芙娜再说一遍,声音发抖,"他是我的命根子。他是我的欢乐,我的幸福,我的宝贝。如果像您所说的我不能再做母亲,如果他……死掉,那我简直成了孤魂。我就没法活下去了。"

　　奥尔迦·伊凡诺芙娜绞着手,从这个窗口走到那个窗口,接着说:

　　"当初他生下来的时候,我原想把他送到育婴堂去,这您是记得的,不过我的上帝呀,难道那时候能跟现在相比吗?那当儿我庸俗、愚蠢、轻浮,然而现在我却是母亲……您明白吗?我做了母亲,别的都不在我心上了。在现今和过去之间,由一道很深的鸿沟隔开了。"

接着又是沉默。医生从安乐椅上移到长沙发上坐下,焦躁地摆弄帽子,眼睛盯住奥尔迦·伊凡诺芙娜。从他的脸色可以看出他有话要说,为此正在等适当的机会。

"您不说话,不过我仍旧没有放弃希望。"女主人扭转身来说,"您为什么不开口呢?"

"我也愿意像您那样抱着希望,奥尔迦,可是希望已经没有了。"茨威特科夫回答说,"人见了恶魔要正视才行。这个男孩得的是脑结核,那我们就得硬一硬心肠准备他死掉,因为得了这种病是绝不会痊愈的。"

"尼古拉,您相信您不会弄错吗?"

"问这种话没有什么用处。随您问多少句,我都可以回答,不过我们不会因此觉得轻松点。"

奥尔迦·伊凡诺芙娜把脸贴在窗幔上,哀哀地哭了。医生站起来,在客厅里来回走了好几次,然后走到哭泣的女人跟前,轻轻碰一下她的胳膊。凭他迟疑的动作,凭他在傍晚的昏光中显得发黑的阴沉脸色看来,他有话想说。

"您听我说,奥尔迦,"他开口了,"请您腾出一分钟时间来听我讲几句话。我有一件事要问您。不过现在您没有心思听我讲。那我就等一等再说……以后再说吧。……"

他又坐下来沉思。那种像姑娘般的哭声,沉痛的、哀求的哭声,持续下去。茨威特科夫没等到她哭完,就叹口气,走出客厅去了。他走到儿童室里去看米沙。男孩跟先前一样仰面躺在那儿,眼睛盯紧一个地方不动,好像在听什么声音似的。医生在他床边坐下,摸他的脉搏。

"米沙,头痛吗?"他问。

米沙过一会儿才回答说:

"是的。我老是做梦。"

"你梦见了什么呢?"

"各式各样。……"

医生既不善于跟哭泣的女人讲话,也不善于跟孩子谈天,就摸一下他滚烫的头,喃喃地说:

"没关系,可怜的孩子,没关系。……在人世上活着就免不了生病。……米沙,我是什么人?你认得出来吗?"

米沙没答话。

"头很痛吗?"

"很……很痛。我老是做梦。"

医生把他检查一下,对照料病人的女仆问了几句话,就不慌不忙,走回客厅去了。那儿已经黑下来,奥尔迦·伊凡诺芙娜站在窗边,好比一个剪影。

"要点灯吗?"茨威特科夫问。

没有答话。那只牛虻仍旧飞来飞去,碰撞天花板。外边没有一点声音传进来,好像整个世界都在跟医生一块儿思索,不敢贸然开口说话似的。奥尔迦·伊凡诺芙娜不再哭了,跟先前那样一句话也不说,瞅着花圃。茨威特科夫走到她跟前,在昏暗的暮色中看一眼她那苍白的、由于愁苦而憔悴的脸,那脸上的神情如同以前她害着极其严重的偏头痛、使她神志不清的时候他看到的神情一样。

"尼古拉·特罗菲梅奇!"她叫他的名字,"您听我说,请人来会诊一下怎么样?"

"好,我明天去请。"

凭医生的语调很容易听出他不大相信会诊能有什么效验。奥尔迦·伊凡诺芙娜还想再问一句话,然而哭泣不容她讲出口。她又把脸贴在窗幔上。这时候,从窗外清楚地传来在别墅区演奏的乐队的声音。不但可以听见铜号声,就连提琴和长笛的声音也听得清。

"如果他痛苦,那为什么不出声呢?"奥尔迦·伊凡诺芙娜问道,"他成天价一点声音也没有。他从不诉苦,也从不啼哭。我知道,上帝从我们手里夺走这个可怜的男孩是因为我们没能好好爱护他。他是个什么样的宝贝啊!"

乐队奏完了进行曲,过了一会儿,奏起欢乐的圆舞曲,跳舞开始了。

"上帝啊,难道一点办法也没有了吗?"奥尔迦·伊凡诺芙娜哀叫道,"尼古拉!你是大夫,一定知道该怎么办!您明白,他这样夭折,我受不了!我活不下去啊!"

医生不善于跟哭着的女人讲话,就叹一口气,在客厅里慢腾腾地走来走去。随后是令人难受的沉默,时不时地被哭声和毫无益处的问话打破。乐队已经奏完一支卡德里尔舞曲、一支波尔卡舞曲和另一支卡德里尔舞曲。天已经完全黑下来了。在隔壁大厅里,一个女仆点起一盏灯。医生始终没有放下手里的帽子,一直打算开口说话。奥尔迦·伊凡诺芙娜好几次走到她儿子那边去,每次都在他身旁坐上半个钟头,再回到客厅里来。她不时痛哭,抱怨。光阴痛苦地拖下去,这个傍晚好像没有尽头似的。

等到夜深,乐队奏完一支沙龙舞曲,停止演奏后,医生准备告辞了。

"我明天再来,"他说着,握一下女主人的冰冷的手,"您睡觉吧。"

他在门厅穿上大衣,手里拿着手杖,站了一会儿,想了想,又回到客厅里。

"我,奥尔迦,明天再来,"他用发抖的声音又说一遍,"您听见了吗?"

她没答话,似乎伤心得失去说话的能力了。茨威特科夫没脱掉大衣,也没放下手杖,挨着她坐下,用一种跟他那魁梧笨重的身材完全不相称的、低抑温柔的絮语声讲起来:

"奥尔迦!请您看在您这种悲痛的分上吧……讲到这种悲痛,我也是有同感的。……总之,在目前,在说谎无异于犯罪的时候,我求您对我说句实话。您素来一口咬定,说这个男孩是我的儿子。这是真话吗?"

奥尔迦·伊凡诺芙娜没讲话。

"您是我一生当中热爱过的唯一的女人。"茨威特科夫接着说,"您没法想象您的谎话多么深重地侮辱了我的感情。……好,我请求您,奥尔迦,您这辈子至少对我说一次实话吧。……在当前这种时候,人不能说假话。……请您告诉我,说米沙不是我的儿子。……我等着您。……"

"他是您的儿子。"

奥尔迦·伊凡诺芙娜的面容已经看不清楚了,不过茨威特科夫从她的声调里却听出犹豫不定的口气。他叹口气,站起来。

"就连在这种时候,您也忍心说谎话。"他用平时的声调说,"在您的心目中,没有一件事是神圣的!请您听着,您要明白我的意思。……您是我生平爱过的唯一的女人。是的,从前您放荡、庸俗,不过我这辈子除您以外没爱过第二个女人。如今我老了,那段小小的恋情就成了我回忆中唯一明亮的光点了。您何苦用谎话来弄得它暗淡无光呢?何苦呢?"

"我不明白您的意思。"

"啊,我的上帝!"茨威特科夫喊道,"您在说谎,这您知道得很清楚!"他喊得越发响了,在客厅里走来走去,气冲冲地摇着手杖,"莫非您忘了?那我就来提醒您!做这个男孩的父亲的权利,向来是由我、彼得罗夫、律师库罗甫斯基平均分享的。到现在为止,他们一直跟我一样给您钱,作为这个儿子的赡养费!是啊!这些事我知道得一清二楚!我原谅您过去说谎,那些事不必再提了,可是现在您上了年纪,而且孩子快要死了,在这种时候您的谎话简直害得我透不出气来!可惜我没有口才!真是可惜!"

茨威特科夫解开大衣纽扣,仍旧走来走去,说:

"恶劣透顶的女人!就连当前这种时刻对她都不起作用!就是到了现在,她也能像十年前在隐庐饭店里那样信口说谎!她生怕说了实话,我就会不再给她钱!她认为要是她不说谎,我就会不爱这个男孩!您说谎!这卑鄙!"

茨威特科夫把手杖往地板上一击,叫道:

"这是下流!反常的、堕落的女人!按理我应该看不起您,我得为我的感情害臊才对!是啊!十年以来您的谎话一直卡在我的喉咙里,我一直隐忍着,可是现在,我忍不下去!忍不下去了!"

从奥尔迦·伊凡诺芙娜坐着的幽暗的墙角里传来哭泣的声音。茨威特科夫停住嘴,嗽了嗽喉咙。出现了沉默。医生慢慢地扣上大衣的纽扣,开始寻找他走来走去的时候掉在地下的帽子。

"我控制不住自己了。"他嘟哝说,朝着地板深深地弯下腰去,"我完全没想到您现在不会有心思听我讲话。……上帝才知道我说了些什么。奥尔迦,您不要放在心上。"

他找到那顶帽子,往幽暗的墙角走去。

"我侮辱了您。"他用低抑温柔的絮语声说,"不过我再请求您一次,奥尔迦。请您对我说实话。我们之间不应该作假。……我刚才说漏了嘴,现在您知道彼得罗夫和库罗甫斯基在我已经不是什么秘密了。那么现在您说实话就容易了。"

奥尔迦·伊凡诺芙娜想了一会儿,分明踌躇不决,然后说:

"尼古拉,我没说谎。米沙是您的儿子。"

"我的上帝啊,"茨威特科夫哀叫道,"那么我索性再告诉您一件事:我这儿保存着您写给彼得罗夫的一封信,您在信上称呼他是米沙的父亲!奥尔迦,我知道实情,不过我希望从您嘴里听到真话。您听明白了吗?"

奥尔迦·伊凡诺芙娜没答话,仍旧哭。茨威特科夫空等了一阵,耸了耸肩膀,走掉了。

"我明天来。"他在门厅里喊了一声。

他坐上马车,一路上不住地耸动肩膀,嘟哝说:

"可惜我不善于讲话!我没有劝导和说服的本事。既然她说谎,那她分明没有听懂我的意思!这很明显!那我该怎样向她解释呢?该怎样解释呢?"

塞　　壬[①]

　　有一次,某县城的调解法官会审法庭审讯完毕,法官们聚在议事室里,想脱掉制服,休息一下,然后回家去吃饭。会审法庭的审判长是个仪表堂堂的男子,长着蓬松的连鬓胡子,对刚才审过的一个案子"坚持自己的看法",便在桌旁坐下,匆匆写下他的意见。区调解法官米尔金是个年轻人,带着懒洋洋的忧郁脸色,以哲学家闻名,一向对环境不满,探索生活的目标,这时候站在窗边,忧伤地瞧着院子。另一个区调解法官和一个荣誉调解法官已经走了。还有一个荣誉调解法官留了下来,他是个皮肉松弛的胖子,呼呼地喘气。副检察官是个年轻的日耳曼人,带着害胃炎病的脸色。他们两人坐在一张小长沙发上,等着审判长写完,好一块儿去吃饭。他们面前站着会审法庭书记官席林,那是个身材矮小的人,连鬓胡子一直生到耳朵旁边,脸上现出甜蜜蜜的神情。他瞧着胖子,笑得像蜜那么甜,低声说:

　　"我们大家现在都想吃东西,因为我们累了,时间也已经是三点多钟了。不过,我的好朋友格利果利·萨维奇,这并不是真正的胃口。那种真正的、狼吞虎咽的、似乎连自己的亲爹也能吞下肚去

[①] 希腊神话中半人半鸟形状的女妖,住在地中海的一个小岛上,常用歌声诱惑水手,然后将他们杀死。

的胃口,只有在体力活动以后才会有,例如带着猎狗出去打猎,或者出远门走了一百俄里光景却没歇过气。想象力也能起很大的作用,先生。比方说,您打完猎,坐着马车回家,希望吃饭的时候有胃口,那就千万不要思考费脑筋的问题。费脑筋的问题和学术问题总是倒胃口的。您当然知道,哲学家和学者在吃东西方面总是最差。对不起,就连猪都吃得不比他们差呢。回家的时候,应该极力让脑子专想酒瓶和开胃的凉菜。有一次我在路上,闭紧眼睛,想象辣根烤乳猪,馋得我简直要发神经病了。是啊,您坐车走进您家的院子,厨房里这时候就得恰好冒出那么一种气味,您知道。……"

"烤鹅的香味才好闻。"荣誉调解法官喘着气说。

"不见得,我的好朋友格利果利·萨维奇,鸭子或者田鹬比鹅妙得多。鹅的香味缺乏温柔,缺乏细腻。最浓的香味,您知道,是嫩葱这玩意儿煎得开始发黄,使整个房子里都听得见嘶嘶声的时候冒出的那股气味。是啊,您走进家里,饭桌上就得已经摆好餐具,您一坐下,立刻把餐巾往领子里一披,不慌不忙地伸出手去拿白酒的瓶子。不过白酒这宝贝,您可别斟在普通的杯子里,而要斟在一个祖传的老式小银酒杯里,要不然就斟在一个大肚子的酒杯里,上面刻着字:'此酒高僧亦饮用焉'。您可不要端起来一下子就喝干,您得先吐出一口气,搓一搓手,满不在乎地瞧一会儿天花板,然后才从容不迫地端起来,也就是端起可爱的白酒来,送到唇边,于是您的胃里就立刻冒出许多火星,飞遍您的全身。……"

书记官在他甜蜜蜜的脸上做出心旷神怡的表情。

"许多火星……"他又说一遍,眯细眼睛,"您一喝下酒去,马上就得吃点凉菜。"

"您听我说,"审判长说,抬起眼睛来瞧着书记官,"您说话小点声!您闹得我写坏两张纸了。"

"哎呀,对不起,彼得·尼古拉伊奇!我小点声就是,"书记官说,然后压低声音继续讲道,"嗯,我的好朋友格利果利·萨维奇,讲到吃凉菜,那也得会吃。您得知道该吃点什么。顶好的凉菜,不瞒您说,就是青鱼。您加上点葱,抹上点芥子酱,吃上这么一小块,然后,我的恩人,趁您觉得胃里还在冒火星,立刻顺便吃下些鱼子,要是您乐意,就加上点柠檬,随后再吃一根撒上盐的普通萝卜,然后再吃青鱼,不过,恩人,最好是尝点腌过的松乳菇,不过要剁得很细,像鱼子那样,而且您明白,还得撒上点葱,拌上橄榄油……呱呱叫!不过,还有江鳕鱼的肝,那真是妙不可言!"

"嗯,不错……"荣誉调解法官同意道,眯细眼睛,"讲到凉菜,还有一样好东西,就是那个……炖白蘑。"

"对了,对了,对了……您知道,得加葱,加桂叶,加各式各样的香料。一揭开锅就会冒出一股气来,蘑菇的香气,……有时候简直引得人掉眼泪哟!好,一等到厨房里把大烤饼端上来,您可一会儿也别耽搁,马上就喝下第二杯酒。"

"伊凡·古雷奇啊!"审判长用要哭的声音说,"您闹得我写坏三张纸了!"

"鬼才知道他是怎么回事,他满脑子的吃!"哲学家米尔金嘟哝说,做出鄙夷的脸相,"生活里除了蘑菇和大烤饼以外,难道就没有别的有意义的东西了?"

"对了,吃大烤饼以前,先要喝点酒。"书记官接着小声说,他已经讲得入了迷,就跟歌唱的夜莺一样,除了自己的声音以外,什么也听不见了,"大烤饼一定得引人犯馋,要赤身露体地摆在那儿,没一点羞耻,好把人迷住。您呢,对它挤一挤眼睛,切下挺大的一块来,再加上您感情丰富,就忍不住伸出手指去摸这么一下。然后您吃起来,油汁就从饼上往下滴,像眼泪一样,饼里的馅油汪汪,作料多,有鸡蛋,有鸡鸭的内脏,有葱。……"

书记官翻着白眼,把嘴角一直扯到耳朵边上去了。荣誉调解法官嗽了嗽喉咙,大概在暗自想象那个大烤饼,他的手指头不由得动起来。

"鬼才知道这是怎么回事……"区调解法官抱怨说,走到另一个窗口去了。

"您只吃两块,第三块要留到喝白菜汤的时候再吃。"书记官着魔似的接着说,"您一吃完大烤饼,就立刻吩咐把白菜汤端上来,免得胃口疲了。……白菜汤一定要烧得滚烫,像火一样烫。不过呢,最好是乌克兰风味的红甜菜清汤,我的恩人,外加火腿和小灌肠。此外还得放点酸奶油啦,香芹菜啦,茴香啦。加杂碎和小腰子的鱼汤也不错。要是您喜欢汤菜,那么最好就要算是用菜根和蔬菜做的汤,放上胡萝卜、芦笋、菜花以及种种合理合法的东西。"

"对了,这也真是出色的汤菜……"审判长叹口气说,眼睛离开纸张了,然而他立刻醒悟过来,哀叫道,"您要敬畏上帝才是!照这样下去,我就是坐到傍晚,这篇个人意见书也写不成!我写坏四张纸了!"

"我不说了,不说了!对不起!"书记官道歉后,小声讲下去,"您一喝完肉汤或者菜汤,就得立刻吩咐仆人把鱼端上来,恩人。在不出声的鱼类当中,顶好的要数用酸奶油煎的鲫鱼,不过为了叫它没有土腥气,保存鲜味起见,先得把它活着放在牛奶里,泡上一昼夜。"

"拿一条小鲟鱼来,把尾巴塞进嘴里,然后煎一下,也很好吃。"荣誉调解法官闭上眼睛说,可是立刻,出乎大家意外,他离开原地,现出恶狠狠的脸色,对一旁的审判长喊起来,"彼得·尼古拉伊奇,您快写完了吗?我等不得!等不得了!"

"容我写完!"

375

"哼,我自己去了!叫您见鬼去吧!"

胖子摆一摆手,抓住帽子,没告辞就跑出房外去了。书记官叹口气,弯下腰凑近副检察官的耳朵,接着小声说:

"鲈鱼或者鲤鱼,加上点番茄和菌子做成的调味汁,也好吃。然而光吃鱼,饱不了,斯捷潘·弗兰崔奇。这种菜不经吃,正餐主菜不是鱼,不是调味汁,而是烤菜。您比较喜欢吃哪种飞禽?"

副检察官愁眉苦脸,叹口气说:

"可惜我不能分享您这种快乐,我害着胃炎。"

"算了吧,先生!胃炎是医生胡诌出来的!得这种病,多半是由于胡思乱想,由于狂妄。您别管它。比方,您不想吃东西,或者觉得恶心,那您别管它,您还是吃。喏,要是给您端上一对烤熟的大鹬,外加这么一只山鹬,或者一对肥鹌鹑,那就什么胃炎不胃炎,您会忘得一干二净,我这话是千真万确的。烤火鸡怎么样?又白又肥,而且那么嫩,您知道,跟女神的胸脯一样。……"

"对了,这大概很可口。"副检察官说,忧郁地微笑着,"火鸡我也许能吃一点。"

"上帝啊,鸭子呢?要是您弄来一只小鸭子,一只趁天气刚冷尝过冰水味道的小鸭子,放在烤盘上烤透,再放上些土豆,土豆要剁碎,烤得发红,浸透鸭油,而且……"

哲学家米尔金现出狰狞的面容,显然想说句什么话,可是忽然吧嗒一下嘴唇,大概心里正暗想烤鸭的样子,于是一句话也没说,由一种肉眼看不见的力量推动着,抓起帽子,跑出去了。

"是啊,恐怕鸭子我也能吃……"副检察官叹口气说。

审判长站起来,走来走去,又坐下。

"用完烤菜,人就吃饱肚子,心头舒畅,飘飘然了。"书记官接着说,"这时候人就周身爽快,温情脉脉了。然后,为了凑一凑趣,您不妨再喝三小杯加过香料的白兰地。"

审判长嗽了嗽喉咙,把他那张纸上写的东西涂掉了。

"我毁掉六张纸了。"他生气地说,"这简直是没有心肝!"

"您写吧,写吧,恩人!"书记官小声说,"我不打搅您!我小声讲话。我凭良心对您说吧,斯捷潘·弗兰崔奇,"他用差不多听不清的声音说,"自己家里做的加香料的白兰地比任什么香槟都好。您喝下头一杯,就觉得您的灵魂浸透一股香气,好像落在一个迷宫里,好像您不是坐在家里的圈椅上,而是在澳洲一个什么地方,骑着一只极柔软的鸵鸟似的。……"

"哎,我们走吧,彼得·尼古拉伊奇!"副检察官说,焦急得抖了抖腿。

"对了,"书记官接着说,"喝白兰地的时候,顶好点上一支雪茄烟,吐出一个个烟圈,这当儿您的脑子里就会生出美妙的幻想,仿佛您做了最高统帅,或者娶了个人间少有的绝色美人,她成天价在您窗前一个池塘里跟金鱼一块儿游来游去。她游着水,您呢,对她叫道:'宝贝儿,来吻我一下吧!'"

"彼得·尼古拉伊奇!"副检察官哀叫道。

"对了,"书记官接着说,"您吸完烟,就提起您长袍的下摆,往您的床边走去!您就这么仰面躺着,肚子朝上,手里拿过一张报纸来。临到您的眼皮要合起来,周身有了睡意,您看点政治消息倒会觉得挺舒服:很可能,比方说,奥地利办坏了一件什么事,法国得罪了一个什么人,罗马教皇倒行逆施,您照这么看下去,会很愉快呢。"

审判长跳起来,把钢笔丢在一旁,两只手抓住帽子。副检察官早已忘掉他的胃炎,急昏了头,也跳起来。

"走吧!"他叫道。

"彼得·尼古拉伊奇,那么您的个人意见书怎么办呢?"书记官惊慌地说,"您什么时候才把它写完呀,恩人!要知道六点钟您就得坐车回城去了!"

审判长摆一摆手,往门口跑去。副检察官也摆一摆手,拿起皮包,跟审判长一块儿走出去。书记官叹口气,用责备的眼光瞧着他们的后影,动手收拾文件。

芦　笛

　　杰敏契耶夫的农庄总管美里统·希希金经不起云杉林里的闷热,疲惫无力,周身粘满蜘蛛网和针叶,背着枪往树林边上走去。他的达木卡是一条介乎家犬和猎犬之间的杂种狗,异常消瘦,怀着身孕,把湿尾巴夹在两条腿中间,缓缓地跟随主人走着,竭力避免碰伤自己的鼻子。这是个令人不快的、阴霾的早晨。从薄雾笼罩着的树木上,蕨草上,滴下大颗的水珠。树林的潮气发散出一股刺鼻的霉烂气味。

　　前面,在云杉林的尽头,立着一些桦树,从那些树干和树枝之间望出去,可以看见雾蒙蒙的远方。桦树外面,有个人在吹一支自己做的牧笛。吹笛的人只吹出五六个音,懒洋洋地拖着长声,并不打算吹出一个旋律,但是这尖厉的笛声还是带着一种凄厉的、十分愁闷的意味。

　　当他走到树木渐渐变得稀疏,云杉跟小桦树混在一起的地方,美里统就瞧见一群牲口。腿上拴着绊绳的马和牛羊在灌木丛中闲步,不时碰得枝丫发出噼啪的响声,伸出鼻子去闻树林里的杂草。树林边上有个老牧人,倚着一棵湿漉漉的小桦树站着,身子精瘦,穿一件破烂的原色粗呢外衣,没戴帽子。他眼望着地下,正在想心事,显然是不在意地吹着芦笛。

　　"你好,老大爷!求上帝保佑你!"美里统打招呼说,声音又尖细又沙哑,跟他的魁伟身材和又大又胖的脸相全不相称,"你的笛子吹得真好!你在放谁家的牲口?"

"阿尔达莫诺夫家的。"牧人不起劲地回答说,把芦笛塞到怀里去了。

"这么说,这个树林也是阿尔达莫诺夫家的?"美里统往四下里看一眼,问道,"可不是,真是阿尔达莫诺夫家的。……原来我完全迷路了。我的脸全给树枝划破了。"

他在湿地上坐下,动手用报纸卷纸烟。

这个人在各方面,不管是笑容也好,眼睛也好,纽扣也好,盖不严剪短头发的脑袋的帽子也好,都跟他那细声细气的说话声一样显得微弱细小,跟他的高身量、宽体格、胖脸不相称。每逢他说话和微笑,他那张刮光胡子的胖脸和他的全身就流露出一种女人气的、胆怯而温顺的意味。

"哎,这种天气啊,求上帝发发慈悲吧!"他说,摇晃着脑袋,"燕麦还没收割呢,可是小雨却好像下个没完,上帝保佑吧。"

牧人瞧一眼下着毛毛细雨的天空,瞧一眼树林,瞧一眼总管的湿衣服,想一想,却什么话也没说。

"整个夏天都是这样……"美里统叹口气说,"这对农民们不好,对老爷们也不是什么快活事。"

牧人又看一下天空,想一想,开口了,声调抑扬顿挫,仿佛在细嚼每一个字似的:

"样样事都走上了一条路。……好事总归等不到了。"

"你们这儿怎么样?"美里统点上烟,问道,"你在阿尔达莫诺夫的林间空地上见过成群的乌鸡吗?"

牧人没有马上答话。他又瞧一下天空,瞧一下两旁,沉吟不语,眨巴眼睛。……看来,他把自己说出的话看得非同小可,为了增加他的话的价值,总是极力慢条斯理地讲出来,多少带点庄重的腔调。他脸上的神情现出老年人的锐敏和稳重,由于他鼻梁中间凹陷,鼻孔向上翻,他的面容就显得狡猾和讥诮了。

"不,我好像没看见过。"他回答说,"我们的猎人叶烈木卡说过,他在伊里亚节来到普斯托谢附近,惊起过一群乌鸡,不过他大概是胡说。这儿的飞鸟很少。"

"对了,朋友,很少。……到处都很少!在这儿打猎,平心而论,简直是白费劲,不值得一干。野鸟根本没有,就是有一点,也犯不上弄脏你的手,它们还没长大呢!它们小得一丁点儿,连瞧一眼都觉得难为情。"

美里统笑一笑,摆摆手。

"在这个世界上,样样事情都叫人好笑,没有别的!如今那些鸟儿也变得不近情理,连孵卵都比先前迟了,有些鸟儿直到彼得节①还没孵完卵。这话千真万确!"

"样样事情都走上了一条路。"牧人说,扬起脸来,"去年野鸟本来就少,今年更少,再过五年大概就一只也没有了。依我看,过不了多久,漫说是野鸟,别的鸟也一只都剩不下。"

"不错,"美里统沉思一下,同意说,"这话是实在的。"

牧人苦笑一下,摇摇头。

"奇怪!"他说,"它们都到哪儿去了?大约二十年前,我记得,这儿又有鹅,又有仙鹤,又有鸭子,又有琴鸟,铺天盖地,多极了!那年月,老爷们合伙到这儿来打猎,你就光是听见:砰砰砰!砰砰砰!大鹬啦、田鹬啦、麻鹬啦,要多少有多少,小水鸭子和鹬简直跟椋鸟一般多,或者不妨说跟麻雀一般多,数都数不清!可是现在它们都上哪儿去了?就连猛禽也看不见了。鹰也好,隼也好,雕鸮也好,都无影无踪了。……各种野兽也越来越稀少。如今,老弟,狼

---

① 东正教节日,在7月21日。在俄国,打猎的季节通常从这天开始。

和狐狸都成了稀罕物,更不用说熊和水貂了。可是从前,连驼鹿都有!四十年来,我年年看着上帝的作为,认定样样事情都走上了一条路。"

"走上了哪条路呢?"

"走上了下坡路,年轻人。……大概是毁灭的路。……上帝创造的这个世界已经到完蛋的时候了。"

老人戴上帽子,开始眺望天空。

"可惜啊!"他沉默一会儿,叹口气说,"上帝啊,多么可惜!当然,这是上帝的旨意,这个世界又不是我们创造的,不过话说回来,老弟,这总叫人觉得可惜。就是一棵树枯死,或者比方说,一头奶牛断了气,人都会舍不得,要是整个世界都完蛋,我的好人,你会怎么想呢?好东西这么多,上帝啊,耶稣!又有太阳,又有天空,又有树林,又有河流,又有野兽,这些东西都是创造出来,彼此顺应,搭配起来的。各有各的用处,各守各的本分。可是这些东西都要完蛋了!"

牧人脸色发红,现出忧郁的笑容,他的眼皮颤动起来。

"你说这个世界要完蛋了……"美里统思索着,说道,"也许,世界的末日很快就要来到,不过单凭鸟儿是没法下断语的。鸟儿不一定能说明问题。"

"不光是鸟儿嘛,"牧人说,"野兽也是这样,牲口也是这样,蜜蜂也是这样,鱼也是这样。……你不信我的话,就去问别的老人好了。人人都会对你说,如今的鱼跟从前大不相同了。海里也罢,湖里也罢,河里也罢,鱼一年年少下去。在我们这条佩先卡河里,我记得,从前捕得到一俄尺长的梭鱼,而且江鳕也多,另外还有圆腹鲦,还有鳊鱼,每种鱼都长得像模像样,如今呢,要能钓着一条小梭鱼或者四分之一俄尺长的鲈鱼,就得谢天谢地了。连地道的梅花鲈也没有了。一年比一年差,过不了多久就会一条鱼也没有了。

现在再拿河来说吧。……河恐怕也要干!"

"这是实话,河要干了。"

"说的就是嘛。河一年年浅下去,老弟,再也不像先前那么深了。还有那边,你看见那些灌木了吧?"老人往一边指着,问道,"灌木后面原有一道旧河床,名叫大河湾。我父亲生前,佩先卡河就流过那儿。现在你瞧,恶魔把它搬到哪儿去了?河床改道了。你记着就是,改来改去,总有一天河全干了完事。库尔加索沃村的后边,本来有沼泽和池塘,现在都到哪儿去了?还有那些小溪,都上哪儿去了?当初我们这个树林里,就有一条小溪流过,那条溪可不算小,庄稼汉常在那里放下鱼篓子捉梭鱼,野鸭子就在河边过冬,现在呢,就是到了春汛,小溪里也没有多少水。是啊,老弟,不论往哪边看,到处都很糟。到处一样!"

紧跟着是沉默。美里统深思不语,呆望着一个地方出神。他希望能想起自然界中哪怕有一处还没给这种普遍的毁灭碰到的地方。有些光点滑过薄雾和斜飘的雨丝,犹如掠过毛玻璃一样,立刻又消灭了。这是升上来的太阳,极力要穿透云层,照到地面上来。

"再者树林也……"美里统嘟哝说。

"树林也是一样……"牧人附和道,"有的树砍掉了,有的起了火,有的枯死了,可是新的却没有长出来。只要有新长出来的,马上就给人砍掉。今天刚长出来,明天一看,已经给人砍掉了。照这样没完没了地干,早晚有一天什么也剩不下。我的好人,我从农奴解放那年①起给村社放牲口,那以前是给老爷们放牲口,总到这个地方来。我活了一辈子,记不得有哪年夏天我没到这儿来过。我一直注意上帝的作为。我啊,老弟,足足看了一辈子,现在我认定,凡是地里长出来的东西都在走下坡路。黑麦也罢,蔬菜也罢,花儿

---

① 指1861年。

也罢,都走上了一条路。"

"不过人倒变好了。"总管说。

"哪点儿好呢?"

"聪明多了。"

"聪明倒是聪明多了,这话不错,年轻人,可是那又有什么用?临到灭亡的当口,人聪明了又有什么意思?聪明也不顶用,反正要完蛋。要是野鸟没有了,猎人再怎么聪明,又有什么好处呢?我是这么想:上帝一手把聪明赐给人,一手却把力量收回去了。人变得弱了,弱极了。比方拿我来说。……我一个钱也不值,全村子里就数我差,可是,年轻人,我毕竟有力量。你看,我六十多岁了,可是我天天放牲口,晚上为挣二十戈比还给人看牲口,不睡觉,也不怕冷。我儿子倒比我聪明,可是叫他来干我这个活儿,他明天就会要求加工钱,要不然就去看病了。就是这么的。我除了面包什么也不吃,因为'我们日用的饮食,天天赐给我们'①,我父亲也是除了面包什么都不吃,我爷爷也一样,如今的庄稼汉呢,又要喝茶,又要喝白酒,又要吃白面包,睡觉一定要从傍晚一直睡到天明,还要看病,说不尽的娇气。这都是什么缘故?就因为人弱了,没有力量支撑他。他倒愿意不睡,可是眼皮偏偏合上,没有办法哟。"

"这话是实在的,"美里统同意说,"如今没有真正的庄稼汉了。"

"坏事也不必瞒着,我们正一年年糟下去。要是论一论现在的老爷,比庄稼汉还要不济。如今的老爷们样样精通,连不该知道的也知道了,可是这有什么用?瞧着他们,简直觉得可怜。……又瘦又弱,就跟什么匈牙利人或者法国人一样,一点也没有威风,一点也没有气派,只不过名义上是老爷罢了。他们,可怜虫,既没有

---

① 基督教祷告辞中的一句。见《新约·路加福音》,第11章,第3节。

本事,也不干什么事,谁也不知道他们需要什么。他们要么拿着钓竿坐在河边钓鱼,要么躺在那儿,肚皮朝上,一个劲儿看书,要么混到庄稼汉当中去说这说那,老爷挨饿了,就去做文书。他们糊里糊涂混下去,想都没有想过干点正经事。从前老爷们有一半当将军,可现在的老爷们全是废物!"

"他们穷下来了。"美里统说。

"他们穷是因为上帝夺去了他们的力量。人总拗不过上帝啊。"

美里统又呆望着一个地方出神。他想了一会儿,照稳重谨慎的人那样叹口气,摇着头说:

"这都是因为什么呢?我们造的孽太大,我们忘掉上帝了……所以如今样样东西都到了末日。话说回来,这个世界反正不能万古长存,人该明白才是。"

牧人叹口气,仿佛想打断这种不愉快的谈话似的,从桦树那儿走开,用眼睛数那些奶牛。

"嗨嗨嗨!"他吆喝道,"嗨嗨嗨!你们这些该死的,叫你们遭了瘟才好!魔鬼把你们赶进林子里去了!来啊,来啊,来啊!"

他现出气愤的脸色,到灌木丛中去找回牲口。美里统站起来,在树林边上慢腾腾地走动。他瞧着脚下,暗自思索。他仍旧希望想起还有什么东西没给灭亡碰到。又有些光点滑过斜飘的雨丝,在树梢上跳动,然后在湿树叶中间熄灭了。达木卡在一丛灌木底下发现一只刺猬,希望引起主人对这个东西的注意,就汪汪地叫起来。

"你们那儿有过天狗吞日的事吗?"牧人在灌木丛后面叫道。

"有过!"美里统回答说。

"是啊。老百姓到处都在抱怨这种事。……老弟,可见天上也乱七八糟!这不会没来由。……回来,回来!喂!"

牧人把牲口赶到树林边上,自己靠在一棵桦树上,看一阵天空,不慌不忙地从怀里拿出芦笛,吹起来。他跟先前那样心不在焉地吹着,只吹出五六个音。仿佛芦笛是头一次落到他的手里似的,发出来的声音迟疑不定,没有章法,合不成一个旋律,然而正在思考世界末日的美里统,却在笛声里听出一种极其悲凉和惹人厌恶的调子,情愿不听才好。那些顶高顶尖的音摇摇曳曳,断断续续,似乎在伤心地哭泣,仿佛芦笛觉得疼痛,受了惊吓似的。那些最低的音,不知什么缘故,使人联想到迷雾、垂头丧气的树木、灰白的天空。这样的音乐倒似乎跟天气、老人、他那些话相称。

美里统想要抱怨一番。他走到老人跟前,瞧着他那忧郁而讥诮的脸色,瞧着他的芦笛,嘟哝道:

"日子也不及从前了,老大爷。简直叫人活不下去。歉收啦,穷困啦……牲口不时得瘟病,人也生病。……穷困压得人透不过气来。"

总管的胖脸变得发紫,现出女人气的愁闷神情。他动着手指头,好像要找出话来表达他那难以形容的心情。他接着说:

"我家里有八个孩子,一个老婆……母亲还活着,可是我每月的薪水一共只有十卢布,而且我们得吃自己的伙食。我老婆穷得脾气凶恶……我自己也喝开了酒。我是个谨慎而稳重的人,受过教育。我本来该太太平平坐在家里,可是我成天价带着枪乱跑,像一条狗似的,因为我没有办法:家里待不下去啊!"

总管觉得他的舌头完全没有说出他所想说的话,就摆一摆手,沉痛地说:

"要是世界一定要灭亡,那就索性快一点吧!不必再拖延下去,害得人白白受苦。……"

老人取下嘴上的芦笛,眯细一只眼睛看芦笛上的小孔。他神情忧郁,脸上布满大雨珠,像眼泪一样。他微微一笑,说:

"可惜呀,老弟!上帝啊,多么可惜!土地啦,树林啦,天空啦……各种动物啦,这些东西原是创造出来,互相配搭,各有各的智慧的。现在呢,样样东西却都要完蛋了。其中顶可惜的就是人。"

树林里响起大雨的哗哗声,离这一带林边很近。美里统朝传来雨声的那边望了望,系上所有的纽扣,说:

"我要到村子里去了。再见,老大爷。你叫什么名字?"

"穷路加。"

"好,再见,路加!谢谢你那些有益的话。达木卡,走!"

美里统跟牧人告别后,沿着林边缓缓走去,然后下了坡,来到正在渐渐变成沼泽的草场上。他脚下的水咕唧咕唧地响。莎草虽然害着锈病,却仍然发绿、丰盛,对土地弯下腰去,仿佛生怕让脚踩着似的。过了沼泽,在老大爷提到过的佩先卡河的岸上,立着一些柳树,柳树后面有一个老爷家堆禾捆用的木棚,在薄雾里颜色发青。谁都可以感到那个不幸的季节怎么也阻挡不住,快要来临了,到那时候,田野就会变得乌黑,土地泥泞而阴冷,流泪的柳树就会显得越发凄凉,顺着树干淌下泪珠,只有仙鹤才会离开这普遍的灾难,远走高飞,然而就连它们也仿佛生怕用幸福的神态伤害垂头丧气的大自然似的,在天空中发出一片忧伤愁闷的歌声。

美里统往河边慢慢走去,听见芦笛的声音在他身后渐渐远去。他仍旧想抱怨一番。他悲哀地瞧着两旁,不由得为天空,为土地,为太阳,为树林,为他的达木卡难过得要命,这当儿芦笛的最高音缭绕不断,在空中摇颤着,像人的哭泣声,他想到大自然这样杂乱无章,不由得格外沉痛而伤心。

高音颤抖着,断了,于是芦笛不再响了。

报 仇 者

　　费多尔·费多罗维奇·西加耶夫当场破获他妻子的罪行以后不久,站在希木克斯公司武器商店里,给自己选一管合适的枪支。他脸上现出愤怒、悲痛和坚定不移的果断神情。

　　"我知道我该怎么办……"他想,"既然家庭基础遭到玷污,荣誉给人丢在泥地里加以践踏,恶势力得胜,那么我,身为公民和正人君子,就应当报仇雪耻。我先打死她和她的情夫,再打死我自己。……"

　　他还没选好手枪,还没打死人,可是他的想象力已经画出三具血淋淋的尸体、打碎的头盖骨、流出来的脑浆、骚乱、看热闹的人群、验尸。……他带着受到凌辱的人的幸灾乐祸心情想象亲戚和观众的恐惧,想象那个负心女人临死的痛苦,想象他怎样阅读报纸上讨论家庭基础解体的社论。

　　商店里的店员是个机灵的法国人,鼓起大肚子,穿着白坎肩,在他面前摊出各种手枪,恭敬地赔着笑脸,不住地把鞋跟一碰算是敬礼,嘴里说道:

　　"我劝您,先生,买这管出色的手枪。这是斯密特-维桑式转轮手枪。这是火器科学的最新成就。三倍射击效力,有退壳器,射六百步远,中央射效。先生,请您注意装潢的漂亮。这是最新型的手枪,先生。……这种枪我们每天总要卖出十来支,供打强盗、恶人、情夫用。射击十分准确有力,射程很远,一枪就能把妻子和情夫一齐打死。讲到自杀,那么,先生,我认为再也没有比这种牌子更好的了。……"

店员扳起扳机,扣下扳机,对枪管吹气,瞄准,做出高兴得透不过气来的样子。谁瞧着他那赞赏的脸色,都会暗想:只要他有一管像斯密特-维桑式转轮手枪这样的好枪,他就会甘愿往自己的额头上开一枪。

"那么多少钱一支?"西加耶夫问。

"四十五卢布,先生。"

"哦!……这在我却嫌太贵了!"

"既是这样,我再给您拿另外一种样式的,价钱便宜点。喏,您看一看。我们这儿的货色很多,各种价钱的都有。……比方说,这支列佛歇牌手枪只要十八卢布,不过……"店员鄙夷地皱起眉头,"……不过,先生,这种样式已经过时了。如今只有穷书生和神经病人才买它。现在大家公认,用列佛歇牌手枪自杀或者打自己的妻子,已经要算是低级趣味的表现。只有用斯密特-维桑式转轮手枪才说得上高级趣味。"

"我不需要自杀,也不需要杀人。"西加耶夫阴沉地撒谎说,"我只是为了住别墅才买的……用来吓唬盗贼罢了。……"

"您买枪做什么用,这不关我们的事。"店员谦虚地低下眼睛,笑吟吟地说,"如果每一次人家买枪,我们都要查明原因,那么,先生,我们这个铺子只好关门了。用列佛歇吓唬贼不顶事,先生,因为它的声音不响,发闷,我劝您买一管普通的带火帽的莫尔悌美尔牌手枪,也就是所谓的决斗枪。……"

"我要不要向他挑战,来一次决斗呢?"西加耶夫的脑子里闪过这个想法,"不过,这未免太抬举他了。……像他那样的畜生,只配像狗那样打死。……"

店员优雅地转动身子,迈着碎步,不住地微笑,唠叨,在他面前摆开一大排枪。其中就数斯密特-维桑式转轮手枪最中看,也最威风。西加耶夫拿起一管这种枪,瞧着它呆呆地出神,沉思不语。他的想象力画出他怎样打碎他们的头盖骨,血怎样像河水似的淌在地毯上和镶木地板上,那个垂死的负心女人的两条腿怎样急剧地抽动着。……然而,对他那怒火中烧的心来说,这还嫌不够。血淋淋的画面、哀号、恐惧,都不能使他解恨。……还得想出一种更可怕的办法来才行。

"应该这样办,我打死他,再打死我自己,"他盘算着,"却让她一个人活着。让她受尽良心的责备和周围的人的轻视而憔悴。这对一个像她那样神经质的女人来说,比死亡还要痛苦得多呢。……"

他就幻想他自己的葬礼:他这个受尽侮辱的人,躺在棺材里,嘴角上带着温和的笑意,她呢,脸色惨白,由于良心责备而痛苦,跟在棺材后面,像尼俄柏[①]一样,不知道怎样才能躲开愤慨的人群向她投来的咄咄逼人的轻蔑目光。……

"我看得出来,先生,您喜欢斯密特-维桑式转轮手枪。"店员打断他的幻想说,"要是您嫌它贵,那么也罢,我让您五卢布就是。……不过,我们还有别的样式,便宜点的。"

法国人优雅地回转身,从货架上又取下一打装着手枪的盒子。

"喏,先生,这种卖三十卢布。这不算贵,特别因为行情落得厉害,关税却每个钟头都在上涨,先生。我对上帝起誓,先生,我是保守派,可是连我都要发牢骚了!求上帝发发慈悲吧,他们把行情和关税弄成这个样子,如今只有富人才买得起枪支!穷人只能买

---

① 希腊神话中底比斯王后,夸耀自己有十二个子女,嘲笑阿波罗的母亲只生子女二人。阿波罗大怒,把她的子女全部射死。她因此整天哭泣,变成一块流泪的岩石。

图拉的武器和带磷的火柴,可是图拉的武器简直一团糟!你用图拉枪打你妻子,结果反而会打中你自己的肩胛骨哩。……"

西加耶夫忽然难过起来,惋惜自己就要死掉,看不见负心女人的痛苦了。报仇只有在能够看见和感到报仇的后果的时候才大快人心,要是他躺在棺材里,什么知觉也没有,那还有什么意思呢?

"我不如这么办,"他改变主意了,"我先打死他,然后去送葬,冷眼旁观一下,等到葬完,我再打死自己。……不过,在送葬以前,人家会逮捕我,取走我的武器的。……那就这么办:我把他打死,可是叫她留在人间,我呢……我暂时不自杀,让他们把我监禁起来。我反正以后有的是工夫自杀。监禁起来反倒好,因为在预审中,我可以把她的下流行径在当局和社会人士面前统统揭发出来。如果我自杀,她也许就会凭她那种虚伪和无耻的天性把所有的责任都推在我身上,于是众人倒会为她的行为辩护,也许反而要讥笑我了。要是我活着,那……"

过了一分钟,他又暗想:

"对了,如果我自杀,人家也许会认为我有罪,怀疑我器量小。……再说,我何必自杀呢?这是一。第二,自杀无非是怯懦罢了。那就这样办:我把他打死,让她活着,我自己到法院去受审。我受审,她就会出庭做证。……我想象得到,我的辩护人质问她的时候她那种狼狈、可耻的丑相!法院、众人、报界的同情当然都会在我这边。……"

他思忖着,同时店员在他面前陆续摊开各种货品,自认为有吸引顾客的责任。

"这是我们不久以前才收到的英国新式手枪。"他唠叨说,"不过我要预先告诉您,先生,这些样式跟斯密特-维桑式转轮手枪一比就暗淡无光了。您大概在报纸上看到过这样一个消息:前几天有个军官在我们这儿买了一管斯密特-维桑式转轮手枪的。他对他妻子的情夫开一枪,您猜怎么着,子弹穿透这个人,然后打穿一盏铜灯,落在一架钢琴上,又从钢琴上反跳到一条小狮子狗身上,连带伤了他的妻子。这种效果可真是出色,为我们的商号增光不少。这个军官现在监禁起来了。……当然,法院会定他的罪,送他去做苦工!第一,我们的法律还太陈旧;第二,先生,法院总是偏袒情夫。为什么?很简单,先生!法官也好,陪审员也好,检察官也好,辩护人也好,都跟别人的妻子私通,只要俄国少一个丈夫,他们心里就多踏实一分。要是政府把所有的丈夫都送到萨哈林岛①去,众人倒会挺痛快呢。啊,先生,您不知道当代这种世风日下的情形在我心里引起多大的愤慨!如今,爱别人的老婆已经跟吸别人的烟,看别人的书一样,成了风气。我们的生意一年年清淡,这倒不是说情夫越来越少,而是说那些丈夫听天由命,害怕进法院和做苦工了。"

店员往四处看一眼,小声说:

"那么这该怪谁,先生?该怪政府呀!"

"为这么一头蠢猪而流放到萨哈林岛去,也没什么道理。"西加耶夫踌躇地暗想,"要是我去做苦工,倒反而使得我妻子有可能第二次嫁人,去欺骗第二个丈夫。她倒得其所哉了。……那就这样办:我让她活着,我也不自杀,他呢……我也不打死。这得想出一个更合理、更使他们难堪的办法才成。我要用轻蔑来惩罚他们,搞一回离婚案,闹得满城风雨。……"

"喏,先生,还有一种新型的枪,"店员从货架上又取下一打枪来,说,"请您注意这种枪机的新奇结构。……"

西加耶夫暗自做出决定后,已经不需要买枪。店员却越来越热心,不住地在他面前摊开新的货色。受了侮辱的丈夫看到店员

---

① 即库页岛,旧俄时代苦役犯服刑的地方。

为他白忙,白热心,白赔笑,白费时间,觉得难为情了。……

"好,既是这样……"他嘟哝说,"我以后再来……或者派人来。"

他没看店员脸上的神情,不过为了多少缓和一下这种尴尬的局面,他觉得有必要买点东西。可是买什么好呢？他看一下商店的四壁,想选一样价钱便宜的东西,后来他的目光停在店门附近挂着的一个绿网子上。

"那……那是什么东西?"他问。

"那是捉鹌鹑的网子。"

"多少钱一个?"

"八卢布,先生。"

"给我包起来吧。……"

受了侮辱的丈夫付过八卢布,拿起网子,走出商店,却觉得自己越发受了侮辱。

邮　　件

　　那是夜里三点钟。邮差已经完全做好上路的准备,戴好帽子,穿上大衣,手里拿着一把生锈的马刀,站在房门附近,等着车夫在一辆刚刚赶过来的三套马车上装完邮件。有一个带着睡意的收发员坐在他那张类似柜台的桌子旁边,正在填写一张表,嘴里说着:

　　"我有个外甥,是个大学生。他要求马上到火车站去。那么你,伊格纳捷耶夫,就让他坐在你这辆三套马车上,把他带去吧。虽然运邮件是不准带客的,哎,可是又有什么办法!与其为他花钱另雇马车,还不如让他不花钱搭这班车去的好。"

　　"妥了!"外面传来喊叫声。

　　"好,求上帝保佑你一路顺风。"收发员说,"哪一个车夫赶车呀?"

　　"谢敏·格拉左夫。"

　　"你来签个字。"

　　邮差签了个字,出去了。在邮局门外,可以看到一辆三套马车的黑轮廓。那几匹马站在那儿不动,只有一匹拉边套的马不安地活动四条腿,摇着头,因此偶尔响起小铃铛的声音。这辆装着邮袋的敞篷马车像是一团黑东西,马车旁边有两个黑人影在懒洋洋地走动,一个是大学生,手里提着箱子,一个是车夫。车夫吸着小烟袋,烟袋锅里的小火光在黑暗里不住地移动,时而暗下去,时而亮起来。这个小火光一会儿照亮一小块衣袖,一会儿照亮毛茸茸的唇髭和红铜色的大鼻子,一会儿照亮两道严峻而突出的浓眉。

邮差伸手按一按邮袋,把长刀放在上面,跳上马车。大学生游移不定地跟着他爬上去,胳膊肘无意中碰到邮差,就胆怯而客气地说:"对不起!"小烟袋灭了。收发员从邮局里走出来,没有加衣服,只穿着原来的坎肩和便鞋。他受不住夜间的寒气而缩起脖子,咯咯地清着嗓子,在马车旁边走动,说:

"好,一路顺风!米海洛,问你母亲好!替我问大家好。你呢,伊格纳捷耶夫,别忘了把那包东西交给贝斯特列佐夫。……赶着车子走吧!"

车夫一只手提起缰绳,擤了擤鼻子,整理一下身子底下的座位,吧嗒一下嘴唇。

"替我问好!"收发员又说一遍。

大铃铛丁零当啷地招呼小铃铛,小铃铛亲热地呼应着。马车吱吱嘎嘎响,走动了,大铃铛哭起来,小铃铛却笑了。马车夫略微欠起身子,对那匹不安稳的拉边套的马抽了两鞭子,那辆三套马车就发出闷声闷气的辘辘声,顺着尘土飞扬的道路驶去。小城睡熟了。宽阔的街道两旁,净是黑魆魆的房屋和树木,一点灯火也看不见。布满繁星的天空中,这儿那儿伸展着一条条狭长的云,在不久就要露出曙光的地方,挂着一个窄窄的弯月。然而,为数众多的星星也好,显得很白的一弯新月也好,都照不亮夜晚的空间。这儿寒冷而潮湿,已经有秋意了。

大学生暗想,这个人没有拒绝带他上路,那他就要顾全礼貌,有必要跟这个人亲切地攀谈几句。他便开口说:

"在夏天,这个时候天已经亮了,眼下却连曙光也看不到。夏天算是过去了!"

大学生瞧一阵天空,接着说:

"甚至凭天空就可以看出现在已经是秋天了。您瞧右边。您见到三颗星排成一条直线吗?那是猎户星座,只有九月间才会在我们这个半球的上空出现。"

邮差两只手揣在袖子里,脖子缩进大衣的衣领,衣领一直齐到耳边,这时候他一动也不动,也不看天空。显然他对猎户星座不感兴趣。他看惯了星星,大概早已看厌了。大学生沉默一阵,说:

"天冷了!这时候本来该天亮了。您知道太阳几点钟升上来吗?"

"什么?"

"现在太阳几点钟升上来?"

"五点多!"车夫回答说。

三套马车驶出城了。这时候道路两旁只能看见菜园的篱墙和孤零零的白柳,至于前面,样样东西都给昏暗遮蔽了。这儿,在旷野上,一弯新月显得大些,星星也照得亮些。可是这时候潮气飘来了。邮差的脖子越发缩进衣领里,大学生感到一股不舒服的凉气先是扑到脚边,然后爬上邮袋,爬上胳膊,爬上脸来。马车跑得慢些了。大铃铛不作声,仿佛冻坏了似的。这时候可以听见马蹄溅水的声音,倒映在水里的星星在马蹄底下和轮子旁边跳动不停。

可是过了十分钟光景,四下里变得一片漆黑,再也看不见星星,看不见新月了。马车走进一片树林去了。云杉的带刺的枝子不时抽打大学生的帽子,蜘蛛网粘到他脸上来。车轮和马蹄撞在露出地面的树根上,马车就像喝醉酒似的摇摇晃晃。

"顺着路当中走!"邮差生气地说,"干吗沿着路边走?我整个脸都给树枝刮伤了!靠右一点!"

可是这当儿差点出了祸事。马车突然往上一跳,仿佛抽筋似的,摇摇晃晃,紧跟着嘎吱一响,猛地往右边一歪,再往左边一倾,飞快地顺着林中小路飞驰。那几匹马不知害怕什么东西,狂奔起来了。

"哟！哟！"马车夫吓得叫起来，"哟……这些恶鬼！"

大学生受着颠簸，为了稳住身子，免得摔到车外，就向前弯下身子，动手寻找可以抓住的东西，然而皮袋子是滑的。大学生本想抓住车夫的腰带，可是车夫自己就在颠上颠下，随时都会掉下车去。在车轮的辘辘声和马车的尖叫声中，可以听见长刀滑下车去，碰着土地，当啷一响，后来，过了一会儿，马车后面不知有个什么东西发出两次闷闷的碰撞声。

"哟！"车夫发出撕裂人心的喊叫声，身子往后仰，"站住！"

大学生脸朝下，撞在车夫的座位上，碰破了额头的皮，然而立刻又被颠得往后弯，整个身子给往上一抛，背脊猛然撞在马车的后部。"我摔下去了！"他脑子里掠过这个想法，可是这当儿马车飞出树林，来到旷野上，往右急转弯，带着一片响声跑过木桥，突然停住，像生了根似的。马车意外地停住，大学生又身不由己地往前一扑。

马车夫和大学生两人不住地喘气。邮差已经不在马车上了。他跟那把长刀、大学生的皮箱、一个邮袋，一块儿掉下车去了。

"站住，混蛋！站住！"他的喊叫声从树林里传来，"该死的坏蛋！"他喊着，往马车这边跑来，他那含泪的声音流露出痛苦和愤恨，"天杀的，巴不得叫你咽了气才好！"他喊着，跑到马车夫跟前，对他抡拳头。

"真是麻烦事，求上帝发发慈悲吧！"马车夫用负疚的声音嘟哝说，一面整理着马脸旁边的马具，"全怪这匹拉边套的马！该死的，这匹小马刚拉了一个星期的车。它跑得不坏，不过一下坡就要出事！先得在它脸上摸这么两三下，它才不会胡闹。……站住！啊，鬼东西！"

马车夫收拾着那几匹马，然后到路上去找皮箱、邮袋、长刀、邮差却气得逼尖喉咙,不停地用含泪的声音对他破口大骂。马车夫收拾好行李,毫无必要地牵着马走了百来步,把那匹不安稳的拉边套的马埋怨一阵,才跳上赶车座位。

等到这场惊吓过去,大学生觉得很好笑,兴致又来了。这还是他生平头一次在夜间搭邮车赶路。刚才经历到的颠簸、邮差的跌落、背上的疼痛,依他看来像是一场有趣的奇遇。他点上烟,笑着说:

"要知道,这样会把脑袋也摔掉的!我也差点摔下去,我甚至没有看见您是怎样掉下车的。我想得出,到了深秋天气,坐车赶路会是什么样子!"

邮差没有说话。

"您带着邮件坐车赶路很久了吗?"大学生问。

"十一年。"

"哎哟!每天都这样赶路吗?"

"每天。我送邮件去,马上又坐车回来。怎么?"

十一年来每天这样坐车赶路,一定经历过不少有趣的奇遇吧。在晴朗的夏夜和阴暗的秋夜,或者在冬天大风雪呼啸着,把马车刮得团团转的时候,那是免不了要发生惊心动魄的可怕事情的。恐怕那些马不止一次地狂奔过,马车不止一次地陷进雨后的泥沟里,坏人不止一次地打劫过,大风雪不止一次弄得他们迷路吧。……

"我想得出这十一年当中您经历过多少奇遇!是啊,这样赶路一定很可怕吧?"

他说完,等着邮差讲给他听,可是那一位却阴沉地不肯开口,把脖子缩进衣领去了。这当儿天慢慢亮起来。谁也看不出天空是怎样变换颜色的。天色仍旧显得幽暗,不过那些马、车夫、道路,却可以看清楚了。弯月越来越白,下面横着一片云,像是一尊炮安在炮架上,云的底边微微发黄。不久,邮差的脸也可以看清了。那张脸上沾着露水而湿润,脸色灰白,神情呆板,跟死人一样。他脸上凝聚着一种沉闷而阴森的愤恨神情,仿佛他仍旧觉得身上疼痛,仍旧生马车夫的气似的。

"谢天谢地,总算天亮了!"大学生瞧着他那气愤的、冻坏的脸,说,"我浑身都冻僵了。九月的夜晚冷得很,不过太阳一出来,天就不冷了。我们不久就要到车站了吧?"

邮差皱起眉头,现出要哭的脸相。

"说真的,您太喜欢讲话了!"他说,"难道您就不能闭着嘴赶路?"

大学生窘了,从此一路上再没跟他搭腔。早晨很快来了。月亮渐渐暗淡,跟混浊灰白的天空融成一体了。那块云完全变黄,繁星熄灭,然而东方仍旧冷冰冰,颜色跟整个天空一样,因此谁也不能相信太阳藏在它后面。……

早晨的寒冷和邮差的阴郁渐渐传染给冻僵的大学生了。他冷漠地瞧着大自然,等候太阳的温暖,心里只想着这些可怜的树木和青草经历这种寒冷的夜晚,一定会觉得多么可怕和厌恶。太阳升上来了,昏昏沉沉,带着睡意,冷冰冰的。树梢并没有像通常所描写的那样给升上来的太阳染成金黄,阳光也没有铺满地面,睡意蒙眬的鸟雀飞来飞去,也显不出什么快乐。夜间本来很冷,如今有了太阳也仍旧那么冷。……

这辆三套马车路过一个庄园,大学生带着睡意阴郁地瞧着那些挂着窗帘的窗子。他心想,窗子里一定有人在享受清晨最酣畅的睡眠,没听见邮车的铃声,没感到寒冷,也没看见邮差的气愤的脸色。不过,即使有位小姐让铃声惊醒,她也会翻个身,觉得十分暖和安乐而微笑,缩起腿来,把一只手垫在脸颊底下,睡得越发香甜。

大学生瞧着庄园附近一个发亮的池塘,想到那些鲫鱼和狗鱼居然能够在冷水里生活。……

"外人不准搭邮车……"邮差出人意外地发话了,"这是禁止的!既是禁止的,就不该坐上车来。……确实如此。固然,这跟我不相干,可是我不喜欢,也不希望有这种事。"

"既然您不喜欢这种事,何不早说呢?"

邮差什么话也没回答,仍旧露出他那种不依不饶的愤恨神情。过了一会儿,这辆三套马车在火车站的出口处停下,大学生就道一声谢,下了马车。邮政列车还没开到。一长列货车停在一条备用的铁路线上,在煤水车上,脸被露水沾湿的火车司机和他的助手正凑着一把肮脏的白铁壶在喝茶。火车、月台、长凳,都潮湿而冰凉。大学生一直站在小吃部里喝茶,直到那趟列车开来为止。邮差却把两只手揣在袖管里,脸上仍旧带着愤恨的神情,孤零零地在月台上走来走去,眼睛一直瞧着脚底下。

他在跟谁生气呢?跟人吗?跟贫穷吗?跟秋夜吗?

婚　　礼

　　一个戴着高礼帽和白手套的傧相气喘吁吁,在门厅脱掉大衣,跑进大厅,他脸上那种神情就像要报告一件可怕的事情似的。

　　"新郎已经到教堂去了!"他宣布说,费力地吐气。

　　人们安静下来了。大家忽然感到悲伤起来。

　　新娘的父亲是个退伍的中校,面容消瘦憔悴,大概觉得他矮小的军人身材穿一条马裤还不够庄严,就使劲鼓起腮帮子,挺直身子。他从桌上拿过圣像来。他妻子是个小老太婆,戴一顶有宽丝绦带的透花纱便帽,端着面包和盐,跟他并排站着。祝福开始了。

　　新娘柳包琪卡像影子似的,悄无声息地在她父亲面前跪下,这当儿她的长头纱飘动着,沾住一些撒在她衣服上的花,有几根发针从她头发里钻出来。柳包琪卡对圣像行过礼,跟她那更加用力吹鼓腮帮子的父亲接过吻,就在她母亲面前跪下。她的头纱又沾在花上了,这当儿就有两位小姐惊慌不安地跑到她跟前,把头纱拉一拉,整理一下,用别针别住。……

　　四下里一片肃静,大家沉默着,一动也不动。只有一个傧相,像拉边套的烈性马,焦躁地调动两条腿,仿佛等着车夫容许他撒腿往前跑似的。

　　"谁把圣像送去?"有人不安地小声说,"斯皮拉,你在哪儿?斯皮拉!"

"我就来!"门厅里有个孩子的声音回答说。

"上帝保佑您,达丽雅·达尼洛芙娜!"有人低声安慰把脸偎到女儿胸前哭泣的母亲,"怎么可以哭呢?求基督跟您同在!应当高兴才对,亲爱的,不能哭啊。"

祝福结束了。柳包琪卡脸色苍白,神态庄重而严峻,跟她的女朋友们接吻,然后人声嘈杂,大家互相推搡着往门厅拥去。傧相又慌张又匆忙,毫无必要地嚷着"对不起!"①,一面给新娘穿上外衣。

"柳包琪卡,让我至少再看你一眼!"老太婆哀叫道。

"哎呀,达丽雅·达尼洛芙娜!"有人不以为然地叹道,"应该高兴才对,可是上帝才知道您在胡想些什么。……"

"斯皮拉!你到底在哪儿啊?斯皮拉!这个顽皮的孩子真是磨人!走吧!"

"就来了!"

有个傧相撩起新娘的裙裾,这个行列就开始走下楼去。楼梯栏杆旁边和所有的房门口,有许多别人家的女仆和保姆探出头来,她们眼睛盯紧新娘,发出称赞的低语声。后面人群中传来不安的说话声:有人忘了带一件什么东西,新娘的花束不知在谁手里,有些太太叽叽喳喳地要求不要做一件什么事,因为那有"不祥之兆"。

门口早已停着一辆四轮轿式马车和一辆四轮敞篷马车。马鬃上扎着纸花,两个马车夫的胳膊,靠近肩膀那儿,都缠着花花绿绿的手绢。轿式马车的赶车座位上,坐着个彪形大汉,长一把又大又密的胡子,穿着新的长衣。他伸出两只手,握紧拳头,脑袋往后仰,肩膀宽得出奇,这都使他不像是人,不像是活的生物,整个身子像是变成石头了。……

"吁!"他尖声说,马上又粗声粗气地补充说,"胡闹!"因此他

---

① 原文为法语。

的宽脖子上仿佛有两副嗓子,"吁!胡闹!"

街道两旁挤满了人。

"把车赶过来!"傧相喊道,其实用不着喊,因为轿式马车早已赶过来了。捧着圣像的斯皮拉啦,新娘啦,她两个女朋友啦,都坐上这辆轿式马车。车门砰的一声关上,街上就响起了轿式马车的辘辘声。

"让傧相们坐那辆敞篷马车!把车赶过来!"

傧相们就跳上敞篷马车。等到马车驶动,他们就微微欠起身子,像抽筋似的哆嗦着,穿上各自的大衣。后面又有马车赶过来了。

"索菲雅·坚尼索芙娜,请上车!"有人说,"您也上车,尼古拉·米罗内奇!吁!不用担心,小姐们,大家都有位子的!当心啊!"

"听我说,玛卡尔!"新娘的父亲喊道,"从教堂里回来的时候,走另一条路!已经有兆头了!"

那些马车沿着马路隆隆响地走了,人声嘈杂,夹着喊叫声。……最后,所有的人都走掉,又安静下来。新娘的父亲回到房子里。听差正在大厅里收拾桌子,隔壁有个全家人称之为"穿堂屋"的黑房间,里面有些乐师在擤鼻子,到处有人忙碌和奔跑,然而他却觉得房子里空荡荡的。军乐师们在那个又小又黑的房间里挤来挤去,怎么也不能把他们的大乐谱架和乐器放妥帖。他们来了不久,可是"穿堂屋"里的空气已经明显地闷热,简直叫人透不过气来。他们的队长奥西波夫已经年迈,连鬓胡子和唇髭纠结成麻絮的样子,他站在乐谱架跟前,生气地瞧着乐谱。

"奥西波夫,你真是硬朗,"中校说,"我认识你已经多少年了?二十来年了!"

"还不止呢,大人。请您回想一下,我在您的婚礼上就奏过

403

乐啊。"

"对,对……"中校叹道,沉思了,"事情确实是这样,老兄。……谢天谢地,我已经给儿子们成了亲,如今正把女儿嫁出去,我和我的老太婆就此成了孤魂。……现在我们没有孩子了。我们已经完全把债还清了。"

"谁知道呢?叶菲木·彼得罗维奇,也许上帝还会赐给您孩子的,大人。……"

叶菲木·彼得罗维奇吃惊地瞧着奥西波夫,凑着空拳头笑起来。

"还会有孩子?"他问,"你说什么呀?上帝还会赐给我孩子?还会赐给我?"

他笑得岔了气,眼泪涌上他的眼眶。乐师们出于礼貌也跟着笑。叶菲木·彼得罗维奇用眼睛找他的老太婆,想把奥西波夫对他说的话告诉她,她呢,正好飞快地朝他这边跑过来,怒气冲冲,眼睛带着泪痕。

"你简直不敬畏上帝,叶菲木·彼得罗维奇!"她把两只手一拍,说,"我们正在找朗姆酒,东找西找,把腿都要跑断了,你倒站在这儿不动!朗姆酒在哪儿?尼古拉·米罗内奇是非喝朗姆酒不可的,可是你全不在心上!你去问一问伊格纳特,他把朗姆酒放在哪儿了!"

叶菲木·彼得罗维奇就走到暂做厨房用的地下室去。女人和听差在肮脏的楼梯上川流不息。有个年轻的兵把军服搭在肩头,用一个膝盖跪在楼梯的梯级上,转动制冰淇淋器的摇把,汗水顺着他的红脸淌下来。在阴暗窄小的厨房里,在烟雾中,那些从俱乐部里花钱雇来的厨师们正在干活。有个厨师在剖开一只阉鸡的肚子,另一个厨师把胡萝卜切成星星的形状,第三个厨师脸红得不下于红布,正把一个烤盘放进烤炉。刀子发出切菜声,餐具叮当地响,黄油咝咝地叫。叶菲木·彼得罗维奇走进这个地狱后,却忘了他的老太婆对他交代过的话。

"你们在这儿不嫌挤吗,伙计们?"他问。

"没什么,叶菲木·彼得罗维奇。俗语说得好,'挤虽挤,却和气'。您放心吧,老爷。……"

"你们辛苦了,小伙子。"

俱乐部食堂服务员伊格纳特的身子在阴暗的墙角里站起来。

"请您放心,叶菲木·彼得罗维奇!"他说,"我们会把样样东西铺排得十分体面。请问,冰淇淋里掺点什么东西:掺朗姆酒?掺法国上等葡萄酒?再不然什么也不掺?"

叶菲木·彼得罗维奇回到正房,在各处房间里溜达很久,然后在"穿堂屋"的门口停住,又跟奥西波夫谈起来。

"就是这样,老兄……"他说,"我们成了孤魂。新房子的油漆还没干,新婚夫妇只好暂时住在我们这边,以后他们再搬过去!那我们就见不着他们了。……"

两个人就叹气。……那些乐师出于礼貌,也跟着叹气,这样一来,空气就变得更闷了。

"是啊,老兄,"叶菲木·彼得罗维奇有气无力地继续说,"我们只有一个女儿,可是就连这个女儿也嫁出去了。女婿是个受过教育的人,会说法国话。……只是他爱喝酒,不过如今谁不喝酒呢?大家都爱喝酒。"

"喝酒倒没有什么,"奥西波夫说,"要紧的是,叶菲木·彼得罗维奇,别忘记自己的正事。至于他想喝酒,那又何尝不可以喝呢?可以喝的。"

"当然,可以喝的。"

外面传来呜咽声。

"难道他会领情吗?"达丽雅·达尼洛芙娜对一个老太婆发牢

骚说,"亲爱的,要知道,我们给了他一万卢布,一个钱也不少,还给柳包琪卡买下一所房子和三百俄亩土地……这可不是容易事啊! 不过,难道他会领情吗? 如今的人哪懂得领情!"

放水果的桌子已经摆好。许多高脚玻璃杯互相挨挤着,立在两个托盘上,香槟酒瓶用餐巾包严,茶炊在饭厅里嘶嘶地叫。有一个没留唇髭却留着络腮胡子的听差,在一张纸上写下许多客人的姓名,那是他预备在吃晚饭的时候陆续念出来以便主人敬酒用的,这些姓名他一面写一面念,仿佛在背诵。别人家的一条狗闯进来了,人们把它赶出房外。接着是紧张的等待。……后来总算响起了不安的说话声:

"他们来了! 来了! 叶菲木·彼得罗维奇老爷,他们来了!"

老太婆怔住,现出茫然失措的神情,端起面包和盐,叶菲木·彼得罗维奇鼓起腮帮子,两人一块儿匆匆走进门厅。乐师们矜持地急忙定好乐器的音调,街上传来了马车的辘辘声。院子里又有一条狗走进来,人们又把它赶出去,它尖声叫起来。……又等了一分钟,"穿堂屋"里猛然鼓号齐鸣,奏起气势汹汹、震耳欲聋的进行曲。于是空中充满惊叫声和接吻声,瓶塞砰的一声飞起来,听差的脸色变得严谨了。……

柳包琪卡和她的丈夫,一个神态庄重、戴着金边眼镜的上流人,呆住了。响亮的音乐声、明亮的灯光、众人的瞩目、一大群不认识的人的脸,弄得他们头昏脑涨。……他们呆愣愣地瞧着两旁,什么也没看见,什么也不明白。

大家喝香槟,喝茶,规规矩矩地走来走去,神态庄严。人数众多的亲戚、一些以前谁也没见过的稀奇古怪的老大爷和老大娘、教士们、后脑扁平的退伍军人、代表新郎父母的主婚人、教父和教母,都站在桌旁,一面小心地喝茶,一面谈论保加利亚。小姐们像苍蝇似的聚在墙边。就连傧相们也收起心神不定的样子,温顺地站在门口。

然而过了一两个钟头,整所房子就让音乐和舞蹈震得发抖了。傧相们又现出那种要挣脱链子的神态。老人和不跳舞的年轻人拥挤在饭厅里放凉菜的Π字形桌子旁边。叶菲木·彼得罗维奇大约已经喝下五杯酒,挤眉弄眼,用手指头打榧子,笑得喘不过气来。他灵机一动,心想如果能给那些傧相娶亲办喜事,倒也是好事。他喜欢这个想法,觉得它俏皮而有趣。他高兴,高兴得没法用话语来形容,只能哈哈地笑。……他妻子从一清早起就没吃过东西,如今喝下香槟,有了醉意,幸福地微笑着,对大家说:

"卧室里,诸位先生,那可去不得,去不得啊!到卧室里去是不礼貌的。可别去偷看!"

这意思是说:请你们赏光到卧室里去参观一下吧!她那做母亲的好胜心和才能都放在卧室上了。那儿也确实有值得夸耀的东西!卧室中央立着两张床,上面堆着高高的被褥,另外还有镶花边的枕头套,绗过的绸面被子,上面绣着复杂难懂的花字。柳包琪卡的床上放一顶包发帽,系着粉红色的带子,她丈夫的床上放一件灰鼠色的家常长袍,配着浅蓝色穗子。每个客人看一看两张床,都认为自己有责任意味深长地眨眨眼睛,说一声"嗯,真不错"。老太婆满面春风,小声说道:

"单是布置这个卧室就花了三百卢布,先生。这可不是闹着玩的!不过,请出去吧,男人不适宜到这儿来。"

深夜两点多钟才开晚饭。一脸络腮胡子的听差宣布敬酒,乐队就奏起迎宾乐。叶菲木·彼得罗维奇喝得酩酊大醉,什么人也认不得了。他觉得不是在自己家里,却是在做客,而且受到别人的欺侮。他走到门厅,穿上大衣,戴上帽子,找自己的雨鞋,用嘶哑的声调喊道:

"我可不愿意再在这儿待下去!你们都是混蛋!流氓!我要

揭你们的底！"

他妻子站在旁边，对他说：

"别闹了，你这个不信神的家伙！别闹了，呆子，暴君，我的孽障！"

逃 亡 者

这件事说来话长。起初巴希卡跟他母亲一块儿冒雨赶路,时而穿过收完庄稼的田野,时而走过林中小路,他的靴子在那儿沾上了黄树叶。他们照这样一直走到天亮。后来他在一个阴暗的穿堂呆站了两个钟头光景,等着开门。穿堂不像外面那么冷,那么潮,然而一刮风,这儿也还是会有雨点飘进来。等到穿堂里渐渐挤满了人,夹在人丛中的巴希卡就把脸贴在一个人的皮袄上,他闻到一股浓重的咸鱼气味,昏昏沉沉地打起盹儿来。可是后来门闩咔嗒一响,房门开了,巴希卡和他母亲就走进候诊室。在这儿又得等很久。所有的病人都坐在长凳上,不动弹,不说话。巴希卡瞧他们一眼,虽然看到许多奇怪和可笑的事,可是也不说话。只有一次,有个小伙子,一只脚跳着走进候诊室,巴希卡才心动了,也想照那样跳一阵。他碰碰母亲的胳膊肘,朝自己的袖口扑哧一笑,说道:

"妈呀,你瞧:家雀儿!"

"不许说话,小孩子家,不许说话!"他母亲说。

有个带着睡意的医士出现在一个小小的窗洞里。

"到这儿来挂号!"他用男低音说。

所有的人,连蹦蹦跳跳的滑稽小伙子也在内,一齐拥到窗洞那儿去。医士对每个人都要问清本名和父名、年龄、住址、病得是否很久,等等。巴希卡从他母亲的答话里才知道他自己不叫巴希卡①,而叫巴威尔·加拉克契奥诺夫,年龄是七岁,不识字,从复活节起就得了病。

挂号以后紧跟着又得站一阵。后来大夫来了,他系一条白围裙,腰上扎一条毛巾,穿过候诊室。他经过蹦蹦跳跳的小伙子身旁,便耸起肩膀,用唱歌般的男高音说:

"嘿,傻瓜!怎么,难道你不是傻瓜?我吩咐你星期一来,可是你星期五才来。对我来说,你根本不来也不碍事,可是,傻瓜呀,你这条腿可就完了!"

小伙子做出一副愁眉苦脸的样子,好像要讨饭似的,眨巴着眼睛说:"您行行好吧,伊凡·米科拉伊奇!"

"现在用不着叫什么伊凡·米科拉伊奇!"大夫学着他的腔调说,"叫你星期一来,你就得听话才对。你是傻瓜,就是这么的。……"

接诊开始了。大夫坐在自己的小房间里,依次喊病人的姓名。从小房间里不时传来尖厉的号叫声、孩子的啼哭声或者大夫的吆喝声:

"喂,你喊什么?我是在杀你还是怎么的?乖乖地坐好!"

后来轮到巴希卡了。

"巴威尔·加拉克契奥诺夫!"大夫叫道。

他母亲吓呆了,仿佛没料到会有这一声喊叫似的。她拉着巴希卡的手,领他走进小房间。大夫坐在他的桌子旁边,拿着一个小槌子信手敲着一本厚书。

"什么病?"他眼睛没看走进来的人,问道。

"这小子的胳膊肘上生了个小疮,老爷。"母亲回答说,她脸上

---

① 巴希卡是巴威尔的小名。

做出仿佛她真为巴希卡的小疮十分难过的神情。

"给他脱掉衣服!"

巴希卡喘吁吁地解开脖子上的围巾,用衣袖擦擦鼻子,然后不慌不忙地脱他的小皮袄。

"你这个娘们儿,你不是上这儿来做客的!"大夫生气地说,"你干吗这么慢?要知道,在我这儿看病的可不止你一个!"

巴希卡连忙把小皮袄丢在地下,由母亲帮着把衬衫脱下来。……大夫懒洋洋地瞧着他,拍拍他裸露的肚子。

"巴希卡老弟,你变成大肚子了!"他说,叹一口气,"好,让我看看你的胳膊肘。"

巴希卡斜起眼睛往一个盛着血红的污水的盆子里看一阵,又瞧了瞧大夫的围裙,哭起来。

"呜——呜!"大夫学他的哭声,"这个调皮的小子都到娶媳妇的时候了,还哭呢!不害臊。"

巴希卡极力忍住哭,瞧一眼母亲,他的目光流露出恳求的意思:"你到家里可千万别说我在医院里哭过啊!"

大夫检查他的胳膊肘,把它捏一捏,叹口气,咂了咂嘴,后来又捏一下。

"你该挨一顿揍才是,你这个娘们儿,可惜没有人来揍你。"他说,"你为什么早不带他来?这条胳膊要完蛋了!你瞧瞧,傻娘们儿,这是他的关节有病!"

"再没有比您更圣明的了,老爷……"女人叹口气说。

"'老爷'。……你让这孩子的胳膊烂掉也不管,如今却来叫'老爷'。他缺了胳膊还能当个什么工人?那你就只好养他一辈子了。要是你自己的鼻子上肿起个疖子,你大概马上就会跑到医院里来了,而这个孩子烂了半年,你却不管。你们都是这个样子。"

大夫点上一支烟。他让那支烟不住地冒烟,嘴里一个劲儿骂那个女人,同时心里暗暗哼着一个曲子,为打拍子而摇头晃脑,不知在想什么心事。赤身露体的巴希卡站在他面前,听着,瞧着冒起来的烟。等到烟熄掉,大夫才惊醒过来,压低喉咙说:

"好,你听我说,娘们儿。这种病用药膏和药水治不好。这得叫他在医院里住下才成。"

"要是非住不可,老爷,那我怎么能不让他住呢?"

"我们会给他动手术。你,巴希卡,就住在这儿吧。"大夫拍着巴希卡的肩膀说,"让妈妈回去,你呢,孩子,就留在我们这儿。我这儿挺不错,孩子,有意思极了!我跟你,巴希卡,等到办完事,就去捉金翅雀,我要给你看一只狐狸!我们一块儿到别处去玩玩!怎么样?你愿意吗?妈妈明天来看你!怎么样?"

巴希卡用询问的眼光瞧着母亲。

"你住下吧,孩子!"他母亲说。

"他肯住下的,他肯住下的!"大夫快活地叫起来,"用不着商量了!我会带他去看活狐狸!我们会一块儿到市集上去买水果糖。玛丽雅·坚尼索芙娜,领他上楼去!"

看来,大夫是个快活而随和的人,喜欢交朋友。巴希卡想顺大夫的心意,特别因为他有生以来从没去过市集,而且巴不得看一看活狐狸才好。可是妈妈不在,那怎么成呢?他沉吟一下,决定请求大夫把妈妈也留在医院里,然而他还没来得及张嘴,就有一个女医士把他带上楼去了。他一面走,一面张开嘴巴看两旁。楼梯啦,地板啦,门框啦,都是又大又直又亮,漆成漂亮的黄色,发散着好闻的素油气味。到处都挂着灯,铺着长方形地毯,墙上安着黄铜的水龙头。不过巴希卡最喜欢的莫过于他们叫他坐的那张床,上面铺着灰色毛毯。他伸手摸摸枕头和毯子,看看病房,断定大夫的日子过得蛮不坏。

这个病房不大,只放着三张床。有一张床空着,另一张床由巴希卡占据了,第三张床上坐着个老人,闪着阴沉的眼睛,咳个不停,往一个大杯子里吐痰。巴希卡坐在床上向门口望出去,可以看见另一个病房的一部分和两张床:一张床上睡着个脸色十分苍白的瘦子,头上放着橡胶袋;另一张床上坐着个农民,张开两条胳膊,头上扎着绷带,样子很像女人。

女医士把巴希卡安置在床上以后,就走了,过一会儿抱着一叠衣服走回来。

"这是给你穿的,"她说,"穿上吧。"

巴希卡脱掉身上的衣服,换上新衣服,心里挺高兴。他穿上衬衫、长裤、灰色小长袍,得意地看一看自己,心想穿着这身衣服在村子里走一趟才好呢。他的想象力就画出他的母亲怎样打发他到河边菜园里去为小猪摘些白菜帮子,他独自走着,男孩和女孩们就围住他,瞧着他那件小长袍眼红。

有个护士走进病房里来,两只手拿着两个锡钵子和锡匙子以及两块面包。她把一个钵子放在老人面前,一个放在巴希卡面前。

"吃吧!"她说。

巴希卡往钵子里看一眼,瞧见油汪汪的白菜汤,汤里还有块肉。他就又想:大夫的日子过得蛮不错,而且大夫也完全不像开头表现的那么脾气大。他端着白菜汤喝了很久,每喝完一匙总要把匙子舔干净。后来钵子里除了肉以外什么也没有了,他就斜起眼睛瞟一下老人,瞧见他仍旧在喝汤,不由得暗暗羡慕。他叹口气,开始吃肉,极力吃得慢,然而他的努力毫无结果:那块肉不久也没有了。剩下的只有一块面包。没有菜而光吃面包是没有滋味的,然而也没有办法。巴希卡想了想,把面包也吃下去了。这时候护士拿着另外的钵子走进来。这一回钵子里盛着土豆烤肉。

"你的面包哪儿去了?"护士问。

巴希卡没有答话,光是鼓起脸蛋,吹出一口气。

"哎,你为什么把它吃了呢?"护士用责难的口气说,"那么你就着什么来吃肉呢?"

她走出去,又送来一块面包。巴希卡有生以来从没吃过烤肉,现在一尝,发现挺好吃。肉很快就吃完,这以后就剩下一块比刚才那块大些的面包了。老人吃完菜,把余下的面包收藏在小桌子的抽屉里。巴希卡也想这样做,然而想了想,还是把他的面包吃掉了。

他吃饱以后,就出去散步。对过房间里除了他从门口望见的两个人以外,还有四个人。其中只有一个人引起他的注意。他是个高身量的、极瘦的农民,满脸胡子,神情郁闷。他坐在床上,不住地像钟摆那样摇晃脑袋,摇晃右臂。巴希卡很久都没让眼睛离开他。起初他觉得这个农民摇头晃脑像钟摆那样均匀,倒很有趣,必是要逗大家笑才做出来的,然而他仔细瞧一下农民的脸,才明白这个农民痛得受不了,他就害怕了。他走到另一个病房,看见两个农民,脸膛黑里透红,仿佛涂了一层黏土似的。他们一动不动地坐在床上,脸相古怪,连五官都难分清,看上去活像多神教的两尊神。

"阿姨,他们为什么这个样子?"巴希卡问护士。

"孩子,他们在出天花。"

巴希卡回到自己的病房,在床上坐下,开始等大夫,好跟他一块儿去捉金翅雀,或者去赶集。然而大夫没有来。对过的病房门口,有个男医士进去了。他弯下腰,凑近头上放着冰袋的病人,喊道:

"米海洛!"

睡熟的米海洛一动也不动。医士摆了摆手,走掉了。巴希卡一面等大夫,一面观察邻床的老人。老人不停地咳嗽,往大杯子里吐痰。他的咳嗽声拖得很长,带着吱吱的声响。老人有个特点使巴希卡挺高兴:他每次咳嗽完了,往里吸气,胸中就有个东西在吹哨,唱出不同的调门。

"爷爷,什么东西在你身子里吹哨呀?"巴希卡问。

老人没有答话。巴希卡等了一会儿,又问道:

"爷爷,狐狸在哪儿啊?"

"什么狐狸?"

"活的。"

"还会在哪儿?在树林里呗。"

时间过了很久,大夫却还是没有来。护士端茶来了,骂巴希卡没有把面包留下来到喝茶的时候吃。男医士又来了,打算叫醒米海洛。窗外天色发青,病房里点起灯了,大夫却还是没有来。天色已经太晚,不能去赶集,也不能去捉金翅雀了。巴希卡在床上躺着,开始思索。他想起大夫应许的水果糖,想起母亲的面貌和声音,想起他们小木房里的幽暗,想起火炉,想起唠唠叨叨的奶奶叶果罗芙娜……他忽然觉得寂寞、凄凉了。他想到母亲明天会来接他,就微微一笑,闭上了眼睛。

一阵窸窸窣窣的声音把他惊醒了。对过的病房里有人走来走去,小声说话。在夜灯和长明灯的昏光下,有三个人在米海洛的床边走动。

"我们连床带人一齐抬走呢,还是只抬人?"其中有个人问道。

"光是抬人吧。抬着床走不出这个门口。唉,他死得不是时候,祝他升天堂!"

有个人抓住米海洛的肩膀,另一个人抓住他的腿,于是把他抬起来了。米海洛的胳膊和他那长袍的衣襟无力地垂下来。第三个人,也就是那个像女人的农民,在胸前画了个十字。他们三人脚步声杂乱,踩着米海洛的衣襟,走出病房去了。

睡熟的老人胸中发出吹哨声和高低不同的调门。巴希卡听着那些声音,瞧着黑窗子,害怕地跳下床来。

"妈妈!"他用男低音哀叫道。

他没等人回答就跑到对过的病房里去了。在那儿,夜灯和长明灯的光几乎照不透阴暗,病人们正坐在各自的床上,给米海洛的死亡搅得心神不定。他们跟阴影混在一起,披头散发,身子显得加宽加高,似乎越来越大。在比较阴暗的那个墙角,在尽头的那张床上,坐着一个农民,不住地摇头,摇胳膊。

巴希卡分不清房门,结果跑进天花病人的病房里去了。他从那儿走到过道上,顺着过道闯进一个大房间,房间里的床上有许多怪物坐着或者躺着,满头的长发,脸像老太婆。他穿过妇女病房以后,又到一个过道上,看见他熟悉的楼梯栏杆,就跑下楼去。在楼下,他认出他早晨去过的候诊室,就着手寻找通到外面去的房门在哪儿。

门闩咔嗒一响,冷风刮进来,巴希卡跟跟跄跄跑进院子里。他只有一个想法:快逃,快逃!他不认识路,不过他相信,只要一个劲儿跑,就一定会回到家里,跟母亲在一块儿。夜色漆黑,可是月亮在密云里放光。巴希卡从门口出去,一直往前跑,绕过一个板棚,跑进荒芜的灌木丛。他站住,想了一会儿,又折回来,往医院那边跑,一直跑到医院后边,又迟疑不定地站住,原来医院楼房后面是个墓园,那儿立着白色的十字架。

"妈妈!"他喊着,又往回跑。

他跑着经过一些乌黑而森严的房屋,看见一个灯光明亮的窗子。

这个明亮的红色斑点在黑暗中出现,显得很吓人,然而巴希卡已经吓得心慌意乱,不知道该跑到哪儿去才好,就索性往窗子那边跑。靠近窗子有个门廊和几级台阶,正门上钉着一块白色的木牌。巴希卡跑上台阶,往窗子里看,突然有一种强烈的、叫人透不出气来的欣喜抓住了他。原来他在窗口瞧见那位高兴而随和的大夫正坐在桌子旁边看书。巴希卡幸福得笑起来,就向那张熟悉的脸伸出两只手,想大叫一声,可是有一种神秘的力量止住他的呼吸,猛敲他的两条腿。他身子摇晃,倒在台阶上,人事不知了。

等他醒过来,天已经大亮。那个很熟悉的、昨天应许他一起去赶集、去捉金翅雀、去看狐狸的声音在他身旁说:

"嘿,傻瓜,巴希卡!难道你不是傻瓜?你该挨一顿揍才是,可惜没有人来揍你。"

题　　解

《新年的苦难》

最新酷刑速写

最初发表在一八八七年一月四日《闹钟》杂志第一期上,署名"安·契洪捷"。

目前保存着该小说手抄本,上有契诃夫亲笔批语:"不收入全集。安·契诃夫。"手抄本内容与杂志文字相同。

《香槟》

无赖汉的故事

最初发表在一八八七年一月五日《彼得堡报》第四号《短文》栏内,署名"安·契洪捷"。

一八九〇年,该小说经作者删削后,收入彼得堡出版的带插图的日历《百篇集》。

一八九〇年,该小说再经删削和修改后,收入在彼得堡出版的契诃夫的小说集《闷闷不乐的人们》(契诃夫在书前题词,将该书献给俄国作曲家柴可夫斯基)。

后来,契诃夫将该小说稍加修改后,收入他自编的文集第五卷。

一八八八年九月三十日和十一月四日,俄国作家谢格洛夫在写给契诃夫的信上讲到,他劝俄国作家巴兰采维奇在纪念俄国作家迦尔洵的小说《红花》的专刊中把"出色的短篇小说《香槟》"收进去,并且请求契诃夫把这篇小说寄去。一八八八年十一月七日,契诃夫在写给谢格洛夫的信上回答说:"《香槟》我已经丢失了。"

俄国民粹派批评家米哈伊洛夫斯基在一八九〇年一月十八日《俄国通报》上著文评论契诃夫的小说集《闷闷不乐的人们》时写道:这本书他是从最后一篇小说《香槟》读起的,他被小说的题目吸引住了。米哈伊洛夫斯基在论文中责备契诃夫缺乏理想,所写的题材都是信手拈来的,同时又高度评价小说《香槟》、《邮车》、《冷血》中散见的富于诗意的细节:"他笔下的一切都是活的:浮云同月亮悄悄地低语,大铃铛哭泣,小铃铛欢笑,阴影随着人从火车里走出来。这种别致的、也许带有泛神论色彩的特色,大大增进了小说的美,证明作者具备饶有诗情的胸怀。"

《严寒》

最初发表在一八八七年一月十二日《彼得堡报》第十一号《短文》栏内,署名"安·契洪捷"。

该小说由作者略加删削和修改后,收入他自编的文集第三卷。

契诃夫修改该小说时,将作者的叙述和当地上层社会某些代表的言谈中许多外来语和俗语一概删除了。例如,小说第二句原有"发起人勾出",契诃夫将外来语"发起人"删掉,把"勾出"改为"选定"。又如"哎呀,糟糕,他马上就要说个没完,把我们烦死了!"原是:"太太小姐们,快把耳朵捂上!"

契诃夫重写了个别的段落。在"哦,给太太们要点什么呢?"后面,原文是:"市长转回身来,忸怩地瞧着太太们。

"'当了十五年的市长,却没学会这套规矩……'他叹道,'我

算不得市长,在全省的人面前丢脸! 好吧,叫他们送点蜜糖饼干和核桃来……还有糖果什么的。……那么去吧! 快!'

"市长想到自己不会彬彬有礼地应酬上流女人,不由得难为情,沉默了一会儿,可是随后又唠叨起来。"

《乞丐》

最初发表在一八八七年一月十九日《彼得堡报》第十八号《短文》栏内,署名"安·契洪捷"。

该小说未经作者同意转载在《奥德萨新闻报》上,这个消息是《花絮》杂志主编列依金在一八八七年二月十四日写信告诉契诃夫的。一八八七年二月二十五日,契诃夫写信答复列依金说:"关于《奥德萨新闻报》刊登我的小说,《彼得堡报》本身就应该加以考虑。首先遭到剽窃的是《彼得堡报》,其次才是我。……"

该小说由作者略加修改和删削后,收入他自编的文集第三卷。

该小说中外来语和粗俗的语言都经作者删除或更换。例如,在"谁相信您的话?"后面,原有一句骂人的话:"您这个没出息的畜生",由作者删掉了。原文"瞧着我的嘴脸",经作者改成"瞧着我的脸"。

该小说结尾,有一段话作者作了删改。从"我既感激您,也感激您的厨娘"起到"然而认真地说,救我的却是您的厨娘奥尔迦"止,原文是:"'您做得很有道理,可是,请您原谅……我觉得您当时的做法不对。您做得很有道理,而且是出于善心,然而做法却不对!'

"'在哪方面不对呢?'斯克沃尔佐夫惊讶地说。

"'我也没法给您解释清楚。您的行动和话语使人觉得不对头。您知道谁的做法对? 就是您的厨娘奥尔迦!'"

《仇敌》

最初发表在一八八七年一月二十日《新时报》第三九一三号上。

该小说收入一八八七年在彼得堡出版的契诃夫的小说集《在昏暗中》(该书由作者题词献给俄国作家格利戈罗维奇)。

该小说由契诃夫略作文字上的修改后,收入他自编的文集第三卷。

《善良的日耳曼人》

最初发表在一八八七年一月二十四日《花絮》杂志第四期上,原题名是《趣闻》,署名"安·契洪捷"。

契诃夫起初想把该小说收入他自编的文集,并作了修订(删削原文,作文字上的修改)。现在保存着该小说付印后的清样,上有作者批语:"不收入全集。安·契诃夫。"

一八八七年一月二十四日,列依金写信给契诃夫说:"您最近写的小说《趣闻》非常逗笑。在您那些轻松的小说当中,这是最精彩的作品之一。主要的是,小说的结局太出人意料了。"

《黑暗》

最初发表在一八八七年一月二十六日《彼得堡报》第二十五号《短文》栏内,原题名是《在混沌中》,署名"安·契洪捷"。

该小说经作者更换题名,并在文字上大加修改后,收入他自编的文集第一卷。

小说中,基利拉述说他哥哥瓦斯卡的行为和受罚的话由作者大加删削和改写。作者还删除了一些俚语。

列夫·托尔斯泰把《黑暗》列为契诃夫的优秀短篇小说之一

（请参看本文集第二卷《假面》的题解）。

《波连卡》

最初发表在一八八七年二月二日《彼得堡报》第三十二号《短文》栏内，署名"安·契洪捷"。

该小说由契诃夫删削并作文字上修改后，收入他自编的文集第一卷。

《醉汉》

最初发表在一八八七年二月九日《彼得堡报》第三十九号《短文》栏内，署名"安·契洪捷"。

该小说宴饮场面中，弗罗洛夫关于茨冈的一番议论，被作者压缩和改写，成为："喝吧，法老的种族！唱歌！哎—哟—哟！"原文是："虽然你们算不得真正的、地道的茨冈姑娘，不过，你们喝吧！……从前的茨冈姑娘，你往往花一百万也弄不到手，现在呢，这类茨冈姑娘你拿出一张十卢布钞票就能弄到一个，而且往往连十卢布也用不了，你们喝吧！"

又如，"有两盏电灯配着不透明的罩子，灯光闪烁，嗞嗞地响，仿佛在生气似的"后面，原文还有如下的句子："我们的娱乐场所总是充斥着廉价而乏味的粗俗气氛，只有在那儿才点着这样的灯，照亮那些醉汉。"

小说的结尾是改写的，原文是这样：

"他到了自家门口，说：

"'我有七百万家业，却喝了酒也不能醉得人事不知。我不住地喝啊，喝啊，结果却白搭！我摆脱不了那些想法。再……再见！……'"

《疏忽》

最初发表在一八八七年二月二十一日《花絮》杂志第八期上，署名"安·契洪捷"。

一八九九年该小说收入在莫斯科出版的《纪念别林斯基》一书。小说收入该书以前，契诃夫加以修改，缩短男主人公同药剂师的谈话，改写小说的结尾。小说原来的结尾如下："'不，这是因为煤油的质量差！'达宪卡叹道，'这是说店铺里给我的不是上等货，而是两戈比一斤的货色。……好，你等着就是！'"

后来，该小说再由作者稍加改动后，收入他自编的文集第二卷。

《花絮》杂志主编列依金认为《疏忽》是"一篇十分可爱的小东西"，远比小说《薇罗琪卡》强，他劝契诃夫多写"小小说"（请参看小说《薇罗琪卡》的题解）。

一八九八年《俄罗斯思想》杂志主编戈尔采夫打算出版一本专刊，用它的收入赈济饥民，便在三月二十日写信给契诃夫，要求他提供一篇小说，以便收入该书。同年三月二十八日，正在国外的契诃夫，写信给他的妹妹玛丽雅，要求她把《疏忽》寄给他。同年五月四日戈尔采夫通知作家说，"专刊没有编成"。

《薇罗琪卡》

最初发表在一八八七年二月二十一日《新时报》上。

一八八七年，该小说经契诃夫略加修改后，收入他的小说集《在昏暗中》（在彼得堡出版）。

后来，该小说经作者略加修改后，收入他自编的文集第三卷。

一八八七年二月二十八日，契诃夫的大哥亚历山大写信给作者说："你的薇罗琪卡很受人们称赞。"

同年，俄国作家格利戈罗维奇在写给契诃夫的信上讲到包括

《薇罗琪卡》在内的契诃夫的许多小说,说他"对爱情的种种细微曲折和隐秘含蓄的表现理解得颇为透彻"。

一八八七年九月一日,俄国诗人和翻译家别洛乌索夫在写给契诃夫的信上指出,小说男主人公所处的环境富于生活气息:"……我认为小说《薇罗琪卡》写得十分完美,因为这种事我自己就遇到过,就跟您笔下的奥格涅夫一样。对这种事无须等待结局,事情本来就应当这样。……"

《花絮》杂志主编列依金对这篇小说采取否定态度,他在一八八七年二月二十七日写信给契诃夫说:"您最近发表在《花絮》上的小东西〔即《疏忽》〕又十分可爱,可是您发表在《新时报》上的那篇东西却不精彩。您比较擅长写小小说,说这话的不止我一个人。"

俄国作家和《花絮》杂志编辑比里宾在一八八七年三月一日写给契诃夫的信上所表达的观点却跟列依金截然相反。他称赞契诃夫的小说《疏忽》和《受气包》,然后写道:"可是,您的荣耀、您日后的稿费、您的一切,并不取决于这类小说。……您非写大作品不可。……登在《新时报》上的小说,虽然相对来说,篇幅比较大,然而对您的艺术面貌来说,框子还嫌过于窄小。因此常常产生不清楚、不完善等等的现象。就拿《薇罗琪卡》来说吧。'批评家'也罢,一般读者也罢,大概都没读懂。我觉得,您并不打算局限于描写别人常写的日常生活故事:'她'凑巧爱上了'他','他'却凑巧不爱'她',于是发生了这么一段事。比方说,列依金就是这样理解的。……我的理解却不一样。或许我错了也未可知。我认为您打算写的并不是前人已经写过的琐事,而是当代一种特殊的人,在已经形成的生活环境下,心灵凋萎了,犹如一种特殊的花一样。他们渴望自己爱上别人,可是做不到。这很可悲。戏就在这儿了。"接下去,比里宾写道,要解决这种新的当代问题,写短篇小说不行,得写长篇小说。由这一点出发,他认为,契诃夫不适于再扮演"给人很大希望"的角色,现在应该脱颖而出了。

列夫·托尔斯泰把《薇罗琪卡》列为契诃夫的最佳小说之一(请参看本文集第二卷《假面》的题解)。

《大斋的前夜》

最初发表在一八八七年二月二十三日《彼得堡报》第五十二号《短文》栏内,署名"安·契洪捷"。

该小说由契诃夫作过文字上的修改并加以压缩后,收入他自编的文集第二卷。

《受气包》

最初发表在一八八七年二月二十八日《花絮》杂志第九期上,署名"安·契洪捷"。

该小说经作者在文字上加以修改后,收入他自编的文集第一卷。

该小说的结尾,自"舒金太太呢,后来还在门厅坐了两个钟头光景"起到最后一句,是作者修改该小说时补写的。

一八九一年,契诃夫以该小说为基础,写出轻松喜剧《纪念日》,同时更换人物的姓,并添加出场的人物。

列夫·托尔斯泰把《受气包》列为契诃夫的最佳小说之一(请参看本文集第二卷《假面》的题解)。

《祸事》

最初发表在一八八七年三月二日《彼得堡报》第五十九号《短文》栏内,署名"安·契洪捷"。

该小说经契诃夫略加修改后,收入一八八七年在彼得堡出版的契诃夫的小说集《在昏暗中》。

后来,该小说收入作者自编的文集第三卷。

契诃夫的弟弟米哈依尔·巴甫洛维奇在一九一〇年于莫斯科出版的《关于契诃夫》一书中追怀往事,写道:这篇小说是根据契诃夫在巴勃金诺居住期间所得到的印象写成的。巴勃金诺是俄国女作家基塞列娃在莫斯科附近的乡间庄园,契诃夫曾在盛夏季节同家人一起租住庄园的房屋避暑。离巴勃金诺不远,有一座教堂,"它以及它那靠近驿道的看守人小屋,似乎使我哥哥产生了写作《巫婆》和《祸事》的想法"。

俄国老作家格利戈罗维奇高度评价这篇小说。他在写给契诃夫的信上说:"讲到乐声的谐和完整,始终保持着阴沉的调子,小说《祸事》是堪称典范的。读者读着头几页,还不知道下面会出什么事,却已经不由自主地毛骨悚然,暗自预感到就要发生一种不吉利的事了。"

《在家里》

最初发表在一八八七年三月七日《新时报》第三九五三号《星期六附刊》上。

同年,该小说由契诃夫收入在彼得堡出版的作者的小说集《在昏暗中》。

一八八九年,该小说由作者收入他的小说集《孩子们》,在彼得堡出版。

后来,该小说由作者收入他自编的文集第三卷。

一八八七年二月二十二日,契诃夫在写给他大哥亚历山大的信上谈到这篇小说,写道:"虽然你说我已经才思枯竭,可是明天我还是会寄出一篇供《星期六附刊》登载的作品。这篇东西很'有道理'!那里面很多东西都不能说是才思,而只能说是'有道理'。"

同年三月七日，俄国作家比里宾写信给契诃夫说："今天我读了您发表在《星期六附刊》上的作品。在您的笔下，'孩子'总是写得很成功。"

俄国作家格利戈罗维奇在那封称道契诃夫善于描绘爱心的信上（请参看上面《薇罗琪卡》的题解），提到了这篇小说。

俄国作家和"媒介出版社"主持人戈尔布诺夫-波沙多夫打算出版一本契诃夫的小说集，特别提到《在家里》。一八九三年五月十六日，他在写给契诃夫的信上说："这篇小说已经按我的指示收进去了，因为依我看来，从思想方面说，这是您最严肃的小说之一。小说里有两个世界，一个是孩子的、纯洁的、富于人情的世界，一个是我们这个混乱的、是非颠倒的、伪善的世界，这篇短小朴素的作品把两个世界的对比写得很出色。"

列夫·托尔斯泰把《在家里》列为契诃夫的最佳小说之一（请参看本文集第二卷《假面》的题解）。

《彩票》

最初发表在一八八七年三月九日《彼得堡报》第六十六号《短文》栏内，原题名是《七万五》，署名"安·契洪捷"。

该小说经作者改换题名，在文字上大加修改，并加以增删后，收入他自编的文集第三卷。

小说原文在"'我，你知道，玛霞，想出国去旅行呢，'他说"后面，被作者删掉下列一大段："他开始考虑，十月或者十一月出国旅行倒不错。旅途本身就有许多引人入胜之处：在火车站上用餐啦，在车厢里躺着养神啦，翻看报纸啦，跟女乘客谈天啦，喝上一通茶啦，再不然就观看窗外种种景物一闪而过。在维也纳应该住上两三天，然后到意大利的的里雅斯特、威尼斯、那不勒斯去。那不勒斯天气暖和,天空有一种它独有的颜色。十二月和一月是冬天,可是在意大利,人们穿薄大衣,在海里游泳。这像是变戏法哩。从意大利可以就近到大家称赞的尼斯或者曼东去,那儿生活费用低一点,生活也简单点。那儿离摩纳哥不远。为了领略一下豪赌的味道,总得去玩玩轮盘赌。既然人天生容易入迷,谁也控制不住自己的神经,那么,带进赌场的钱就不能超过一千法郎,而且赌注要下得小。输掉一千法郎没什么心疼的,再者,敢冒风险也是高尚的事。况且天下之大,无奇不有!有时候,带着一千走进赌场,临到出来,口袋里倒揣着一百万呢。在巴黎至少得住三个月,否则就要后悔白来一趟了。在那儿,住宿啦,搭伙啦,喝酒啦,都挺便宜,费钱的只有看戏,买东西,还有……

"伊凡·德米特利奇瞧一眼妻子,微微一笑。"

《太早了!》

最初发表在一八八七年三月十六日《彼得堡报》第七十三号《短文》栏内,署名"安·契洪捷"。

该小说现在保存着手抄本一份,内容与报上原文相同,上有作者批语:"不收入全集。安·契诃夫。"

《邂逅》

最初发表在一八八七年三月十八日《新时报》第三九六九号上。

契诃夫起初打算把该小说收入他的文集,一八九九年二月二十一日他在写给大哥亚历山大的信上说:"你最近来信中列举了我在一八八七年发表的作品,其中只有《邂逅》一篇需要重写。"可是契诃夫仔细修改该小说后,却不肯把它收进文集,一八九九年十二月二十二日他写信给玛尔克斯出版社的负责人格柳恩别尔格说:"《邂逅》已经排印,可是我读了校样,却不喜欢这篇小说。我暂时把它放在一边,也许我要改写一下。"后来,一九〇一年七月九日.他写信给玛尔克斯说:"小说《邂逅》,正如我以前写信讲过的,不收入我的文集了,我不喜欢它。"

契诃夫修改该小说时,除文字上的润色外,还作了大量压缩。

某些景物描写被删掉。在叶甫烈木遇见库兹玛前的景物描写,原文不是到"此外就什么也没有了"结束,下面还有"仿佛有谁把土地夯实,或者对土地念了咒语似的,你抬头一看,只见树顶直插云霄,你就会吓得头晕"。

库兹玛谈话中一些粗俗的俚语,被作者删掉了。

库兹玛在路上打听到叶甫烈木募到二十六卢布钞票后,说:"你那点钱买钉子都不够哟",下面被契诃夫删掉一段:"眼下你想想看,一盖房子,最没能耐的包工头也能捞个一千,那些精明的包工头,捞五千都嫌不够哩。如今,老兄,当个包工头可真不坏。他们成了头号人物!喏,在我们那儿,要是你肯打听一下,就会知道有个谢敏·彼得罗夫,是个庄稼汉,地地道道的大老粗,在城里当工头,如今发了财,置了房产。他爬上高枝儿了!他成了商人,儿女个个都跟贵族一样。"

该小说后部库兹玛的认罪场面由作者大加删削。例如,在叶甫烈木说过"你走你的路!别惹人讨厌!"后,由作者删掉了原文的一段:"遭到欺负的人却这样冷漠,这叫人摸不着头脑,而且可怕。尽管他态度真诚,却让人感到其中藏着很大的心机,藏着一种莫测高深却又严峻的力量。叶甫烈木的冷漠不是做作出来的,然而他自己也罢,库兹玛也罢,都不明白他这种冷漠暗藏着心机和力量,他提到上帝就是在斗智,角逐,惩罚。……"

一八八八年四月三日,俄国作家拉扎烈夫-格鲁津斯基在写给另一个俄国作家叶若夫的信上说,《邂逅》是一篇"出色的小说",然而他指出:"契诃夫不喜欢它,这多多少少是对的,甚至完全对;我和他都不喜欢小说结尾写出的寓意。不应当那样写。寓意不应当'直说出来',即使要写,也应当写得不落痕迹。"

《伤寒》

最初发表在一八八七年三月二十三日《彼得堡报》第八十号《短文》栏内,署名"安·契洪捷"。

一八八八年该小说经契诃夫稍加修改后,收入他的《故事集》。

后来,该小说由契诃夫收入他的文集第四卷。

该小说的题材在当时是大家注目的问题。一八八五年到一八八七年,莫斯科和彼得堡两地伤寒流行。契诃夫写给别人的信上不止一次提到这种流行病。例如一八八六年二月二十八日契诃夫在写给俄国作家比里宾的信上说:"我特别怕这种伤寒。我觉得我一旦得了这种糟糕的病,就不会幸存,而且会随时感染别人。"

一八八七年三月初,契诃夫收到电报,说他大哥亚历山大得了这种危险的病,他放心不下,就到彼得堡去了。同年三月十日契诃夫在写给弟弟米哈依尔的信上说:"我动身来到此地,不消说,心情紧张极了。我梦见棺材、送丧人,在我眼前晃动的是伤寒、医生等等。……"他从彼得堡返回莫斯科后,在写给俄国女作家基塞列娃的信上,讲起他的彼得堡之行说:"彼得堡留给我的印象无异于一座死城。我到那儿去,本来就心惊胆战,路上又遇见两口棺木,在哥哥家里碰上了伤寒。我离开伤寒病人,到列依金家去,却听说他的看门人原本好端端的,'刚才'却患伤寒死了。"契诃夫继续列举各种不愉快的消息,最后写道:"这些印象如何?真的,叫人恨不得喝一通酒才好。不过,据说,不论什么印象对小说作家来说都是有用的。"

这以后不久,契诃夫写信告诉列依金说,他正要把小说《伤寒》寄到《彼得堡报》去。

契诃夫认为这篇小说把害病的状态描写得很好。许多年以后,他患牙痛,想起了《伤寒》,在一八九八年二月二十三日写给他的大哥亚历山大的信上说:"我牙痛得很厉害,又发烧,于是经历了我在《伤寒》里描写得颇富于艺术性的那种状态。……万念俱灰的心境,噩梦。……"

《尘世忧患》

最初发表在一八八七年三月二十八日《花絮》杂志第十三期上,署名"安·契洪捷"。

一八八七年该小说经作者略加修改后,收入在莫斯科出版的契诃夫的小说集《无伤大雅的话语》。

后来,该小说经契诃夫修改后,收入他自编的文集第一卷。在修改时,作者更换某些细节,重写小说结尾。原来的结尾如下:"她的牙痛分明刚刚开始发作。……波波夫很快地看一下桌子,仿佛在找手枪。他匆匆地翻抽屉,翻五斗橱,却什么也没找到,就在胸前画个十字,用尽全力,一头向墙上撞去。……不出一分钟,他死了。"

《在受难周》

最初发表在一八八七年三月三十日《彼得堡报》第八十七号《短文》栏内,署名"安·契洪捷"。

该小说由作者收入他自编的文集第二卷。该小说收入文集时,经作者在文字上加以修改和删削,并补写了某些情节。例如,从"现在轮到米特卡了"起到"有人把我们拆开了"止,是由作者新添的。下面,男孩同助祭的谈话也是由作者改写的,原文如下："不久，晚祷开始了，随后是晨祷。唱诗班的席位上有我的父亲，他非常喜欢教堂的歌曲，穿着瑞典式短上衣和大皮靴，另外有些烟草商店的持斋的店员，还有我和几个男孩，我们唱歌。诵经士阿维尔基年纪老了，头不住颤动，摇着手，生气地抱怨人太挤。"

《神秘》

最初发表在一八八七年四月十一日《花絮》杂志第十五期上，署名"安·契洪捷"。

该小说经作者修改后，收入他自编的文集第一卷。在修改时，契诃夫对该小说作了文字上的修改和压缩。作者取消了下述情节：纳瓦京看到出丧的行列，听说死者姓费久科夫，后来诵经士告诉他说，死者是他的同胞兄弟。

《哥萨克》

最初发表在一八八七年四月十三日《彼得堡报》第九十九号《短文》栏内，署名"安·契洪捷"。

契诃夫起初打算将该小说收入他自编的文集。但一八九九年十月二十一日他在写给出版社负责人格柳恩别尔格的信上列举"不收入该文集"的作品，其中就有小说《哥萨克》。一九〇一年六月十八日，契诃夫在写给出版社另一负责人玛尔克斯的信上，再次肯定《哥萨克》不收入文集。

但契诃夫已对该小说作过修改。除大量文字上的润色外，作者还改写了小说的结尾，原来的结尾如下："上帝为害病的哥萨克生了他的气。丽扎薇达看到灾难来了，可是这该怪谁，她却不明白。"

《信》

　　最初发表在一八八七年四月十八日《新时报》第三九九八号《星期六附刊》上，原题名是《俗人》。

　　一八八八年，该小说经契诃夫更换题名，大加压缩后，收入在彼得堡出版的契诃夫的《故事集》。

　　后来，该小说再经作者修改和压缩后，收入他自编的文集第四卷。

　　小说中，在"监督司祭的一对眼睛气得发亮，两边太阳穴发红"后的一段，原文是："费多尔神甫从小就严格遵守持斋的教规，认为这是每个正常人的本分。依他看来，只有内心特别狂妄的人才敢在持斋期间吃一块肉。即使在他年纪轻，还不那么严肃的时候，不守规矩的事，尽管表现得无伤大雅，也已经惹得他憎恶和厌弃。这种不守规矩的逞强，在他眼里，成了恬不知耻的顶峰。他只承认由教堂主持的合法婚姻，其他一切，他统统认为是卑劣和罪恶，有损于灵魂和肉体。只要有人过去或者现在犯第七诫①，就足以使他对这个人失去一切尊敬，避之唯恐不及。就是因为这个缘故，他听到助祭的儿子的情形后才涨红脸，感到怒火上升。"

　　在彼得做了大学生，"喜欢带着特别的兴致提出一些难于解答的麻烦问题"后，作者删去下面一段："大学生对费多尔神甫所说的一段话清楚地印在费多尔神甫的记忆里：'您总是用您职业的观点看待一切事情，这却是狭隘的！您要用一般人的目光客观地看待生活，哪怕一生只有一次也好。'"先前，契诃夫为《故事集》修改该小说时，在这下面已经删去一句："费多尔神甫还记得很清楚：彼得在大学读书期间，到二十七岁为止，一直是靠他并不尊敬的父亲养活的。"

　　该小说的结尾也由作者删去并改写了，原文如下：

---

① 即神的十诫之一"不可奸淫"（见《旧约·出埃及记》）。

"'……我们互相拥抱吧！'歌手们唱道,'接吻吧,弟兄们！在这复活的节日宽恕那些憎恨我们的人吧！'

"监督司祭跟两个共同主持礼拜的司祭接吻,然后走到阿纳斯达西跟前,同他接吻。现在他想起刚才在家里嫌客人久坐不走的恶劣心情,不仅仅感到歉意,甚至懊恼了。他暗自原谅这个老人,原谅他憔悴的脸,原谅他沙哑的笑声,原谅有关他的流言。他只体会到人的悲伤,却看不见那后面的罪恶了。

"紧接着,监督司祭让助祭吻自己,同时想起了彼得和他的信。先前,信写好的时候,他跟助祭一样,并没感到愤怒和敌意,可是现在,到了该宽恕一切的时候,他已经不记得彼得的罪过,只记得他的信措辞尖刻了。

"'那封信,助祭,暂时不要寄出去。'他说。"

俄国作曲家柴可夫斯基高度评价这篇小说。莫斯科音乐学院教授和音乐批评家卡希金,曾经同柴可夫斯基一起读这篇小说,他在《回忆柴可夫斯基》一书中追述说:"这篇小说,如果我没记错的话,我们接连读了两遍,因为我俩都非常喜欢它。彼得·伊里奇[①]一直神魂不定,直到给契诃夫写了一封信才心安,其实他并不认识契诃夫,直到那时没跟他见过面。"这是柴可夫斯基写给契诃夫的第一封信,是寄到《新时报》编辑部去的,可是没送到契诃夫手里。

一八八七年四月二十日,柴可夫斯基在写给他弟弟莫杰斯特·伊里奇的信上说起这篇小说:"契诃夫发表在《新时报》上的那篇小说完全把我迷住了。他有很大的才能,不是吗？"

《蟒和兔》

最初发表在一八八七年四月二十日《彼得堡报》第一〇六号

---

① 柴可夫斯基的名字和父名。

《短文》栏内,署名"安·契洪捷"。

该小说的原题名是《请丈夫们查照》,是一年多以前写的,但一八八六年一月未经书报检查机关批准,后经作者修改后发表。

该小说保留着手抄本一份,上有作者批语:"不收入全集。安·契诃夫。"

《春日》
舞台独白

最初发表在一八八七年四月二十五日《花絮》杂志第十七期上,署名"无脾人"。该小说的原题名是《猫的独白》。

一八八七年三月二十九日《花絮》主编列依金写信给契诃夫,提议把这篇小说压缩一半。同年三月三十日,契诃夫回信说:"《猫》稿悉听尊意发落。"

《批评家》

最初发表在一八八七年四月二十七日《彼得堡报》第一一三号《短文》栏内,署名"安·契洪捷"。

该小说保留手抄本一份,上有作者批语:"不收入全集。安·契诃夫。"

《出事》
车夫的故事

最初发表在一八八七年五月四日《彼得堡报》第一二〇号《短文》栏内,署名"安·契洪捷",原题名是《在树林里》,原副标题也是《车夫的故事》。

一八九九年,该小说经作者更换题名,在文字上修改多处后,收入在彼得堡出版的《普希金纪念专刊》。

后来,该小说再经作者略加修改后,收入他自编的文集第二卷。

一八九九年二月十六日,契诃夫因《普希金纪念专刊》约他写稿,便在写给俄国作家格涅季奇的信上说:"以前,那是很早以前了,我在《彼得堡报》上发表过一篇小说的提纲或者摘要。现在我可以利用这个提纲,把它修饰得叫人认不出来,寄给纪念刊采用。"同年二月二十一日,格涅季奇打电报给契诃夫,回答他的信说:"很好,请寄来。"

《侦讯官》

最初发表在一八八七年五月十一日《彼得堡报》第一二七号《短文》栏内,署名"安·契洪捷"。

该小说经作者在文字上大加修改和压缩后,收入他自编的文集第三卷。例如,在"奶妈和厨娘当然流泪了"后面,被作者删掉一句:"因为人世间没有一个娘们儿不乐意找个机会哭一场的。"又如在"她说得认真,带着不愉快的笑容,甚至现出气愤的脸色,不容别人反驳"后面,删去"客人们起初睁大眼睛,大为惊异,后来却流泪了"。小说的结尾曾经作者改写,发表在报上的原文如下:"侦讯官先是讲一句句话,后来却嘟哝毫无意义的一个个词儿了。他从医生的谈话中得到的新思想,弄得他头昏脑涨。他茫然失措,心灰意懒,不久就跟医生分手,尽管昨天医生约他去吃饭,现在他却不肯赴约了。"

《市民》

最初发表在一八八七年五月十八日《彼得堡报》第一三四号《短文》栏内,署名"安·契洪捷"。

该小说保留着手抄本一份,上有作者批语:"不收入全集。

安·契诃夫。"

《沃洛嘉》

最初发表在一八八七年六月一日《彼得堡报》第一四七号《短文》栏内，原题名是《他的初恋》，署名"安·契洪捷"。

一八九〇年该小说经作者更换题名并加修改后，收入在彼得堡出版的作者的小说集《闷闷不乐的人们》。

一八九五年，该小说收入在莫斯科出版的小说集《闪光》。

后来，该小说由作者收入他自编的文集第五卷。

该小说准备收入《闷闷不乐的人们》时，契诃夫作了多处文字上的修改，并补写了两个场面：沃洛嘉同纽达夜间相会和男主人公自杀。例如，在男主人公夜间沉思，想到"职业还嫌少吗"后面，登载在报上的原文是这样的："幸福的沃洛嘉通宵没睡着。……等到听差来唤醒他，要他去乘早班火车，他却假装睡熟，不愿意醒过来。……十一点钟他的妈妈见到他，吓了一跳，他却涨红脸，说：

"'我睡过头了，妈妈。……'"

该小说原来没有写沃洛嘉自杀，只写到沃洛嘉同母亲回家，在路上辱骂她，她说："你说什么呀，我的孩子？我的上帝，这会让马车夫听了去的！快闭上嘴，不然马车夫就听见了！他全听得见！"小说到此就结束了，下面几页是作者在修改时补写的。

据契诃夫的弟弟米哈依尔在《安东·契诃夫和他的题材》一书中回忆说，这篇小说初稿的题材是女作家基塞列娃的父亲别吉切夫在巴勃金诺庄园提供给契诃夫的。

该小说在修改时增添沃洛嘉自杀的情节，可能是受俄国老作家格利戈罗维奇的影响。一八八八年初，格利戈罗维奇在写给契诃夫的信中说："如果我年纪轻点，才华多点，那我一定要描写一家人，其中有个十七岁的青年，爬到阁楼上去，开枪自杀了。那些足以导致他自杀的环境和原因,依我看来,都比促使维特自尽的理由重大得多,深刻得多。这样的题材概括了当代的问题。您着手写这种题材吧,不要放过触动最敏感的社会创伤的机会。这样的书一旦出版,就会有巨大的成功等着您呢。"

一八八八年一月十二日,契诃夫在写给格利戈罗维奇的信上回答这个问题说:"十七岁的男孩自杀,确实是个很有意思、很诱人的题材,不过真要动手去写,却又可怕!对于恼人的问题应当作出痛苦的强烈回答,可是我们这辈人有足够的内在力量吗?没有。您预料这个题材会获得成功是凭您自己下断语的,可是,您那一代人除了有才能以外,还有博学、阅历、磷、铁,当代有才能的人却没有这类东西。老实说,应该为他们不碰严肃的问题而高兴才对。您一旦把您这个男孩交给他们,那我相信,某甲就会不知不觉,出于清白的心,大肆毁谤,胡言乱语,诬蔑一番,某乙就会乘机卖弄浅薄而苍白的思想倾向,某丙就会用精神病来解释自杀。您这个男孩,天性纯洁可爱,寻求上帝,心灵敏感,感情丰富,却受到深深的侮辱。为了抓住这样的人物,自己就得善于痛苦才成,当代的歌手却只善于长吁短叹,哭哭啼啼。"

一八八七年四月间,契诃夫的故乡塔甘罗格城的医生叶烈美耶夫,在写给契诃夫的信中,也谈到这类问题:"在我们这儿,中学生自杀的事层出不穷。昨天又有个十七岁的青年尼鲁斯(七年级学生)开枪自杀。他招人喜欢,很有教养,身体健康,总之,是个应当活得很畅快的人。促使他走这可怕的一步的原因,是他的自尊心受到伤害。据说,乌尔班当着他同学的面骂他,侮辱他。他那年轻的、容易生气的、敏感的天性受不住,于是酿成了可悲的结局。"

该小说主人公在原文中是十八岁,后来在修改时由作者改为十七岁,这也许与上述的两封信有关。

《幸福》

献给亚·彼·波隆斯基

最初发表在一八八七年六月六日《新时报》第四〇四六号《星期六附刊》上。

一八八八年,该小说经作者添加献词后,收入在彼得堡出版的契诃夫的作品集《故事集》。

后来,该小说经作者略加修改后,收入他自编的文集第四卷。

一八八七年六月十四日,契诃夫的大哥亚历山大在写给契诃夫的信中说:"嘿,老弟,你最近发表在《星期六附刊》上的草原故事轰动一时,迷人得很。大家不住地议论它,对它赞扬备至。医生们把这张揉皱的旧报送给病人作镇静剂用。布列宁①在写一篇称道你的文章,已经写了一个多星期,却怎么也没能写完。他发现种种写得不够清楚之处。涅瓦大街陀诺诺夫饭馆和久索饭馆里,报纸原是天天更换的,可是那张刊载你小说的旧报却一直保留下来,快要破了。今天上午我还见过那张报纸。人们称赞你说,这篇小说固然没有多少素材,却仍然给人留下了强烈的印象。在你笔下,太阳初升,光芒滑过地面和草叶,那段描写引得人们赞叹不已。那些入睡的羊,在纸上被勾勒得美妙如画,栩栩如生,因此我相信,你自己就是一头羊,才会体验和表达那些羊的感觉。我祝贺你的成就。你再写这样一个作品,就可以'死吧,丹尼斯,你再也写不出更好的东西来了。……'"

同年六月二十一日,契诃夫在写给大哥亚历山大的回信中说:"《星期六附刊》上的草原故事正因为素材好才使我喜欢,你们这些傻瓜却没找到这样的素材。这是灵感的产物。宛如②交响乐。

---

① 《新时报》的编辑和批评家。
② 原文为拉丁语。

"其实,这是胡扯。读者是由于眼睛的错觉才喜欢它的。其中的奥妙只在于插进绵羊之类的装饰品,只在于个别词句的润饰。就是描写咖啡渣吧,只要耍点花招,也可以使得读者吃惊呢。……"

俄国画家列维坦高度评价这篇小说。一八九一年六月间,他在写给契诃夫的信中说:"……你的《形形色色的故事》和《在昏暗中》我仔细地重读了一遍。我发现你是个出色的风景画家,不由得吃惊。我不想谈那许多有趣的思想,然而其中的风景画却完美绝伦。例如,小说《幸福》中的草原、古墓、绵羊等画面就很惊人。"

俄国诗人波隆斯基一八八八年一月八日写信给契诃夫说,他有意把他的诗《在门旁》献给契诃夫。同年一月十八日,契诃夫在写给他的回信中说:"您有意把您的诗献给我,我只能鞠躬道谢,而且请求您允许我日后把我怀着特别的爱心写成的一个中篇小说献给您。"

契诃夫选中了小说《幸福》,它收入一八八八年出版的集子《故事集》里。一八八八年三月二十五日,契诃夫在写给波隆斯基的信中说:"我就要出版我的小说的新集子了。小说《幸福》将收入这个集子,我认为这是我所有的小说里最好的一篇。请您不要嫌弃,允许我把它献给您。这样,您会使我的诗神感激不尽。小说里描写了草原:夜晚、东方发白的晨光、羊群和三个人影,他们谈论着幸福。"同年三月二十七日,波隆斯基在写给契诃夫的回信中说:"对您的题词,我衷心感谢。……"

据契诃夫的弟弟米哈依尔在《安东·契诃夫和他的题材》一书中说,《幸福》是契诃夫受了他家奶妈所讲的故事的启发写成的,那位奶妈年轻时做过农奴,喜欢讲"神秘的、不同寻常的、可怕的、饶有诗意的故事"。

《阴雨天》

最初发表在一八八七年六月八日《彼得堡报》第一五四号上《短文》栏内，署名"安·契洪捷"。

该小说经作者在文字上大加修改并压缩后，收入他自编的文集第二卷。

作者重写了小说的结尾，发表在报上的原文在"克瓦兴吃完晚饭，在又大又软的鸭绒褥垫上躺下，暗自想道"后面，是这样的："'他们虽然出身于商人家庭，虽然土头土脑，不过却并不坏。哎呀，我得去看一看大衣口袋，不知里面有没有字条或者戏票。一不当心，那些娘们儿会悄悄去翻衣袋的。……'"

《剧本》

最初发表在一八八七年六月十三日《花絮》杂志第二十四期上，署名"安·契洪捷"。

一八八七年，该小说收入在莫斯科出版的契诃夫的小说集《无伤大雅的话语》。

一八九一年，该小说经作者略加修改后，收入在彼得堡出版的契诃夫的小说集《形形色色的故事》第二版。

后来，该小说收入他自编的文集第二卷。

列夫·托尔斯泰把《剧本》列为契诃夫的最佳小说之一（请参看本文集第二卷《假面》的题解）。

列夫·托尔斯泰很喜欢这篇小说。据俄国作家谢敏诺夫在回忆录中说："列夫·尼古拉耶维奇①很欣赏小说《剧本》，他曾无数次讲述这篇小说，而且讲的时候总是笑得很开心。"

---

① 即托尔斯泰。

《像这样的,大有人在》

最初发表在一八八七年六月十五日《彼得堡报》第一六一号《短文》栏内,署名"安·契洪捷"。

一八八七年,该小说经作者略加删削后,收入在莫斯科出版的《无伤大雅的话语》。

一八八九年,契诃夫根据该小说写成独幕轻松喜剧《被迫当悲剧演员的人》。由于这个缘故,该小说未收入作者自编的文集。一九〇一年十一月二十五日,契诃夫在写给他妻子克尼碧尔的信中说:"小说《像这样的,大有人在》没有收入玛尔克斯出版社的文集里,因为它已经改写成轻松喜剧《被迫当悲剧演员的人》了。"

《急救》

最初发表在一八八七年六月二十二日《彼得堡报》第一六八号《短文》栏内,署名"安·契洪捷"。

一八八七年,该小说收入在莫斯科出版的契诃夫的小说集《无伤大雅的话语》。

后来,该小说经作者在文字上略加修改和删削后,收入他自编的文集第一卷。

据契诃夫的弟弟米哈依尔在《安东·契诃夫和他的题材》一书中回忆说,该小说描写的是契诃夫在巴勃金诺居住期间获得的印象。

《不痛快的事》

最初发表在一八八七年六月二十九日《彼得堡报》第一七五号《短文》栏内,署名"安·契洪捷"。

该小说保留有手抄本一份,上有作者批语:"不收入全集。安·契诃夫。"

《犯法》

最初发表在一八八七年七月四日《花絮》杂志第二十七期上，署名"安·契洪捷"。

一八八七年，该小说收入在莫斯科出版的契诃夫的小说集《无伤大雅的话语》。

一八九一年，该小说由作者稍加修改后，收入作者的小说集《形形色色的故事》第二版。

后来，该小说经作者在文字上略加修改后，收入他自编的文集第三卷。

《摘自脾气暴躁的人的札记》

最初发表在一八八七年七月五日和七月十二日《闹钟》杂志第二十六期和二十七期上，原有副标题《并非实录，却又真有其事》，署名"安·契"。该小说后部在同年八月九日该杂志第三十一期上登完，署名"脾气暴躁的人"。

该小说经作者修订后，收入他自编的文集第一卷。

该小说在二十七期上以男主人公结婚结束，后来遵照《闹钟》杂志主编列文斯基的要求，将该小说延续到该杂志第三十一期《日食专号》上登完。契诃夫修改该小说时，改变它的结构，将结婚情节移到篇尾，并有所修改和压缩。

作者删去小说的开端："应当告诉您，在别墅里我完全给恋爱缠住了手脚。您要怎么想都随您，不过我终于失去耐性，不得不把这些事公之于世了。"日食前卧室里的场面，如男主人公同妻子的谈话，为观察日食所做的准备等，以至有关日食本身的描写，也由作者删去了。

观察日食的场面由作者改写了结尾，原文在"'我看见在日食

443

前一条灰毛狗追一只猫,后来还摇了很久的尾巴呢。'"之后是这样的:"'另外您还得再记一笔:日食的时候我瞧见一只青蛙。……'

"我回到家里,抱住头,说:全完了!过了一个钟头,我在长沙发上躺下,开始安慰自己。真正的学者不应当灰心丧气。进步有赖于跟环境作斗争。不斗争不行。我就开始思考《狗税之过去与未来》,把图纸和玻璃收进书桌抽屉里。我等着下一次日全食,那要到下一世纪初在南美洲发生。好,我等着就是。再者,南美洲我一次也没去过。到那儿走一趟是愉快的。当然,只有我这种暴躁的脾气还没把我过早地送进坟墓,这才做得到。"

《闹钟》杂志第三十一期续登该小说时,主编在小说题名下加了一段按语:"读者诸君,前者在《闹钟》第二十七期上,此人描写过他在别墅里的遭遇和熟人,如负伤的军官、花花绿绿的姑娘等。他一不小心,跟其中一个姑娘结了婚,至于她叫玛宪卡还是瓦连卡,他可就记不清了,可是这倒也没有什么关系。"

一八八七年九月二十七日《花絮》杂志主编列依金在写给契诃夫的信中,说到这段按语口气轻浮,并且指出该期杂志另一篇作品对契诃夫有戏弄之意。同年十月七日,契诃夫回信说:"《闹钟》那班人对我态度轻浮,这我知道。这些先生,或许由于缺乏才气,也或许由于莫斯科盛行的那种吊儿郎当的习气,总认为对读者,对写稿人嬉皮笑脸,是一件极其俏皮的事。这是丑恶的习气。这家杂志没有一期不耍弄读者、写稿人或者演员的。……马戏团里的小丑是观众的宠儿,这些人愚蠢而任性,他们就喜欢表现这种习气。……"

《风滚草》

旅途素描

最初发表在一八八七年七月十四日《新时报》第四〇八四

号上。

一八八八年,该小说经作者加以删削后,收入在彼得堡出版的契诃夫的作品集《故事集》。

后来,该小说经作者在文字上略加修改后,收入他自编的文集第四卷。

该小说是契诃夫在一八八七年四、五月间往南方旅行,游历圣山归来后不久写成的。一八八七年五月十一日,契诃夫在写给他妹妹玛丽雅的信上,讲到他游览在《风滚草》中有所反映的圣山修道院时获得的印象:"这个地方分外美丽和别致。修道院坐落在顿涅茨河畔,背靠着一大片白色峭壁。小花园、橡树、古松密布在峭壁上,互相挨紧。仿佛峭壁上挤满了树,同时有一种力量不住地把它们往上推似的。……那些松树简直悬在空中,眼看就要掉下来。杜鹃和夜莺日夜不停地啼鸣。……

"修士们都是非常可爱的人,却让我住一间非常不可爱的客房,房里有一块油饼状的褥垫。我在修道院住了两夜,带走无数印象。我在那儿正赶上尼古拉节,拥来朝拜的人将近一万五千名,其中九分之八是老年妇女。关于那些修士,我怎样跟他们相识,我怎样为修士们和老年妇女们医病,这一切我将在《新时报》上写出来,并且在跟你见面的时候告诉你。这儿不断做礼拜:夜间十二点敲钟做晨祷,五点做早祷告,九点做晚祷告,三点唱赞美诗,五点做晚祷,六点做特别礼拜。每次做礼拜以前,人们在走廊上就可以听见钟在哀号,奔跑不停的修士大声喊叫,那嗓音就像债主央求欠债人一个卢布至少偿还五个戈比也好:

"'主啊,耶稣基督,怜恤我们!请诸位去做晨祷!'

"独自留在客房里是不合适的,因此我站起来,走出去。……我在顿涅茨河岸上寻到一小块地方,坐在那儿等着礼拜做完。"

一八八七年五月十四日,契诃夫在写给列依金的信上讲到他的南方之行给他提供了创作的乐趣:"我不久以前刚从圣山归来,我在那儿遇上朝拜的人大约有一万五千名之多。总的说来,印象和素材多极了,这次旅行花了我一个半月时间,我至今不悔。"

一八八七年十月十七日,契诃夫在写给他的堂兄弟盖奥尔吉·米特罗方诺维奇的信上说:"我在《新时报》上描写了圣山。有个主教的侄儿,是个年轻人,告诉我说,他见到三个主教读这篇描写:一个朗诵,两个静听。他们都喜欢这篇作品。由此可见,圣山的人对这篇作品也喜欢。我靠圣山挣到一百卢布。我描写了草原。草原的描写是很多人都喜欢的,特别是在彼得堡。"

据俄国作家扎尔尼曾在回忆录《契诃夫的一个人物(跟《风滚草》中的人物原型阿历克塞·尼古拉耶拉维奇·苏的谈话)》中和楚科夫斯基在《说错的话》一文中说,该小说描写的亚历山大·伊凡诺维奇的原型是一个真人,名叫苏拉特。

《父亲》

最初发表在一八八七年七月二十日《彼得堡报》第一九六号《短文》栏内,署名"安·契洪捷"。

一八九四年,该小说经作者在文字上加以修改并略加删削后,收入在莫斯科出版的契诃夫的小说集《中篇和短篇小说》。

后来,该小说经作者在文字上略加修改后,收入他自编的文集第五卷。

一八八八年四月三日,俄国作家巴兰采维奇写信给契诃夫,要求他将该小说交迦尔洵纪念专刊《红花》重载:"啊,您有一篇小说,我听人说好得很,登在《彼得堡报》上(写的是一个父亲,在地下室里他儿子面前,或者在这类环境里当着房客们的面装模作样),我希望您把它剪下来,寄给我。"可是同年四月十四日,契诃夫回信说:"您打算向我索取的那篇小说,我没找到。……"因此,小说《父亲》没有寄给迦尔洵纪念专刊重载。

《美妙的结局》

最初发表在一八八七年七月二十五日《花絮》杂志第三十期上，署名"安·契洪捷"。

该小说由作者在文字上加以修改并删削后，收入他自编的文集第一卷。

契诃夫在修改时有所增补，例如，在双方谈判中，从"他们沉默了五分钟"起到"'不，谢谢您'"止，是原文所没有的。

但，紧跟着，下文删去一大段谈话。在"您物色一位新娘要收多少费用"后面，原文还有这样一段：

"'我干这种事没有准价钱，'媒婆羞答答地说，'这随您给。'

"'您要明白，柳包芙·格利戈里耶芙娜……'斯狄奇金庄重地说，'我为人稳重，有个性，办事喜欢有个章法。为了我不至惹您不痛快，也为了您能本着良心办事，我们应当事先谈妥。样样事情都要取决于双方同意。……'"

《在车棚里》

最初发表在一八八七年八月三日《彼得堡报》第二一〇号《短文》栏内，署名"安·契洪捷"。

该小说经作者在文字上大加修改并压缩后，收入他自编的文集第三卷。

小说中马车夫、鱼贩、扫院人的对话被删掉不少。作者的叙述，在修改时力求简单扼要，例如，"扫院人赢了牌，当上国王了"，原文是："那张给人国王称号的、至关重要的九点，让扫院人先得去了"；又如，"于是生气而嫉妒地瞧着扫院人。他拉长了脸，皱起眉头"，原文是："于是斜起眼睛嫉妒地瞧着扫院人，生气地鼓起腮帮子。现在,不管怎样,他一定要当上王子,就瞧着牌沉思不语。"

《歹徒》
目睹者的陈述

　　最初发表在一八八七年八月八日《花絮》杂志第三十二号上,署名"安·契洪捷"。同年,该小说经作者略加修改后,收入在莫斯科出版的作者的小说集《无伤大雅的话语》。

　　一八八七年八月七日预期将发生日食,该小说就是为这次日食写的。同年八月十一日,契诃夫在写给《花絮》主编列依金的信上说:"这次日食没有取得圆满的成功。……天空多云,迷雾濛濛。……天色黑了一分钟光景,这一分钟极其壮观。这天上午过得很快活,不过后来我却感冒了。"

　　同年八月十二日,契诃夫在写给他的朋友,建筑师谢赫捷尔的信上说:"我们这儿有过一次日食。我在《花絮》第三十二期上对这个宏伟的现象作了应有的评价。"

《日食之前》
一个幻梦剧的片断

　　最初发表在一八八七年八月九日《闹钟》杂志第三十一期上,署名"我弟弟的哥哥"。

《齐诺琪卡》

　　最初发表在一八八七年八月十日《彼得堡报》第二一七号《短文》栏内,署名"安·契洪捷"。

　　同年,该小说未加修改,收入在莫斯科出版的契诃夫的小说集《无伤大雅的话语》。

　　一八九一年,该小说由作者在文字上略加修改后,收入作者的小说集《形形色色的故事》第二版,此后该书在一八九二至一八九九年间印行第三版到第十四版时,该小说未再改动。

后来,该小说由作者略加修改后,收入他自编的文集第三卷。

《医生》

最初发表在一八八七年八月十七日《彼得堡报》第二二四号《短文》栏内,署名"安·契洪捷"。

现保存该小说的剪报一份,上有契诃夫的批语:"不收入全集。安·契诃夫。"

《塞壬》

最初发表在一八八七年八月二十四日《彼得堡报》第二三一号《短文》栏内,署名"安·契洪捷"。

后来,该小说经作者作过文字上的修改并大加压缩后,收入他自编的文集第一卷。该小说被删掉的地方,主要是书记官描绘吃食的一些话。

俄国作家拉扎烈夫-格鲁津斯基在回忆录中说,这篇小说是契诃夫在巴勃金诺消夏时期用一天的工夫写成的。契诃夫写完后,请他说:"您读一遍《塞壬》吧,亚历山大·谢苗诺维奇!不知小说里有没有漏掉什么字或者标点符号?不知有没有写得荒谬的地方?顺便说一句,一个短篇小说写得一处败笔也没有,就要算是了不得的成绩。"

契诃夫的弟弟米哈依尔·巴甫洛维奇在《安东·契诃夫和他的题材》一书中说,这篇小说反映了作者在兹文尼高罗德城获得的印象。契诃夫在兹文尼高罗德城"旁听过县里调解法官会审法庭的审讯过程,十分熟悉县里官员们的全部生活方式"。

《芦笛》

最初发表在一八八七年八月二十九日《新时报》第四一三〇号《星期六附刊》上。

一八八八年，该小说由契诃夫略加修改后，收入在彼得堡出版的契词夫的集子《故事集》。后来，该小说由作者更动几个字后，收入他自编的文集第四卷。

《报仇者》

最初发表在一八八七年九月十二日《花絮》杂志第三十七期上，署名"安·契洪捷"。

该小说由作者在文字上略加修改后，收入他自编的文集第一卷。

《邮件》

最初发表在一八八七年九月十四日《彼得堡报》第二五二号《短文》栏内，署名"安·契洪捷"。

一八九〇年，该小说由作者压缩并在文字上略加修改后，收入在彼得堡出版的作者的小说集《闷闷不乐的人们》。

后来该小说经作者略加修改后，收入他自编的文集第五卷。

该小说收入小说集的时候，作者压缩了对自然景物的描写，例如在"这时候可以听见马蹄溅水的声音，倒映在水里的星星在马蹄底下和轮子旁边跳动不停"后面，删去了下面的一段："那条河显得严峻而凄凉。在黑暗里，那条河似乎跟倒映在水里的星星一起思忖着某人的毁灭，在这样的时候，轮子下面的水声就传出忐忑不安的音调，传出河水愤恨人们来搅扰它的安宁的音调。……马也好，车夫也好，铃铛也好，直到马车驶到对岸，顺着平坦的大路奔驰，才轻松地吐出一口气。"

俄国民粹派作家艾尔捷尔异常喜爱这篇小说。一八九一年一月二十六日，他在写给俄国作家柯罗连科的信上说："去年夏天我有机会读到他最近发表的一个小说集，我想对您说：他有巨大的才能。此外，他的小说具有严肃的内容，只是这种内容并不总是符合官方的'思想倾向'的尺度。例如，在他最近这个集子的许多小说里，作者用那么强大的力量写出'小人物'的悲惨的威力，例如《邮件》中的邮差，又如打医士耳光的医师，说实话，这才称得上真正的思想倾向。"艾尔捷尔指的是《闷闷不乐的人们》里的两篇小说：《邮件》和《纠纷》。

后来，一八九三年三月二十五日，艾尔捷尔在写给契诃夫的信上说，他曾经很久没有"认清"作为作家的契诃夫。"我偶尔读到您一篇短小的速写（大概是《邮件》吧？），它才打开了我的眼睛。嗯，从那时候起，我才多少了解您描写的深度。我十分高兴，因为到今天为止我所读过的您的许多作品越来越肯定我这种观察的正确性。"

《婚礼》

最初发表在一八八七年九月二十一日《彼得堡报》第二五九号《短文》栏内，署名"安·契洪捷"。

该小说由契诃夫在文字上加以修改并稍加删削后，收入他自编的文集第一卷。

该小说的结尾已由作者改动。报上刊载的原文如下：

"'喂，你们出去吧，男人不合宜到卧室里张望。'

"新郎神态严肃，举止庄重。他不跳舞，不说话，嘴里似乎灌满了水，偶尔走到饭厅去喝一通酒。可是，过了午夜，连他也活跃起来了。"

列夫·托尔斯泰把这篇小说列为契诃夫的最佳作品之一（请

参看本文集第二卷《假面》的题解)。

《逃亡者》

最初发表在一八八七年九月二十八日《彼得堡报》第二六六号《短文》栏内,署名"安·契洪捷"。

一八八九年,该小说由作者稍加修改后,转载在附有插图的日历《百篇集》内。

同年,该小说由作者删掉几句话后,收入作者的小说集《孩子们》。

后来,该小说由契诃夫作过文字上的修改并删削后,收入他自编的文集第二卷。

一八八八年,俄国作家巴兰采维奇建议契诃夫将小说《父亲》寄去,以便登在俄国作家迦尔洵纪念专刊《红花》上,同年四月十四日契诃夫回信说:"您向我索取的那篇小说,我没有找到,因此把《逃亡者》寄上。如果您不反对,我会很高兴。"该小说未收入纪念专刊,因为该专刊决定只收入未公开发表的作品。

据契诃夫的弟弟米哈依尔·巴甫洛维奇在回忆录《安东·契诃夫在假期里》中说,小说《逃亡者》反映了契诃夫在契金诺地方自治局医院医疗活动中获得的印象。

一八八七年十月一日,契诃夫的大哥亚历山大·巴甫洛维奇在写给契诃夫的信上说:"大家都欣赏你的《逃亡者》……几乎所有的报刊撰稿人都把注意力集中到巴希卡的身上去了。"

列夫·托尔斯泰把这篇小说列为契诃夫的最佳小说之一(请参看本文集第二卷《假面》的题解),一九〇五年由他编入媒介出版社发行的《阅读丛书》第二卷。